हिन्द पॉकेट बुक्स

हस्तरेखा शास्त्र

कीरो एक महान आयरिश ज्योतिषी थे। उनका मूल नाम विलियम जॉन वार्नर था। कीरो का जन्म नवंबर 1866 में इंग्लैंड के ब्रे नामक स्थान पर हुआ था। 17 वर्ष की उम्र में कीरो मुंबई आ पहुँचे और यहाँ प्रसिद्ध ज्योतिषी वेदनारायण जोशी से मिले और उनसे परामर्श करके वे हिमालय, कश्मीर, लद्दाख, वाराणसी गए और ज्योतिष शास्त्र का गहन अध्ययन किया।

तीन वर्ष में वे ज्योतिष, तंत्र आदि का ज्ञान प्राप्त करके वापस लौटे। इसके बाद कीरो ने वैज्ञानिक पद्धति से भविष्य का वाचन करना आरंभ किया, जिसका अन्य कोई मुकाबला नहीं कर पाया है।

हस्तरेखा शास्त्र

कीरो

पेंगुइन रैंडम हाउस इम्प्रिंट

हिन्द पॉकेट बुक्स

यूएसए। कनाडा। यूके। आयरलैंड। ऑस्ट्रेलिया। सिंगापुर
न्यू ज़ीलैंड। भारत। दक्षिण अफ्रीका। चीन

हिन्द पॉकेट बुक्स, पेंगुइन रैंडम हाउस ग्रुप ऑफ़ कम्पनीज़ का हिस्सा है,
जिसका पता global.penguinrandomhouse.com पर मिलेगा

पेंगुइन रैंडम हाउस इंडिया प्रा. लि.,
चौथी मंजिल, कैपिटल टावर -1, एम जी रोड,
गुड़गांव 122 002, हरियाणा, भारत

पेंगुइन
रैंडम हाउस
इंडिया

प्रथम हिन्दी संस्करण हिन्द पॉकेट बुक्स द्वारा 2002 में प्रकाशित
यह हिन्दी संस्करण हिन्द पॉकेट बुक्स में पेंगुइन रैंडम हाउस द्वारा 2022 में प्रकाशित

10 9 8 7 6 5 4 3 2

ISBN 9789353496968

मुद्रकः रेप्रो इंडिया लिमिटेड

www.penguin.co.in

Count-Louis Hamon

प्लेट—1 काउन्ट लुईस हेमन (कीरो)

समर्पण

मैंने इसमें किया ही क्या है? जीवन स्वयं सदय है, उसे देखते यह कार्य है भी कितना तुच्छ! यौवन में मैंने उसे फूल के रूप में प्रेम किया और वह एक फूल सड़क के किनारे कहीं फेंक दिया गया। तथापि सत्य के होंठों ने उसे जाना है। दरअसल वह स्वयं सत्य ही है।

—**कीरो**

भूमिका

जब तक कोई बात इन्द्रियों अथवा अन्तरात्मा द्वारा समझ नहीं ली जाती, तब तक उसके बारे में विश्वास नहीं जमता। दुनिया में प्रायः दो प्रकार के व्यक्ति हैं-एक नास्तिक और दूसरे आस्तिक। ये दोनों एकदूसरे के लिए दुर्बोध होते हुए भी, एक—दूसरे पर निर्भर करते हैं, इन दोनों का अन्योन्याश्रय सम्बन्ध है। विचारों में सन्तुलन बनाये रखने के लिए दोनों जरूरी हैं। विचार से सत्य की ओर ले जाने वाले जीवन की अनन्त शृंखलाओं के क्षेत्र में दोनों प्रकार की विचारधारा वाले लोगों की जरूरत है।

जनता के सामने अपनी इस कृति को प्रस्तुत करते हए मैं गंभीरता के साथ अपनी जिम्मेदारी के प्रति सजग हूं, मुझे इस बात का भी भली प्रकार से ज्ञान है कि मेरा यह अध्ययन मेरे पाठकों के लिए कितना हितकर या उपयोगी होगा। इसीलिए मैंने इस पुस्तक को किसी वर्ग-विशेष के लिए लिखने का प्रयत्न नहीं किया है, "यह पुस्तक उन सब लोगों के लिए है, जो प्रकृति के सार्वभौमिक सत्यों, मनुष्य-जीवन के नियमन करने वाले सहज नियमों को स्वीकार करते हैं। यह उनके लिए भी है जो हाथ का अध्ययन करके अपनी दिशा तलाश करते हैं।"

किसी ऐसी वस्तु में भी, जिसे आप कम महत्त्व की मानते हैं, गूढ़ रहस्य छिपे रहते हैं। अणु अपने अस्तित्व के महत्त्व में पूर्णता रखता है। इसलिए अगर कोई व्यक्ति यह धारणा बनाये कि हस्तविज्ञान विशेष महत्त्व की वस्तु नहीं है, तो मैं कहूंगा कि यह उस व्यक्ति का भ्रममात्र है। ऐसे लोगों का ध्यान मैं इस बात की ओर आकर्षित करना चाहूंगा कि जो बहुत ही महत्त्वपूर्ण सत्य और वास्तविकताएं कभी नगण्य मानी जाती थीं, वे आज असीम शक्ति का स्रोत बन गई हैं।

कीरो-सिद्धान्त अथवा हस्तविज्ञान के समर्थन के लिए मैंने चिकित्सा शास्त्र तथा विज्ञान से सम्बन्ध रखने वाले अनेक तथ्यों का संग्रह किया है, जिनसे यह स्पष्ट हो जायगा कि हाथ एक पद्धति के सेवक मात्र हैं, जो प्रभाव उस पद्धति पर पड़ता

है। हाथों में भी वही प्रभाव दिखाई देता है। हस्तविज्ञान के विशेषज्ञ जिन सुप्रसिद्ध विद्वानों ने मस्तिष्क और हाथ के बीच चेतना के सम्बन्ध के बारे में जो धारणाएं बनाई हैं और इस सम्बन्ध में जो विचार प्रकट किये हैं, अपनी बात की अधिकृत स्थापना के क्षणों में, मैंने उन सबका ऋण स्वीकार किया है। मेरा विश्वास है कि इस प्रकार वे लोग भी जो इस प्रकार की बातों पर विश्वास करने को कतई तैयार नहीं होते, देखेंगे कि हाथ का अध्ययन करने और इस विज्ञान को विकसित करने में अनेकानेक विद्वानों का हाथ रहा है। हस्तविज्ञान के विषय में यूनान के विद्वानों तथा दार्शनिकों ने और आधुनिक विज्ञानवेत्ताओं ने गहरी दिलचस्पी दिखाई है।

जब हम मस्तिष्क की रहस्यपूर्ण क्रियाशीलता और पूरे शरीर पर पड़ने वाले उसके प्रभाव के बारे में विचार करते हैं, तो हमें यह जानकर कोई आश्चर्य नहीं होता कि वे वैज्ञानिक जिन्होंने पहले यह प्रमाणित किया था कि जितनी शिराएं मस्तिष्क और हाथों के बीच में हैं, उतनी पूरे शरीर की व्यवस्था में कहीं भी नहीं हैं, वे अब अपने अनुसन्धान के आधार पर यह निर्णय देने को तत्पर हैं कि हाथ के बिना मस्तिष्क कोई विचार कर ही नहीं सकता, क्योंकि विचार के प्रभाव की अनुभूति हाथ के माध्यम से ही मस्तिष्क को होती है। इससे यह बात सिद्ध होती है कि यदि हम केवल इसी दृष्टि से हस्तविज्ञान को देखें तो उसकी वास्तविकता हमें अकारण और असंगत नहीं लगेगी, बल्कि हमें लगेगा कि हस्तरेखा विज्ञान भी उन नैसर्गिक नियमों के अनुरूप है जिन्हें हम निष्प्राण पदार्थों की संयोजना तक में देखते हैं और जो कार्य-कारण न्याय में पूर्ववर्ती कारण के प्रभाव को दर्शाते हुए भी अपने-आप में परवर्ती कार्य का कारण हैं।

अपनी इस पुस्तक में मैंने कुछ सुप्रसिद्ध व्यक्तियों के हाथों की छाप दी है, ऐसा मैंने इस उद्देश्य से किया है, हस्तविज्ञान का विद्यार्थी जब उनके हाथों का अध्ययन करेगा तो वह उन व्यक्तियों के जीवन और उनकी विशेषताओं से भी परिचित होगा। और इस तरह मैं अपने पाठकों को यह भी दिखाना चाहता था कि वे एक ही झलक में भिन्न प्रकृति, स्वभाव और संस्कार वाले व्यक्तियों के हाथों के अन्तर को समझ तथा देख लें। यदि मैं इस प्रकार के हाथों की उपेक्षा कर जाता तो इस पुस्तक के लेखन का उद्देश्य ही मारा जाता। इन हाथों की छाप देने से दो लाभ हुए हैं। पहला यह कि इन हाथों के स्वामी सुपरिचित हैं, अतः हाथ को पढ़ने के मूल्य की परख हो जायगी। दूसरा यह कि हस्तविज्ञान के छात्र को हाथ को स्वयं पढ़ने और उसके अनुसार व्यक्ति को जांचने-परखने का सलीका आ जायेगा।

प्रस्तुत पुस्तक के अगले अध्यायों में मैंने पाठकों की प्रतिभा के सामने हस्तविज्ञान के उन नियमों और सिद्धान्तों को सरल तथा स्पष्ट रूप में रखने का प्रयास किया है, जिन्हें मैंने अपने अनुभव में सत्य पाया है और इस दिशा में जो मेरी उपलब्ध सफलता के मूल आधार हैं। ऐसा मैंने दो कारणों से किया है—पहला और महत्त्वपूर्ण कारण है, मैं हस्तविज्ञान में पूरा विश्वास रखता हूं और इस विज्ञान को मान्यता प्राप्त करवाना चाहता हूं, जो कि इसका अधिकार है। दूसरा कारण है, मैं चाहता हूं कि स्वास्थ्य तथा अन्य कारणों से इस क्षेत्र से विदा लेने से पहले दूसरे लोग मेरा स्थान ग्रहण करें। मेरा विश्वास है कि वे मुझसे भी अधिक इस क्षेत्र में क्षमतापूर्ण हैं।

इन पृष्ठों में उल्लिखित किसी समुदाय के किसी अनुभाग की भावनाओं को अपनी किसी बात अथवा अभिव्यक्ति से ठेस पहुंचाने की नीयत से मेरी परिकल्पना का जितना फासला है, उतना अन्य किसी बात का नहीं। यद्यपि मैंने अपने विचारों की स्वाधीनता और अभिव्यक्ति की स्वतन्त्रता के अधिकारों का उपयोग अवश्य किया है। इसलिए यदि मेरे किसी कथन से किसी समुदाय, विश्वास अथवा समाज को आघात पहुंचता लगे तो मैं स्वेच्छा से अपनी उन उक्तियों का दायित्व लेता हूं। किन्तु साथ ही अपने ऊपर दोषारोपण करने वालों से मेरा इतना कहना अवश्य है कि यदि उनकी अन्तरात्मा के कटघरे में मेरी उक्तियां परिनिन्दित होती ही हों तो सभी आरोप केवल मेरे सिर-माथे मढ़े जाएं, न कि इस पर्याप्त निन्दित विज्ञान के सिर, क्योंकि मेरा ध्येय सदा इसे ऊंचा उठाना रहा है, न कि इसे बदनाम करना।

—कीरो

अनुक्रम

द्वितीय खण्ड : कीरोमेन्सी (हस्तरेखा शास्त्र)

तीसरा खण्ड

चौथा खण्ड

पांचवाँ खण्ड

हस्तविज्ञान : वकालत का कारण

> महानतम सत्य क्षुद्रतम में छिपा हो सकता है, महानतम कल्याण उनमें जिन्हें हम अत्यधिक घृणा करते हैं, महानतम प्रकाश अन्धतम आकाश से फूट सकता है और महानतम संगीत सर्वाधिक दुर्बल क्षीण तार में से।
>
> —**कीरो**

यदि कोई विज्ञान, कला या कार्य अपने आरंभ से ही उद्देश्यपूर्ण हो और अब तक मानवजाति के सुधार और प्रगति का लक्ष्य लेकर चले तो उस कार्य, कला अथवा विज्ञान को प्रोत्साहन और मान्यता प्राप्त होनी चाहिए, जिसके वे अधिकारी हैं।

मानव प्रकृति के अध्ययन की समस्त शाखाओं में, हाथ अत्यन्त शक्तिशाली दावेदार है। हस्तरेखाविज्ञान के माध्यम से न केवल मनुष्य जाति की त्रुटियों को ही जाना जा सकता है, बल्कि उन त्रुटियों को दूर करने के मार्ग का ज्ञान भी प्राप्त किया जा सकता है। हाथ मानव आचरण की उस रहस्यपूर्ण संदूकची की कुंजी है, जिसके भीतर प्रकृति न केवल दैनिक जीवन की अनिवार्य प्रेरक शक्ति को छिपाकर रखती है, बल्कि उन अन्तर्निहित क्षमताओं और प्रतिभामयी शक्तियों को भी समेटे रहती है, जिनके द्वारा हम अपने-आप को पहचानकर उन्हें अपने जीवन में क्रियान्वित कर सकते हैं।

हममें से शायद ही कोई ऐसा व्यक्ति होगा, जो अपने अतीत पर दृष्टिपात करता हुआ, कभी-न-कभी यह अनुभव न करेगा कि उसके विगत जीवन के कितने मास-वर्ष अथवा जीवन का एक बहुत बड़ा हिस्सा उसके माता-पिता या उसके अपने अज्ञान के कारण बेकार ही गंवा दिया गया।

'अपने-आप को पहचानों' हमारे पूर्वजों का यह आदर्श सरलतम है, किन्तु महानतम भी है। यह हमारे कानों में आज भी गूंज रहा है। प्रकृति के संबंध में ज्ञान प्राप्त करके हम प्रकृति का सम्मान बढ़ाते हैं, ऐसी दशा में हमें ऐसे अध्ययन और पठन पर विचार करना चाहिए जिससे हम अपने-आप पर स्वामित्व रख सकें और अपने-आप के विकास द्वारा मानव जाति का विकास कर सकें—पूरी मानवता के जातीय विकास के लिए, पूर्ण विश्व के सम्मान के लिए और उनकी महिमा के लिए

जो समय की धारा के प्रवाह में जीवन के उन पड़ावों की रिक्तता दूर करेंगे जो भरे जाने शेष हैं और एक दिन हमारा स्थान लेंगे।

इस विज्ञान के ठोस और पर्याप्त आधार का दिग्दर्शन करने के अपने प्रयास में पाठकों से मेरा केवल इतना अनुरोध रहेगा कि हस्तरेखाविज्ञान के इन समर्थक पृष्ठों से गुजरते हुए वे चाहें तो पूरी जिज्ञासा के साथ चलें, किन्तु मेरी अपेक्षा सामान्य ज्ञान और धीरज का पुट लिए जिज्ञासा रहनी चाहिए। इसलिए मैं स्वयं इस प्रदेश में एक अध्येता बनकर विचरण करूंगा, न कि इस विज्ञान का हिमायती बनकर। इस तरह मैं तर्क-वितर्क की भूमि छोड़कर इस विज्ञान के अध्ययन का इतिहास प्रस्तुत कर रहा हूं और ऐसा करते हुए मैं आश्वस अनुभव कर रहा हूं कि इस ग्रन्थ के मन्तव्य उन सभी की बुद्धिसंगत तर्क और सामान्य ज्ञान को परितृप्त करते चलेंगे जो चाहे किसी धारणा से मेरे इस अध्ययन की स्वयं जांच-परख करना चाहते होंगे।

हस्तरेखाविज्ञान की उत्पत्ति पर विचार करते समय हमें विश्व इतिहास के आरंभिक दिनों पर दृष्टिपात करना होगा और मनुष्य के उन आदिम पूर्वजों का स्मरण करना होगा, जिन्होंने साम्राज्यों, जातियों, राष्ट्रों और राजकुलों के नष्ट हो जाने पर भी अपने ज्ञान के भंडार को बचाये रखा। आज भी वे अपनी विशेषताओं और वैयक्तिकता से उसी तरह पूर्ण है, जैसे कि हजारों वर्ष पूर्व इतिहास के आरंभिक पन्नों की रचना के समय थे। मैं पूर्व की उस सन्तति, हिन्दुओं, की ओर संकेत कर रहा हूं, जिनके दर्शन और विवेक को प्रतिदिन फिर से मान्यता प्राप्त होती जा रही है। परिचित विश्व के इतिहास के आरंभिक दिनों पर दृष्टि डालने पर हमें ज्ञात होगा कि सर्वप्रथम भाषा-संबंधी सामग्री इन्हीं लोगों के पास थी। सभ्यता का वह काल आर्य सभ्यता का काल कहकर जाना जाता है। इतिहास से बाहर तो हम नहीं जा सकते, किन्तु भारत की गुफाओं में निर्मित मन्दिरों और कीर्तिस्तम्भों पर विचार करते हुए पुरातत्त्ववेत्ताओं के अनुसार यह कहा जा सकता है कि ये मन्दिर और कीर्तिस्तम्भ इतने प्राचीन हैं कि इतिहास द्वारा भी उनके निर्माण काल का ज्ञान होना संभव नहीं है। इस प्रकार की बातों का परीक्षण करते हुए हमें अपना महानतम ज्ञान भी बौना जान पड़ता है, हमारी बुद्धि एक बचकाने शून्य में खो जाती है। हमारी आयु और हमारा युग नवजात शिशु को लपेटने वाले वस्त्र से अधिक कुछ नहीं है, समय की नित्यता की भुजाओं में हमारा मानवत्व एक शिशु की भांति है।

हस्तरेखा विज्ञान के मूल स्रोत की खोज करने के प्रयत्न में हमें प्रागैतिहासिक काल की ओर दृष्टिपात करना होगा। इतिहास हमें बताता है कि आर्य सभ्यता के पुरातन काल में उनकी अपनी भाषा और अपना साहित्य था। उससे परे तो हम नहीं जा सकते, पर आज इस साहित्य के जो अंश उपलब्ध हैं, इनसे हम इस नतीजे पर पहुंचते हैं कि अभी भी इनमें गुप्त ज्ञान भरा पड़ा है। प्राचीनता की इस रात्रि में हम कोई साहसिक पग उठाने का साहस नहीं कर सकते। न तो हमारे लिए कोई दिशा-निर्देशक नक्षत्र हैं, न ही अस्त होते हुए चन्द्रमाओं से कुछ प्रकाश मिल सकता है। इस प्रकार ज्ञान की सीमाओं पर खड़े हुए हम अज्ञान के अंधेरे में टकटकी लगाकर देखते हैं जिसकी व्यापकता में से हम प्रायः किसी भीमकाय की अस्थियां अथवा किसी स्मारक के अवशेष प्राप्त कर लेते हैं और जो ज्ञान के साहाय्य सिद्ध होते हैं, जो समय की सिकता पर उगे पौधे जैसे मालूम होते हैं और जो हमें हमारे युग से भी पुराने युग का परिचय देते हैं, हमारी जाति से पहले की जाति के बारे में बताते हैं, किसी शाद्वल द्वीप अथवा पुरातनता के समुद्र में लीन किसी सभ्यता-संस्कृति के बारे में बताते हैं।

जहां तक उन लोगों का सम्बन्ध है, जिन्होंने पहले-पहल हस्तरेखा विज्ञान को समझा और उसे व्यावहारिक रूप दिया, उनकी विद्वत्ता और ज्ञान के अकाट्य प्रमाण हमारे सामने हैं। प्राचीनकालीन भारतीय कीर्ति-स्तंभ हमें बताते हैं कि रोम, यूनान और इसराइल की स्थापना से बहुत पूर्व, भारत में ज्ञान का अगाध-अमूल्य भंडार एकत्र कर लिया गया था। भारत के प्राचीन मन्दिरों में खगोलशास्त्र की प्राप्त गणनाओं से पता चलता है कि ईसा काल से शताब्दियों पहले हिन्दू जाति को अयनगति (विषुवत् रेखा के माध्यम से दिन और रात के बराबर होने का ज्ञान) का ज्ञान था। भारत के प्राचीनकाल के कुछ गुफा व मन्दिरों में उपलब्ध नारसिंही मूर्तियों की रहस्यपूर्ण आकृतियां अपनी मूकभाषा में यह बताती हैं कि भारतीय विद्वानों को उन देशों से भी पहले ज्ञान प्राप्त था, जो आगे चलकर अपने ज्ञान-विज्ञान की उपलब्धियों के कारण प्रसिद्ध हुए। यह भी प्रत्यक्ष हआ है कि सौर मार्ग पर एक राशि से दुसरी में प्रवेश करने में सूर्य को कम-से-कम 2140 वर्ष लगते रहे होंगे और अब तो यह अनुमान लगाना भी असम्भव है कि जब ये परिवर्तन लक्ष्य किये जा सके होंगे या ध्यान में आये होंगे तो कितनी ही शताब्दियां बीत चुकी होंगी।

इस तरह के निरीक्षण के लिए जिस मानसिक शक्ति की आवश्यकता थी, वह

अपना परिचय स्वयं है, और स्थिति यह है कि हम अपने इस विषय के अध्ययन के स्रोतों की खोज ऐसी किसी जाति में ही कर सकते हैं। हिन्दू उपदेशों के दूसरे देशों में प्रसार में ही हमें हस्तरेखा विज्ञान का प्रसार मिल सकता है। जो प्राचीनतम ग्रन्थ उपलब्ध हुए हैं वे हिन्दुओं के वेद हैं और कुछ अधिकारी विद्वानों के अनुसार वे यूनान तक के ज्ञान-विज्ञान का मूलाधार हैं।

जब हम इस बात को स्वीकार करते हैं कि हस्तरेखा विज्ञान एक इतनी महान् जाति की औरस सन्तान है तो अपने-आप में एक यही कारण पर्याप्त है कि हम इस विज्ञान को आदर की दृष्टि से देखें, इस विज्ञान की न्याय की गुहार को उससे ज्यादा सुनें जितना आज सुन रहे हैं। इन मूल बिन्दुओं को परखते-जांचते, हमें लगने लगता है कि हाथों की लकीर पढ़ने का यह विज्ञान विश्व के पुरातनतम विज्ञानों में से एक है। यहां फिर इतिहास से हमें सहायता मिलती है जो गवाही देता है कि भारत के उत्तरपश्चिमी प्रदेश में न जाने कब से अब तक जोशी नामक जाति हस्तरेखा विज्ञान का अनुसरण करती आ रही है, सदुपयोग करती आ रही है।

कुछ चुनिन्दा शब्दों में वर्णन करने योग्य एक दिलचस्प तथ्य यह है कि मेरे भारत प्रवास के दौरान एक अत्यन्त प्राचीन और बेहद दिलचस्प पुस्तक को उलटने-पलटने और उपयोग करने का अवसर मुझे मिला और उस पुस्तक का विषय था हाथ के चिह्नों का अध्ययन। यह पुस्तक उन ब्राह्मणों की अमूल्य निधि थी जिन्हें इसे अपने पास रखने का अधिकार था और जो इसे पढ़-समझ सकते थे। इस ग्रन्थ की पूरी सावधानी के साथ रक्षा की जाती थी और यह प्राचीन भारत के खंडहर बन गये गुहा मन्दिरों में रखा रहता था।

यह विचित्र ग्रन्थ मानव की चमड़ी का बना था, जिसे अत्यन्त अनूठे ढंग से काट-छांटकर जोड़ा गया था। अत्यन्त विशाल आकार के इस ग्रन्थ में सैकड़ों सुन्दर रेखांकन थे जिनमें इस बात का पूरा लेखा-जोखा था कि कौन-सा चिह्न कैसे, कब और कहां सही सिद्ध हुआ था।

इस प्रन्थ की सबसे विचित्र वात यह थी कि इसका लेखन किसी लाल रंग के तरल पदार्थ से हुआ था जिसे समय न तो धुंधला कर पाया था, न विगाड़ पाया था। मन्द-मन्दे पीले रंग की चमड़ी के बने पृष्ठों पर इस चमकीले लाल रंग से लिखे अक्षरों का प्रभाव अद्भुत था। किसी रसायन के द्वारा, जो सम्भवतः जड़ी-बूटियों से तैयार किया गया था, हर पृष्ठ को चमकीला बनाया गया था मानो

वार्निश की गई हो, और रसायन जो भी रहा हो, समय को पराजित करने में सक्षम था, केवल बाहरी जिल्द अवश्य घिसने-पिटने का परिचय दे रही थी। जहां तक इस ग्रन्थ की पुरातनता का प्रश्न है, किसी प्रकार के विभ्रम का अवकाश नहीं था। स्पष्टतः इस ग्रन्थ की रचना तीन विभागों या खंडों में हुई थी, जिसका पहला खंड देश की प्राचीन भाषा से सम्बन्धित था, इतनी पुरानी भाषा कि कुछ इने-गिने ब्राह्मणों को भी इसे पढ़ने और अर्थ समझने में दिक्कत आ रही थी। भारत में ऐसे खजानों की कमी नहीं लेकिन ब्राह्मण उन सभी की रक्षा इतने यत्नपूर्वक करते हैं कि न तो पैसा, न कला का नाम और न किसी प्रकार की शक्ति या सत्ता पुरातनता के इन साक्ष्यों को कभी उजागर कर पायेंगे।

धरती पर दूर-दूर तक इस विचित्र जाति का ज्ञान ज्यों-ज्यों फैलता गया, त्यों-त्यों हस्तरेखा विज्ञान के नियमों और सिद्धान्तों का अन्य देशों में प्रसार होता गया और वे अपनाये जाने लगे। जिस तरह धर्म के साथ होता है कि जिस जाति में वह पनपा, फैला, उसकी परिस्थितियां ही उसे अनुकूल पड़ती हैं, कुछ इसी तरह हस्तरेखा विज्ञान भी अलग-अलग शाखाओं में बंट गया। प्राचीनतम साक्ष्य वही हैं जो हमें हिन्दुओं के पास मिलते हैं। इस विज्ञान की देश-से-देश यात्रा की पगडंडी पहचानना अत्यन्त कठिन है। अत्यन्त प्राचीन युग में इस किताब का प्रचलन चीन, तिब्बत, फारस, मिस्र जैसे देशों में हुआ, लेकिन आज इस विज्ञान में जो संगति और स्पष्टता हम पाते हैं, वह हमें यूनानी सभ्यता के विकास की देन है। दुनिया भर में यूनानी सभ्यता को उच्चतम और सर्वाधिक बुद्धिमत्तापूर्ण माना जाता रहा है—एक नहीं, अनेक कारणों से और जिसे हम हस्तरेखा विज्ञान या कीरोमेन्सी (यूनानी शब्द 'कीर'—हाथ से विकसित) कहते हैं, यूनान में ही पला-पनपा, बढ़ा और ज्ञान क्षेत्र में सितारों की तरह चमकने वाले महापुरुषों के आश्रय में विकसित होता रहा। हम पाते हैं कि ईसापूर्व 423 में एनेक्सागोरस कीरोमेन्सी का न केवल उपयोग करता था, बल्कि पढ़ाता भी था। हम यह भी जानते हैं कि हिस्पेनस ने हर्मीज को समर्पित बेड़ी पर स्वर्णाक्षरों में लिखी कीरोमेन्सी विषयक पुस्तक की खोज की थी, जिसे उसने सिकन्दर महान् को उपहारस्वरूप भेजा था और कहा था कि "यह ग्रन्थ ऐसा अध्ययन है जो जिज्ञासु और सुविकसित मानस के लिए ध्यातव्य है।" हमें अब यह भी पता है कि कीरोमेन्सी को अरस्तू, प्लाइनी, पेरासेल्सस, कार्डेमिस, अल्बर्टस मैग्नस, सम्राट् आगस्तस जैसे और अनेक दूसरे सुप्रसिद्ध विद्वानों का समर्थन प्राप्त था।

अब यह प्रश्न लम्बे समय से अनुत्तरित है कि क्या हम लोग अधिक बुद्धिमान हैं या ये पुरातन विद्वान् अधिक समझदार थे? हां, यह अवश्य है कि यह विचार जो हस्तरेखा विज्ञान से सर्वाधिक सम्बन्धित है और जो सर्वमान्य भी हो चुका है कि क्योंकि इस युग में मानव जाति के अध्ययन का महानतम विषय मानव ही था, इसलिए इस प्रकार के विज्ञान में इन लोगों के निष्कर्षों के उस युग की तुलना में अधिक सही होने की सम्भावना अधिक है जो अपने विनाशक उपकरणों, अपने वाष्प इंजनों और अपने वाणिज्य के लिए अधिक जाना जाता है। दूसरे, यदि आधुनिक युग इस बात से सहमत हो जाता है, बल्कि सहमत हो भी चुका है कि वे यूनानी धार्मिक विचार और ज्ञान की अद्भुत गहराई वाले मनुष्य थे और उनके विचार, उनका चिन्तन, उनके ग्रन्थ गहनतम आदर के पात्र हैं तो इस विषय में ही हम उनकी आधिकारिकता को गम्भीरता से क्यों न लें और उस जिज्ञासा को क्यों नकार दें जो इतनी गहराई से उनकी दृष्टि का विषय बना हुआ था? पुनः यदि हम पीछे मुड़कर देखें, जैसाकि हम प्रायः इन विद्वानों के विषय में करते हैं तो हर तर्कसंगत विषय के नाम पर तो उन्हें याद करें लेकिन इस एक विषय में उनके ज्ञान को त्याज्य घोषित करें, ऐसा क्यों?

अब देखिये कि जैसाकि मानव जाति के अध्ययन में मनुष्य के चेहरे पर नाक, कान, आंखों आदि की एक स्वाभाविक स्थिति को पहचाना गया, उसी तरह हथेली पर भी मस्तिष्क रेखा और जीवन रेखा आदि की स्वाभाविक स्थिति को मान्यता मिली। इस विषय पर इसके अध्येताओं ने जो समय लगाया, जो साधना की, उसके बल पर वे इन चिह्नों को नाम दे सके, उदाहरणतया मस्तिष्क रेखा का अर्थ मानसिकता, हृदय रेखा अर्थात् स्नेह, जीवन रेखा अर्थात् जीवनावधि और इसी तरह अन्य जो चिह्न अथवा पर्वत हथेली पर मौजूद हैं, उनके नाम। इस जानकारी के साथ हम उस युग में पहुंचते हैं जब धर्म के साम्राज्य और अधिकार क्षेत्र के बाहर मठ की शक्ति को अनुभव किया जाने लगा था। कहा जाता है कि आरम्भिक मठाधीश इस पुरातन विश्व की शक्ति के प्रति ईर्ष्याभाव रखते थे। चाहे सत्य यह था या नहीं, लेकिन आज भी हम देखते हैं कि मठ आध्यात्मिक अथवा लौकिक सभी विषयों में स्वयं को वेदवाक्य का निर्वाचित प्रतिनिधि मानता है। स्वयं को असहिष्णु कहलाने की अनिच्छा के बावजूद यह कहने के सिवा चारा क्या है कि किसी भी शासन करने वाले धर्म का इतिहास ज्ञान के विरोध का इतिहास है, सिवा तब जब कि ज्ञान उस धर्म की अनुज्ञाओं में से ही न निकल रहा हो। हस्तरेखा

विज्ञान की, जोकि म्लेच्छ हों या काफिर सभी की सन्तान कहा जाएगा, कोई सुनवाई तक नहीं हुई। इसे जादूगरी और टोना-टोटका मानकर त्याज्य घोषित किया गया। कल्पना कर ली गई कि हस्तरेखा विशारदों का पिता स्वयं शैतान है। परिणाम यह हुआ कि ऐसे पिता की परिकल्पना से भयभीत स्त्री-पुरुषों ने हस्तरेखा विज्ञान को अपराधी घोषित हो जाने दिया, इसे जिप्सियों, खानाबदोशों और घुमक्कड़ों के हाथों पड़ जाने दिया।

मध्ययुग में इस प्राचीन विद्या को पुनर्जीवित करने के अनेक प्रयास किये गए। उदाहरणतया 1475 में प्रकाशित 'दिये कुन्स्त कीरोमेन्ता', 1490 में प्रकाशित 'द कीरोमेन्तिया अरिस्टोटलिस कम फिगरिस' ग्रंथ, जो अब ब्रिटिश म्यूजियम में सुरक्षित हैं। इन प्रयासों को इस विद्या की राख को बुझने से बचाने के लिए उपयोगी माना जाना चाहिए। किन्तु यह विद्या एक बार फिर उठकर सामने उन्नीसवीं शताब्दी में आयी, जैसेकि उत्पीड़न की अग्नि में से फीनिक्स, जिसने इसे नष्ट करने के विफल प्रयास किये। अतीत के तथाकथित अन्धविश्वास की रक्षा में आज का विज्ञान आगे आया है। लगभग हर पक्ष में ऐसे प्रमाण जुट रहें हैं जो सिद्ध करते हैं कि यह प्राचीन विद्या मतिभ्रम नहीं अपितु एक वास्तविकता है, एक ऐसा रत्न जो छल-छन्द और अन्धविश्वासों के ढेर में दबकर धुंधला तो पड़ा तथापि जिसके भीतर सत्य का वह प्रकाश विद्यमान है, जिसे जानकर प्रकृति के अनुयायी प्रसन्न होते हैं, जिसकी पूजा करते हैं।

यहां मठ के आक्रमणों से हस्तरेखा विज्ञान की रक्षा करना उचित होगा। आइये, पहले हम मठ के इस पर आक्रमण के अधिकार की ही जांच करें। काश कि महाराजाधिराज शैतान महोदय का झुकाव आज भी हर उस व्यक्ति की पीठ पर हाथ रखने की ओर हो जो मठ की सही-गलत की धारणा के अनुकूल न होने वाले विचार अथवा विज्ञान को बढ़ावा देने का दुःसाहस करता है। मैं लन्दन में उस घटना के एक माह पहले तक नहीं गया था जबकि एक कैथोलिक पादरी ने एक पूरे परिवार को मुक्ति दिलाने से इनकार कर दिया था क्योंकि उसके आदेश के बावजूद उस परिवार ने मुझसे परामर्श किया था। अमेरिका में मेरे प्रवास के प्रथम वर्ष के दौरान मेरे पास दो पादरी मुझसे सिर्फ यह बहस करने आये थे कि मेरी सारी सफलता केवल इसलिए थी कि मैं शैतान का प्रतिनिधि था। उनमें से एक ने तो यहां तक कहा कि उसे परमेश्वर ने मुझे चर्च में एक छोटी नौकरी दिलवाने को भेजा है—स्पष्ट है कि बहुत थोड़े वेतन पर—बस शर्त यह थी कि मैं शैतान की शक्ति से नाता तोड़ लूं। लेकिन

अमेरिका के प्रमुख धर्मों में से एक में एक महत्त्वपूर्ण पादरी के इन शब्दों की याद आते ही इन बातों पर आश्चर्य भी नहीं होता :

"कुछ वर्ष पूर्व अपनी आंखों से जो मैंने देखा, वह मैं तुम्हें बताता हूं।" उसके आगे का वर्णन था, "घोड़े की आकृति का एक अग्निपूर्ण पशु था जो जलते कोयले की तरह दहक रहा था। उस पर बांहों के बिना एक आदमी सवारी कर रहा था। वह घोड़ा द्वीप के एक सिरे से दूसरे सिरे तक एक दिशा से दूसरी लक अत्यन्त तीव्र गति से लुढ़क रहा था। लोग डरे हुए थे, उनका विचार था कि यही शैतान है। उन्होंने मुझसे कहा कि मैं रक्षा करूं किन्तु मैंने मना कर दिया...मैं सारी दुनिया घूम चुका हूं और धरती के महानतम दृश्य और आश्चर्य देख चुका हूं, लेकिन ऐसा दृश्य मैंने पहले कभी नहीं देखा। यह दृश्य उन सभी के लिए एक चेतावनी है, जिन्हें वह दीख पड़ रहा था। यह शैतान और उसकी सेना का प्रतिनिधित्व कर रहा था जो कि इस धरती के पापियों तक भयानकतम परिणाम लेकर पहुंचेंगे।"

मैं इस पर कोई टिप्पणी नहीं दूंगा। मैंने उपर्युक्त शब्द न्यूयार्क के एक प्रमुख समाचारपत्र से ज्यों का त्यों उद्धृत किये हैं क्योंकि उस पत्र में पूरे उपदेश की रिपोर्ट प्रकाशित हुई थी।

चर्च में संगति का अभाव है। चर्च का आधार है बाइबिल और प्रथम जेनेसिस से लगाकर रेविलेशन की समाप्ति तक बाइबिल भाग्य का एक ग्रंथ है। आरम्भिक अध्यायों में हम देखते हैं कि ईश्वर ने एक निश्चित समय का निर्धारण किया है जब एक अविवाहित गर्भवती होगी और कुछ समय बाद जूडा छल करेगा। जूडा बेचारा इस तरह का शिकार, भाग्य की सन्तान बनता है जिससे राष्ट्रों का प्रारब्ध बदलने वाली घड़ियों का उदय होगा। कहना निरर्थक है कि जूडा एक मुक्तं दूत था, यदि वह अपने भाग्य से बचने का प्रयास करता तो उसकी जगह लेने वाला क्या कोई दूसरा नहीं होता कि जिससे धर्मग्रन्थों का कहा पूरा हो सकता? उपदेशों में चौदह बार से अधिक हमें ऐसे रहस्यपूर्ण शब्द मिलते हैं। बाइबिल के लगभग हर भाग में हमें भविष्यवाणी की धारणा का पोषण ही मिलता है। हम देखते हैं कि इन उद्देश्यों के लिए 'भविष्यवेत्ताओं की शाखाएं' स्थापित की गई हैं, और ऐसे संकेत बराबर हैं कि परमेश्वर द्वारा निर्वाचितों ने समादृत भाव से आध्यात्मिक समागम किये। हिन्दुओं, मिस्रियों, कैल्डिया निवासियों और भविष्यवाणी की भावना का पोषण करने वाले हर राष्ट्र की तरह हिन्दू लोगों में भी मठाधिकारियों से भिन्न भविष्यवेत्ता का एक अलग पहचान वाला वर्ग हुआ करता था। यहूदियों में भविष्यवेत्ता साधु

मठाधिकारियों के स्पष्ट विरोध में कार्यरत होते थे और कठोर से कठोर शब्दों में उनके बीच प्रचलित भ्रष्टाचरण और जुगुप्साओं को परित्याज्य घोषित करते थे। फिर, यहूदियों के प्राचीन गुह्यवाद से अधिक रहस्यमय या जादू के निकट और क्या हो सकता है? परम्परा के अनुसार यह गुह्यज्ञान ईश्वर से आदम को मिला और आदम से उसके पुत्र सेठ को जिसने किसी रहस्यपूर्ण ढंग से इसे कहीं खो दिया। इस ज्ञान को पुनः ईश्वर ने मूसा को दिया, स्थान था सिनाई पर्वत, मूसा से यह जोशुआ को मिला, जोशुआ। से सत्तर समादतों को, और इसका उपयोग यहूदी दरवेश कभी-कभी यहूदी संहिता तालमद की व्यवस्थाओं के स्थान पर किया करते थे। बाइबिल के इस कथन का परीक्षण करने पर कि यहूदी लोग उस समय मिस्त्रियों के गुलाम थे, जबकि मिस्रवासी अपने जादू के लिए प्रसिद्ध थे, इस बात पर आश्चर्य कैसा कि उस रहस्य-भरे स्थान को छोड़ देने के वाद भी यहूदी उस ज्ञान और उसमें छिपे उपदेशों के खजाने को अपने साथ लिये रहे। अनेक आधिकारिक विद्वानों के अनुसार वह सत्य, जब हिब्रू लोग मिस्रवासियों पर कहर ढाते हुए अगले दिन उस स्थान से कूच करने की तैयारी में थे और उनके आभूषण लूट रहे थे; इस गुह्यवादी उक्ति में समाहित है, "उनके बाहरी कर्मकांड और उनकी जादुई पूजाविधि उनसे ले ली गई।" इसमें स्पष्ट है कि आधुनिक चर्च जिस बाइबिल पर आधारित है, वह अपने समय में प्रचलित रहस्यवाद की रंगत लिए हुए है, भविष्य कथन भी बाइबिल से प्रेरित है, यह नियति का पाठ पढ़ाती है—और यही तीनों हैं चीजें कि हस्तरेखा विज्ञान के अध्ययन में चर्च के क्रोध का कारण बनती हैं और जादू-टोना और ईश्वरीय उपदेश के विपरीत जो कुछ हो सकता है, उन नामों से त्याज्य घोषित कर दी जाती हैं।

चर्च के इस विरोध को देखते हुए बाइबिल के अनेक ऐसे उद्धरणों पर ध्यान देना दिलचस्प मालूम होता है जिनमें 'हथेली' का नाम आता है। ऐसे अनेक विद्वान् हैं जो इस बात को स्वीकार करते हैं कि मिस्र में रहते हुए यहूदियों ने जो कलाएं सीखीं, उनमें हाथ की रेखा पढ़ना भी एक थी। लेकिन इस कला के समर्थन में सबसे महत्त्वपूर्ण काव्योक्ति जो उद्धृत की जाती है वह 'जॉब' के सैंतीसवें अध्ययन की सातवीं उक्ति है। मूल हिब्रू में इस उक्ति का अर्थ उससे भिन्न लगता है जो अर्थ अंग्रेजी अनुवाद में इसे प्रदान किया गया है। एक अनुवाद इस तरह है, "ईश्वर ने मनुष्यों के हाथों में ऐसे चिह्न और छापे बनाये जिससे वे सभी अपना कार्य जान सकें।" सोलहवीं शताब्दी के मध्य के आसपास इस उक्ति ने अनेक टीकाकारों

और अध्यात्मवादियो के बीच अनेक बड़े और महत्त्वपूर्ण शास्त्रार्थ छेड़ दिये। इनमें से अनेक में हम पाते हैं कि उन्होंने हाथ की रेखाओं के कीरो-पक्ष का समर्थन इन रेखाओं को 'ईश्वर के बनाए चिह्न ताकि लोग अपना कार्य जान सकें' कहकर किया। इस पक्ष के समर्थकों में थे फ्रांसिस्कस वेलेसियस, शुल्तेन, लाइरेनस, टामसिन और डेब्रिओ, और अधिक उल्लेखनीय यह है कि ध्यान रहे, कि अपने मत को व्यक्त करने वाले ये महापुरुष जिस विरोधी युग में रह रहे थे, उससे अधिक विरोध का वातावरण और कभी शायद ही हो। ऐसे युग में बाइबिल का अंग्रेजी में अनुवाद जबकि हस्तरेखा-विज्ञान, ओझाधर्म अथवा जादू-टोना का विरोध चरम पर था, सम्भवतः इस काव्योक्ति की उस शब्दावली का कारण बना जिन शब्दों में आज यह हमें मिलती है।

इस मत से सम्बन्धित कुछ अन्य काव्योक्तियों का भी यहां उल्लेख किया जा सकता है :

"दिन की लम्बाई उसके दायें हाथ में और सम्पदा, सम्मान आदि बायें हाथ मे हैं।" (प्रोव० iii.16)

"मेरे हाथ में कौन-सा शैतान है?" (1 सैम. xxvi.18)

"और उसका चिह्न उसके मस्तक में मिले या फिर उसके हाथ में।" (रिव. xiv.9.)

किन्तु इस विषय से सम्बन्धित अनेक अन्य उद्धरणों के बीच, 'जॉब' की काव्योक्ति निःसन्देह सर्वाधिक महत्त्वपूर्ण है, हमने देखा कि जिसका अध्यात्मघादियों तक ने समर्थन किया है।

चर्च द्वारा किए जाने वाले विरोध के सम्बन्ध में मेरे विचार में सब से तर्कहीन विचार यही है कि यही एक दूसरी दुनिया को लेकर भाग्यवाद का प्रचार करने में नहीं हिचकता किन्तु इस विज्ञान को लेकर इसी विषय में छुआछूत बरतता है। जहां तक धार्मिक प्रश्नों का सम्बन्ध है, पूर्वनिर्धारित नियति का खुल्लमखुल्ला प्रचार करने वाली अनेकानेक जातियां हैं। आज जिसे इंगलैंड का चर्च कहते हैं, वह इसी नियतिवाद को आस्था के अपने आलेखों में से एक घोषित करने की सीमा तक जाता है जैसाकि सत्रहवें धर्मालेख में कहा गया है, "जीवन में पूर्वनिर्धारित नियति परमेश्वर का शाश्वस्त लक्ष्यहै जिसका निर्णय उसने इस विश्व का आरम्भ होने के पहले से ही हमसे गुप्त अपने विचार प्रकाश से कर दिया था," जिसके अनुसार मनुष्यों को एक'या दूसरा या अन्य कोई कर्तव्य करना था। इस आलेख के विद्वान् रचयिताओं

ने ईश्वर की अपनी परिकल्पना के अनुसार ऐसी ही व्यवस्था की है।

इस प्रकार जीवन की चिरंतनता का गणित बनाना, अज्ञात की अर्थ-राजनीति के आयोजन की चेष्टा करना लोगों से इस बात पर विश्वास करने को कहने से कई हजार गुना अधिक संगतिहीन है कि चूंकि हाथ भी व्यवस्था के गुलाम हैं, इसलिए व्यवस्था को प्रभावित करने वाले सभी तत्त्व उन्हें भी प्रभावित करते हैं : यह विचित्र लगता है तथापि सत्य है कि जो लोग धर्म के मामले में अत्यधिक अद्भुत सिद्धान्तों पर विश्वास करते हैं वही यह चिल्लाते हैं कि हस्तरेखा विज्ञान के शास्त्र जैसी किसी चीज में विश्वास रखना मूर्खता है। निस्सन्देह इस बात में कोई संगति या तर्क नहीं है।

अब हम यह देखेंगे कि विज्ञान ने हस्तरेखा विज्ञान के लिए क्या किया और क्या इस विद्या का अनुमान अथवा कल्पना के सिवा भी कोई आधार है या नहीं? विशेषज्ञता के इस युग में, जबकि यह गुण इस शताब्दी की सबसे बड़ी विशेषता है, लगभग हर क्षेत्र में लोग विद्या की किसी एक विशिष्ट शाखा में ही समय लगा रहे हैं। बीते दिनों में तो किसी एक व्यक्ति का चिकित्सक, रसायनज्ञ और शल्यचिकित्सक एक साथ होना आम बात थी। सच तो यह है कि नियमों की कोई सीमा नहीं थी और किसी भी तरफ कोई ध्यान दे सकता था। उन्नीसवीं शताब्दी, खासकर उसके अन्तिम दिनों में, हर दिशा से विशेषज्ञों की बाढ़-सी आ गयी। शल्यचिकित्सक को चिकित्सक होना अनिवार्य नहीं रहा और न औषधविज्ञानी को शल्यचिकित्सक होना, जरूरी नहीं कि दन्तचिकित्सक डाक्टर का भी काम करे, रसायनज्ञ के लिए कुछ जरूरी नहीं रहा कि वह हड्डी बैठाने का भी काम करता हो। यह परिवर्तन विशेषरूप से विज्ञान के ही क्षेत्र में देखा गया और कई स्वतन्त्र खोजों और सुधारों में तो चकित कर देने वाले परिणाम भी देखने को मिले।

इतना अवश्य है कि इस विशेषज्ञता में एक बड़ी बुराई भी है। इससे किसी एक विषय का अधिक ज्ञान तो होता है किन्तु साथ ही लोग ज्ञान की एक संकुचित शाखा तक ही सीमित रह जाते हैं। इसलिए प्रायः ऐसा होता है कि चिकित्सक को शरीरविज्ञान का अधिक पता नहीं होता, शल्यचिकित्सक को ओषधि का ज्ञान नहीं होता, नाड़ीविज्ञानी साधारण रोगों का उपचार नहीं कर पाता जबकि सामान्य चिकित्सक नाड़ी-सम्बन्धी रोगों को हाथ नहीं लगाता, यहां तक कि क्षयकारी रोगों का डाक्टर साधारण ज्वर के रोगियों का इलाज नहीं करेगा आदि-आदि। इस सवसे एक बड़ी गम्भीर स्थिति उत्पन्न होती है, वह यह कि सामान्य जन सामान्य डाक्टर को

लेकर अनुचित रवैया अपना लेते हैं। मान लीजिए एक आदमी हिप्नोटिज्म को एक विचित्र प्रयोग मानता है और अपने डाक्टर के पास जाता है, लेकिन चूंकि शायद उस डाक्टर ने कभी अपने पांच मिनट भी ऐसे किसी विषय पर नहीं लगाये होते, हिप्नोटिज्म को असम्भव करार देता है, मरीज वापिस लौटता है और लोगों के बीच हिप्नोटिज्म की खिल्ली उड़ाने का प्रचार करता है क्योंकि अमुक डाक्टर इस पर विश्वास ही नहीं करता। जब हम इस तथ्य पर विचार करते हैं कि चिकित्सा विज्ञान में ही सैंकड़ों ऐसे रहस्थ हैं जिनका सामान्य चिकित्सकों को कोई ज्ञान ही नहीं है तो कल्पना की जा सकती है कि जीवन और प्रकृति के रहस्यों के बारे में कितना कुछ और अज्ञात ही रह गया होगा क्योंकि वह सब मनुष्य की विश्लेषण-शक्ति के परे अदृश्य नियमों से नियन्त्रित होता है।

मैं सुशिक्षित लोगों की संस्था के रूप में डाक्टरों का सम्मान करता हूं, किन्तु मैं इस विचारधारा का सम्मान कैसे करूं कि सभी चिकित्सक अपने नाम के साथ केवल एम० डी० जुड़ा होने-भर से और टेलीपैथी, मैस्मेरिज्म और दूरश्रवण जैसे विषयों में कोई योग्यता न होने पर भी इनके बारे में निर्णय लेने की हैसियत में आ जाएं? वाल्तेयर ने कहा था कि "न्यूटन अपने पूरे विज्ञान के बावजूद यह नहीं जानता कि उसका हाथ हिलता-जुलता कैसे है।" अपने कार्य के दौरान लगभग प्रतिदिन निम्नलिखित वार्तालाप से मैं अवश्य गुजरता हूं :

"महोदय, यह तो ठीक है कि आपने इन रेखाओं को पढ़कर मेरे विगत जीवन की सभी घटनाओं का सही-सही विवरण दिया है और मैं आधा तो इस पर विश्वास करने के लिए राजी हो गया हूं कि आप भविष्य भी बता सकते हैं, किन्तु मैंने अमुक डाक्टर से पूछा तो उसने कहा कि यह सब छल-छन्द है, इसलिए मैं समझ नहीं पा रहा कि क्या सोचूं।" क्या कहें! अमुक डाक्टर महोदय अक्सर ऐसे व्यक्ति निकलते हैं जिनके पास हाथ की रेखाओं और मस्तिष्क के पारस्परिक सम्बन्ध का अध्ययन करने का न तो कभी समय निकला, न अवसर मिला और न इस ओर उनकी कोई रुचि थी। यहां तक कि उन्होंने इस विषय में चिकित्सा-विशेषज्ञों के ग्रन्थ भी नहीं पढ़े। वे तो बस बुखार, निमोनिया, बच्चों की बीमारियों या बुढ़ापे के साथ आये अतिक्रमों और रोग के वहमों का इलाज करने तक सीमित होकर रह गये होते हैं। उन्हें केवल इतना पता है कि हाथ जैसी कोई चीज होती है जो बुखार में खुश्क और गर्म हो जाती है, और उनके लिए बस इतना ही पर्याप्त है।

इस सम्बन्ध में मैं न्यूजर्सी स्टेट मेडिकल सोसायटी के अध्यक्ष के भाषण में से एक अंश उद्धृत करता हूं, जिसमें उन्होंने कहा है :

"कितने चिकित्सक ऐसे हैं जो सुनी-सुनाई बात के सिवा रोगों की उत्पत्ति के प्राकृतिक कारणों के बारे में थोड़ा भी जानते हैं? कितनों में यह साहस है कि वे विभिन्न अनावश्यक ओषधियों के सेवन का परामर्श देने के लुभावने अवसर को बलपूर्वक दबाते हुए स्वयं निरीक्षण कर इस पक्ष को जानें?"

वीस वर्ष से अधिक पहले की बात नहीं है जब प्रायः हर प्रसिद्ध चिकित्सक जोर देकर यही कहता था कि सम्मोहन विद्या असम्भव है। आज उसी व्यवसाय ने इसे अपना रखा है और कभी जिस विद्या के अस्तित्व से इनकार करता था, अब उसी के नियमों का अध्ययन करता है। कीरो-विद्या के साथ भी यही बात है, वर्षों तक इसका उपहास किया गया, आज ये सब स्वीकार करते हैं कि रोग एक अनूठे ढंग से हथेली पर अंकित होते हैं और अब तो नख़ों के आकार का अध्ययन एक ऐसी प्रशाखा है कि लन्दन और पेरिस के चिकित्साविज्ञानी भी इस पर भरपूर ध्यान दे रहे हैं।

यदि चिकित्सा-व्यवसाय अपने चिरकाल से चले आ रहे पूर्वाग्रहों को छोड़ सके, यदि वे इस बात के लिए राजी किये जा सकें कि हस्तरेखा विज्ञान की कुछ विश्वसनीय पुस्तकों पर ध्यान दें, उन्हें खुद पढ़ें तो इसमें सन्देह नहीं कि वे इस निष्कर्ष पर पहुंचेंगे कि हिस्पेनस के शब्द याद करें तो यह विज्ञान निस्सन्देह "इस योग्य है कि विकसित और जिज्ञासु लोगों का मानस इसे अनदेखा न करे।"

इस सन्दर्भ में मैं एडिनबर्ग विश्वविद्यालय, स्काटलैंड की पत्रिका 'स्टूडेंट' में प्रकाशित निम्नलिखित पत्र को यहां ले रहा हूं।

कीरोविज्ञान

महोदय, कुछ वर्ष पूर्व जब मैं शाही अस्पताल के एक वार्ड में से गुजर रहा था, अचानक मुझे विचार आया कि एक रोगी के हाथ की रेखाओं का निरीक्षण किया जाए।

मैं सबसे निकट के पलंग के पास गया और उस रोगी की ओर देखने को रुके विना मैंने उसका हाथ देखना शुरू किया। मैं हस्तरेखा विज्ञान के बारे में कुछ भी नहीं जानता था और उससे भी कम उस पर विश्वास करता था। सच कहूं तो मुझे केवल इतना पता था कि पांच प्रमुख रेखाओं के नाम क्या हैं और उनमें कोई बाधा, उनका टूटना दुर्भाग्य का लक्षण था। मैंने उनके हाथों का निरीक्षण किया

और देखा कि जीवन रेखा दोनों ही हाथों में टूट रही थी। भाग्य रेखा अपनी सहज लम्बाई की एक चौथाई भी विकसित नहीं हुई थी कि उसकी जगह एक बड़े गुणन चिह्न (क्रास) ने ले ली थी। मैंने उस रोगी से बात की तो पता चला कि उसकी आयु मात्र तेईस वर्ष की थी और वह गम्भीर क्षयरोग का शिकार था। कुछ दिनों में उसकी मृत्यु हो गई। मैं ऐसे अनेक उदाहरण दे सकता हूं किन्तु स्थान की कमी इसकी अनुमति नहीं देती। क्या आप मुझे इतनी अनुमति देंगे कि मैं मस्तिष्क की कोशिकाओं में चलने वाली प्रक्रियाओं और हाथ की इन रेखाओं के बीच सम्भावित सम्बन्ध पर प्रकाश डालने वाले कुछ सुझाव दे सकूं? मुझे भली भांति पता है कि हस्तरेखा विज्ञान को नीमहकीमी और कपट विद्या कहा जाता है, किन्तु आखिरकार तथ्य बहुत हठी होते हैं, भले ही वे किसी ज्ञात वैज्ञानिक आधार पर टिके हुए न हों।

[हाथ के रेखांकित चिह्नों और कुछ शरीर वैज्ञानिक तथा मस्तिष्क की मानसिक प्रक्रियाओं के बीच संभावित सम्बन्धों पर कुछ सुझाव]

1. एक तर्कयुक्त जीवन के रूप में मनुष्य का हाथ विशेष रूप से विकास की उच्च स्थिति का द्योतक है।

2. उसकी गति से वक्तृता, क्रोध, प्रेम आदि प्रवृत्तियों का पता चलता है।

3. यह गति स्थूल अथवा सूक्ष्म होती है, इसलिए उससे हाथ पर बड़ी या छोटी सलवट अथवा रेखाएं बनती हैं।

4. इन सलवटों और रेखाओं का गति तथैव प्रवृत्तियों से निश्चित सम्बन्ध है।

5. हर हाथ पर चार सुस्पष्ट सलवटें अथवा रेखाएं होती हैं, जिनके बारे में अनुभव से यह ज्ञात हुआ है कि इनका प्रेम, मानसिक शक्ति, जीवनावधि और मानसिक झुकाव जैसी प्रवृत्तियों से सुनिश्चित सम्बन्ध है। कीरोविद् अर्थात् हस्तरेखा विशारद इन प्रवृत्तियों को 'भाग्य' कहते हैं।

6. जीवनावधि रेखा को काटने वाली कोई रेखा या उससे निकली कोई शाखा अथवा उसका कहीं टूटना इस रेखा की एकरूपता में वाधा डालते हैं, अतः जीने की प्रवृत्ति की एकरूपता में इससे बाधा पड़ती है।

7. स्थूल अथवा सूक्ष्म गतिविधि को परिचालित करने वाले स्नायु, अतएव जिनसे वैसी ही सलवट अथवा रेखाएं बनती हैं, प्रमुखतः गत्यात्मक रेशों से बने होते हैं, किन्तु सम्भवतः उनमें कुछ दूसरे ऐसे तन्तु भी होते हैं जो अर्जित अथवा अन्तनिहित प्रवृत्तियों के कारणभूत अथवा मिश्रित प्रभावों का कम्पनों द्वारा सम्प्रेषण

करते हुए और उनका जीवनवधि रेखा के प्रभावित होने वाले भाग से मुख्य रेखा या उसकी शाखा के जोड़ पर गुणन-चिन्ह (क्रॉस) जैसा चिह्न बनाते हुए दोनों का नाता जोड़ते हैं।

8. स्पष्ट है कि इसी तर्क की एकसूत्रता दुर्घटनाओं से सुरक्षा पर भी लागू होती है, अर्थात् उन दुर्घटनाओं पर जो लापरवाही के कारण होती हैं।

9. ऐसी दुर्घटनाएं जिनसे बचा न जा सके उनके सम्बन्ध में यों समझा जाए कि अस्पष्ट भय, अन्तश्चेतन ज्ञान आदि,जिनकी वास्तव में कोई संगतियुक्त एकसूत्रता नहीं है, आखिर क्या हैं? ये और कुछ नहीं, बल्कि शकु के आकार के मस्तिष्क की कुछ कोशिकाओं की ऐसी वृत्ति हैं जिनके कारण उसमें आगामी घटनाओं का प्रभाव पैदा होता है और शायद कम्पन उत्पन्न होता है, यह विचार अविश्वसनीय ही लगता है। कोशिकाओं में उत्पन्न कम्पन साथ जुड़े तर्क-प्रक्रियाओं में लगे कोशों में कोई गतिविधि तो उत्पन्न नहीं कर सकता, किन्तु उनमें जीवात्मक कम्पन अवश्य जगा देता है और। इन कम्पनों का सम्प्रेषण हाथ पर विभिन्न आकार-प्रकार के चिह्नों के रूप में अंकित हो जाता है। कीरोविदों के अनुसार आप अपने निर्मित आकार-प्रकार में जो हैं, जैसे हैं, वह तो आपका बायां हाथ है, और जो आप अर्जित करते हैं, अपने को जैसा बनाते हैं, वह आपका दायां हाथ है। इसलिए इस बात में संगति है कि हम आपकी अर्जित और अन्तर्निहित प्रवृत्तियों के परिणाम की आपके दायें हाथ में अपेक्षा करे।

जहां तक भविष्य कथन का सम्बन्ध है, मैं इसे असम्भव नहीं मानता और प्रोफेसर शरकाट की स्नायुमंडल के उच्चतर कार्यकलापों-सम्बन्धी खोजें सिद्ध करती हैं कि कोशिकाओं की वृत्ति अथवा कहें कि इन कोशिकाओं की शरीर विक्रियावैज्ञानिक स्थिति भविष्यकथन के अभ्यास को सम्भव बनाती है, हां, उसकी 'स्मृति' उत्पन्न नहीं करती।

(हस्ताक्षर)
स्पीरेनस

इससे स्पष्ट होता है कि अत्यन्त नकारात्मक व्यक्ति तक की सहमति प्राप्त करने के लिए इस विषय का थोड़ा अध्ययन आवश्यक है कि उसे भी लगे, 'रेखाओं में कुछ तो है,' और अगर कुछ है तो बहुत कुछ क्यों नहीं? बस, शर्त यही है कि इस विषय का पर्याप्त अध्ययन करने का समय निकाला जाए।

चिकित्सा विज्ञान में कान का रक्तार्बुद पर्याप्त समय पहले जाना जा चुका है।

यह कान के ऊपरी हिस्से में एक अजीब आधार में बनता है जिसमें या तो रक्तार्बुद होता है या फिर यह ऊपरी हिस्से के फूल जाने से उभार की शक्ल में बन जाता है जो प्रायः पागलों के कान में ही बनता है, आम तौर पर उन लोगों के कान में जिनका पागलपन पैतृक होता है। पेरिस में इसका विशेष अध्ययन किया गया और विज्ञान अकादमी के समस्त परीक्षणों के वे परिणाम प्रस्तुत किये गए जिनसे स्थापित हुआ कि केवल कान की परख करके पागलपन की बरसों पहले भविष्यवाणी की जा सकती है। इसलिए मेरा तर्क यह है कि जैसा कि सिद्ध हो चुका है कि जब केवल कान की जांच करके सही-सही भविष्यवाणी की जा सकती है तो क्या हाथ का निरीक्षण करके कहीं अधिक भविष्यवाणी करना असम्भव है? जबकि हाथ के बारे में स्नायुजाल और गतिसंचालन दोनों को देखते हुए यह माना जा चुका है—हाथ ही पूरे मानवशरीर का सबसे अद्भुत अंग है और हाथ का मस्तिष्क के साथ सर्वाधिक घनिष्ठ सम्बन्ध है।

अब लगभग सभी चिकित्साशास्त्री यह स्वीकार करते हैं कि नखों के विभिन्न आधार और रूप विभिन्न रोगों की ओर इंगित करते हैं और केवल नखों को देखकर यह बतलाना सम्भव है कि कोई व्यक्ति पक्षाघात, क्षयरोग अथवा हृदयरोग आदि से पीड़ित होता जा रहा है। अनेक चिकित्सकों ने मुझे बताया है कि उन्होंने हाथों से इतना जाना है कि उसे स्वीकारने का साहस उनमें नहीं है, और सच तो यह है कि पुरातन समय से चले आ रहे पूर्वाग्रहों ने ही अनेकों को ऐसे सत्य को स्वीकारने ही नहीं दिया।

इस स्थान पर मैं डाक्टर के इलाज के ढंग और एक हस्तरेखाविद् के अपने सामने वाले व्यक्ति से पेश आने के ढंग की तुलना करना चाहूंगा। यह तुलना मैं उस अनुचित व्यवहार के कारण कर रहा हूं जो चिकित्साशास्त्री नियम बांधकर हस्तरेखाविदों से करते हैं।

पहली बात तो यह कि डाक्टरों का सहारा एक मान्यता प्राप्त विज्ञान है, उनके पास अत्याधुनिक संशोधनों वाले वैज्ञानिक उपकरण हैं जिनकी मदद से वे शोधकार्य कर सकते हैं, किन्तु ऐसे कितने हैं कि रोगी द्वारा लक्षण बताये बिना ही उसे बतला सकें कि उसका मर्ज क्या है, और इसके बावजूद डाक्टर कितनी बार सही निदान कर पाते हैं? कुछ पाठकों ने शायद यह सुन रखा है कि लन्दन में जब बहुत साल पहले इन्फ्लुएंजा महामारी के रूप में फैला था तो समाचारपत्रों में एक व्यक्ति के विचित्र अनुभव प्रकाशित हुए थे। वह उस युग के सात सबसे अधिक जाने-माने

डाक्टरों के पास गया और उसकी पूरी-पूरी जांच करके हर डाक्टर ने एक नयी बीमारी का नाम लिया और खाने को बिल्कुल अलग-अलग दवाइयां दीं।

दूसरी ओर हस्तरेखाविद् के मामले में उसका आमामी अपना नाम तक नहीं बताता, व्यवसाय की बात नहीं करता, यह नहीं बताता कि विवाहित है या अविवाहित, बस अपना हाथ आगे कर देता है और ज्योतिषी को उसके जीवन की विगत घटनाएं, वर्तमान परिस्थितियां, आगे-पीछे के दिनों के स्वास्थ्य आदि के विषय में सब बताना पड़ता है तथा इस तरह अपने सटीक कथन मात्र के आधार पर उसका विश्वास जीतकर केवल उसी उपकरण के बल पर जिसके आधार पर उसने अतीत बताया था, भविष्य भी बताता है। फिर भी होता यह है कि ज्योतिषी डाक्टरों को मिलने वाले सहायक उपकरणों के एक भी अंश के बिना एक भी भूल कर जाये तो उसका आसामी तुरन्त उसे नीम हकीम कहने लगता है और सोचता है कि हस्तरेखा विज्ञान एक वंचना है, जालसाजी है। दूसरी ओर डाक्टर से कोई भूल हो जाय तो उसका पता नहीं चल पाता और परिणाम यह घोषित किया जाता है कि रोगी को 'विधि ने एक दूसरे ही संसार में बुला लिया है।'

पाठक क्या निष्कर्ष निकालते हैं, यह मैं उन्हीं पर छोड़ता हूं।

वैज्ञानिकों ने जिन तथ्यों का समर्थन किया है उनमें हमें रेखाओं, आकृतियों, पर्वतों आदि के हस्तरेखा वैज्ञानिक उपयोग का पोषण करने वाले अनेक विचार मिलते हैं। पहली बात तो यह कि किन्हीं दो हाथों पर अंकित चित्र कभी एक-से नहीं पाये गये। इस तथ्य की ओर जुड़वां बच्चों के मामले में विशेष रूप से ध्यान जाता है। दोनों के स्वतन्त्र अस्तित्व में यदि उनके स्वभावों में भारी अन्तर है तो उनकी हथेलियों की रेखाओं में भी भारी अन्तर दिखायी देगा। यह भी देखा गया है कि हाथ की रेखाओं के साथ-साथ किसी परिवार की कोई विशेष प्रवृत्ति पीढ़ियों तक बनी रहती है और हर आगामी पीढ़ी उस विशेष प्रवृत्ति को अपने स्वभाव में व्यक्त करती चलती है। किन्तु साथ ही हाथ पर अंकित चिह्नों के विषय में यह भी देखा गया है कि कुछ बच्चों में रेखाओं की स्थिति को लेकर अपने माता-पिता से कोई साम्य नहीं होता और यदि उनके जीवन का सूक्ष्म निरीक्षण किया जाए तो इस सिद्धान्त के अनुकूल वे बच्चे अपने जन्मदाताओं से पूरी तरह भिन्न होते हैं। फिर एक बालक में पिता के साथ साम्य होता है तो दूसरे में माता के साथ और तदनुसार माता अथवा पिता से साम्य रखने वाले उस बालक के हाथ पर अंकित चिह्न भी उसके अनुरूप ही मिलते-जुलते दिखायी देंगे।

एक प्रचलित धारणा यह है कि हाथ की रेखायें काम के अनुसार ढलती हैं; यद्यपि सत्य इसके एकदम विपरीत है। बालक के जन्म के साथ ही उसके हाथ पर रेखाएं गहराई से अंकित होती हैं। (चित्र 9) इसके विपरीत कार्य चमड़ी की एक मोटी परत से हाथ को ढके रखता है इसलिए रेखाओं को दर्शाता नहीं, उन्हें छिपाता है। किन्तु यदि हथेली को पुल्टिस या किसी अन्य साधन से नर्म किया जाए तो अंकित चिह्नों की व्यापकता बचपन से मृत्यु पर्यन्त किसी भी समय देखी जा सकती है।

हाथ की श्रेष्ठता विशेष रूप से ध्यान देने योग्य है। हर युग के विद्वान् एवं वैज्ञानिक इस बात से सहमत हैं कि हाथ शरीर के सभी अंगों की तुलना में अधिक महत्त्वपूर्ण भूमिका निभाते हैं। एनेक्सागोरस का कथन है, "मनुष्य की श्रेष्ठता उसके हाथों के कारण हैं।" अरस्तू के लेखों में हम पढ़ते हैं, "सभी अंगों में अंग तो हाथ ही हैं, मानव शरीर की पूरी निष्क्रिय व्यवस्था के सक्रिय प्रतिनिधि।" हाल ही के विद्वानों में सर रिचर्ड ओवेन, हम्फ्री और सर चार्ल्स बेल आदि सभी ने हाथों के महत्त्व को महिमा बखानी है। सर चार्ल्स बेल लिखते हैं, "हाथ की व्याख्या एक अकेले मनुष्य की संपत्ति के रूप में ही की जा सकती है जो अपनी अनुभव क्षमता और गतिशक्ति में उसके मस्तिष्क की शक्तियों से मेल खाता है।"

सर रिचर्ड ओवेन ने अपनी पुस्तक 'अंगों की प्रकृति' में लिखा है, "हाथ की हर हड्डी दूसरी हड्डी से साफ अलग पहचानी जाती है, हर अंकन का अपना विशिष्ट चरित्र होता है।"

यह तो पहले ही जाना और माना जा चुका है कि हाथ अपनी मुद्राओं और स्थितियों से उतनी ही बातें अभिव्यक्त कर सकता है, जितनी और बोलकर करते हैं। हाथ की भाषा का वर्णन करते हुए क्विंटीलियन का कथन है, "शरीर के अन्य अंग तो वक्ता के सहायक हैं, किन्तु मैं कहूंगा कि हाथ स्वयं बोलते हैं, वे मांगते हैं, वादा करते हैं, प्रेरणा देते हैं, झटक देते हैं, धमकाते हैं, पीछे हटते हैं, असहमत होते हैं; वे भय, आनन्द, हमारी शंकाओं, हमारी सहमतियों, पश्चात्ताप आदि को अभिव्यक्त करते हैं, वे समझौता करवाते हैं, दिल खोल देते हैं, संख्याओं का, समय का अंकन करते हैं।"

अब हम चर्म, स्नायुओं और स्पर्शानुभूति पर ध्यान देते हैं। चर्म के विषय में बात करते हुए एक बार सर चार्ल्स बेल ने कहा था, "त्वक् स्पर्शांग का इतना महत्त्वपूर्ण भाग है कि यही वह माध्यम है जिससे बाह्य प्रभाव स्नायुओं तक पहुंचते

हैं। उंगलियों के सिरे इस अनुभवांग की व्यवस्थाओं का श्रेष्ठ निदर्शन करते हैं। नख उंगलियों को सहारा देते हैं और लचकीले गद्दे के प्रभाव को बनाये रखने के लिए ही उनके सिरे बने हैं और उनका आकार चौड़ा और ढालनुमा है। यह लचीकीलापन बाहरी उपकरणों का एक महत्त्वपूर्ण भाग है। इसका भराव और लचक इसे प्रशंसनीय ढंग से स्पर्श के अनुकूल ढालते हैं। यह एक अद्भुत सत्य है कि हम जीभ से नाड़ी नहीं देख सकते, जबकि उंगलियों से देख सकते हैं। और सूक्ष्म निरीक्षण से हम पाते हैं कि उंगलियों के सिरों में उन्हें स्पर्श के अनुकूल ढालने के लिए और भी विशेष प्रावधान है। जहां भी अनुभूति की अधिक स्पष्ट आवश्यकता है वहीं हमें त्वक् की छोटी-छोटी घुमावदार मेंड़ें-सी महसूस होती हैं। इन मेंड़ों की तदनुकूलता में आन्तरिक सतह पर दबी हुई प्रणालिकाएं होती हैं जो प्रग्रिका (पैपिला) कहलाने वाली चर्म की कोमल, मांसल प्रक्रियाओं को टिकाव अथवा स्थापन प्रदान करती हैं, जिनमें कि सचेतन स्नायुओं के अन्तिम सिरों का आवास होता है। इस प्रकार स्नायु पर्याप्त सुरक्षित हैं और साथ ही साथ इतने प्रकट भी हैं कि लचीले त्वक् द्वारा उन्हें सम्प्रेषित प्रभावों को ग्रहण कर सकें और इस प्रकार स्पर्शानुभूति को जन्म दे सकें।

जहां तक स्नायुओं का प्रश्न है, चिकित्साविज्ञान बताता है कि शरीर व्यवस्था के अन्य किसी भाग के मुकाबले हाथ में सर्वाधिक स्नायु हैं और हाथ के किसी भी हिस्से की तुलना में अधिक स्नायु हथेली के अन्दर हैं। यह भी स्पष्ट हो चुका है कि पीढ़ियों से प्रयोग होते चले आने से मस्तिष्क से हाथ तक सभी स्नायु इतने विकसित हो चुके हैं कि हाथ सायास या अनायास मस्तिष्क का हर तरह से तात्कालिक अनुचर हैं। एक अत्यन्त दिलचस्प चिकित्साग्रन्थ में कहा गया है, "प्रत्येक प्रत्यक्ष स्नायु वास्तव में एक खोल में दो स्नायविक तन्तु है, एक तो मस्तिष्क की क्रिया को शरीर के सम्बन्धित भाग तक पहुंचाता है, और दूसरा उस भाग की क्रिया का मस्तिष्क तक प्रेषण करता है।"

इस सन्दर्भ में हाथ में बसे कोषाणुओं पर ध्यान देना अत्यन्त महत्त्वपूर्ण है। मैसनर ने अपनी पुस्तक 'हाथ की रचना और विधान' में दर्शाया है कि हाथ के इन कोषाणुओं का महत्त्वपूर्ण अर्थ है। मैसनर ने लिखा है कि ये 'अटूट आण्विक पदार्थ' उंगलियों की पोरों में और हाथ की रेखाओं में पाये जाते हैं और कलाई तक पहुंचते-पहुंचते पूरी तरह लुप्त हो जाते हैं, इन कोषाणुओं में अत्यन्त महत्त्वपूर्ण स्नायु-रेशे का छोर पहुंचा रहता है और ये शरीर की जीवनावधि में कुछ विशेष कम्पन अथवा

मर्मर उत्पन्न करते हैं और जीवन के समाप्त होते ही रुक जाते हैं। मैसनर लिखते हैं, "मैंने एक वयस्क व्यक्ति की तर्जनी के पहले पोर की हथेली से सही सतह पर एक सौ आठ कोषाणुओं की और एक चतुर्वर्गीय रेखा में लगभग चार सौ प्राग्रिकाओं (पैपिला) की गणना की है।"

इन शोधों के बाद जीवन के दौरान इनसे उत्पन्न मर्मर अथवा चटचटाने की ध्वनियों को लेकर प्रयोग किये गए। यह दर्शाया गया कि अत्यन्त सूक्ष्म श्रवणशक्ति वाले मनुष्य हर मनुष्य के भिन्न और स्पष्ट कथनों को पकड़ सकते हैं। एक व्यक्ति के मामले में, जिसे लेकर पेरिस में प्रयोग किया गया, जोकि जन्मान्ध था किन्तु प्रकृति ने उसे बदले में अधिक श्रवणशक्ति प्रदान की थी, यह पाया गया कि इन कोषाणुओं के कम्पनों को सुनकर "वह व्यक्ति का लिंग, आयु, स्वभाव, स्वास्थ्य की स्थिति, यहां तक कि रोग अथवा मृत्यु से उसके फासले तक के बारे में बता सकता था।"

अब हम चलते हैं उस विषय की ओर जो सम्भवतः ज्योतिष-शास्त्र को लेकर अन्य किसी मुद्दे से बढ़कर अधिक महत्त्वपूर्ण कहा जा सकता है, और वह है स्नायुओं व मस्तिष्क से सम्बन्धित एक तरल अथवा सार को लेकर विद्वानों के विचार।

इस विषय पर एबरक्रौम्बी का विचार हैं, "अनुभूति के अंगों से मस्तिष्क का अवधारणाओं का सम्प्रेषण स्नायविक तरल की गतिविधि, स्नायुओं के कम्पन या विद्युत् अथवा विद्युत्-रसायन से मिलते-जुलते सूक्ष्म सार का श्रेय है।" हम देखते हैं कि इस विचारधारा का उन लोगों द्वारा खुलकर प्रचार हुआ है जिन्होंने इस विषय पर गम्भीर विचार किया है। मूलर का भी विचार है, "सम्भवतः स्नायुमंडल और विद्युत् की अवधारणा के बीच कोई ऐसी सह-संवेदना अथवा सम्बन्ध मौजूद है जो अभी तक अज्ञात है, कुछ उसी तरह का सम्बन्ध जैसाकि विद्युत् और चुम्बकीय शक्ति के बीच विद्यमान पाया गया है।" उनका आगे विचार था, "हम अभी तक यह नहीं जानते कि क्या कोई विचारातीत तरल अकल्पनीय गति से स्नायुओं द्वारा सम्प्रेषित प्रभाव के साथ दौड़ पड़ता है या नहीं, अथवा क्या स्नायुमंडल की गतिविधि में स्नायुओं में पहले से वर्तमान कोई अकल्पनीय विधान विद्यमान होता है या नहीं, जो मस्तिष्क के कम्पनों में भी स्थित होता है।"

मुझे फ्रांस के महान् पंडित सुप्रसिद्ध प्रोफेसर सैवरी द' ओदियर्दी को निजी रूप से जानने का गौरव प्राप्त है, जिन्होंने अपने जीवन का अधिकांश समय रोगों

की चिकित्सा में विद्युत् के प्रभावों का अध्ययन करने में लगाया। प्रोफेसर साहब ने दैनन्दिन जीवन में विद्युत् की भूमिका को अपनी जानकारी के आधार पर जो अनेक विस्मयकारी उपचार कर दिखाये, उन्होंने इन्हें इस विषय में अपने समय का महान्तम अधिकारी विद्वान् बना दिया।

बातचीत के दौरान उन्होंने बताया कि वे स्नायुमंडल को ऐसी टेलीग्राफ व्यवस्था मानते हैं जो विचारों के प्रवाह को मस्तिष्क से शरीर तक पहुंचाती है, और यह सम्बन्ध और नाता हाथों के बारे में अधिक विशिष्ट है।

हर्डर ने 1827 में पेरिस से प्रकाशित मानवता के इतिहास और विचारदर्शन पर लिखी पुस्तक में इस सिद्धान्त का समर्थन किया है। उन्होंने स्नायविक तरल के बारे में चर्चा की है और उनका मानना है कि यह एक ऐसा सार है जो विद्युत् से भी अधिक सूक्ष्म है और मस्तिष्क के प्रभावों को स्नायुओं तक पहुंचाने का काम करता है। सुप्रसिद्ध विद्वानों के ऐसे सब विचार जिन्होंने इस विषय को लेकर अपना समय लगाया और अध्ययन-मनन किया, पूरी तरह से यह दर्शाते हैं कि एक या दूसरे रूप में मस्तिष्क का प्रभाव रेखाओं पर, नंखों पर और सत्य तो यह है कि हाथ के हर भाग पर पड़ता है। इस सिद्धान्त में अन्धविश्वास का कहीं स्थान नहीं है, यह विज्ञान की उपलब्धियों पर आधारित है और अकाट्य तथ्यों द्वारा समर्थित है। आखिर इसके सिवा यह और कुछ हो भी कैसे सकता है? जाने-माने अधिकारी विद्वानों का कथन है कि हम प्रायः देखते हैं कि "एक जीवविज्ञानी जब एक कंकाल की जांच करता है तो जान जाता है कि हड्डियों की सतह पर जो अनियमित चिह्न अथवा मेंड़ जैसी उभरी हुई हैं वे मांसपेशियों और स्नायुओं की क्रिया व दबाव का ही परिणाम हैं" और एक वैज्ञानिक हड्डी के किसी टूटे अवशेष के आधार पर ही पूरा ढांचा समझ लेता है, मृतकजीव के शारीरिक अनुपातों, उसकी जाति, आदतों, यहां तक कि उसे प्रभावित करने वाले सम्भावित रोगों के बारे में जान लेता है। यदि हड्डी के एक अवशेष के द्वारा यह सब करना सम्भव है तो अपने विषय को इस दृष्टिकोण से देखकर, मेरा प्रश्न है कि हम शरीर के सर्वाधिक महत्त्वपूर्ण अंग—हाथ—का सावधानी से निरीक्षण करके क्या कुछ नहीं कर सकते? क्या इस विचार में आपको कुछ भी मूर्खतापूर्ण अथवा हास्यास्पद लगता है कि एक हस्त-विशेषज्ञ (एक ज्योतिषी को यही कहा जाएगा) को किसा भी हस्तरेखा विषयक सिद्धान्त अथवा रेखाओं के अध्ययन से स्वतन्त्र रहकर हाथ का अध्ययन-निरीक्षण करने मात्र से स्वास्थ्य, भूत व वर्तमान

के वातातरण, यहां तक कि भविष्य आदि के बारे में जानने का यत्न करना चाहिए, बल्कि इस योग्य होना चाहिए?

हम पहले ही देख चुके हैं कि रेखाएं काम से निर्धारित नहीं होतीं। और यदि, जैसाकि बताया जा चुका है, रेखाएं काम से नहीं बनतीं तो उसी तरह वे हाथ को लगातार मोड़ते रहने से भी नहीं बनतीं। यह सही है कि हाथ रेखाओं पर ही मुड़ता है, पर यह भी सही है कि जहां मुड़ना सम्भव ही नहीं, रेखाएं और चिह्न तो हाथ पर वहां भी होते हैं, और यदि उन रेखाओं के मामले में यह बात सही है तो सभी के बारे में क्यों नहीं? फिर, कुछ रोग ऐसे हैं (जैसेकि पक्षाघात) जिनमें रेखाएं पूरी तरह लुप्त हो जाती हैं, पर हाथ पहले की ही तरह मुड़ता रहता है। इससे स्पष्ट है कि हाथ के मुड़ने का तर्क किसी भी तरह टिकता नहीं।

जहां तक इस प्रश्न का सम्बन्ध है कि क्या मस्तिष्क विज्ञान और सामुद्रिकी का अध्ययन हस्तरेखा विशेषज्ञ के निरीक्षण के सहायक माने जाएंगे?—प्रश्नकर्ता थोड़ा विचार करे तो सन्तुष्ट होगा कि ऐसा होना किसी भी तरह आवश्यक नहीं है। हाथ का पूर्ण निरीक्षण इन दोनों को साथ लेकर चलता है। हाथ मस्तिष्क के हर भाग से सीधे सम्पर्क के कारण न केवल सक्रिय विशेषताओं के बारे में बताता है, बल्कि उनका भी निदर्शन करता है जो अधिक प्रभावी हैं या जिनका अभी विकास होना है। जहां तक सामुद्रिकी का प्रश्न है, चेहरा इतना अधिक सरलता से नियन्त्रित हो जाता है कि उसे देखकर निकले निष्कर्ष पूरी तरह सही नहीं हो सकते, जबकि रेखाओं को तात्कालिक उद्देश्य की अनुकूलता हेतु बदला नहीं जा सकता।

बालजाक ने अपने ग्रन्थ 'मानवीय सुखान्तिका' में लिखा है, "हमारे अन्दर होंठों पर मौन धारण कर लेने, आंखों, भृकुटियों, मस्तक को चुप करा लेने की शक्ति विद्यमान है, हाथ अकेला ऐसा है जो नहीं बदलता; हाथ से बढ़कर अभिव्यक्ति किसी नाक-नक्श की नहीं है।"

आइये, अब हम इस विज्ञान द्वारा बताये जाने वाले भविष्य के प्रश्न पर विचार करें और सावधानी से उन कारणों का विश्लेषण करें जो इसके प्रति विश्वास के पक्ष में बताये जाते हैं।

सबसे पहले हमें यह अच्छी तरह जान लेना चाहिए कि विभिन्न प्रकार के हाथों पर पायी जाने वाली विभिन्न रेखाओं को मिलाकर देखा जाने वाला अर्थ आज की नहीं, बल्कि पहले वर्णन किये जा चुके उस पुरातनकाल की वस्तु है जब

यह शाखा उन लोगों के हाथों में थी जिन्होंने अपना जीवन इसके विकास के लिए अर्पित कर दिया था, अतः जिस प्रकार चेहरे पर नाक या होंठों के सहज स्थान की पहचान की गयी, उसी तरह हाथ का अध्ययन करते हुए एक समय आया जब मस्तिष्क रेखा अथवा जीवन रेखा आदि की सन्दर्भानुसार सहज स्थिति की पहचान की जाने लगी। इस प्रकार का निर्धारण मूल रूप में किस प्रकार खोज निकाला गया, उसका विवेचन हमारे कार्यक्षेत्र में नहीं है, किन्तु इन निर्धारणों के सत्य को प्रमाणित किया जा चुका है, प्रमाणित किया जा सकता है और सरसरी तौर पर भी स्वयं हाथ का निरीक्षण करके कोई भी व्यक्ति इसे स्वीकारेगा। अतएव, यदि एक क्षेत्र में यह सिद्ध होता है कि मस्तिष्क रेखा पर बने कुछ चिह्न एक या किसी दूसरी मानसिक विशिष्टता बतलाते हैं, अथवा जीवन रेखा पर बने विशेष चिह्नों का सम्बन्ध जीवन की दीर्घता अथवा लघुता से है, तो यह स्वीकार करना तर्कहीन नहीं हो सकता कि इसी प्रकार के निरीक्षण से रोग, आरोग्य, पागलपन और मृत्यु आदि की भविष्यवाणी की जा सकती है। यदि और बल देकर कहा जाए तो यह भी सही-सही बताया जा सकता है कि एक या दूसरे पड़ाव पर पहुंचकर विवाह होगा, जिसका ऐसा या वैसा परिणाम निकलेगा और समृद्धि आयेगी या उसके उलट कुछ होगा। इस प्रश्न का उत्तर देना मेरी सामर्थ्य से बाहर है कि ऐसी कोई चीज हो ही कैसे सकती है किन्तु निम्नलिखित सिद्धान्त का प्रतिपादन अवश्य मेरी कार्यसीमा से बाहर नहीं है : कालयात्रा में प्रत्येक शताब्दी बीतने के साथ ज्यों-ज्यों प्रकृति के गूढ़ नियम स्पष्ट होते जाते हैं, त्यों-त्यों मनुष्य इस तथ्य को पहचानता जाता है कि जिन्हें पहले रहस्य समझता था उनके पीछे कुछ ऐसे बंधे नियम थे जिन्हें इसके पूर्व वह जानता ही नहीं था। मैं इस सिद्धान्त का भी प्रतिपादन करना चाहूंगा कि अलग-अलग जीवन जीना हमारे लिए सम्भव नहीं है, शुरू में भले ही हमें ऐसा करना मुमकिन लगे, क्योंकि पूरे विश्व को प्रभावित करने वाले नियम हमें भी प्रभावित करते हैं और एक सम्पूर्णता के अंग के रूप में हम भी उन नियमों को, अतः एक-दूसरे को प्रभावित करते हैं। इस प्रश्न का विवेचन करते हुए हम देखते हैं कि हाथ कुछ सीमा तक भाग्य के सिद्धान्त का प्रतिपादन करता है क्योंकि इसे देखकर बहुत बरस पहले भविष्य कथन किया जा सकता है और क्योंकि हाथ का उन परिस्थितियों के प्रभाव से सम्बन्ध है जिन पर हमारा कुछ नियन्त्रण नहीं है। इस प्रकार न केवल एक दिलचस्प बल्कि ज्ञानवर्धक सुयोग बनता है, वह यह कि मनुष्य प्रारब्ध और स्वतन्त्र इच्छाशक्ति के दोहरे नियम के प्रति संवेदनशील

है। मेरा तर्क यह है कि मनुष्य के पास स्वतन्त्र इच्छाशक्ति है अवश्य, किन्तु कुछ सीमाओं के साथ, ठीक उसी तरह, जैसे जीवन के अन्य अनेक क्षेत्रों में सीमाएं रहती हैं—जैसे मनुष्य की शक्ति में, उसकी ऊंचाई या कद में, उसकी आयु में, या इसी तरह अन्य मामलों में। स्वतन्त्र इच्छाशक्ति किसी सिलिण्डर के दोलन की भांति है जो दोलन निर्माण अथवा जीवनारम्भ के शाश्वत यन्त्र को चलायमान करता है। बाइबिल के पृष्ठ पलटते हुए हम प्रारब्ध को पूर्णतः अटल देखते हैं, हम पाते हैं कि हर कहीं ईश्वर की इच्छा लक्षित हो रही है। विश्व के इतिहास का पर्यवेक्षण करें तो राष्ट्रों का भोग्य अतीत की तमसाच्छन्न पृष्ठभूमि में पर्याप्त राहत देता दिखायी देता है। मनुष्य प्रारब्ध का गुलाम है। रोम के शासक हों या एथेन्स के यूनानी अथवा मिस्र के फराओ, सबने अपनी भूमिका निभायी और आंख से ओझल हो गये। कुल मिलाकर हम निर्माण की धीमी-मन्थर धारा देखते हैं जो हमें ऊंचा उठाती चली है और क्रमशः पूर्णता की ओर ले जा रही है। हमें पीछे मुड़कर इसलिए देखना चाहिए कि अतीत के पाठ भविष्य के उपदेशक सिद्ध हो सकते हैं। हम ऐसा युग इतिहास के पृष्ठों में पाते हैं जब विचार-स्वातन्त्र्य चर्च के सिद्धान्तों तले दबा दम तोड़ रहा था, हम ऐसी गुलामी का युग पाते हैं जब हिन्दुस्तान में राम का, मिस्र में मूसा का या यरूसलम में ईसा का उदय हुआ, जब लाखों-करोड़ों तत्त्व मिलकर एक बड़ा संकट उत्पन्न करते रहे हैं, इतिहास पुनः-पुनः दोहराया जाता रहा है और बार-बार किसी एक महापुरुष को मोर्चा संभालना पड़ता रहा है। लूथर नामक उस मामूली साधु के अवतरण में क्या कुछ विशेष नहीं था जो अपने कन्धों पर उसे इतनी बड़ी जिम्मेदारी का बोझ उठाना पड़ा था? हां, वह अवतरित हुआ अवश्य, किन्तु मानवों की पुकार पर नहीं, उसके आगमन में फिर प्रारब्ध का ही लेखा था, प्रकृति एक दिशा में झुक गयी थी, इसलिए सन्तुलन को बनाया जाना जरूरी था ईश्वर-प्रकृति-भाग्य—नाम को लेकर कोई झगड़ा नहीं—आदि के तत्त्वों ने पैतृकता के नियमों के माध्यम से प्रभावी होते हुए उस एक मनुष्य का यों निर्माण किया कि उस जरूरत की घड़ी में वह एक ऐसा आधार बन गया कि हजारों का भाग्य उस पर निर्भर हो गया। नेपोलियन के मामले में भी यही सत्य था, जार्ज वाशिंगटन नामक बालक के मामले में भी, हर बड़े के मामले में भी, छोटे के मामले में भी, जाति-से-जाति, वर्ग-से-वर्ग, राष्ट्रपति से उपदेशक, बैंक के स्वामी से लावारिस तक हर किसी के मामले में कहा जाएगा कि सब अपनी भूमिका निभाते हैं, हर किसी का अपन क्षेत्र में महत्त्व है, हैसियत है, हर व्यक्ति

हर स्थान या स्थिति में जीवन के गीत में साज के तार है, लय-ताल है अथवा विस्वर है, क्योंकि पूर्णता की उस अन्तिम युगाब्दी में पूर्णता चिरन्तन है, इसलिए हम सब उस महान् संगीत की पूर्णता के समभागी हैं, जिसके स्वर, अर्धस्वर अथवा विस्वर के हम इस समय नी भाग हैं।

क्या किसी अदृश्य नियम हमारे जीवन को बनाने और नियन्त्रित करने वाले किसी रहस्यमय मूल कारण अथवा शक्ति में विश्वास करना सचमुच कठिन है? यदि एक बार को हमें ऐसा लगे भी तो हमें उन सैकड़ों बातों पर भी विचार करना चाहिए जो उनसे कम ठोस आधार वाली हैं पर हम उनपर विश्वास करते आये हैं। तर्कसंगत कहलाने के लिए हमें धमा, जातियों आदि की असंख्य विविधता ध्यान में रखनी चाहिए कि जिनको न केवल जनसामान्य ने अपनाया, बल्कि जिन पर विकसित मानसिकता वाले महापुरुषों ने भी अटल विश्वास रखा। इस प्रकार यदि लोग इस जीवन से परे की बिना वास्तविक आधारों वाली बातों पर सहज विश्वास कर सकते हैं तो क्या भाग्य के सिद्धान्त पर विश्वास करना कोई मूर्खता है? जबकि इसका अस्तित्व मानना तर्कसंगत है क्योंकि प्रकृतिगत कारणों से ऐतिहासिक घटनाओं के दोहराये जाने-भर से ही इसकी पुष्टि होती है। इस प्रश्न पर 'नैतिक दर्शन की रूपरेखा' के लेखक ड्यूगाल्ड स्टीवर्ट के ये शब्द ध्यातव्य हैं, "हर दार्शनिक जिज्ञासा और जीवन में हमारे व्यवहार का पथ-प्रदर्शन करने वाला हर व्यावहारिक ज्ञान घटनाओं के तारतम्य में एक स्थापित क्रम की पूर्वकल्पना करके चलता है जिससे हम इस योग्य बनते हैं कि अतीत का निरीक्षण करके भविष्यदर्शन की संगति बैठा सकें।"

इस प्रकार मनुष्य भाग्य का निर्माता और अनुचर दोनों हैं, और अपने अस्तित्वमात्र से कुछ इन नियमों को क्रियान्वित करता है जो एक तो उस पर अपनी प्रतिक्रिया प्रकट करते हैं और दूसरी ओर उसके माध्यम से दूसरों पर। इसलिए वर्तमान इसके पहले के किसी कारण का कार्य है तथा पुनः वर्तमान इसके आगे के कार्य का कारण भी है। अतीत के कृत्य वर्तमान का कर्म है, पुरखों के पापों के रूप में, पैतृक नियमों के प्रभाव-रूप में। अतएव एक ओर हम अपने भाग्य का निर्धारण स्वयं करते हैं तो साथ ही अपने अनुगामियों के भाग्य का स्वरूप भी निर्धारित करते हैं, और इसी तरह हर बार स्थिति से स्थिति तक विश्व की प्रगति के साथ यह क्रम चलता रहता है।

इस प्रकार यह स्पष्ट होता है कि यह सिद्धान्त खतरनाक साबित होने के स्थान

पर उसके उलट सिद्ध होता है। यह सिद्धान्त स्त्री-पुरुषों को जीवन का उत्तरदायित्त्व समझने को विवश करता है, उन्हें सिखाता है कि दूसरों की भी चिन्ता करें, केवल अपने प्रति इतने निष्ठावान् न रहें कि अपनी ही मुक्ति की सोचें। यह एक ऐसी जाति तैयार होगी जो मानव जाति के हर वर्ग को अनुकूल प्रतीत होगी, जो अपनी स्वार्थविहीनता में मनुष्यों को ऊंचा उठायेगी, एक-एक मनुष्य की चिन्ता करके उसे मुक्त करेगी, मनुष्यों के दृष्टिकोण को विस्तार देगी कि जहां उन्हें अब बंधे सिद्धान्त नजर आते हैं, वहां पूर्ण सत्य के दर्शन होंगे, उन्हें सिखायेगी कि हम मानवता की सन्तानें भाई-बहिन होने के नाते एक-दूसरे की सेवा करें ताकि हमारी जाति अन्तिम रूप से पूर्णता-प्राप्ति की ओर बढ़े, और जीवन का कल्याण हो, उनकी प्रगति हो जो आगे कभी दुनिया में आयेंगे।

भाग्य का यह सिद्धान्त मनुष्य को कर्म से विमुख नहीं करता, बल्कि उसे कर्म के धरातल पर लाता है। यह पूर्ण हुए कर्म के लिए पुरस्कार नहीं दिलवाता जिसेकि दरअसल सेवक का वेतन कहा जाना चाहिए, अपितु यह अपनी क्षमता-भर को श्रेष्ठतम करने का उच्चतर सन्तोष देता है, उस सम्भावना के साथ कि दूसरे इससे भी बेहतर कार्य कर सकें, इसमें इससे अधिक कुछ नहीं है। यह परीक्षा की घड़ी में धैर्य, चुनौती के समय निर्विकारता, सफलता के समय विनय सिखाता है और शिक्षा देता है कि हमें जिस स्थान, जिस स्थिति में "ईश्वर (भाग्य) ने रखना पसन्द किया", उसी में भलाई है।

जरा इस सिद्धान्त की स्वतन्त्र इच्छाशक्ति के सिद्धान्त से तुलना कर देखिए, परिणाम क्या निकलता है। हम देखते हैं कि महान् से महान् मनुष्य मानवता की अछोरता में एक तुच्छ अणु बनकर रह गया है। जीवन के पैमाने में और नीचे देखते हैं तो पाते हैं कि लाखों-करोड़ों दूसरे लाखों-करोड़ों को रौंदे जा रहे हैं, एक-दूसरे के सिर पर सवार हैं, उनकी कीमत पर जिन्दा हैं, अपनी स्वतन्त्रता की पूरी उत्तेजना में संघर्षरत हैं। इस परिदृश्य में न कहीं सन्तोष है, न शान्ति और न सौन्दर्य, यहां तक कि इस धर्म में भी उस सुख-शान्ति का लेश नहीं दीखता जो अपनी जीर्णता का परित्याग किये लोगों का पुरस्कार तो हो।

दूसरी तरफ एक सच्चा भाग्यवादी है जो मुट्ठी बांधे प्रतीक्षा में नहीं बैठा, बल्कि हाथों को खोले निरन्तर कर्मरत है, पूरी निमग्नता के साथ, धीरज के साथ, और कभी भूलता नहीं कि जो बोझ उसकी पीठ पर है, वह उसे यह जतलाने के लिए कि दूसरों का बोझ कसे हल्का किया जाना है।

वह जानता है कि वह जीवन की चिरन्तन श्रृंखला में एक कड़ी है, यह कड़ी चाहे कितनी भी छोटी क्यों न हो, फिर भी सोद्देश्य हैं, अपने लक्ष्य को धैर्य के साथ पाने के लिए, सम्मान के साथ पूरा करने के लिए है। वह तो बस इतना जानता है कि जातियों का संघर्ष पनपाने को वह नहीं, घड़ी-भर की सफलता या बरसों बरस की असफलता से कोई गलत काम करने को वह नहीं है, यहां तक कि कोई सही कहा जाने वाला काम भी नहीं, जैसा कि हम सब करते हैं, उसे बस अपनी क्षमता-भर अच्छे-से-अच्छा कर दिखाना है। और अन्त में, जबकि अन्त कहीं है नहीं, जीवन के परे भले जीवन न हो, किन्तु जिन धूलिकणों से वह आया, उनमें वह रचे-बसेगा, और अगर आत्मा कहीं है, तो उसकी आत्मा सर्वस्व की चिरन्तन आत्मा का अंश है और एक पूर्ण साफल्य में ही कहीं वह सफल है। मेरे विचार से हाथों के अध्ययन द्वारा प्रचारित समय का सिद्धान्त बस इतना है, और यह वह जाति है जिसे चर्च ने घृणित समझा, 'ईश्वर के उपदेशों का शत्रु' घोषित किया। जो शक्ति अथवा माध्यम हाथों पर चिह्न अंकित करता है भले ही हमेशा-हमेशा एक रहस्य बना रहे, लेकिन इससे हमें हठपूर्वक इस पर विश्वास से इनकार करने का अधिकार नहीं मिल जाता, क्योंकि दरअसल हम अज्ञान से ग्रस्त हैं। फिर तो कोई यह भी कह सकता है, "मैं जीवन का निर्माण करने वाले सब तत्त्वों से अभिज्ञ नहीं हूं। इसलिए मैं जीने से इनकार करता हूं", अथवा "मैं सोचने की प्रक्रिया से अनभिज्ञ हूं, इसलिए मुझे सोचने से इन्कार है।" जीवन की सीधी-सादी चीजों तक में सैकड़ों रहस्य हैं, यहां तक कि सीमित मानस उनकी गहराई भी नहीं नाप सकता, किन्तु हम उनके कारण से अपरिचित होकर उन्हें त्याग तो नहीं सकते? ईसाई का ईसाइयत विरोधी महानतम विचारकों ने हमारी नियन्त्रणशक्ति से परे एक ऐसी शक्ति में अपने विश्वास को स्वीकारा है, "जो हमारे लिए लक्ष्य निर्धारण करती है कि हम उन्हें कैसे प्राप्त करें।" प्रोफेसर टिंडल के इन शब्दों से बढ़कर और शक्तिशाली विचार क्या होंगे, "जीवन और उसकी परिस्थितियां एक ऐसी अज्ञात शक्ति की गतिविधि का परिचालन करती हैं जिसका न हमें आदि मालूम है, न अन्त; पूर्वानुमान, यदि उसे पतन न कहना चाहें, उनकी धरोहर है जो अखिल ब्रह्मांड के सिंहासन पर अपना ही विशालाकार बिम्ब प्रतिष्ठित करते हैं।"

वाल्तेयर का कहना है, "एक ऐसी शक्ति है जो हमसे पूछे बिना हमारे अन्दर कार्यरत हैं।"

अन्त में, मैं एमर्सन के इन शब्दों का उल्लेख करना चाहूंगा "यदि हम नित्य

प्रति अपने चारों ओर होने वाली घटनाओं पर थोड़ा भी गौर करें तो हमें पता चलेगा कि हमारी इच्छाशक्ति से भी बढ़कर कोई नियम है जो घटनाओं का परिचालन कर रहा है।”

अब हमने देख लिया है कि यह विज्ञान युगयुगान्तर में कैसे जीवित रहा। हमने यह भी देखा कि अत्यन्त हठधर्मी भौतिकवादी विज्ञान भी उन सिद्धान्तों के समर्थन में तथ्यों को कैसे प्रस्तुत करता है। हमने उस विज्ञान को पूरी सहजता में देखा और इसे प्राकृतिक पाया। हमने इसकी परीक्षा धार्मिक दृष्टि से कर देखी, यह धर्मप्राण सिद्ध हुआ। हमने देखा कि इस शास्त्र को कल्याण के काम में लगाया जा सकता है, केवल इसके जीवन के प्रति उत्तरदायित्व के सिद्धान्तों द्वारा ही नहीं, बल्कि इस द्वारा प्रदत्त चेतावनियों, पूर्व सूचनाओं और सबको जो ज्ञान यह अपने बारे में प्रदान करता है, उसके द्वारा भी। तब क्या किया जाना वांछनीय है? विरोध के कारण इस शास्त्र का परित्याग? नहीं, हमें इसके अन्तर्निहित सत्यों की खातिर उसकी सहायता करनी चाहिए। हमें इसे दूसरों को भी सिखाना चाहिए, क्योंकि इसके ज्ञान में शक्ति है। हमें इसकी उपयोगिता के कारण इसका उपयोग करना चाहिए, इससे मिलने वाले आधार के कारण समर्थन करना चाहिए। अन्ततः उस महिला या पुरुष से वास्तिकता के विरुद्ध फास्टर के तर्क को आधार बनाते हुए मैं यह कहूंगा कि कारण, प्रमाण, तथ्यों आदि के बावजूद जो सन्देह ग्रस्त हैं, वे ऐसा व्यवहार करते हुए एक प्रबुद्ध व्यक्ति होने के नाते कम-से-कम अपने प्रति तो न्याय नहीं ही करते। आखिर क्यों? क्योंकि जब तक वे मानवता को नियन्त्रित करने वाले हर नियम का ज्ञान प्राप्त नहीं कर लेते, तब तक हो सकता है कि जिस नियम के अस्तित्व को वे नकार रहे हैं, उसका उन्हें ज्ञान ही न हो। जब तक वे ब्रह्माण्ड के हर भाग में विचरण नहीं कर आते, तब तक यह भी कहा जा सकता है कि हो सकता है, पूर्ण सत्य उसी भाग में हो कि जहां वे नहीं जा पाये हैं। जब तक वे हर उस शक्ति को नहीं जान लेते जो जीवन का निर्माण करती है, यह हो सकता है, वे जिस शक्ति से अनभिज्ञ रह गये हैं, वही वह शक्ति हो जो हाथों पर चिह्न अंकित करती है।

प्रथम खण्ड / हस्तरेखा विज्ञान

अध्याय 1

हाथों और उंगलियों की बनावट

हस्तरेखा विज्ञान का सही अर्थ पूरे हाथ का अध्ययन है। यह अवश्य है कि उसे दो विभागों में बांटा गया है और वे हैं हस्ताकृतिविज्ञान और हस्तरेखा शास्त्र के दो जुड़वां विज्ञान। पहले का सम्बन्ध हाथों और उंगलियों की बनावट से है और यह चरित्र और व्यक्तित्व के पैतृक प्रभावों का विश्लेषण करता है, जबकि दूसरा जुड़ा है हथेली पर बनी रेखाओं और चिह्नों से और भूत, वर्तमान व भविष्य की घटनाओं से सम्बन्ध रखता है।

इसलिए यह आसानी से समझा जा सकता है कि दूसरा भाग पहले के बिना अधूरा है और शास्त्र या हाथ पढ़ते हुए अध्येता को हथेली पर उकेरी रेखाओं और चिह्नों पर निर्णय करने के पहले हाथ की बनावट, आकृति, चमड़ी और नाखूनों आदि का निरीक्षण करना चाहिए। कुछ इस भाग को इतना नीरस मानते हैं कि इस पर ध्यान देने का महत्त्व नहीं समझते और प्रायः हस्तरेखा विज्ञान से सम्बन्धित पुस्तकों में इस महत्त्वपूर्ण भाग को छोड़कर सीधे ही हस्तरेखाओं के दिलचस्प विवरणों का लेखा-जोखा दिया होता है।

यद्यपि थोड़ा विचारपूर्वक देखें तो अध्येता स्वयं मानेंगे कि यह कार्य-पद्धति भारी भूल है जिसका परिणाम केवल भूल हो सकता है और यदि विषय जरा भी अध्ययन के योग्य है तो निश्चय ही पूर्ण अध्ययन मांगता है। दूसरे, हाथों की बनावट का निरीक्षण रेखाओं की अपेक्षा अधिक आसान है इसलिए दिलचस्प भी क्योंकि इसके बल पर कोई भी रेल गाड़ी में, मन्दिर में, संगीतसभा या सैलून में कहीं भी बैठा-बैठा अजनबियों के चरित्र का अध्ययन करता रह सकता है।

हाथों की बनावट में संभवतः पूरे के पूरे राष्ट्रों की चारित्रिक विशेषताएं भी इस शास्त्र का पर्याप्त अपेक्षित किन्तु आकर्षक विषय है। आगे चलकर मैं प्रयास करूंगा कि ऐसी कुछ प्रमुख विशेषताओं के बारे में आपको बताऊं जोकि मैंने इस शास्त्र के इस भाग का अध्ययन करते हुए स्वयं देखी हैं। हाथों की बनावट में वैभिन्न्य और विभिन्न व्यवसायों के लिए उनकी अनुकूलता भी ध्यान देने योग्य है, और यद्यपि अपनी इच्छाशक्ति के उपभोग से हम कुछ सीमा तक लगभग किसी भी शारीरिक कमी को सुधार सकते हैं या उसमें परिवर्तन ला सकते हैं, तथापि यह एक असंदिग्ध तथ्य है कि कुछ लोग किसी विशेष कार्य के लिए दूसरों की अपेक्षा अधिक अनुकूल होते हैं, और शरीराकृति विज्ञान का तात्कालिक कार्यक्षेत्र यही है। इसलिए हम सबसे पहले विभिन्न प्रकार के हाथ और उनके परिवर्तनों तथा चरित्र व मिजाज आदि से अनेक सम्बन्ध का अध्ययन करेंगे।

हाथ सात प्रकार के होते हैं और इनमें से सभी के सात उप-प्रकार कहे जा सकते हैं।

ये सात प्रकार हैं :

1. अविकसित या निम्न श्रेणी का हाथ।
2. वर्गाकार या उपयोगी हाथ।
3. चमचाकार चौड़ा हाथ या स्वाभाविक गतिशील हाथ।
4. दार्शनिक या गांठदार हाथ।
5. सूच्याकार या कलात्मक हाथ।
6. मनोवैज्ञानिक या आदर्श हाथ।
7. मिश्रित हाथ।

ये सातों प्रकार हाथों के रुझान को देखकर निर्धारित होते हैं। सभ्य राष्ट्रों में अविकसित हाथ मूलरूप में प्रायः नहीं दिखाई देते, इसीलिए हम वर्गाकार हाथ की बात करते हैं जिनके सात प्रकार इस तरह हैं—वर्गाकार छोटी उगलियों वाला वर्गाकार हाथ, वर्गाकार लम्बी उंगलियों वाला वर्गाकार हाथ, गांठदार उंगलियों वाला वर्गाकार हाथ, चपटी उंगलियों वाला वर्गाकार हाथ, सूच्याकार उंगलियों वाला वर्गाकार हाथ, मनोवैज्ञानिक उंगलियों वाला वर्गाकार हाथ, मिश्रित उंगलियों वाला वर्गाकार हाथ।

अध्याय 2

अविकसित या निम्नश्रेणी का हाथ

स्वाभाविक है कि इस कोटि का हाथ निम्नतम प्रकार की मानसिकता से सम्बन्धित है। देखने में यह मोटा, भद्दा, बड़ी थुलथुली, भारी हथेली वाला होता है, जिसकी उंगलियां और नाखून छोटे होते हैं। (रेखाकृति 1) यह बहुत महत्त्वपूर्ण है कि पहले हथेली और उंगलियों की लम्बाई पर ध्यान दिया जाए। हस्तरेखा विज्ञान के कुछ ग्रन्थों के अनुसार बुद्धिप्रधानता का परिदर्शन करने के लिए जरूरी है कि उंगलियां हथेली से अधिक लम्बी हों, किन्तु इस विश्वास की परीक्षा करने पर पता चलता है कि यह सही नहीं है। यह सिद्ध नहीं हुआ है कि उंगलियां हथेली से अधिक लम्बी पायी गई हों। उनकी लम्बाई लगभग हथेली के बराबर या उतनी के करीब हो, इसमें तो सन्देह नही, किन्तु ऐसा प्रायः नहीं देखा गया कि दोनों की लम्बाई एक समान हो। हां, यह अवश्य है कि यदि हथेली की लम्बाई के अनुपात से उंगलियां बड़ी हों तो उनके छोटी होने की तुलना में अधिक बुद्धिप्रधान प्रकृति का परिचय देती हैं। मानव शरीर के शरीराकृति विज्ञान पर अपनी पुस्तक में डॉ० कैर्न ने लिखा है कि "हिंस्र पशुओं के हाथों में हथेली की हड्डियां ही पूरा हाथ हुआ करती हैं।" इससे परिणाम यह निकाला जा सकता है कि हाथ में हथेली की जितनी प्रभुता होगी, पाशविक कृतियां उतनी ही प्रधानता लिये होंगी। अविकसित हाथ के मामले में यह तथ्य अत्यन्त महत्त्वपूर्ण है, हथेली हमेशा कड़ी और मोटी होगी, उंगलियां छोटी और भद्दी हथेली पर रेखाएं भी बहुत कम होंगी। इस कोटि के हाथ वालों की मानसिक क्षमता बहुत कम होगी और जो कुछ होगी भी उसमें भी वहशीपन की प्रमुखता होगी। उनका अपनी कृतियों, इच्छाओं आदि पर कोई नियन्त्रण नहीं होता, रूप, रंग, सौंदर्य आदि के प्रति प्रेम उन्हें कतई नहीं भाता। ऐसे हाथों में आभूषण भी बहुत मोटा होगा और उसकी नाखून वाली पोर भारी, भरी-भरी और सामान्यतः वर्गाकार होगी।

ऐसे लोग प्रकृति से हिंसक और अपनी वृत्तियों के गुलाम होते हैं, किन्तु साहसी नहीं होते। यदि वे किसी की हत्या भी कर डालें तो उनका यह काम क्रोध में अथवा विनाश की भावना के अधीन होगा। उनमें एक निम्नकोटि का चातुर्य होता

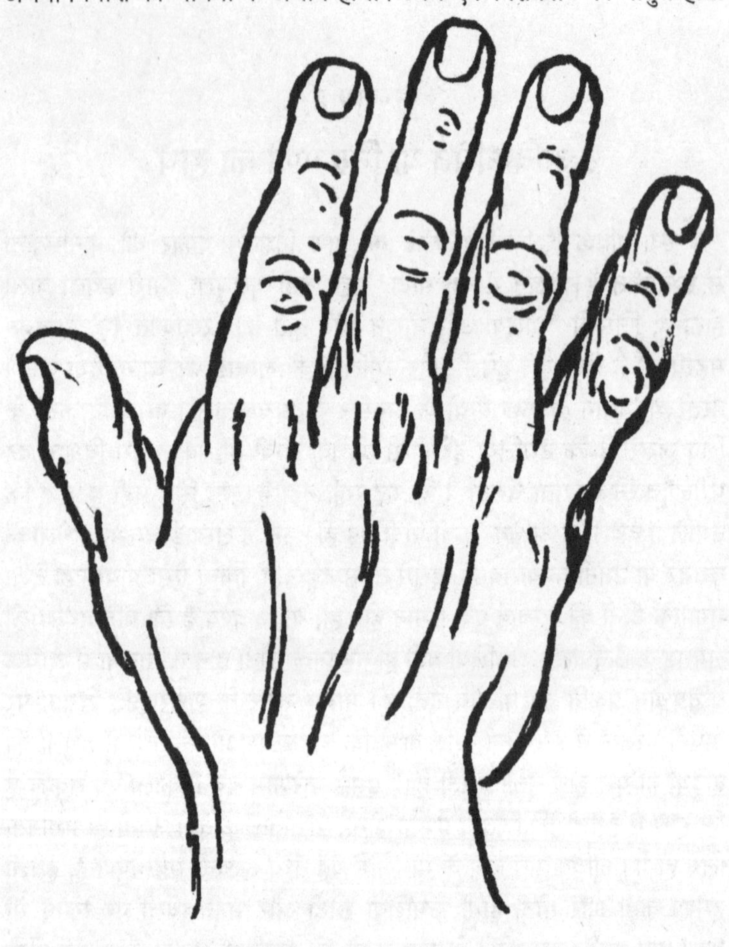

अविकसित हाथ रेखाचित्र 1

है, तर्कसंगत चातुर्य नहीं बल्कि प्रकृतिगत चालाकी। ये लोग महत्त्वाकांक्षाहीन होते हैं, बस खाया, पिया, सो लिये और मर-खप गये। ('राष्ट्रों के हाथ', अध्याय 16 भी देखें।)

अध्याय 3
वर्गाकार हाथ और इसके उपविभाग

वर्गाकार हाथ का अर्थ है कि हथेली कलाई के पास वर्गाकार हो, उंगलियों की जड़ों के पास वर्गाकार हो और उंगलियां भी वर्गाकार हों। (रेखाचित्र 2) इस प्रकार के हाथ को उपयोगी हाथ भी कहा जाता है क्योंकि ऐसे हाथ जीवन के विभिन्न क्षेत्रों के लोगों में मिलते हैं। इस प्रकार के हाथ में नाखून भी प्रायः छोटे और वर्गाकार होते हैं।

ऐसे हाथ वाले लोग नियम-कायदे वाले, समय के पालन में विश्वास रखने वाले, अपने व्यवहार में खरे होते हैं और यह नहीं कि किसी प्रकृतिदत्त वरदान से, बल्कि अभ्यास और आदत की अनुकूलता से ऐसे बन जाते हैं। वे सत्ता का सम्मान करने वाले, अनुशासनप्रिय होते हैं, हर तरह की चीज के लिए उनके जीवन में स्थान है और हर चीज की अपनी निश्चित जगह है, न केवल घर और जीवनयापन में, बल्कि उनके मस्तिष्क की क्रियाओं में भी वे कायदे-कानून का सम्मान करते हैं, अभ्यास की सेवकाई में रहते हैं, झगड़ालू नहीं किन्तु जब विरोध करते हैं तो उसमें दृढ़निश्चयी होते हैं, मन की मौज के मुकाबले तर्कसंगतता उन्हें पसन्द है, लड़ाई-झगड़ा नहीं, शान्तिप्रिय है और अपने काम और आदतों में सलीका उन्हें भाता है। उनमें धीरज कूट-कूटकर भरा होता है, और धैर्य के मार्ग में पलायन या निराशा नहीं अपितु दृढ़निश्चय उनका गुण है, कविता या कला के लिए वे विशेष उत्साही नहीं होते, थोड़े भौतिकवादी होते हैं और व्यावहारिक जगत् में सफल कम होते हैं। धर्म के मामले में वे अतिवादी नहीं होते, दिखावे के बजाय ठोस कार्य में विश्वास करते हैं, विचारों के बजाय निश्चित सिद्धान्त उन्हें पसन्द होता है। वे लोगों के अनुकूल कम ढल पाते हैं, ज्यादा मुखर नहीं होते, मौलिकता और कल्पनाशीलता उनमें अधिक नहीं होती, लेकिन अपने कार्यक्षेत्र में उनमें बहुत कुशलता, चारित्रिक शक्ति, इच्छाशक्ति की दृढ़ता आदि गुण होते हैं और वे प्रायः अपने अधिक मेधावी

और गुणी प्रतिस्पर्धियों से बहुत आगे निकल जाते हैं। स्वाभाविक है कि वे निश्चित विज्ञानों और व्यावहारिक शास्त्रों को प्राथमिकता देते हैं। वे कृषि और वाणिज्य को बढ़ावा देने वाले होते हैं, घर और घरेलू दायित्व को सप्रेम निभाने वाले होते हैं और स्नेह का प्रदर्शन नहीं करते। वे जबान देते हैं तो वफादार और सच्चे साबित होते हैं, दोस्ती को कट्टरता से निभाते हैं, सिद्धान्त के पक्के और कार्यक्षेत्र में ईमानदार होते हैं। उनकी सबसे बड़ी कमी यह है कि उनका रुझान तर्क को नाप-जोखकर कट्टरता से मानने की तरफ होता है और जो उनकी समझ से परे है, उस सब पर उन्हें विश्वास नहीं जमता।

छोटी वर्गाकार उंगलियों वाला वर्गाकार हाथ

यह विशिष्टता अक्सर देखने को मिल जाती है और बड़ी जल्दी पहचान में आ जाती है। इस प्रकार के हाथ वाला व्यक्ति हर अर्थ में पक्का भौतिकवादी होता है। यह व्यक्ति इस तरह का होगा कि कहेगा, "जो कुछ मैं अपनी आंख से देख लेता हूं या कान से सुन लेता हूं, उसके सिवा किसी और पर मुझे विश्वास नहीं।" फिर भी मुझे सन्देह है कि ऐसे व्यक्ति को भरोसा दिलाया जा सकता है। इस प्रकार का हाथ काफी हठी प्रकार की प्रकृति का सूचक है, बल्कि कायदे से तो संकुचित मानसिकता का सूचक है। ऐसे लोग खूब पैसा कमाते हैं, किन्तु बाहुबल से, वे कृपण भले न सिद्ध हों, वणिग्वृत्ति वाले और व्यावहारिक होते हैं, वे पैसा जोड़ना पसन्द करते हैं, भौतिक सुख-समृद्धि की उन्हें खोज रहती है।

लम्बी वर्गाकार उंगलियों वाला वर्गाकार हाथ

अगला प्रकार है काफी लम्बी उंगलियों वाला वर्गाकार हाथ। यह हाथ इस बात का सूचक है कि छोटी उंगलियों वाले वर्ग के मुकाबले इस मामले में मानसिक विकास कहीं अधिक है। यहां भी तर्क और कायदा-विधि है, किन्तु शुद्ध वर्ग की तुलना में कहीं अधिक और ढंग से, क्योंकि उसमें तो नियमों और रिवाजों का बंधा व्यक्ति पिटी-पिटाई लीक पर ही चलता रह जाता है। दूसरी तरफ इस कोटि के हाथ वाला व्यक्ति है जो हर चीज को वैज्ञानिक पड़ताल में से गुजारते हुए भी पूर्वाग्रह से उतना प्रभावित नहीं होगा, बल्कि सावधानी और सलीके से चलता हुआ तर्कसंगत निष्कर्षों पर पहुंचेगा, इसीलिए ऐसा व्यक्ति विज्ञान की दुनिया में नौकरी या व्यवसाय प्राप्त करता है या ऐसे क्षेत्र में जाता है, जहां तर्क और संगति का काम हो।

गठीली उंगलियों वाला वर्गाकार हाथ

इस प्रकार का हाथ प्रायः लम्बी उंगलियों के साथ मिलता है और इसके जीवन में प्रथम स्थान एक-एक सूक्ष्म विवरण के प्रति गहरे लगाव को मिलता है। निर्माण इसका शौक है, किसी निर्धारित स्थान से किसी

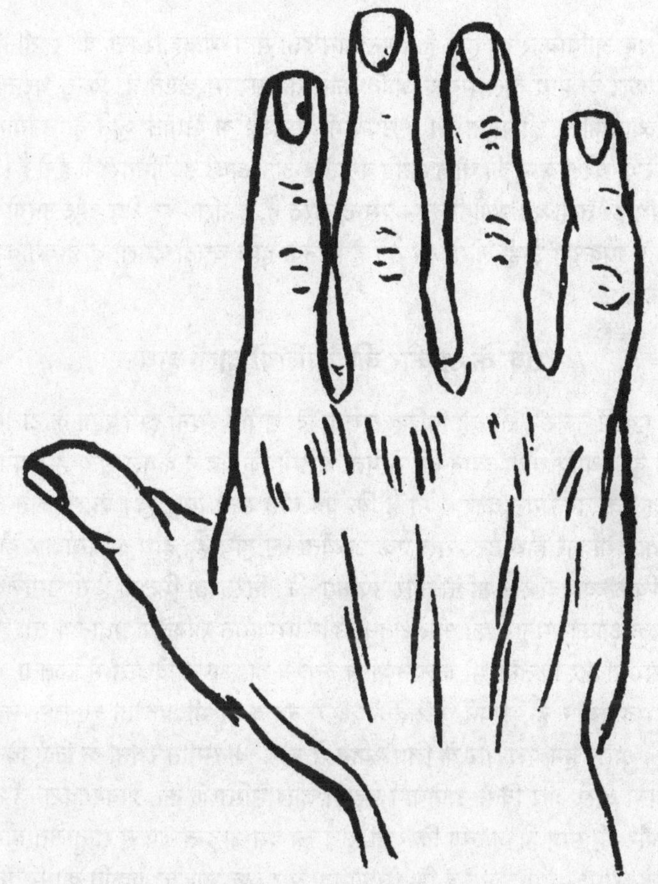

वर्गाकार अथवा उपयोगी हाथ

रेखाकृति 2

ज्ञात सम्भावना तक योजना बनाना उसका क्षेत्र है, इस प्रकार के साथ वाले व्यक्ति महान् आविष्कारक भले न हों, महान् शिल्पी, गणितज्ञ, गणक आदि अवश्य पाये

जाएंगे और ऐसा व्यक्ति अगर चिकित्सा अथवा किसी प्रकार के विज्ञान के क्षेत्र में उतरेगा तो उसमें किसी विशेष क्षेत्र को चुनेगा और सूक्ष्मातिसूक्ष्म विवरण के प्रति प्रेम के कारण अपनी विशेषज्ञता में पूर्णता तक पहुंचेगा।

चपटी उंगलियों वाला वर्गाकार हाथ

यह आविष्कार का हाथ है, किन्तु प्रमुखता सदा व्यावहारिकता की रहती है। इस प्रकार के हाथ वाले मनुष्य आविष्कारों की सरगम छेड़ते हैं, किन्तु धरातल सदा व्यावहारिक ही रहता है। वे उपयोगी वस्तुओं के निर्माता होते हैं, उपयोगी उपकरण, घरेलू काम की चीजें आदि बनाते हैं और अच्छे इंजीनियर भी होते हैं। वे लगभग हर तरह का मशीनी काम पसन्द करते हैं, इसलिए हर श्रेष्ठ और उपयोगी मशीनी उपकरण उन्हीं लोगों की देन है जिनके हाथ चपटी उंगली वाले वर्गाकार हाथ हैं।

शंकु के आकार की उंगलियों वाला हाथ

पहली नजर में तो यह विचित्र लगेगा कि संगीत रचना इसी शीर्ष के अधीन आती है, तथापि थोड़ा ध्यान देने से पता चलेगा कि यह न केवल सत्य है, अपितु इसका एक तर्कसंगत कारण भी है कि यह बात सत्य सिद्ध हो। पहली बात तो यह कि वर्गाकार हाथ दरअसल एक अध्येता का हाथ है। हाथ के वर्गाकार होने से अधिक व्यावहारिक शक्ति और उपक्रम की। निरंतरता मिलती है तो उंगलियों का शंकु आकार मनुष्य को अन्तश्चेतना और प्रेरणागत शक्तियां प्रदान करता है। एक संगीतकार कितना भी कल्पनाशील क्यों न हो, अपने विचारों में कितना भी अभिभूत क्यों न हो, अपने चारित्रिक पक्ष में वह कभी भी अध्येता हुए बिना नहीं रहता। अगर हम पल-भर के लिए ध्यान से सोचें कि संगीत रचना के लिए किस विशेषता वाले और किस अनिवार्य रुझान वाले मस्तिष्क की आवश्यकता है तो हमें और भी स्पष्ट हो जाएगा कि यहां हाथ का इस अद्भुप्त ढंग से सन्तुलित होना क्यों जरूरी है—ऐसा क्यों है कि प्रेरणागत और कल्पनाशील प्रकृति का सम्बन्ध विचारप्रधान, ठोस, नियमानुकूल और ज्ञात धरातल से उठकर आगे बढ़ने वाली प्रकृति से अवश्य होता है, जैसाकि उदाहरणतया—संगीत में समस्वरता और उसके विपरीत स्वर ज्ञात से उठकर कल्पना और आदर्श से गुजरते हुए अज्ञात की दुनिया तक पहुंचते ही हैं। मैंने संगीतकारों के हाथों का पर्याप्त अध्ययन किया

है और मैंने इस नियम को कहीं टूटते नहीं पाया। बल्कि मैंने यह भी देखा है कि यह नियम साहित्यिक कोटि के लोगों पर भी लागू होता है जो अध्ययन के आधार पर बेल-बूटों से सज्जित कल्पना के भावों का निर्माण करते हैं। ऐसे मामलों में ही हस्तरेखा विज्ञान का उत्साह कुंठित होने लगता है। यह सोचता है कि यह पुरुष या स्त्री क्योंकि कलात्मक जीवन जीने वाला है, वह कला साहित्य हो या संगीत, इसलिए इसके हाथ का आकार तो आम तौर पर जिसे शंकु आकार या कलात्मक हाथ कहते हैं, वैसा होना चाहिए था। लेकिन जीवन का थोड़ा भी निरीक्षण बताता है कि यद्यपि शुद्ध रूप से शंकु अथवा कलात्मक हाथ वाले व्यक्तियों की कलात्मक प्रकृति है, वे कलात्मक क्या है उसकी अच्छी समीक्षा भी कर सकते हैं, तथापि उनमें यह योग्यता नहीं होती कि वे मिश्रित वर्गाकार या शंकु-वर्गाकार हाथ वालों के समान अधिकारपूर्वक अपने विचारों और ज्ञान को विश्व के सम्मुख व्यक्त कर सकें, और मेरा निरीक्षण कहता है कि वे अधिकांशतः अभिव्यक्ति की वह क्षमता रखते ही नहीं। शंकु हाथ वाले अत्यधिक कलात्मक रुझान वाले एक व्यक्ति ने एक बार मुझसे कहा था, "एक कलाकार के लिए अपनी प्रकृति में कहीं भीतर से कलाकार होना पर्याप्त है—क्योंकि दुनिया का प्रमाणपत्र आखिर जिसे वह स्वर्ण जान रहा है, उस पर एक कुत्सित समर्थन पत्र ही तो है।" मेरा उत्तर था, "हां, आपकी अपनी प्रकृति को देखते तो इतना ही पर्याप्त है, किन्तु दुनिया के लिए यह काफी नहीं क्योंकि दुनिया हीरे को चमकते देखना चाहती है, स्वर्ण से दमकने की अपेक्षा रखती है। यदि फूल अपने-आप में काफी होने लगा तो अपनी सुगन्ध को धरा को सवासित करने से रोकने लगेगा।" इसके एकदम विपरीत, वर्गाकार प्रकार के हाथ वाले अपनी शक्तियों का भरपूर उपयोग पूरी मानवता के कल्याण के लिए करेगा।

मनोवैज्ञानिक उंगलियों वाला वर्गाकार हाथ

शुद्ध मनोवैज्ञानिक उंगलियों वाला वर्गाकार हाथ प्रायः नहीं मिलता, किन्तु इसके निकट हाथ वर्गाकार हथेली और लम्बी, नुकीली उंगलियों, लम्बे नखों के मेल के रूप में देखा जा सकता है। इस प्रकार का मेल लोगों का जीवन तो बढ़िया ढंग से शुरू करता है, किन्तु हर तरह की तरंग और सनक का गुलाम भी बनाता है। ऐसे हाथ वाले कलाकार का स्टूडियो अधूरे चित्रों से भरा मिलेगा और अगर व्यक्ति व्यापारी है तो उसके कार्यालय में अधुरी बनी योजनाओं की भरमार होगी। इस तरह से विभिन्न

और यह विशेषता ऐसे हाथ वालों का विशेष लक्षण है। निःसंदेह यही एक भावना ऐसी है जो उन्हें खोजकर्ता और आविष्कारक बनाती है तथा उन्हें इंजीनियरिंग

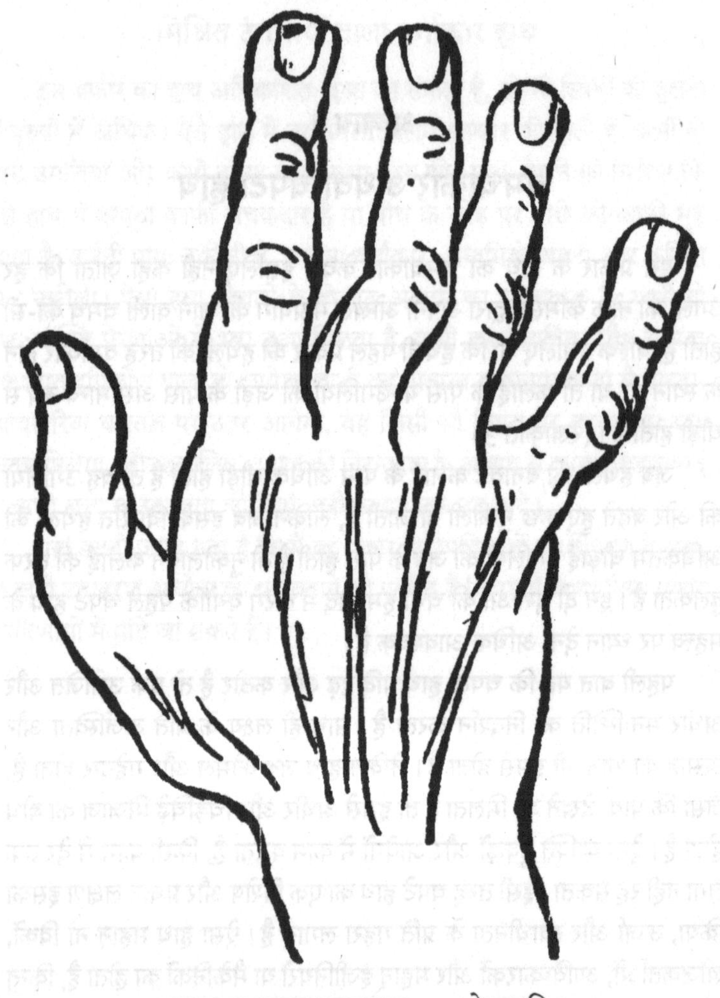

चमचाकार अथवा चपटा हाथ रेखाकृति 3

अथवा मशीनीविज्ञान के सुपरिचित नियमों की लीक से हटाकर अज्ञात सत्यों की खोज में लगाती है और वे अपने आविष्कारों के कारण सुप्रसिद्ध हो जाते हैं। ऐसे चमचाकार हाथ वाले लोग जीवन की किसी भी स्थिति

या स्थान पर हों, इससे कुछ अन्तर नहीं पड़ता क्योंकि वे किसी-न-किसी रूप में अपने-आप सामने उभर कर आते अवश्य हैं और अपनी निजी स्वतंत्र सत्ता के अधिकार का सिक्का जमाते हैं। ऐसे हाथ वाला कोई गायक, अभिनेत्री, डाक्टर या उपदेशक सभी स्थापित नियमों को तोड़ दिखाता है—किसी सनक के प्रभाव में या उसकी खातिर नहीं, बल्कि इसलिए कि उसके पास एक मौलिक दृष्टि है और उसकी स्वाधीनता की भावना उसमें दूसरों के विचारों के अनुकूल अपना मस्तिष्क व विचार ढालने के विरोध में एक खिलाफत भर देती है। हमारे समाज के सभी महान् इंजीनियर और आविष्कारक ही नहीं, ऐसे सब लोग भी ऐसे हाथ वाले ही होते हैं जिन्हें हम सिरफिरा करार देना पसन्द करते हैं, और सो भी सिर्फ इसलिए कि उन्हें अपने से पहले पगडंडियां बना गये लोगों की भेड़-चाल पर ही चलते चले जाना स्वीकार्य नहीं होता। चपटे हाथ वाले ऐसे स्त्री-पुरुष ही विचार जगत् के अग्रिम प्रतिनिधि होते हैं। यह सच है कि ऐसे लोग अधिकांशतः अपने समय से आगे होते हैं, वे प्रायः जिस तरह से अपना काम करते हैं, उसमें गलत कहे जाते हैं, लेकिन सच बात यही है कि वे किसी नये विचार अथवा जीवनधारा के ऐसे अगुवा होते हैं जो दूसरे मनुष्यों के लिए वर्षों बाद जीवनदायक सिद्ध होते हैं।

अब बारी आती है इस अध्याय के आरम्भ में चर्चित दो विभागों की। आइए, अब उनका अर्थ भी जान लें।

इन दोनों में से वह हाथ अधिक व्यावहारिक है जो उंगलियों की जड़ के पास अधिक चौड़ा होता है। यदि ऐसा व्यक्ति कोई आविष्कारक है तो वह अपनी प्रतिभा का उपयोग गाड़ी के इंजन, जलपोत, रेलवे आदि तथा जीवन की अन्य अधिक उपयोगी वस्तुएं बनाने में करेगा, और कारण सिर्फ यह कि वह वर्गाकार कोटि के अधिक निकट है। किन्तु यदि हाथ कलाई के पास अधिक चौड़ाई का कोण बनाता है तो उसका क्षेत्र मस्तिष्क और विचारों के जगत् में गतिशीलता का होगा। यदि उसमें आविष्कारक प्रतिभा है तो वह वायुयानों का आविष्कार करेगा, यदि वह वनस्पति वैज्ञानिक है तो नये-नये फूलों की खोज करेगा, यदि धर्म जगत् का व्यक्ति हैं तो किसी नये उपदेश का दूत बनकर आयेगा। ऐसे लोगों को आश्चर्य होता रहता है कि खुदा को इस धरती को बनाने में छः दिन लग गये, जबकि अपनी सीमित क्षमताओं के साथ वे एक ही दिन में दुनिया में क्रान्ति मचा सकते हैं। किन्तु ऐसे सभी लोगों का जीवन चक्र में निर्धारित लक्ष्य है, वे एक अनिवार्यता हैं, इसीलिए ऐसे लोगों की भी रचना हुई है।

अध्याय 5

दार्शनिक हाथ

इस प्रकार के हाथ का नाम स्वयं अपना परिचय है क्योंकि दो ग्रीक शब्द 'फिलास' (प्रेम) और 'सोफिया' (बुद्धिमत्ता) मिलकर 'फिलोसोफी' (दर्शन) शब्द की रचना करते हैं। हाथ का यह आकार आसानी से पहचाना जाता है। आम तौर पर ऐसा हाथ लम्बा और कोणयुक्त होता है जिसकी पतली उंगलियां, सुविकसित जोड़ और लम्बे नाखून होते हैं (रेखाकृति 4)। जहां तक पैसे के मामले में सफलता का प्रश्न है, ऐसा हाथ होना अनुकूल नहीं पड़ता क्योंकि यदि यह कुछ संग्रह करता है तो वह बुद्धिमत्ता है, स्वर्ण नहीं। ऐसे हाथ वाले लोग नियम बांधकर अध्येता निकलते हैं, और उनके अध्ययन के विषय भी विचित्र होते हैं। वे मानवता का अध्ययन करते हैं, जिन्दगी के साज में रचे-से हर तार, हर सुर को पहचानते हैं उसमें से संगीत निकालते हैं और निकलने वाले सुमधुर संगीत से सिक्कों की खनक की अपेक्षा कहीं अधिक सन्तुष्ट होते हैं। इस रूप में इनमें भी अन्य मनुष्यों की तरह महत्त्वाकांक्षा की कमी नहीं होती, फर्क इतना ही है कि इनकी आकांक्षा कुछ अलग किस्म की है। ये दूसरों से कुछ अलग पहचान रखना पसन्द करते हैं और इस ध्येय - तक पहुंचने के लिए हर तरह की असुविधा-अभाव में से निकल जाएंगे, और जिस तरह ज्ञान शक्ति प्रदान करता है, मानवता का ज्ञान मनुष्यों पर शासन की शक्ति देता है। इस तरह के लोगों को हर क्षेत्र के रहस्य लुभाते हैं। यहां तक कि यदि वे उपदेश भी देंगे तो ऐसेकि लोगों के सिर के ऊपर से निकल जाए, यदि चित्र बनायेंगे तो रहस्यवादी प्रकृति के, कविता रचेंगे तो चाक्षुष उपमाओं और आत्मा के वाष्पसम परिधान के लिए जीवन के नाटकीय संघर्ष और रंग से दूर कहीं चले जाएंगे। सौन्दर्य में उनकी दुनिया है, पदार्थ से परे उनका शासन है, विचारों के जगत् में उनकी उड़ान है जहां भौतिकवादी भय से जाने का साहस तक नहीं करते। ऐसे हाथ पूर्व के देशों, विशेषतः भारत में बहुसंख्या में मिल जाते हैं। ऐसे हाथों को ब्राह्मणों, योगियों और अन्य रहस्यवादियों की जमातों

में बड़ी संख्या में देखा जा सकता है। इंगलैंड के कार्डिनल न्यूमैन, कार्डिनल मैनिंग और टेनीसन आदि के हाथ इस प्रकार के स्पष्ट उदाहरण हैं। कैथोलिक चर्च के पादरियों के भी इसी कोटि के हाथ होते हैं, किन्तु इंगलैंड चर्च में कम और उससे भी कम ईसाई दीक्षागुरुओं, पादरी संघवादियों और स्वाधीनों में। अपने चरित्र से ही वे गुपचुप और खामोश होते हैं, वे गहरे विचारक होते हैं जो छोटी-छोटी बातों में सावधानी बरतते हैं, यहां तक कि मामूली शब्दों के प्रयोग में भी वे दूसरों से भिन्न होने के गर्व से गौरवान्वित रहते हैं, उन्हें कोई चोट पहुंचाये तो वे भूलते नहीं, किन्तु उनमें सत्ता की धीरता के साथ आने वाला सब-सन्तोष अवश्य रहता है। वे अच्छे अवसरों की प्रतीक्षा में रहते हैं, इसलिए सुअवसर भी उनके सेवक होते हैं।

ऐसे हाथ प्रायः आत्माभिमान के सूचक हैं जो कि ऐसे लोगों के जीवन के अनुरूप ही हैं। अगर उनमें किसी वृत्ति के विकास की अधिकता हो जाए तो वे धर्म और रहस्यवाद के क्षेत्र में कमोबेश कट्टरपन्थी हो जाते हैं। इस तथ्य के अद्भुत उदाहरण पूर्व में मिलते हैं जहां योगी बचपन में ही सव सम्बन्धों-नातों से अपने को अलग कर लेते हैं। व्रत और तप करके शरीर को मारते हैं ताकि आत्मा जीवित हो उठे। इस प्रकार के हाथ की व्याख्या में मेरा अन्य हस्तरेखा विज्ञानियों से कुछ मतभेद है। मैंने अक्सर देखा है कि इस विषय पर लिखते हुए अधिकांश लेखक उन्हीं बातों को दोहरा बैठते हैं जो दूसरे अधिकारी विद्वानों ने लिख दी हैं और अपने निजी निरीक्षणों की परख करके कुछ कहने का कष्ट नहीं उठाते। हस्तरेखा विज्ञान की सबसे बड़ी हानि उन्नीसवीं शताब्दी के 'बहनों और भाइयो' के सम्बोधन से अपनी पुस्तक शुरू करने वाले लेखकों ने की है। ऐसे लोग दो-चार किताब पढ़ लेते हैं, कभी दो-चार और कभी और भी कम महीने खपाते हैं क्योंकि हस्तरेखाओं का अध्ययन उनके लिए शौकिया किया जाने वाला काम है या उन्हें इससे थोड़ी चमक-दमक पैदा करके कुछ नाम भी बनाना होता है कि वे भी एक दिलचस्प आदमी हैं, फिर अपना नाम किसी एक किताब से जोड़ा और समाज के जिस वातचक्र से निकलकर आये थे, उसी में कहीं खो गये। मुझे एक महिला का लिखा प्रपत्र याद आता है जिसे आठ महीने पहले तक हाथ की किसी एक रेखा तक का ज्ञान नहीं था किन्तु एक अद्भुत दुःसाहस का प्रदर्शन करती हुई वह हस्तरेखा विज्ञान की विशारद बनकर उठ खड़ा हुई और अपने मस्तिष्क में ही कहीं हाथ के विभिन्न प्रकारों को गड्डमड्ड करके लिख गई कि छोटी उंगलियों वाला वर्गाकार हाथ काव्य और आदर्श का सूचक है। अपने इस ग्रन्थ में मैंने यह प्रयत्न किया है कि इस शास्त्र के किसी भी पहलू पर

अध्याय 6

शंकु आकार का हाथ

ठीक-ठीक कहें तो शंकु हाथ मध्यम आकार का होता है, जिसमें हथेली कुछ शुंडाकार होती है और उंगलियां जड़ के पास भरी हुई रहती हैं जो शंकु सम दीखती हैं, अपनी नोक अर्थात् नाखून वाली पोर में जाकर कुछ नुकीली हो जाती हैं (रेखाकृति 5)। इसका मिलान प्रायः अगली प्रकार अर्थात् मनोवैज्ञानिक प्रकार से किया जाता है जो लम्बा, संकरा, पर्याप्त लम्बी शुंडाकार उंगलियों वाला हाथ होता है।

शंकु हाथ की प्रमुख विशेषताएं हैं भावावेश और अन्तर्ज्ञान। दरअसल शंकु आकार के हाथ वाले लोग प्रायः 'भावावेश की सन्तान' कहे जाते हैं। इस कोटि के हाथ में बहुत विभिन्नता मिलती है लेकिन अधिकतर इस तरह का हाथ भरा हुआ, कोमल और लम्बी उंगलियों, लम्बे नाखूनों वाला होता है। इस प्रकार का आकार कलात्मक, भावावेशसम्पन्न प्रकृति का परिचायक है, किन्तु उसमें सुख-शान्ति के प्रति मोह और बदमिजाजी के गुण प्रमुखता लिये होते हैं। इस तरह के हाथ वाले लोगों की बड़ी कमी यह होती है कि यद्यपि वे चतुर और विचार और मति में प्रत्युत्पन्न होते हैं, फिर भी धैर्य की कमी इतनी है कि जल्दी ऊब जाते हैं और अपनी मनोवांछा को शायद ही कभी पूरा करते हैं। ऐसे लोग साथियों या अजनबियों के बीच सबसे अधिक उभर कर आते हैं। वे वाक्पटु होते हैं, बातचीत के विषय प्रवाह को बड़ी जल्दी भांप लेते हैं, किन्तु कमोबेश सतही ज्ञान वाले होते हैं, जैसाकि अन्य क्षेत्रों में उनका स्वभाव है, क्योंकि ज्ञान पर व्यवहार करने की अपनी कमी के कारण उनमें एक अध्येता की शक्ति तो नहीं, इसलिए वे तर्कसंगति से नहीं भावावेश और अन्तर्ज्ञान के बल पर निर्णय करते हैं। इसी विशेषता के कारण ऐसे लोग प्रेम-सम्बन्धों और मित्रता में परिवर्तनशील होते हैं, छोटी-सी बात पर ही कोई आसानी से उन्हें कुपित कर सकता है। वे अपने सम्पर्क में आने वाले लोगों और उनके आसपास के वातावरण से भी पर्याप्त प्रभावित हो जाते हैं। प्रणय सम्बन्धों में वे प्रभावग्राही

होते हैं; पसन्द-नापसन्द को अन्तिम छोर तक खींचते हैं, अधिकतर त्वरित स्वभावी होते हैं और स्वभाव उनके लिए क्षण-विशेष की वस्तु है। जब वे गुस्से में

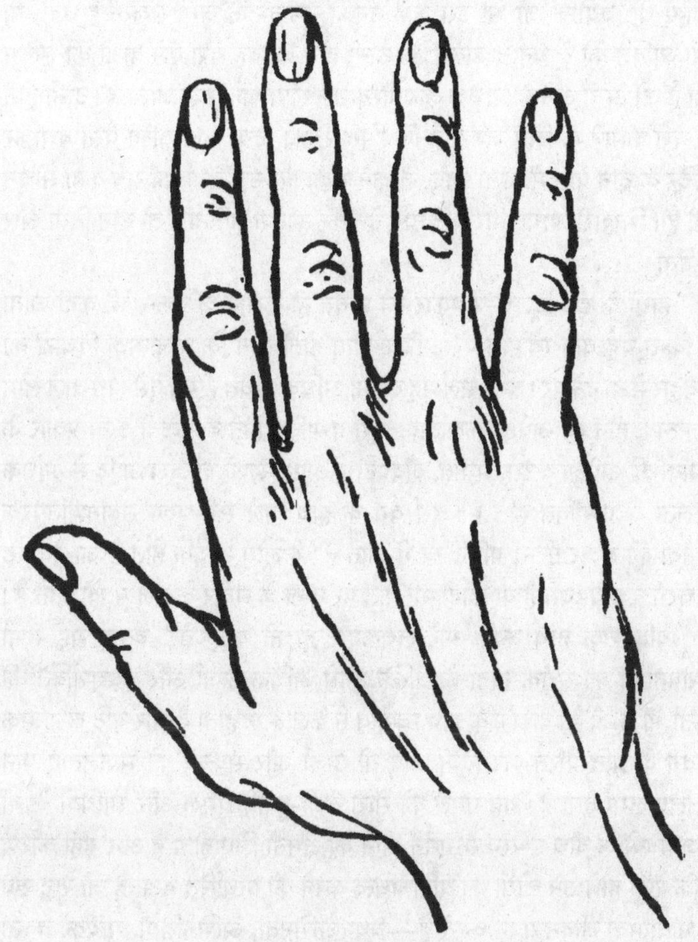

शंकु आकार या कलात्मक हाथ
रेखाकृति 5

आते हैं तो मन की बात खुलकर कहते हैं और इतने अधीर होते हैं कि बातों और शब्दों को तौलते नहीं। वे सदा उदार और सहानुभूतिपूर्ण होते हैं, अपने निजी आराम-सुख के मामले में पूरे स्वार्थी, किन्तु यह भी सही है कि पैसे के मामले में

स्वार्थ नहीं देखते, उन्हें दान-पुण्य के लिए धन देने को आसानी से प्रभावित किया जा सकता है किन्तु काश, उनमें जांचने-परखने की क्षमता भी इस मामले में होनी चाहिए थी, क्योंकि जो भी उस क्षण उनकी सहानुभूति जगा सकता है वही, या उसी व्यक्ति को वे धन दे डालते हैं। दानी होने का वह यश ऐसे हाथों को सुलभ नहीं है जो अन्य अनेक अधिक व्यवहारकुशल लोगों को मिल जाता है। दानी होने का यश कमाने के लिए जरूरी है कि भिखारी को दिया जाने वाला पैसा बचाकर मन्दिर के दान पात्र में डाला जाए, लेकिन शंक्वाकार उंगलियां यह सब कहां सोचने देती हैं। भिखारी आया और यदि दान देने का आदेश सक्रिय है तो दान दिया और हो गया।

हाथों के इस दिलचस्प प्रकार को उचित ही कलात्मक प्रकार भी कहा जाता है, किन्तु यह बात स्वभाव पर अधिक लागू होती है न कि कलात्मक विचारों को व्यवहार में ढालने पर। दरअसल यह कहना अधिक उचित होगा, ऐसे हाथ वाले लोग कलात्मक होने की अपेक्षा कलात्मकता से प्रभावित होते हैं। किती अन्य प्रकार के प्रभावों की अपेक्षा वे रंग, संगीत, वाक्पटुता, आंसू, खुशी या दुःख आदि से अधिक सरलता से प्रभावित होते हैं। इस वर्ग के हाथ वाले स्त्री-पुरुष सहानुभूतिपरक प्रभावों को लेकर तुरन्त प्रतिक्रिया में आते हैं। ये लोग भावुक होते हैं जो आनन्द के चरम तक पहुंचते हैं या छोटी-सी बात पर दुःख के सागर के तल में खो जाते हैं।

यदि शंकु हाथ कड़ा और लचकदार हो तो यह पहले बताई गई सभी विशेषताओं का सूचक होता है, बल्कि उनमें अधिक ऊर्जा और इच्छाशक्ति की दृढ़ता भी रहती है। कड़ा शंकु हाथ स्वभाव से कलात्मक होता है और यदि कलात्मक जीवन के प्रति प्रेरित कर दिया जाए तो ऊर्जा और संकल्प को सफलताएं पाने के लिए लगा देता है। यह पहले की सारी तेजी-फुर्ती, चमक और साथियों के या अजनबियों के बीच उभरकर सामने आने की क्षमता लिए होता है और यही कारण है कि शंकु हाथ उन लोगों का प्रनिनिधित्व करने को निर्धारित हुआ है जो शुद्ध रूप से भावात्मक जीवनयापन करते हैं—यथा अभिनेता, अभिनेत्रियां, गायक, वक्ता आदि। किन्तु यह नहीं भूलना चाहिए कि ये लोग विचार, तर्क अथवा अध्ययन की अपेक्षा क्षण-विशेष की प्रेरणागत भावना पर अधिक निर्भर करते हैं। वे कोई काम बढ़िया करेंगे किन्तु यह नहीं जानते होंगे कि उन्होंने उस काम को कैसे और किसलिए कर दिया था। कोई गायिका श्रोता समुदाय को गीत के अध्ययन के बल पर नहीं, अपने निजी व्यक्तित्व के बल पर संगीत के प्रवाह में वहा ले जाएगी, अभिनेत्री

अपने भावुक स्वभाव के बल पर दूसरों की भावनओं को आन्दोलित कर दिखायेगी, वक्ता अपने शब्दों के तर्क से नहीं, बल्कि अपनी जिह्वा के सदुपयोग से जन समुदाय को द्रवित कर दिखायेगा इसलिए यह याद रखना चाहिए कि हाथ के प्रकार का सम्बन्ध व्यक्ति की बनावट या उसके प्रकृत स्वभाव से होता है, यही वह आधार है जिस पर प्रतिभा बनती-बिगड़ती है। उदाहरण के लिए, वर्गाकार उंगलियों वाली कोई महिला उतनी ही महान् गायिका हो सकती है जितनी कि नुकीली उंगलियों वाली महिला, लेकिन पहली दूसरी की तुलना में और भी महानता की ऊंचाइयों को छूने की क्षमता रखती है। किन्तु इन उंगलियों तक पहुंचेगी वह विभिन्न साधनों से—अपने अभ्यास, अध्ययन, कठिन परिश्रम और अपनी अधिक सहनशक्ति और धीरज आदि गुणों के द्वारा। प्रसिद्धि की आधी सीढ़ी तो अध्ययन और विकास हैं। प्रतिभा इस सीढ़ी पर स्वप्नशील होकर बैठती है, अध्ययन क्रियान्वित होता है और एक-एक सीढ़ी करके ऊपर उठता है और धरती के क्षुद्र कीट सिर के ऊपर की ऊंचाइयों से चकराकर प्रतिभा और अध्ययन के बारे में भ्रमित होकर अध्ययन को ही प्रतिभा मान बैठते हैं। जो कलात्मक प्रकार के हैं, वे अपनी किस्म के अनुरूप स्वभाव से सम्बन्धित हैं, उंगलियों का वैभिन्न्य केवल यह बताता है कि स्वभाव का गुण अधिक शक्तिशाली किस रूप में है, यथा वर्गाकार उंगलियों वाला कलात्मक हाथ इस बात का सूचक है कि व्यक्ति का कलात्मक स्वभाव अध्यननशीलता के मामले में अधिक शक्तिशाली है और इस कारण उसके कार्यों में बुनियाद में ही सलीका, सत्य और औचित्य दिखाई देगा। ऐसे लोग जब तक सफलता नहीं पा लेते, बार-बार प्रयत्न करते रहते हैं।

कलात्मक हाथ में चपटी उंगलियां किसी कलाकार को रंग और रूपांकन की अधिक व्यापकता प्रदान करती हैं, उसके विचार अधिक साहसी होंगे और उस कलाकार को मौलिकता के लिए प्रसिद्धि प्रदान करेंगे। दार्शनिक उंगलियां विचारों में रहस्यवादी पुट ले आयेंगी—व्यक्ति का रंगाभास और परिकल्पना पहले से गंभीर, गहन और हल्के रंगों को और गम्भीरता प्रदान करेंगे। उसके चित्रपटल पर जो प्रकाश और छाया तिरेगी, कमल की पंखुड़ी में जो काव्य जन्म लेगा, रंगों की कल्पना को जो आशीष-कामना दुलरायेगी—सब विस्तृत विवरण में दिखेंगे, किन्तु सब विवरण आत्सा के लोक की ओर इंगित करते होंगे, सभी में शान्ति परिव्याप्त दिखाई देगी, किन्तु शान्ति ऐसी जो रहस्य के आभास से दूसरों को आक्रान्त करती होगी।

अध्याय 7
मनोवैज्ञानिक हाथ

हाथ के सात प्रकारों में से यह प्रकार सर्वाधिक सुन्दर किन्तु सबसे अभागा प्रकार है, जिसे मनोवैज्ञानिक हाथ कहा जाता है। (रेखाकृति 6) अपने शुद्ध रूप में इस प्रकार का हाथ अत्यन्त दुर्लभ है। इसके नाम से इसका परिचय मिलता है—ऐसा हाथ जिसे मानस से, आत्मा से जोड़ा जाएगा। इन शब्दों से ही व्यक्ति की परिकल्पना में मानस-पुत्री के प्रति वीनस के ईर्ष्याभाव की पौराणिक कथा कौंध जाती है जिसमें मन की उत्तेजनाओं की देवी ने आत्मा की पुत्री के आध्यत्मिक आकर्षण के विरुद्ध संघर्ष छेड़ दिया था। अपने शुद्ध रूप में इस प्रकार का हाथ मिलना कठिन है, हमारी समसामयिक सभ्यता में इस प्रकार के धवल, हिमसम निर्मल दुर्लभ फूलों के लिए अवकाश ही कहां है, आज के धरापुत्र इस प्रकार की शान्ति, शीतलता और स्वप्निल शुचिता की ओर ध्यान हीं कहां देते हैं,उनके सिर तो सुवर्ण की तलाश में नीचे को झुके हैं, उनका रक्त एक प्रकार की पाशविकता से उष्ण हो रहा है। किन्तु पूरी तरह से शुद्ध रूप में ऐसा हाथ भले न मिले, ऐसे सैकड़ों स्त्री-पुरुष मिल जाएंगे जिनकी मनोवैज्ञानिक प्रकार से इतनी निकटता रहती है कि उन्हें इसी का एक भाग माना जा सकता है, विशेषतः यदि हमारे आज के जीवन को नियन्त्रित करने वाले रीति-रिवाजों पर ध्यान दिया जाए। मनोवैज्ञानिक प्रकार का हाथ सभी प्रकारों में सर्वाधिक सुन्दर होता है। अपनी बनावट में यह लम्बा, संकरा, नाजुक-सा दीखने वाला, पतली, ढलवां उंगलियों वाला और लम्बे बादाम के आकार के नाखूनों वाला होता है। यद्यपि इस प्रकार के हाथ की सुघराई और सुन्दरता ही इसमें उर्जा और शक्ति के अभाव की सूचक हैं और अगर किसी को जीवन संग्राम में ऐसे हाथ को आजमाना पड़े तो वह सहज ही उस पर तरस खाये बिना नहीं रह सकता।

मनोवैज्ञानिक हाथ वालों की प्रकृति पूरी तरह से कल्पना प्रवण और आदर्शवादी होती है। वे सौन्दर्य की हर रूप और आकार में प्रशंसा करते हैं, अपनी

आदतों में सुकोमल और स्वभाव में शान्त होते हैं। उनके प्रति सद्व्यवहार करने वाले हर व्यक्ति पर वे सहज ही विश्वास कर बैठते हैं और उन पर भरोसा करने लगते हैं। उन्हें बिल्कुल यह भान नहीं कि व्यावहारिक, दुनियादार या तर्कसंगत कैसे हुआ जाए, नियमितता, समयबद्धता और अनुशासन के बारे में उनकी कोई अवधारणा ही नहीं होती, वे आसानी से दूसरों से प्रभावित हो जाते हैं और अपनी इच्छा के विरुद्ध मानव जाति के तीव्र प्रवाह में बह जाते हैं। इस हाथ की प्रकृति को रंग इतना अधिक भाता है, जितना सम्भव है, और कुछेक के लिए तो संगीत की हर अभिव्यक्ति, हर आनन्द, हर दुःख, हर भावना रंगों में प्रतिबिम्बित होती है। इस प्रकार के लोग अनजाने धार्मिक वृत्ति के होते हैं, उन्हें मालूम तो है कि सत्य का अनुभव कैसा होता है, किन्तु सत्य को पाने की क्षमता उनमें नहीं होती। धर्म के क्षेत्र में ऐसे लोग धार्मिक उपदेश के तर्क या सत्य की अपेक्षा उसके अनुष्ठान, संगीत या कर्मकांड के सौन्दर्य से अधिक अभिभूत होते हैं। वे गहन रूप में भक्तिप्रवण होते हैं, लगता है कि वे आध्यात्मिकता के दायरे में ही टिके हैं, उन्हें जीवन के रहस्य और रोमांच का भी, बिना यह जाने कि क्यों, अनुभव होता रहता है। जादू और रहस्य का हर रूप उन्हें लुभाता है, उन पर सरलता से अपने को थोपा जा सकता है, किन्तु उनके प्रति छल उन्हें पूरी कड़वाहट के साथ बुरा लगता है। ऐसे व्यक्तियों की अन्तर्ज्ञान की शक्तियां अत्यधिक विकसित होती हैं, वे संवेदन, माध्यम, दूर श्रवणकर्ता आदि के रूप में खरे सिद्ध होते हैं क्योंकि वे अपने अधिक व्यावहारिक भाई-बहनों की तुलना में भावनाओं, अन्तर्ज्ञान और प्रभावों के प्रति अधिक जागरूक होते हैं।

जिन मां-बाप के यहां ऐसे हाथ वाली सन्तान हो, वे समझ ही नहीं पाते कि बच्चे के प्रति कैसा व्यवहार करें। विचित्र बात यह होती है कि ऐसे बच्चे प्रायः दुनियादार और व्यावहारिक दम्पतियों की सन्तान होते हैं। इस तरह के तथ्य की व्याख्या मुझे केवल सन्तुलन के सिद्धान्त में दिखाई देती है—पैतृक नियमों के माध्यम से कार्यरत प्रकृति सन्तुलन का एक बिन्दु तय कर लेती है और अभिभावकों की तुलना में पूरी तरह विपरीत स्वभाव उत्पन्न करती है, इस प्रकार यहां अध्ययन के विषय के रूप में प्रतिक्रिया का नियम इस कोटि को जन्म देता है। किन्तु आह! बहुत बार इस प्रकार के स्वभाव वालों को अभिभावकों के अज्ञान या नादानी के कारण व्यापारी किस्म के जीवन में धकेल दिया जाता है, सिर्फ इसलिए कि पिता व्यापारी है। जीवन का इस प्रकार पूर्णरूपेण गलत होना इस प्रकृति को इस कदर कुचल देता है या बौना बना

देता है कि इस तरह के वातावरण में जीने का परिणाम या तो पागलपन होता है या अकाल मृत्यु। इस सत्य पर प्रश्नचिह्न नहीं लगाया जा सकता कि दुनिया के पागलखाने अधिकांशतः अभिभावकों के अपने उत्तरदायित्व में असफल रहने के कारण ही भरे रहते हैं, और इस सत्य को जितनी जल्दी जान लिया जाए, उतना ही बेहतर है।

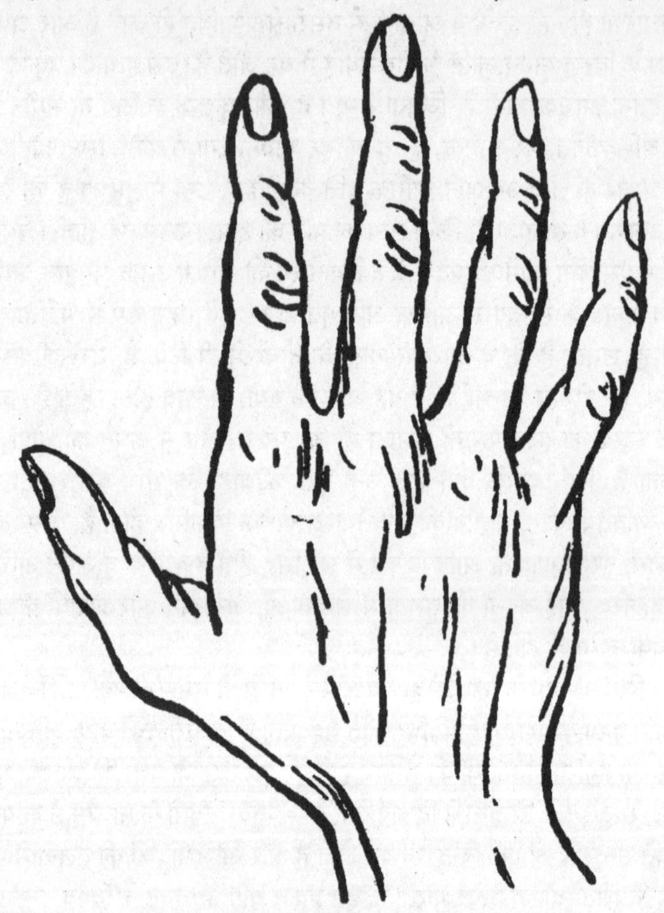

मनोवैज्ञानिक या आदर्शवादी हाथ
रेखाकृति 6

शुद्ध रूप से संवेदनशील प्रकृति का ज्ञापन करने वाले इन सुन्दर, नाजुक हाथों के स्वामी आम तौर पर जीवन में अपनी स्थिति को इतनी भावुकता के साथ महसूस

करने लगते हैं कि प्रायः वे स्वयं को पूरी तरह निकम्मा और अनुपयोगी मान बैठते हैं और परिणामस्वरूप अकेलेपन; उदासी और मानसिक विकृति का शिकार हो जाते हैं। जबकि ऐसी बात है नहीं, प्रकृति ने जो कुछ बनाया है, उसमें से कुछ अनुपयोगी नहीं, ऐसी प्रकृति और स्वभाव की सुन्दरता और मधुरता अधिकांशतः इस दुनिया के लिए उन लोगों की अपेक्षा अधिक उपयोगी और कल्याणकारी सिद्ध होती है जो इस दुनिया की स्थूल मौलिक सम्पत्ति जमा करके स्कूल या मन्दिर बनवाया करते हैं। हो सकता है, इन लोगों को मानवता के नियमों में एक सन्तुलन स्थापित करने को दुनिया में भेजा गया हो। हो सकता है इन लोगों की बदौलत सौन्दर्य की प्रशंसा और उनके प्रति हमारे प्रेम में अभिवृद्धि हो, लेकिन इतना हम पक्के तौर पर जान रखें कि ऐसे लोग अनुपयोगी कतई नहीं हैं, इसलिए जैसाकि हम अक्सर करते हैं कि इस कोटि के लोगों को कुचल देते हैं या नष्ट कर डालते हैं, उसके स्थान पर हमें इन्हें प्रोत्साहन देना चाहिए, उनकी सहायता करनी चाहिए। दुःख है कि यश और धनोपार्जन की दौड़ में, सांसारिक अर्थों में प्रायः ऐसे लोग पीछे छूट जाते हैं। ऐसे लोगों का सही चित्र खींचने वाला निम्नलिखित विवरण दिये बिना मैं रह नहीं पा रहा :

ये लोग हैं कि मानो किस कर हाथ ने जीवन की तूफान से उद्वेलित नदी में फूल गिरा दिये हों—भयानक प्रवाह वाली नदी के उफान में कितने निःसहाय! कभी-कभार इन्हें दया की आशा में नदी के किनारों से चिपकते देखा जा सकता है। आह, उन सुन्दर हाथों में शक्ति ही नहीं है! वे उछलती, मचलती, आन्दोलित होती मानवता के ज्वार में फिर बहा लिये जाते हैं। थोड़ा नीचे झांकें तो किसी चट्टान की छाया में मैले-कुचैले, दाग-धब्बों से भरे वे उकड़ूं बैठे नजर आते है, क्षण-भर को तेज प्रवाह की खिल्ली उड़ाते छोटे-छोटे पौधों की संगति में प्रसन्न दीखने की चेष्टा करते हुए। थोड़ी ही देर में फिर ज्वार की तेजी आती है या पास से गुजरते किसी जलपोत से उठी तरंगें जो उन्हें चट्टान के आश्रय में से खींच लाती हैं और अनन्त सागर के और निकट धकेल जाती हैं। नदी का घाट अब अधिक चौड़ा है, शान्त और मौन भी, अधिक विस्तृत; यौवन के संकरे किनारे से हटते हैं तो हम अपने दृष्टिकोण में ऐसे ही व्यापक होते हैं। अब देखें, जबकि रात उतरने को है, कि ये फूल ज्वार की तरंगों पर किस तरह विश्राम करते हैं और स्वप्न देखते हैं। नदी भी अब चुप है, तूफान की तेजी निकल चुकी है, जीवन का दिन पूरा हो गया है। देखें कि नदी के टूटे कुसुमों को कितनी कोमलता से उठा रखा है, मानो अपने पहले के ज्वार पर शर्मिन्दा हो।

सब तरफ अब चुप्पी है, शान्ति है। नदी जितनी बड़ी और चौड़ी होती जाती है, उतनी ही शान्त होती जाती है। अन्त सन्निकट है। धुंध छाने लगी है, गहरी और निकट और श्वेत। नदी कितनी शान्त है। शान्ति दिल की ठंडक की तरह झूल रही है। नदी समुद्र में लीन होकर अत्यन्त विशाल हो गयी है, फूल और पत्तियां और पौधे सब बह गये हैं—हो सकता है ईश्वर के उपवन की ओर।

अध्याय 8

मिश्रित हाथ

मिश्रित हाथ का वर्णन करना सब हाथों में सबसे कठिन है। वर्गाकार हाथ के अध्याय में मैंने इस प्रकार का एक उदाहरण दिया था जिसमें उंगलियां मिश्रित हों। यद्यपि, इस मामले में मिश्रित उंगलियों के लिए आधार का काम वर्गाकार हाथ करता है और सच्चे मिश्रित हाथ में अध्येता के मार्ग-दर्शन के लिए ऐसे किसी आधार का नाम नहीं लिया जा सकता।

इस प्रकार के हाथ को मिश्रित इसलिए कहा जाता है कि इसे वर्गाकार, चपटा, शंकु, दार्शनिक या मनोवैज्ञानिक आदि किसी एक वर्ग में रखना शायद सम्भव नहीं होता, उंगलियां विभिन्न श्रेणियों की होती हैं और प्रायः एक उंगली नुकीली होती है तो दूसरी वर्गाकार, तीसरी चपटी तो चौथी दार्शनिक आदि-आदि।

मिश्रित हाथ, विचारों का, विभिन्नता का और प्रायः ध्येय में परिवर्तनशीलता का हाथ है। ऐसे हाथ वाला व्यक्ति मनुष्यों और परिस्थितियों दोनों में अपना सामंजस्य बैठा लेता है, पर्याप्त चतुर होता है, किन्तु अपने गुणों के उपयोग में उत्साही, परिवर्तनशील और मनमौजी भी। बातचीत का विषय चाहे विज्ञान हो, चाहे कला या चाहे कोरी गपशप, सभी में वह मेधावी सिद्ध होता है। हो सकता है वह कोई साज बजा लेता हो, थोड़ी-बहुत चित्रकारी कर लेता हो, या इसी तरह किसी अन्य क्षेत्र में पटु हो, लेकिन महान् वह शायद ही कभी बनता हो। इतना अवश्य है कि जब हाथ में शक्तिशाली मस्तिष्क रेखा की प्रमुखता होती है तो वह अपने सभी कौशलों में से सर्वश्रेष्ठ को चुनता है और दूसरी खूबियों की विभिन्नता और पटुता से उसे संवारता है। ऐसे हाथ वाले को काम करने के लिए सबसे बढ़िया अवसर कूटनीति और होशियारी के क्षेत्रों में होता है। उसकी प्रतिभा इतनी बहुमुखी होती है कि सामने आने वाली विविध स्थितियों से निपटने में उसे कोई कठिनाई नहीं होती। ऐसे लोगों की सर्वाधिक उल्लेखनीय विशेषता उनकी परिस्थितियों के अनुकूल ढल

जाने की अद्भुत क्षमता रखना है। दूसरों की तरह उन्हें भाग्य के उतार-चढ़ाव अधिक महसूस नहीं होते, हर कोटि का काम उनके लिए समान रूप से सरल सिद्ध होता है। वे प्रायः मौलिक सूझ-बूझ वाले होते हैं, विशेषतः यदि वे उसके द्वारा परिश्रम करने से बच सकें। वे थोड़ा बेचैन प्रकृति के होते हैं, और किसी एक शहर या

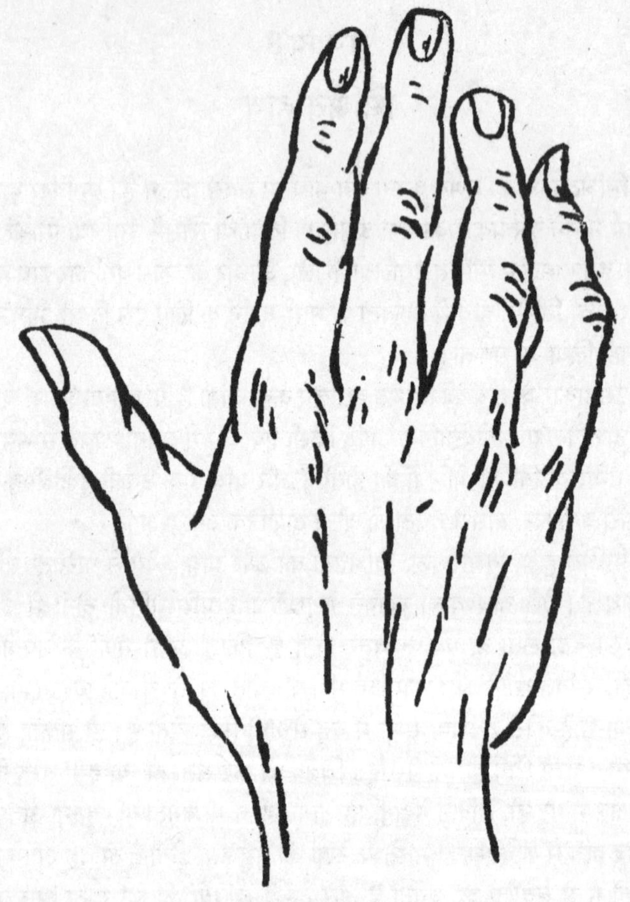

मिश्रित हाथ
रेखाकृति 7

स्थान पर अधिक नहीं टिकते। नये-नये विचार उन्हें पसन्द होते हैं, एक क्षण वे नाटक लिखने को कटिबद्ध होते हैं, दूसरे ही क्षण शायद गैस-स्टोव घढ़ने निकल

पड़ें या राजनीति में जा कूदें। लेकिन चूंकि वे सदा परिवर्तनशील रहते हैं, पानी की तरह अस्थिर, वे शायद ही कभी सफलता पाते हों। यह अवश्य ध्यान रखना चाहिए कि जब हथेली किसी एक विशिष्ट प्रकार की होती है तो इन विशेषताओं का पर्याप्त सुधरा रूप देखने को मिलता है, तथा वर्गाकार हाथ में मिश्रित, चपटी, दार्शनिक या शंकु-आकार उंगलियां अधिकतर सफलता पाती हैं, जबकि मिश्रित का शुद्ध रूप असफल ही रहता है। जब समूचा हाथ ही मिश्रित हो, तो प्रतिभा की बहुमुखता और ध्येय की विभिन्नता के कारण व्यक्ति के 'हर फन का उस्ताद' कहाये जाने की ही सम्भावना होती है, और इस अभागी कोटि के मनुष्यों को, मिश्रित हाथ वालों को हस्तरेखा विज्ञान की पुस्तकों में आम तौर पर यही संज्ञा दी जाती रही है।

अध्याय 9

अंगूठा

अंगूठा हर अर्थ में इतना महत्त्वपूर्ण है कि उस पर विशेष रूप से ध्यान दिया जाना आवश्यक है, केवल शरीराकृतिविज्ञान के क्षेत्र में नहीं, बल्कि हस्तरेखाविज्ञान से इसके सम्बन्ध के कारण भी। हस्तरेखाविज्ञान में निहित सत्य को केवल अंगूठे के अध्ययन को लेकर ही ठोस आधार प्रदान किया जा सकता है और यह कार्य व्यक्ति की अत्यन्त महत्त्वपूर्ण चारित्रिक विशेषताओं से इसके सम्बन्ध को लेकर किया जा सकता है।

हर-युग में अंगूठे की भूमिका न केवल हाथ में, बल्कि स्वयं विश्व में बहुत स्पष्ट रही है। यह एक जाना-माना तथ्य है कि पूर्व के अनेक देशों में यदि कोई बन्दी शासकों के सामने लाया जाता था और वह उंगलियों से अपना अंगूठा ढांप लेता था तो स्पस्ट था कि वह मूक रहकर तथापि मुखर ढंग से अपनी स्वतंत्रता, अपनी इच्छाओं का परित्याग कर दया की भिक्षा मांग रहा है। इजराइल के पुत्रों के युद्ध-विवरणों में ऐसे उदाहरण मिलते हैं जब शत्रुओं के हाथ का अंगूठा काट दिया जाता था। जिप्सी लोग किसी व्यक्ति के चरित्र-निर्धारण में अंगूठे को अपने विचारों का बड़ा आधार मानकर चलते हैं। अपने बचपन से ही जिप्सियों के प्रति अपनी जिज्ञासा के कारण मैं इस बात को प्रत्यक्ष सत्य के रूप में जानता हूं और मैंने उन्हें अंगूठे की स्थिति, कोण तथा सामान्य आधार का निरीक्षण करके तदनुसार गणनाएं करते देखा है। भारत में हाथ की रेखाओं को पढ़ने की अनेक पद्धतियां प्रचलित हैं, किन्तु वहां भी अंगूठे को ही अध्ययन का केन्द व आधार बनाया जाता है, भले ही पद्धति कोई भी हो। चीन के लोग भी हस्तरेखाविज्ञान पर विश्वास करते हैं और वे भी अपने निरीक्षण का आधार अंगूठे की स्थिति को ही बताते हैं। यह एक मनोरंजक सत्य है कि स्वयं ईसाई धर्म में अंगूठे की अत्यन्त महत्त्वपूर्ण भूमिका रही है, अंगूठा ईश्वर का प्रतिनिधि है, तर्जनी ईसा की, ईश्वरीय इच्छा को बताने वाली, हाथ में अकेली

ऐसी उंगली है जो अपनी स्थिति के कारण संकेत करने का काम करती है और अन्य उंगलियों की तुलना में अलग सीधे तन जाने की क्षमता रखती है। मध्यमा पवित्र यक्ष (पवित्रात्मा) की प्रतिनिधि है जो पहली की सेवा में उपस्थित है। यूनानी चर्च में केवल बिशप पदस्थ पादरी को ही अधिकार है कि वह त्रिदेव (पिता, पुत्र और पवित्रात्मा) के सूचक अंगूठे, तर्जनी और मध्यमा से आशीर्वाद अंकित करे। साधारण पादरी को पूरा हाथ उपयोग करना होता है। यहां तक कि इंग्लैंड के चर्च में प्राचीन अभिचार में यह आवश्यक है कि बपतिस्मा के लिए क्रास बनाते समय अंगूठे का प्रयोग अवश्य हो।

हाथ के इस सदस्य के चिकित्साविज्ञान में महत्त्व को लेकर सैकड़ों उदाहरण दिये जा सकते हैं, किन्तु उन सुदीर्घ विवरणों में पड़कर मैं पाठकों के धैर्य की परीक्षा नहीं लेना चाहता, बस इतना कहना पर्याप्त है कि मस्तिष्क का वह भाग, जो शरीर के किस अंग का सम्बन्ध किस बात से है, इसका निर्धारण करता है, उसे चिकित्साविज्ञान में 'अंगुष्ठ केन्द्र' (थिम्ब सेंटर) कहा जाता है। स्नायु रोगों के विशेषज्ञों में यह एक सुविख्यात तथ्य है है कि वे अंगूठे की परीक्षा करके यह बता सकते हैं कि व्यक्ति पक्षाघात का शिकार हुआ या होने वाला है या नहीं, क्योंकि शरीर के किसी भी भाग में रोग के लक्षण जरा भी प्रकट होने के बहुत पहले अंगूठा इस ओर इंगित कर देता है। यदि अंगूठे से ऐसा संकेत मिलता है तो तुरंत मस्तिष्क के अंगुष्ठ केन्द्र की शल्य चिकित्सा की जाती है और यदि आपरेशन सफल रहता है (जिसका संकेत पुनः अंगूठे से मिलता है) तो रोग का आक्रमण दिशाहीन हो जाता है और मरीज की रक्षा हो जाती है। और इस सबके बावजूद, इन प्रचलित तथ्यों के होते हुए भी ऐसे लोगों की कमी नहीं जो हाथ के निरीक्षण की विद्या में विश्वास ही नहीं करते। एक बार लन्दन में डा० फ्रांसिस गैल्टन ने यह दर्शाया था कि अंगूठे की त्वचा पर उकरी रेखाओं के आधार पर किस तरह चमत्कारी ढंग से सही-सही रूप में किसी अपराधी को जा पकड़ना सम्भव है। प्रसंगवश कहना होगा कि इंग्लैंड की सरकार को यह विचार बहुत भाया और इस पर अमल करने का भी प्रस्ताव किया गया, और दूसरी ओर उसी सरकार ने उसी वर्ष देश के लगभग हर भाग में हस्तरेखाविदों को बन्दी बनाया और दंडित किया। निस्सदेह न्याय अन्धा है। एक अन्य अत्यन्त दिलचस्प तथ्य प्रसव करवाने वाली दाइयों का एक प्राचीन विश्वास है, एक ऐसा विचार जिसमें आसानी से सत्य का पर्याप्त अंश देखा जा सकता है। उनका विश्वास था कि यदि जन्म के कुछ दिन बाद तक बच्चा अंगूठे को उंगलियों से

ढके रहता है तो यह पर्याप्त शारीरिक कोमलता का सूचक है। किन्तु यदि जन्म के सात दिन बाद भी अंगूठा उसी तरह ढका हुआ है तो इस आशंका के लिए पर्याप्त अवकाश है कि मानसिक स्थिति ठीक नहीं है। यदि कोई पागलखानों में जाकर देखे तो यह जाने बिना नहीं रह सकता कि सभी पागलों के अंगूठे बहुत कमजोर और बेकार होते हैं, और असल में तो कुछ के अंगूठे इतने कमजोर दिखते हैं कि अपने आकार तक में ठीक से विकसित नहीं हुए होते। कमजोर दिमाग के सभी लोगों के अंगूठे भी कमजोर होते हैं, और जो स्त्री-पुरुष खड़े-खड़े बातें करते समय अंगूठे को उंगलियों से ढके या छिपाये रहते हैं, उनमें जरा भी आत्मविश्वास या आत्मनिर्भरता नहीं होती। मरते हुए लोगों के हाथों को देखना अपने-आप में ध्यान देने योग्य है। यह देखा जा सकता है कि मृत्यु ज्यों-ज्यों निकट आती है और जब विचार-शक्ति का लोप हो जाता है तो अंगूठे की शक्ति समाप्त हो जाती है और वह हथेली पर लुढ़क जाता है, किन्तु यदि विचार शक्ति और चेतना केवल अस्थायी तौर पर लुप्त हुई है तो अंगूठे में शक्ति बनी रहती है और जीवन की आशा की जा सकती है। द' अपेंण्टिंगनी का कथन है, "अंगूठे आदमी की अलग पहचान है।" यह बात आश्चर्यजनक रूप से सत्य है, विशेषतः यदि हम सर चार्ल्स बेल की इस खोज का अनुसरण करके चलें कि चिम्पांजी के हाथ में, जोकि मनुष्य के निकटतम रूप वाला प्राणी है, प्रायः सभी रूपाकार ठीक से बने होते हुए भी अगर अंगूठे को मापा जाए, तो वह तर्जनी के आधार तक भी नहीं पहुंचता। इस प्रकार परिणाम यह निकला है कि उच्च स्थिति और आधार के उत्तम अनुपात वाले अंगूठे का अर्थ है कि मानसिक शक्तियों की प्रमुखता रहेगी। अध्येतागण अत्यन्त सरसरी तौर पर किये निरीक्षण से भी इस सत्य को सिद्ध कर सकते हैं। छोटे, भद्दे और मोटे अंगूठे वाला व्यक्ति अपने विचारों में कठोर और क्रूर पाशविक वृत्तियों वाला होता है, जबकि लम्बे, सुविकसित अंगूठे वाला पुरुष या स्त्री सुघर और मानसिक वृत्तियों वाला होगा तथा किसी इच्छा की पूर्त्ति के लिए या ध्येय प्राप्ति की दिशा में मानसिक शक्तियों का उपयोग करेगा न कि मोटे और छोटे अंगूठे वाले की तरह पाशविक शक्तियों का। इसलिए अंगूठा लम्बा और मजबूत होना चाहिए। अंगूठा न तो हथेली से समकोण पर होना चाहिए और न उससे आगे सटा हुआ। अंगूठा उंगलियों की तरफ थोड़ा ढलवां होना चाहिए, लेकिन ऐसा नहीं कि उन पर सवार होता दिखाई दे। यदि यह हथेली से समकोण पर होगा तो प्रकृति स्वाधीन स्वभाव के कारण अति की ओर झुकाव वाली होगी। ऐसी प्रकृतिः को नियन्त्रित अथवा नियोजित करना कठिन होगा, ऐसे लोग किसी विरोध-

अवरोध को मानेंगे नहीं और उनके व्यवहार व अभ्यास में आक्रामक रुख अपनाने वाले होंगे। यदि अंगूठा सुविकसित तो है, किन्तु उंगलियों की ओर झुका, सिकुड़ा हुआ है तो यह स्वभाव में स्वाधीनता की घोर कमी को दर्शाता है। यह स्वाभाविक, घबराने वाले, भीरु किन्तु सावधान स्वभाव का सूचक होगा, ऐसा व्यक्ति क्या सोच रहा है और क्या करने जा रहा है, यह जानना नितान्त असम्भव होगा। वह स्पष्टवादी भी नहीं हो सकता, क्योंकि उसका स्वभाव एकदम विपरीत है। यदि अंगूठा लम्बा है तो व्यक्ति अपने विरोधी को परास्त करने के लिए अपनी मानसिक शक्तियों का उपयोग करेगा, लेकिन यदि अंगूठा छोटा और मोटा है तो वह अपनी सोची किसी हिंसक कार्यवाही को कार्य रूप देने के लिए अवसर की प्रतीक्षा में रहेगा। इस प्रकार सुविकसित अंगूठा इन दो चरमों में सुन्दर सामंजस्य का सूचक है, व्यक्ति में पर्याप्त स्वाधीनता होगी ताकि उसकी गरिमा और चारित्रिक दृढ़ता बढ़े, वह अपने कार्यकलापों में पर्याप्त सजग भी होगा और दृढ़ इच्छाशक्ति तथा निर्णय वाला होगा। अतः कहा जा सकता है कि लम्बा, सुविकसित अंगूठा मानसिक शक्ति की दृढ़ता का सूचक है, छोटा और मोटे आकार का अंगूठा हठी और पाशविक वृत्ति का, छोटा और कमजोर अंगूठा, कमजोर इच्छाशक्ति और ऊर्जा की कमी का द्योतक है।

स्मरणातीत काल से ही अंगूठे के तीन भाग बताये गए हैं जो विश्व पर शासन करने वाली तीन महान् शक्तियों के द्योतक हैं—प्रेम, तर्क और इच्छाशक्ति।

पहली या नाखून वाली पोर इच्छा शक्ति की सूचक है।

दूसरी पोर तर्क की प्रतिनिधि है।

तीसरी पोर जो शुक्र के पर्वत की परिसीमा है, प्रेम की सूचक है।

जब अंगूठा असम रूप से विकसित होता है, उदाहरणार्थ यदि पहली पोर असाधारण रूप से लम्बी हो तो हम देखते हैं कि व्यक्ति न तो किसी तर्क पर निर्भर करता है न किसी संगति-असंगति के विचार पर, वह केवल इच्छाशक्ति से काम लेता है।

यदि दूसरी पोर पहली की तुलना में अधिक लम्बी हो तो व्यक्ति में पूरी शान्ति-स्थिरता व सटीक तर्कभावना होते हुए भी, अपने विचारों को कार्यरूप देने के लिए पर्याप्त इच्छाशक्ति और संकल्प नहीं होता।

यदि तीसरी पोर अधिक लम्बी और अंगूठा अपेक्षाकृत छोटा हो तो स्त्री या पुरुष अधिक भावनाप्रधान या मांसलता के प्रति आकर्षित प्रकृति के होते हैं।

अंगूठे के अध्ययन में सबसे अधिक ध्यान देने योग्य दिलचस्प बात यह है कि पहली सख्त है या लचकदार। यदि वह लचकदार है तो अंगूठा पीछे मुड़कर चाप बनाता है, यदि इसके विपरीत सख्त है तो पहली पोर जोर डालने पर भी पीछे को नहीं मुड़ती, और ये दो परस्पर विरोधी विशेषताएं व्यक्ति के चरित्र से अधिकतम स्वाभाविक सम्बन्ध रखती हैं।

लचकदार अंगूठा (रेखाकृति 8) लचीली जातियों की प्रमुख विशेषता है, सख्त अंगूठा उत्तर निवासियों का चारित्रिक गुण है। उदाहरणतया इस प्रकार का लचकदार जोड़ डैनिश, नार्वेजियन, जर्मन, ब्रितानी, स्काट आदि जातियों में बहुत कम मिलता है, दूसरी तरफ आयरिश फ्रेंच, स्पेनिश, इटालियन आदि जातियों में या जहां इनके एकत्र समूह मिलते हैं, इस तरह का अंगूठा बहुतायत में मिल जाता है। मैं नहीं समझता कि मौसम आदि के प्रभावों का इस बात से कोई सम्बन्ध है। मेरा यह मत अधिक पुष्ट है कि पैतृक या अन्य प्रकार के वातावरणीय प्रभाव अनायास ही इस प्रकार की विशेषता से अधिक सम्बन्धित हैं क्योंकि व्यक्ति में जिन चारित्रिक गुणों का यह द्योतक है, वे गुण उतने ही उस राष्ट्र के भी होते हैं जिसका वह व्यक्ति एक अंग है।

लचीले जोड़ वाला अंगूठा

उदाहरण के लिए कहा जा सकता है कि लचीले जोड़ वाला अगूठा जो हाथ पर पीछे को मुड़ता है—फिजूल खर्च व्यक्ति का सूचक है। केवल धन के मामले में नहीं, अपितु विचार को लेकर भी, ऐसे लोग जीवन में प्रकृत फिजूल खर्च कहे जाएंगे—समय को लेकर भी अदूरदर्शी, धन को लेकर भी असावधान। उनके स्वभाव में लोगों और परिस्थितियों दोनों के अनुकूल ढल जाने की क्षमता होती है, वे किसी समाज में चले जाएं, तुरन्त उसमें सहज हो जाते हैं, उनमें जाति और देश के प्रति भावुक संवेदना होती है, व्यावहारिक लोगों के एकदम विपरीत, वे नये वातावरण, नये कार्य में आसानी से खप जाते हैं और परिणामस्वरूप जिस देश में भी वे बसें, घर जैसा महसूस करने लगते हैं, बस जाते हैं।

कठोर जोड़ वाला अंगूठा

पुनः सामान्यतः इन सव विशेषताओं के पूरी तरह उलट गुण दृढ़, सख्त जोड़ के अंगूठे वाले व्यक्तियों में पाये गये हैं (रेखाकृति 8)। पहली बात तो यह कि वे अधिक व्यावहारिक होते हैं, उनकी इच्छाशक्ति दृढ़ होती है और एक प्रकार का

हठी संकल्प होता है जो उनके चरित्र को अधिक मजबूत बनाता है और यह गुण उनकी सफलता का बड़ा तत्त्व है। वे अधिक सावधान और रहस्यपरक होते हैं, वे धीरे-धीरे पग उठाकर आगे बढ़ते हैं, जबकि उनकी विपरीत प्रकृति छलांगें भरती दीखती है। फिर वे पहले जिनकी चर्चा की जा चुकी है, उनकी तरह परिवर्तनशील मिजाज के भी नहीं होते, वे एक बात पर डट जाते हैं वे अपने ध्येय की ओर एक प्रकार की विरोधहीन प्रतिज्ञा के साथ बढ़ते हैं, उनमें एक व्यावहारिकता का धरातल लिये विचार रहता है जिसके बल पर वे अपने घर, अपने देश का अधिकाधिक लाभ उठाते हैं, वे शक्ति के साथ शासन करते हैं, उनमें न्याय की सूक्ष्म भावना विद्यमान रहती है, वे जिस तरह व्यवस्था को नियंत्रित करते हैं, उसी तरह अपने-आप को वश में रखते हैं, युद्ध में वे ठोस, शक्तिशाली और विरोध की परवाह न करने वाले सिद्ध होते हैं, प्रेम में प्रदर्शन-विहीन किन्तु दृढ़ प्रतिज्ञ और संकल्पयुक्त होते हैं, धर्म क्षेत्र में उनका मन्दिर सादगीयुक्त, किन्तु ठोस आधार वाला मिलेगा। कला के क्षेत्र में उनकी निजी व्यक्तिगत शक्ति झलकती दिखायी देती है।

दूसरी पोर

अंगूठे की विशेषता उसका आकार और दूसरी अर्थात् मध्य पोर का प्रकार है। यह लक्ष्य किया जा सकता है कि यह पोर अत्यधिक विभिन्न रूपों में मिलती है और स्वभाव की पक्की सूचक है। इसके दो स्पष्ट आकार हैं—संकुचित मध्य अथवा कटि-सम दीखने वाला (रेखाकृति 5 घ) और इसके विपरीत भरावदार और कुछ भद्दा आकार। (रेखाकृति 8 च)

जब मेरी पुस्तक 'हस्तशास्त्र' प्रकाशित हुई, जिसके बाद ही यह अधिक पूर्ण और बड़ी पुस्तक आयी, मैंने इस महत्त्वपूर्ण भिन्नता पर विशेष ध्यान दिया जो इन दो आकारों में लक्ष्य की जा सकती है। मेरा यह कथन कि कटिवत् आकार चातुर्य की ओर संकेत करता है, पर्याप्त प्रतिक्रिया का कारण बना और चूंकि इससे मेरे कई आलोचक सहमत नहीं हुए, इसलिए यहां मैं तर्कसंगत ढंग से यह दिखाने का प्रयत्न करूंगा कि जो मैंने कहा, वैसा क्यों है। पहली बात तो यह कि अध्येता अब तक इतना तो जान ही चुका है कि मेरा यह कथन सत्य है कि अंगूठे का सुन्दर आकार विकसित मानसिक शक्ति का द्योतक है और थोड़ा भद्दा-कुरूप आकार यह संकेत करता है कि व्यक्ति का स्वभाव लक्ष्य की प्राप्ति के लिए पाशविक शक्ति के प्रयोग का द्योतक है। इससे यही सिद्ध होता है कि कटिवत् आकार, जो सुघड़ आकार का

एक अंग है, मानसिक शक्ति से उत्पन्न चातुर्य का द्योतक है जबकि भरा-भरा, मोटा हिस्सा ध्येय तक पहुंचने में शक्ति के प्रयोग का सूचक है, क्योंकि दोनों प्रकार की प्रकृति का यहां सामंजस्य है।

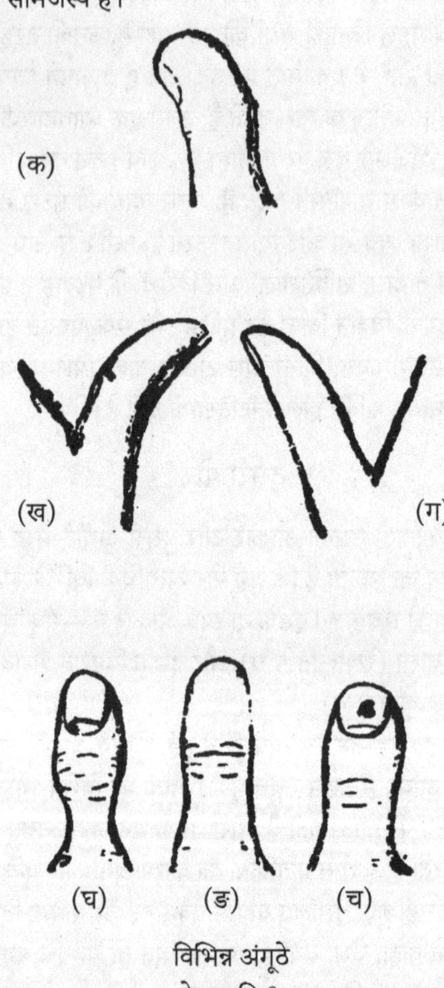

विभिन्न अंगूठे
रेखाकृति 8

यदि अंगूठे की पहली अथवा नाखून वाली पोर मोटी और भारी है और नाखून भी छोटा और सपाट है तो यह इस बात का निश्चित संकेत है कि उस व्यक्ति की भावनाएं अनियन्त्रित हैं। जितने भी पाशविक वृत्ति के लोग हैं, सबके अंगूठे

इसी प्रकार गद्दाकार मिलेंगे, जिसका अर्थ है जो थोड़ा-बहुत तर्क उनके पास है, उस पर शासन अन्धी भावना का ही चलेगा। ऐसे लोगों के अंगूठे का पहला जोड़ नियमानुसार कठोर ही होगा और ये दोनों तत्त्व मिलकर उन व्यक्तियों में ध्येय के प्रति ऐसा हठी संकल्प पैदा करते हैं जो उन्हें आपे से बाहर हो जाने पर हिंसा और अपराध के कृत्यों तक के लिए प्रेरित कर देता है। परिणामस्वरूप पहली सपाट पोर लम्बी हो या छोटी, व्यक्ति स्वभाव में अपेक्षाकृत शान्त होता है और तर्कसंगत रूप से नियन्त्रित होता है।

जब हाथ भी सख्त होता है तो ऊर्जा और दृढ़ता की प्रकृत प्रवृत्तियां, जिनकी ओर जैसे अंगूठे से भी संकेत होता है, और बढ़ जाती हैं, जिसके फलस्वरूप सख्त, दृढ़ हाथ और अंगूठे की सुविकसित प्रथम पोर वाला व्यक्ति अपने ध्येय के प्रति और अपने विचारों को कार्यान्वित करने के प्रति कोमल हाथ वाले व्यक्ति की तुलना में अधिक दृढ़संकल्प वाला होता है।

जब हाथ कोमल होता है तो व्यक्ति अपनी इच्छाशक्ति के प्रयोग में स्थिर नहीं होता और अपनी योजनाओं को क्रियान्वित करने में उस पर उतना अधिक निर्भर नहीं करता।

हाथ के माध्यम से मानव प्रकृति का अध्ययन करने की इस कला में एक अत्यन्त आकर्षक विशेषता उन लोगों के मामले में प्रकट होती है जिनका लचकीला या पीछे को मुड़ने वाला अंगूठा होता है। उनमें नैतिक उत्तरदायित्व की वह अविरल भावना नहीं होती जो सीधे, दृढ़ रूप से विकसित अंगूठे वालों में होती है। वे प्रायः प्रकृति के ऐसे भावनाप्रधान पुत्र होते हैं जिनमें नैतिक उत्तरदायित्व अधिक महत्त्वपूर्ण भूमिका निभाने वाली वस्तु नहीं है।

अध्याय 10

उंगलियों के जोड़

उंगलियों के जोड़ विकसित हैं या अविकसित, उस पर ध्यान देना हाथ के अध्ययन का एक अत्यन्त महत्त्वपूर्ण अंग है। आकार को देखते जोड़ उंगलियों की पोरों के बीच की दीवार हैं और व्यक्ति की निजी विशेषताओं और स्वभाव के महत्त्वपूर्ण सूचक हैं।

जब व्यक्ति की उंगलियों के जोड़ सीधे-सपाट होते हैं तो यह सम्भावना अधिक है कि वह विचार के क्षेत्र में भावना प्रधान और तर्कशक्ति का उपयोग किये बिना निर्णयों पर पहुंचने वाला होगा। वर्गाकार हाथों में यह सम्भावना काफी कुछ कम होकर सुधर जाती है, किन्तु किसी भी हालत में पूरी तरह समाप्त नहीं होती। परिणामस्वरूप वर्गाकार उंगलियों वाले वैज्ञानिक, जिसके जोड़ स्पष्ट होंगे (रेखाकृति 9 क) सदा किसी निष्कर्ष पर जा कूदेगा, जबकि उसके पास उसके लिए कोई तर्क नहीं होगा। ऐसा डाक्टर रोगी का निदान इसी भांति करता दिखायी देगा, यदि वह सचमुच प्रतिभाशाली होगा तो वह अपने निष्कर्षों में खरा सिद्ध हो सकता है, फिर भी यह सम्भावना रहती है कि विकसित जोड़ और वर्गाकार हाथ वाले की तुलना में वह कहीं भूल कर जाये। नुकीली उंगलियों के सपाट जोड़ शुद्ध रूप से अन्तर्भावना प्रधान होते हैं (रेखाकृति 9 ख), उन पर किसी तरह के विवरणों का असर नहीं पड़ता, वे पहनावे, बनाव-सिंगार और छोटी-मोटी बातों को लेकर लापरवाह भी होते हैं। ऐसा व्यक्ति व्यापार में अपने कागजात और छोटी-मोटी चीजों को ठीक-ठिकाने नहीं देख सकता, यद्यपि वह दूसरे लोगों से खास तौर पर सलीके की अपेक्षा करता नजर आयेगा।

विकसित जोड़ के लोगों में बिल्कुल इसके विपरीत गुण होते हैं (रेखाकुति 9 ग)। इन आकारों के बनने-बिगड़ने का काम से कोई सम्बन्ध नहीं है। सपाट जोड़ भी कठोर शारीरिक श्रम करने वालों के हाथ में उतने ही मिलते हैं जितने गांठदार या विकसित जोड़ मानसिक श्रम के सिवा और कुछ न करने वालों के हाथों में। ऐसे जोड़ कभी-

कभी तो किन्हीं परिवारों में पीढ़ी-दर-पीढ़ी मिलते चले जाते हैं या एक बच्चे के हाथ में तो मिलते हैं लेकिन उन सभी बच्चों की उंगलियों में थोड़ा-सा प्रभाव-भर दिखाई देता

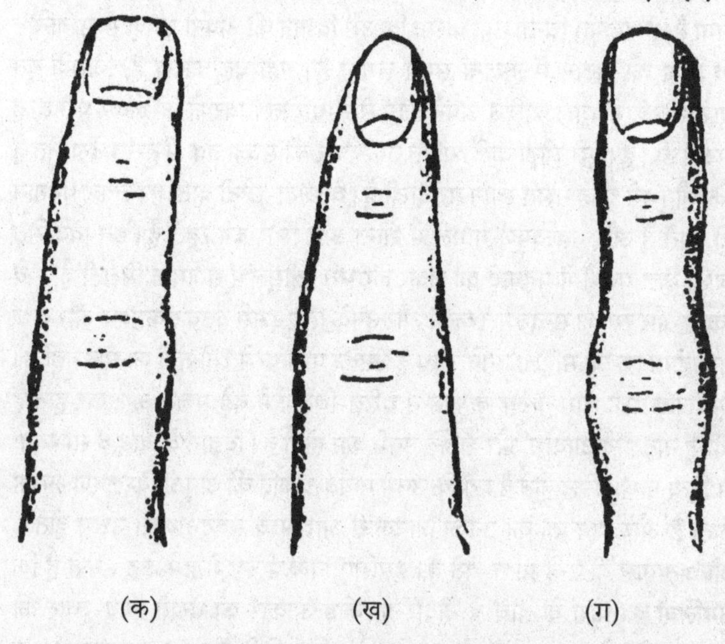

(क) सपाट जोड़ों के साथ वर्गाकार उंगलियां (ख) सपाट जोड़ों के साथ नुकीली उंगलियां (ग) विकसित जोड़

उंगलियों के जोड़
रेखाकृति 9

है। प्रसंगवश उल्लेख्य है कि पशुओं की जन्मगत विशेषताओं में ये छोटी-छोटी बातें कितनी अधिक दीखती हैं और उनका महत्त्व भी कितना अधिक है। इस प्रकार हम जितना ही सोचेंगे कि पैतृकता के नियम कितने विचित्र हैं, उतना ही हम इन 'छोटी बातों' पर अधिक ध्यान देने लगेंगे। उदाहरण-तया, यह जाना-माना तथ्य उद्धृत किया जा सकता है कि एक महिला के पहले पति से जन्मे बच्चे में जो चारित्रिक गुण होंगे वे उस महिला के दूसरे, तीसरे, यहां तक कि चौथे या जैसी स्थिति हो, पति से उत्पन्न बच्चों में भी कुछ-न-कुछ नजर आयेंगे।

विकसित जोड़ सपाट जोड़ों के विपरीत होने के करण यह निष्कर्ष निकलता है

कि विकसित जोड़ों का अर्थ है पद्धति और कार्य में अधिक सटीकता। इस तरह यदि विकसित जोड़ों वाली वर्गाकार उंगलियों वाला कोई व्यक्ति किसी वैज्ञानिक खोज में लगा है तो वह यह चिन्ता नहीं करेगा कि उसे विज्ञान की अपनी शाखा से सम्बन्धित विवरणों को जुटाने में कितना समय लगता है। यही वह कारण है, जिसके बूते दार्शनिक हाथों वाले व्यक्ति अपने कार्य से सम्बन्धित विवरणों को लेकर पूरी तरह सजग होते हैं। ऐसे जोड़ों वाले व्यक्ति एक कमरे की सज्जा तक में तुरन्त देख लेते हैं कि कौन-सी चीज गलत स्थान पर दीखी है। वे छोटी-छोटी बातों को लेकर परेशान हो जाते हैं और महत्त्वपूर्ण मामले में शान्त और स्थिर बने रहते हैं। इन विकसित जोड़ों वाले पुरुषों में पहनावे को लेकर लगभग स्त्रीसुलभ सजगता मिलती है—वे किस्म और रंग का सुन्दर मेल करेंगे और उनके लिए इससे बढ़कर कष्टकर और कुछ नहीं होगा कि जो महिला उनके साथ है उसकी पोशाक में रंगों तक का मेल नहीं है। ऐसे जोड़ वाले लोग नाटक के क्षेत्र में चरित्र-चित्रण में बड़े सजग और खरे होते हैं किन्तु नाटकीय आयाम और शक्ति उनमे कम होती है। विज्ञान के बाद वे सम्भवतः साहित्य में श्रेष्ठ सिद्ध होते हैं क्योंकि उनमें मानव-प्रकृति की अनूठी विश्लेषण क्षमता होती है और मानवता की उनकी जानकारी और सच्चे संवेदन बहुत उत्तम होते हैं जो अनायास ही उन्हें प्राप्त होते हैं। इसलिए निष्कर्ष रूप में हम कह सकते हैं कि उंगलियों की पोरों के बीच ये दीवारें या जोड़ आकार को देखते भाव-ज्वार को रोकने वाले कहे जा सकते हैं जो स्वभाव को अधिक निरीक्षण-क्षम, विचारवान् और विश्लेषणपरक बनाते हैं।

अध्याय 11

उंगलियां

हथेली की लम्बाई कितनी भी हो, उसकी पारिवारिक सदस्य उंगलियां या तो लम्बी होंगी, या फिर छोटी।

लम्बी उंगलियों से हर चीज में सूक्ष्म विवरणों के प्रति लगाव पता चलता है—चाहे कक्ष-सज्जा हो, नौकरों का नियन्त्रण हो, राष्ट्रों की व्यवस्था हो, कलाकृति हो या फिर चित्र हो। लम्बी उंगलियों वाले लोग पहनावे के मामले में पूरी तरह सावधान, छोटी-छोटी ध्यान देने वाली बातों के प्रति सजग होते हैं, वे छोटी बातों पर चिन्तित हो जाने वाले और अक्सर कृत्रिमता की ओर झुकाव वाले होते हैं।

छोटी उंगलियां खरा और भावनाओं का द्योतक हैं। छोटी बातें उन्हें प्रभावित नहीं करतीं, वे हर चीज को पूर्णता में लेते हैं, वे प्रायः जल्दबाजी में निष्कर्षों पर जा कूदते हैं। दीखने-दिखाने की उन्हें ज्यादा परवाह नहीं होती, न ही समाज की परम्पराओं की चिन्ता होती है, वे विचार में तेज, बोलने में जल्दबाज और स्पष्टवादी होते हैं।

छोटी और साथ ही मोटी-भद्दी उंगलियां कमोबेश क्रूर व स्वार्थी होती हैं।

उंगलियां अगर अकड़ी हुई-सी और अन्दर को मुडीया प्रकृत रूप में सिकुड़ी हों तो वे सावधानी और आत्मनियन्त्रण की अधिकता की द्योतक हैं और प्रायः कायरतापूर्ण प्रकृति की सूचक हैं।

लचकदार और पीछे को चाप बनाकर मुड़ने वाली उंगलियां साथियों के बीच आकर्षक प्रकृति, शालीन, चतुर किन्तु जिज्ञासु और प्रश्नकर्ता स्वभाव की ओर इंगित करती हैं।

प्रकृत रूप में टेढी, जुड़ी-मुड़ी उंगलियां एक खराब हाथ में हों तो धूर्त, बिगड़े और बुरे स्वभाव की सूचक होती हैं; जबकि एक अच्छे हाथ में या तो होतीं नहीं, और कभी देखने को मिल जाएं तो बहुत पूछताझ करने वाले, चिढ़ पैदा करने वाले व्यक्ति की ओर संकेत करती हैं।

जब उंगलियों की नाखून वाली पोर के अन्दरूनी भाग पर एक मांसल गोला या गद्दा-सा हो तो वह दूसरों को पीड़ित करने के भय के कारण अत्यन्त संवेदनशील और चातुर्यपूर्ण स्वभाव का सूचक है।

यदि उंगलियां अपनी जड़ में मोटी और फूली हुई हों तो व्यक्ति दूसरों के आराम की अपेक्षा अपने आराम का अधिक ध्यान रखने वाला, खाने-पीने और रहन-सहन में ऐश्वर्य पसन्द करने वाला होता है। और इसके विपरीत यदि अपनी जड़ में उंगलियों का आकार कटिवत् हो तो उनका अर्थ है हर मामले में निःस्वार्थ प्रकृति और भोजन के मामले में सुथराई और सन्तुलन की चाह।

उंगलियों को फैलाने पर अगर तर्जनी और मध्यमा के बीच काफी चौड़ाई दीखती हो तो इसका अर्थ हैं अत्यधिक विचार-स्वातन्त्र्य। जब यह चौड़ाई अनामिका और कनिष्ठा के बीच हो तो अर्थ है कर्म स्वातन्त्र्य।

उंगलियों के आपसी सम्बन्ध के सन्दर्भ में उनकी लम्बाई

कुछ हाथों में तर्जनी काफी छोटी होती है, कुछ में मध्यमा की लम्बाई जितनी और—तदनुसार अन्य उंगलियों को लेकर लम्बी या छोटी।

जब तर्जनी यानी पहली उंगली अत्यधिक लम्बी होती है तो अत्यधिक गर्व की सूचक होती है और व्यक्ति छा जाने और शासन करने की वृत्ति वाला होता है। धर्मगुरुओं और राजनीतिज्ञों के हाथ में ऐसी तर्जनी होती है। शाब्दिक अर्थों में भी ऐसा ही व्यक्ति कानून बनाने वाला होता है।

असमान्य तर्जनी अर्थात् मध्यमा जितनी ही लम्बी तर्जनी स्वभाव में अधिक घमंड, शक्ति और शासन की इच्छा और 'एक व्यक्ति एक दुनिया'-जाति की सूचक होती है। इस नियम का जीता-जागता उदाहरण नेपोलियन था, उसके हाथ की तर्जनी असामान्य थी, पूरी तरह से मध्यमा जितनी लम्बी।

जब दूसरी उंगली—मध्यमा (शनि की उंगली) वर्गाकार और मोटी होती है तो उसका अर्थ है गहन विचारवान्, लगभग विकारग्रस्त प्रकृति।

यदि नुकीली है तो अर्थ इसके विपरीत है यानी कर और अगम्भीर।

जब तीसरी उंगली—अनामिका (सूर्य की उंगली) लगभग तर्जनी जितनी लम्बी होती है तो वह धनाकांक्षा कलात्मक रुचियों से सम्मान की इच्छा और बड़ी महिमा के लिए अत्यधिक चाह की सूचक होती है। यदि अत्यधिक लम्बी हो, लगभग मध्यमा जितनी हो, तो वह ऐसी प्रकृति की द्योतक है जो जीवन को लाटरी की रोशनी

में देखती है—हर चीज के साथ जुआ खेलने वाली प्रकृति—पैसे से, जीवन से, खतरों से, लेकिन जिसकी अभिरुचियां और प्रतिभा सब कुछ होते हुए भी गहन रूप से कलात्मक होगी।

अनामिका का चपटा आकार अभिनेता, वक्ता या उपदेशकर्ता के लिए श्रेष्ठ चिह्न है। इसका अर्थ है कि उस व्यक्ति की कलात्मक प्रतिभा को नाटकीय, सनसनीखेज शक्ति, आयाम और जनता को प्रसन्न करने के लिए आवश्यक रंगों आदि से भी समर्थित है।

जब चौथी उंगली अर्थात् कनिष्ठा सुघड़ और लम्बी होती है जो हाथ में एक प्रकार से अंगूठे से सन्तुलन बनाने का काम करती है और व्यक्ति की दूसरों को प्रभावित करने की क्षमता की सूचक होती है। यदि यह अत्यधिक लम्बी हो—कि लगभग अनामिका के नाखून तक पहुंचती हो—तो यह बोलने-लिखने में अद्भुत अभिव्यंजनाशक्ति की परिचायक होती है, इसका स्वामी दार्शनिक और अग्रणी होता है, सहजता से किसी भी विषय पर बात कर सकता है, अपने ध्यान में लाये गये किसी भी विषय का ज्ञापन करने में ज्ञान और तथ्यों का कुशल उपयोग करके लोगों पर शासन कर सकता है, उन्हें लुभा सकता है।

अध्याय 12

हथेली और लम्बे और छोटे हाथ

पतली, सख्त और शुष्क हथेली कातरता की सूचक होती है और आतुर, चिन्तायुक्त, घबराहट-भरी प्रकृति की परिचायक है।

बहुत मोटी, भरी-भरी और कोमल हथेली प्रकृति की विषयासक्ति की ओर संकेत करती है।

यदि हथेली मजबूत और लचकदार है और उंगलियों के अनुपात में है तो इससे बुद्धि की एकसारता, ऊर्जा और मस्तिष्क की त्वरा का बोध होता है।

जब हथेली बहुत मोटी न हो किन्तु कोमल और गद्देदार हो तो यह अकर्मण्यता, ऐश्वर्य के प्रति प्रेम और विषयासक्ति की तरफ झुकाव की द्योतक होती है।

खोखली-गहरी हथेली दुर्भाग्य का लक्षण सिद्ध हुई है। नश्वर मनुष्यों के भाग्य में नियमानुसार जितनी निराशाएं लिखी हैं, ऐसी हथेली वालों को प्रायः उनसे कहीं अधिक का सामना करना पड़ता है। इस विषय की अन्य पुस्तकों में इस विशेषता की चर्चा नहीं की गई है किन्तु मैंने यह पाया है कि ऐसी गहराई हाथ की किसी एक रेखा या भाग पर अन्य की तुलना में अधिक दिखायी पड़ती है।

यदि यह गहराई जीवन-रेखा की ओर हो तो इससे घरेलू मामलों में निराशा और संकट का बोध होता है और यदि शेष हाथ भी बुरे स्वास्थ्य का सूचक हो तो यह लक्षण संकट और दुर्बलता का एक और चिह्न होता है।

जब खोखलापन, गड्ढा भाग्यरेखा के नीचे पड़ता हो तो व्यवसाय में, धन-सम्पत्ति को लेकर तथा सांसारिक क्षेत्र में असफलना का द्योतक है।

यदि गड्ढा हृदयरेखा के नीचे हो तो निकटतम प्रेम-सम्बन्धों में निराशा की सूचना देता है।

इस विषय की अन्य पुस्तकों में व्यक्त इस विचार से मैं अधिक सहमत नहीं हूं

कि बौद्धिक प्रकृति का बोध तभी होगा जब उंगलियां हथेली से निश्चित रूप से लम्बी हों। ठीक से कहें तो उंगलियां लम्बाई में कभी भी हथेली से अधिक लम्बी नहीं होतीं, वर्गाकार, चमचाकारी अथवा दार्शनिक प्रकारों में हम ऐसा होने की अपेक्षा भी कैसे कर सकते हैं? यह कथन कि उंगलियां हर हालत में हथेली से लम्बी होनी चाहिए गलत और भ्रामक है।

बड़े और छोटे हाथ

यह बात पूरी तरह से ध्यान देने योग्य है कि आम तौर पर बड़े हाथ वाले लोग अच्छा काम कर दिखाते हैं, काम में सूक्ष्म विवरणों पर अत्यधिक ध्यान देते हैं, जबकि छोटे हाथों वाले बड़ी चीजों पर ध्यान देते हैं और काम में विवरण उनसे निर्बाह नहीं होते। एक बार मैंने लन्दन की बांड स्ट्रीट में स्वर्णकारों की बड़ी-बड़ी दुकानों में हीरे जड़ने वाले और नक्काशी करने वाले कारीगरों के हाथों का अध्ययन किया और लगभग सौ लोगों में मुझे इस नियम का एक भी अपवाद नहीं दिखायी दिया। एक व्यक्ति का हाथ असामान्य रूप से बड़ा था—उसके हाथ की छाप इस समय भी मेरे सामने है—फिर भी वह उन हाथों से निकलने वाले अपने बारीक काम की सूक्ष्मता और नजाकत के लिए जाना-माना व्यक्ति सिद्ध हुआ।

दूसरी ओर छोटे हाथ बड़े-बड़े विचारों को क्रियान्वित करना पसन्द करते हैं और नियमानुसार अपनी क्रियान्वयन शक्ति से बढ़कर कहीं ऊंची योजनाएं बना बैठते हैं। वे बड़ी संस्थाओं के मुखिया होना चाहते हैं, मानव समुदायों पर शासन करना चाहते हैं और सामान्तया छोटे हाथों का लेख भी बड़े-बड़े अक्षरों में होता है।

अध्याय 13

नाखून

जहां तक स्वास्थ्य-सम्बन्धी संकेतों का प्रश्न है और व्यक्ति को जिन रोगों द्वारा प्रभावित किये जाने की सम्भावना है, नाखून विशेष रूप से निश्चित जानकारी देने वाले सिद्ध होते हैं। लन्दन और पेरिस, दोनों ही जगह स्वास्थ्य वैज्ञानिकों ने नाखूनों के इस अध्ययन पर विशेष दिलचस्पी से ध्यान दिया है। आमतौर पर कोई भी रोगी यह नहीं जानता, या उसे घड़ी भूल जाता है कि उनके माता-पिता को कौन-सा रोग था या किससे उनकी मृत्यु हुई थी, लेकिन नाखूनों का निरीक्षण कुछ ही क्षणों में महत्त्वपूर्ण पैतृक रुझानों की जानकारी दे देता है।

इस अध्ययन में दर्शाथे लक्षणों के अनुसार पहले मैं इस प्रश्न के स्वास्थ्य-सम्बन्धी प्रकरणों पर चर्चा करूंगा और बाद में बनावट और आकार की बात करूंगा।

पहली बात तो यह कि नाखूनों की देखभाल किसी भी तरह उनके प्रकार को बदलती या प्रभावित नहीं करती है, चाहे वे काम करते टूटे हों या देखभाल से सजा-संवारकर रखे गए हों, उनका प्रकार अपरिवर्तित रहता है। उदाहरणतया, एक मैकेनिक के नाखून लम्बे हो सकते हैं और आराम का जीवन जीने वाले महानुभाव के नाखून बहुत छोटे, चौड़े हो सकते हैं, भले ही वह रोज सुबह उन्हें तराशता हो।

नाखूनों को चार स्पष्ट विभागों में रखा गया है—लम्बे, छोटे, चौड़े और संकुचित।

लम्बे नाखून

लम्बे नाखून कभी उतनी अधिक शारीरिक शक्ति के सूचक नहीं होते, जितनी कि छोटे, चौड़े प्रकार के नाखून होते हैं। अधिक लम्बे नाखूनों वाले व्यक्ति छाती और फेफड़ों के रोगों से आक्रान्त हो सकते हैं, और यह सम्भावना और भी बढ़

जाती है अगर नाखून मुड़े हुए वक्र भी हों, ऊपर से पीछे को उंगली की ओर भी वक्र और उंगली की चौड़ाई में भी वक्र (रेखा चित्र 10 छ)। ऐसा रुझान उस दिशा में और भी बढ़ जाता है जब नाखून लम्बी धारीदार और पंजरयुक्त भी हो। (रेखाचित्र 10 ञ)

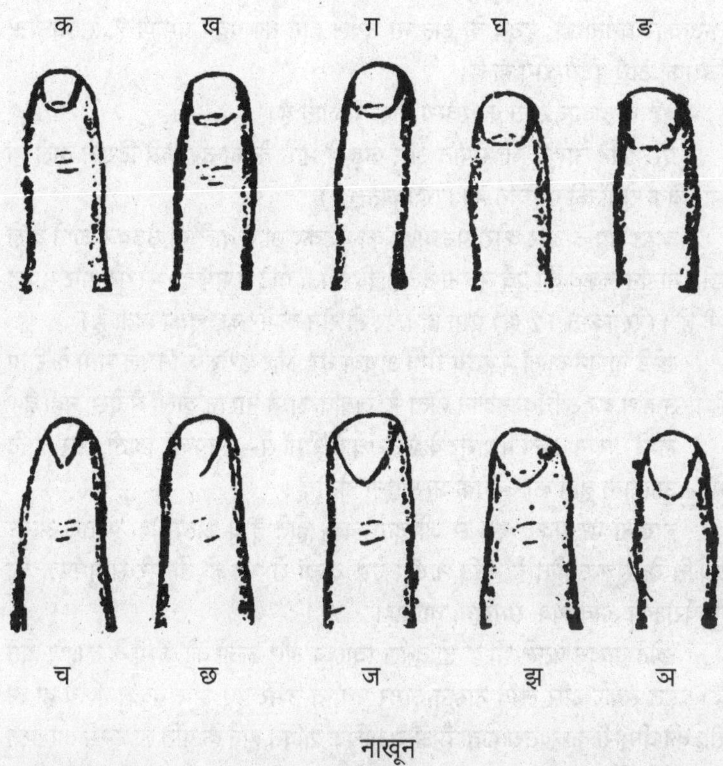

नाखून
रेखाचित्र 10

इस प्रकार का नाखून यदि छोटा हो तो गले के रोगों तथा गलकोषप्रदाह, दमा और श्वासनली के रोग (रेखाचित्र 10) आदि का सूचक होता है।

ऊपर से काफी चौड़ा, नीलिमायुक्त लम्बा नाखून गिरे हुए स्वास्थ्य या स्नायविक थकान के कारण रक्त के खराब प्रवाह का सूचक है। ऐसा अधिकतर चौदह से इक्कीस और बयालीस से सैंतालीस वर्ष की आयु की महिलाओं में देखने को मिलता है।

छोटे नाखून

कम और छोटे नाखून उन पूरे परिवारों में मिल जायेंगे जिनमें हृदय रोगों की तरफ रुझान रहा हो। (रेखाचित्र 11)

अपनी जड़ में सपाट और पतले नाखून, जिनमें बहुत कम अथवा न के बराबर चन्द्राकार बनता हो, हृदय के अत्यन्त दुर्बल होने का पक्का प्रमाण हैं, सामान्यतः जिसका अर्थ हृदय-रोग ही है।

बड़े चन्द्राकार रक्त का स्वस्थ दौरा बतलाते हैं।

ऐसे छोटे नाखून जो सपाट और जड़ में मांस के अन्दर फंसे दिखने वाले हों स्नायविक रोगों की पहचान हैं। (रेखाकृति 11)

बहुत सपाट और कोरों पर बाहर को मुड़कर आने वाले या उठकर आने वाले छोटे नाखून लकवे की पूर्व सूचना देते है, विशेषतः यदि वे सफेंद, भुरभुरे और सपाट भी हों। (रेखाकृति 12 झ) ऐसा होने पर तो रोग काफी बढ़ चुका होता है।

छोटे नाखून वालों में हृदय रोगों अथवा धड़ और शरीर के निचले भाग के रोगों से ग्रस्त होने का अधिक रुझान होता है, जबकि लम्बे नाखून वालों में ऐसा नहीं है।

लम्बे नाखून वालों में शरीर के उत्तरार्ध के रोगों से—फेफड़ों, छाती, सिर आदि में—आक्रान्त होने की अधिक सम्भावना होती है।

नाखूनों पर प्रकृत रूप से जो दाग-धब्बे होते हैं वे अत्यधिक कातर-आतुर प्रकृति के सूचक होते हैं, यदि नाखून ऐसे धब्बों से भरे हों तो पूरे स्नायुमंडल का पुनर्परीक्षण आवश्यक समझना चाहिए।

छोटे नाखून पतले भी हों तो दुर्बल स्वास्थ्य और ऊर्जा की कभी के लक्षण होते हैं। बहुत संकरे और लम्बे नाखून अगर पर्याप्त उभरे हुए और वक्रता लिये हों तो रीढ़ की बीमारी का खतरा होता है और अधिक शक्ति होने के प्रति तो उनसे आश्वस्त हुआ ही नहीं जा सकता।

नाखूनों से लक्षित स्वभाव

लम्बे नाखून वाले व्यक्ति स्वभाव में छोटे नाखूनों वाले लोगों के मुकाबले कम आलोचना करने वाले और अधिक प्रभाव ग्रहणशील होते हैं। वे स्वभाव से अधिक शान्त और विनम्र भी होते हैं।

लम्बे नाखून हर क्षेत्र में व्यक्ति की तटस्थता और शक्ति का निदर्शन करते हैं। नियमानुसार ऐसे लोग हर बात को शान्ति से ग्रहण करते हैं। ऐसे लोग महान्

आदर्शवाद का सूचक हैं, उनसे कलात्मक अभिरुचि का भी भान होता है और ऐसे लोग नियमानुसार काव्य, चित्रकला और अन्य सब कलाओं के शौकीन होते हैं। लम्बे नाखून वाले लोग कल्पनाशील होते हैं जो तथ्यों को ज्यों का त्यों ग्रहण करने से बचते हैं, विशेषतः यदि वे तथ्य अरुचिकर भी हों।

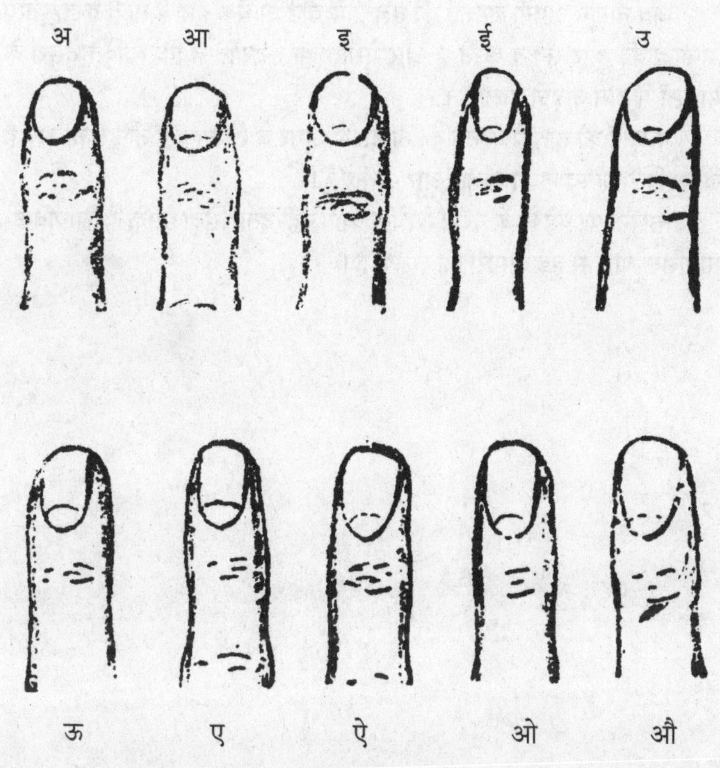

नाखून
रेखाकृति 11

छोटे नाखून वाले इसके वितरीत कटु आलोचक होते हैं, यहां तक कि स्वयं से सम्बद्ध बातों से भी, अपने सम्पर्क में आने वाली सभी चीजों का वे विश्लेषण करते हैं, उनका रुझान तर्क, युक्ति और तथ्यों के प्रति होता है, जबकि लम्बे नाखून वालों में कल्पनाशीलता के गुण के कारण ऐसा नहीं है। छोटे नाखून वाले व्यक्तियों में श्रेष्ठ आलोचक निकलते हैं, वे त्वरित पकड़ वाले, दृष्टियुक्त रहकर धारणा बनाते हैं, साथ

ही वे तर्क-वितर्क में भी विश्वास करते हैं और तर्क करते हुए आखिर तक डटे रहते हैं, उनकी सूक्ष्म प्रत्युत्पन्नमति होती है, हास-परिहास से युक्त और लम्बे नाखून वालों की अपेक्षा वे हास्य को जल्दी पहचानते हैं। स्वभाव में तेज और तीखे भी होते हैं और जो बातें उन्हें समझ में नहीं आतीं, उनके मामले में स्नेहास्पद रहते हैं।

जब नाखून अपनी लम्बाई की तुलना में चौड़े अधिक होते हैं तो वे कलह-प्रिय मिजाज की ओर संकेत करते हैं और ऐसा रुझान दर्शाते हैं कि व्यक्ति दूसरों के मामलों में टांग अड़ाने वाला है।

नाखूनों को दांत से काटने की आदत से अगर वे छोटे हुए हैं तो इसका अर्थ है कि व्यक्ति का स्वभाव चिन्तित और अधीर है।

नाखूनों पर पड़े धब्बों पर मैं अधिक ध्यान नहीं देता, सिवा इसके कि स्नायविक-मानसिक बोझ से हुई बीमारी का लक्षण हैं।

अध्याय 14

हाथों पर उगे बाल

एक प्रस्तावित विचार

यदि हस्तरेखा विशारद को हाथ की रेखायें किसी पर्दे के पीछे से पढ़नी हों और व्यक्ति देखने तक को न मिले तो एक पूर्ण अध्येता के लिए हाथ पर उगे बाल कितने भी महत्त्वहीन क्यों न लगें, अत्यधिक महत्त्व और विस्तृत अध्ययन का विषय बन जाते हैं। इसलिए उन नियमों का उल्लेख प्रसंगातीत सिद्ध नहीं होगा जो बालों के उगने को नियन्त्रित करते हैं। प्रकृति बालों का उपयोग शरीर में अनेक लाभकारी उद्देश्यों की पूर्ति के लिए करती है। मैं इनमें से केवल उन्हीं का उल्लेख करूंगा जो इस विशेष शास्त्र के अध्येता के लिए आवश्यक हैं; यथा बालों के रंग का कारण या बाल मोटे या महीन क्यों होते हैं और स्वभाव की सूचना कैसे देते हैं।

सबसे पहले यह कि हर बाल अपने-आप में एक अत्यन्त सूक्ष्म ट्यूब है जो त्वचा से जुड़ी है और त्वचा स्नायुओं से। ये बाल अथवा ट्यूब शाब्दिक अर्थ में भी शारीरिक विद्युत् का निकास वाल्व हैं और रंग के द्वारा वे विद्युत् के निकास को ग्रहण करते हैं जिससे अध्येता स्वभाव में कुछ ऐसे गुणों का निर्धारण करने में सक्षम होता है, जो अन्यथा उसे ज्ञात भी न हो पायें। उदाहरणतया यदि शरीर में लौह तत्त्व अथवा रंग द्रव्य का आधिक्य है तो बालों में से इस विद्युत् का प्रवाह उसे इन ट्यूबों में धकेलता है और बालों को यथावश्यक काला, भूरा, सुनहरा, पका हुआ अथवा सफेद आदि रंग प्रदान करता है। इसलिए सुनहरे अथवा उजले बालों वाले व्यक्तियों के शरीर में लौह तत्त्व और गहरे रंगद्रव्य की कमी होती है। नियमानुसार वे अधिक थके, हताश और व्यक्तियों तथा अपने आसपास से अधिक प्रभावित होने वाले होते हैं, जबकि गहरे रंग के बालों वाले ऐसे नहीं होते।

हल्के रंग के बालों वाले व्यक्तियों की तुलना में गहरे बालों वाले काम में

कम उत्साही होने के बावजूद स्वभाव में अधिक आवेशयुक्त, चिड़चिड़े और प्रेम-सम्बन्धों में अधिक उत्साही होते हैं, और इसी तरह हर स्तर के रंग के बारे में कहा जा सकता है जब तक हम गहरे प्रकार के चरम विपरीतं रंग, यथा लाल बालों तक न पहुंच जाए। यदि हम बालों का निरीक्षण करें तो पायेंगे कि लाल रंग के बाल काले, भूरे या सुनहरे बालों की तुलना में अधिक मोटे प्रकार के होते हैं। यों, तो मोटे या लम्बे होने के कारण यह ट्यूब परिणामतः अपने-आप अधिक चौड़ी भी है और इसलिए प्रदर्शित करती है कि विद्युत् का विकास अधिक मात्रा में है और इस प्रकार के स्वभाव वालों में विद्युत् होती भी सबसे अधिक है। ऐसा नहीं है कि काले बाल वालों के मुकाबले रंगद्रव्य इन लोगों में अधिक है, किन्तु विद्युत् का प्रवाह और शक्ति अधिक होने के परिणामस्वरूप ये लोग काले, भूरे या सुनहरी प्रकार की तुलना में अधिक भावावेश वाले और त्वरित गति से कार्यरत हो जाने वाले होते हैं।

जब शरीर बूढ़ा होने लगता है अथवा अपव्यय या क्षय के कारण दुर्बल हो जाता है तो उतनी मात्रा में विद्युत् उत्पन्न न होने से लगभग पूरी-की-पूरी या अधिकांशतः शरीर में ही खप जाती है, रंगद्रव्य इन बालों—ट्यूबों—में जमा होना बन्द हो जाता है और फलतः बाल बाहरी सिरों पर सफेद होना शुरू हो जाते हैं और इसी तरह तब तक होते रहते हैं जबकि सारे बाल—ट्यूब—सफेद न हो जाएं। किसी अकस्मात् झटके या दुःख आदि से भी यही होता है—बाल अपने सिरों पर इस स्नायविक वैद्युत द्रव्य के इन ट्यूबों में प्रवाह की शक्ति से खड़े हो जाते हैं, सहज ही तुरन्त प्रतिक्रिया आरम्भ हो जाती है और कभी-कभी कुछ ही घंटों में बाल सफेद हो जाते हैं। ऐसा बहुत कम हो पाता है कि शरीर ऐसे बोझ को सहन कर सके जिसके परिणामस्वरूप शायद ही कभी बाल अपने मूल रंग में वापिस आ पाते हों।

मेरा विचार है कि दुनिया के किसी अन्य देश की तुलना में सफेद बाल वाले लोग अमेरिका में अधिक होते हैं। ऐसा कहा जाता है कि यह सत्य शायद उस उच्च तनाव के कारण है जिसमें अमेरिकी लोग जीवन जीते हैं। मेरा विचार है कि लोगों के स्वभाव के सम्बन्ध में उस देश के वातावरण का बहुत बड़ा हाथ होता है। किसी देश के वातावरण का उजलापन, उसकी दमक, सर्दियों तक में हवा का विशेष स्नायुओं के लिए बलदायक गुण—ये सब मिलकर वहां के स्त्री-पुरुषों में एक गहन प्रतिस्पर्धी भावना भरते हैं जो वे कार्यक्षेत्र या मनोरंजन के क्षेत्र में दर्शाते हैं। मेरी जानकारी में बालों के रंग का यह सिद्धान्त शायद इस ढंग से इसके पहले कहीं नहीं प्रस्तुत किया

गया है। मैं यह सिद्धान्त उन लोगों के लिए प्रस्तावित कर रहा हूं जो यह कभी नहीं भूलते कि प्रकृति की पुस्तक में कुछ भी इतना तुच्छ नहीं है कि हमें ज्ञान न दे सके और चूंकि ज्ञान शक्ति है, इसलिए हमें छोटी से छोटी चीज में भी इसकी खोज में शर्म कैसी?

अध्याय 15

पर्वत, उनकी स्थितियां व अर्थ

अपनी पुस्तकों में मैं हाथ के पर्वतों को (रेखाचित्र 12) हाथ जितना ही महत्त्व देता हूं और उसी श्रेणी में रखता हूं, इसलिए उनकी चर्चा मैं इस पुस्तक के शरीराकृति विज्ञान को समर्पित भाग में करूंगा। इस बिन्दु पर विचार करते हुए यह कहना आवश्यक जात पड़ता है कि यद्यपि शारीरिक श्रम का प्रभाव हाथ की चमड़ी को खुरदरापन प्रदान करने और उसे कुछ सख्त या मोटा बनाने के रूप में अवश्य पड़ता है, तथापि उससे पर्वत कहे जाने वाले उभारों का पिचकना या कम होना जैसी क्रिया नहीं होती, क्योंकि वास्तव में पे पर्वत व्यक्ति की चरित्रगत विशेषताओं को दर्शाते हैं और ये विशेषताएं निःसन्देह पैतृक नियमों के कारण आती हैं जो जातियों के पारस्परिक मेल को नियन्त्रित करते और उनका नियमन करते हैं। जहां तक हस्त वैज्ञानिकों द्वारा पर्वतों के पुराने नामों के प्रयोग का सम्बन्ध है, यथा शुद्ध पर्वत या मंगल पर्वत आदि।

मैं यहां यह पूरी तरह स्पष्ट कर देना चाहता हूं कि इन नामों का प्रयोग मैं किसी भी अर्थ में ज्योतिषीय हस्तरेखाशास्त्र कहे जाने वाले शास्त्र के सम्बन्ध में नहीं करता हूं। मैं क्षण-भर को इस बात से इनकार नहीं करता कि दोनों में कोई सम्बन्ध सम्भावित है, और सम्बन्ध भी पर्याप्त बड़ा, किन्तु मैं यह भी आवश्यक नहीं मानता कि हाथ के इस प्रकार के अध्ययन को ज्योतिष विद्या के साथ जोड़कर देखा ही जाए,क्योंकि मैं हस्तरेखाविज्ञान को अपने-आप में पूर्ण मानता हूं। निष्कर्षतः मैं पर्वतों के शुक्र, मंगल, शनि आदि नाम केवल इसलिए प्रयोग करता हूं कि अध्येता को वर्णित गुणों का तुरन्त परिचय देने का सीधा-सादा मार्ग अपना सकूं। ये गुण हमारे मस्तिष्क में इन नामों के साथ इतने लम्बे समय से संयुक्त हैं कि मंगल अर्थात् वीरतापूर्ण वृत्ति आदि परिचय इन नामों का उल्लेख करनेभर से हमें तुरन्त मिल जाते हैं, इसलिए इन नामों का प्रयोग इस विषय को पर्वतों की संख्या निर्धारित करने और पहला, दूसरा, तीसरा पर्वत आदि कहकर

वर्णन करने की तुलना में अधिक सरल बना देता है।

शुक्र का पर्वत

शुक्र का पर्वत अंगूठे के आधार पर हुआ विकास है (रेखाकृति 12)। यदि यह असामान्य रूप से विकसित न हो तो स्त्री या पुरुष के हाथ में यह एक अनुकूल चिह्न है। यह पर्वत हाथ का सबसे बड़ा और अत्यन्त महत्त्वपूर्ण रक्त-कोष बनाता है जो हथेली का बड़ा विकास है। अतः यदि शुक्र का पर्वत सुविकसित हो तो इसका अर्थ है मजबूत और उत्तम स्वास्थ्य। शुक्र का छोटा पर्वत खराब स्वास्थ्य, अतः कम भावावेग का द्योतक है।

असामान्य रूप से बड़ा शुक्र पर्वत विपरीत लिंग के प्रति उग्र कामोन्माद का द्योतक है।

यह पर्वत जिन गुणों का सूचक है, वे हैं प्रेम, दूसरों के प्रति सहानुभूति, उदारता, सौन्दर्य की उपासना, प्रेम व सौन्दर्य को प्रसन्न करने की इच्छा, रंगों के प्रति, संगीत में माधुर्य के प्रति लगाव, एक लिंग का दूसरे के प्रति आकर्षण।

गुरु का पर्वत

तर्जनी के मूल में जो उभार नजर आता है, वह गुरु का पर्वत है (रेखाकृति 12)। यह पर्वत अपने विकसित रूप में महत्त्वाकांक्षा, गर्व, प्रयत्नों में उत्साह और शक्ति की कामना आदि को दर्शाता है।

शनि का पर्वत

मध्यमा के मूल में मिलने वाला उभार (रेखाकृति 12) शनि का पर्वत है। एकान्तप्रियता, शान्ति, प्रज्ञा, काम के प्रति लगाव, रहस्यमय व धूमिल के अध्ययन की ओर रुझान, पवित्र व शास्त्रीय कोटि के संगीत के प्रति लगाव आदि वे गुण हैं, जिनका यह पर्वत द्योतक है।

सूर्य का पर्वत

अनामिका के आधार में यह पर्वत मिलता है और इसे सौर पर्वत भी कहा जाता है। (रेखाकृति 12) यह पर्वत जब सुविकसित होता है तो दर्शाता है कि व्यक्ति भले ही शुद्ध रूप से कलाकार कोटि का न हो, किन्तु उसमें सभी सुन्दर वस्तुओं के प्रति एक आग्रही प्रशंसाभाव होता है। यह पर्वत चित्रकला, काव्य, साहित्य और सभी

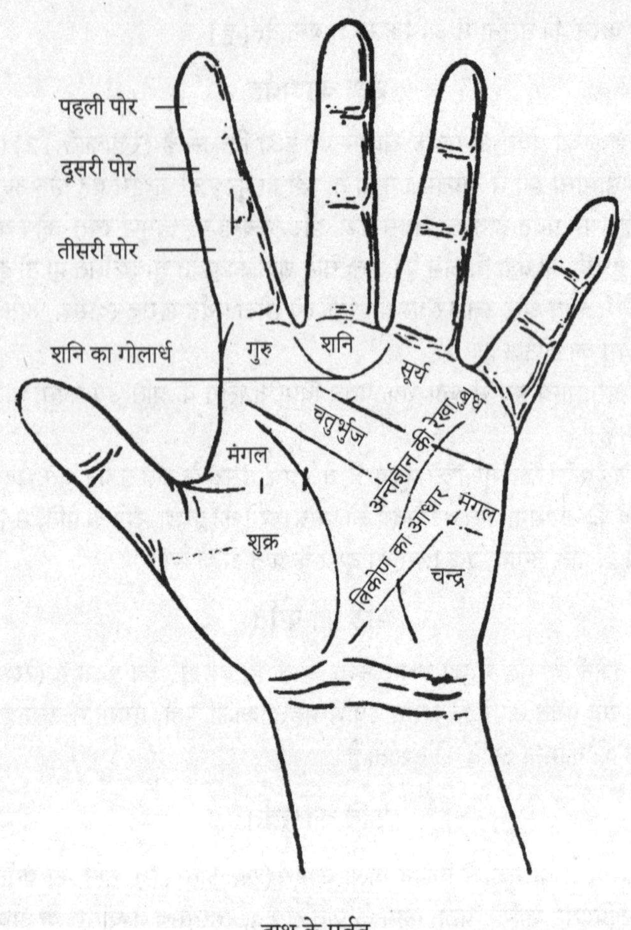

हाथ के पर्वत
रेखाकृति 12

बुध का पर्वत

कल्पनाशील कलाओं के प्रति प्रेम वमन और विचारों की गरिमा का द्योतक है।

इस नाम का पर्वत कनिष्ठा के आधार में पाया जाता है (रेखाकृति 12)। यह जीवन को सभी पारद-सम विशेषताओं का प्रतिनिधित्व करता है—परिवर्तन के प्रति प्रेम, यात्रा, रोमांच, तुरतबुद्धि, विचार व अभिव्यक्ति की त्वरा आदि। यदि शेष

हाथ अनुकूल हो तो इस पर्वत से सूचित गुण उस व्यक्ति के कल्याण के लिए होंगे, यदि हाय प्रतिकूल है तो उसके लिए दुर्भाग्यशाली सिद्ध होंगे।

मंगल का पर्वत

इस नाम के दो पर्वत हैं; एक तो गुरु के नीचे और जीवन-रेखा के भीतर, जो शुक्र पर्वत की बगल में होता है। (रेखाकृति 12) यह पहला मंगल पर्वत सक्रिय साहस, युद्धवीरता की भावना आदि प्रदान करता है, किन्तु बहुत बड़ा दिखायी दे तो कलहप्रिय, लड़ाकू स्वभाव का सूचक है।

दूसरा मंगल पर्वत बुध और चन्द्र पर्वतों के बीच में मिलता है (रेखाकृति 12)। यह निष्क्रिय साहस, आत्मनियन्त्रण, निराशा और गलत के विरोध की क्षमता आदि का सूचक है।

चन्द्र का पर्वत

चन्द्र का पर्वत हाथ में एक ओर को मंगल पर्वत के नीचे और शुक्र पर्वत के ठीक विपरीत स्थित होता है। (रेखाकृति 12)

यह व्यक्ति की परिष्कृति, कल्याणशीलता, सुन्दर दृश्यों के प्रति प्रेम, महान् और कल्पनाप्रवण आदर्श के प्रति रुचि, काव्य व कल्पनाधारित साहित्य के प्रति लगाव आदि का सूचक होता है।

पर्वतों का एक-दूसरे के प्रति झुकाव

जब पर्वत एक-दूसरे की ओर झुके हुए मिलते हैं तो प्रत्येक के गुण एक साथ मिलकर बनते और विकसित होते हैं।

उदाहरण के लिए यदि शनि गुरु की ओर झुका हुआ है तो यह उसे पवित्र वस्तुओं के लिए अपने प्रेम का कुछ अंश प्रदान करता है—इसकी बुद्धिमत्ता, उदासी और धार्मिक वृति भी उसमें आ जाती हैं।

यदि शनि सूर्य पर्वत की ओर झुका दिखाई दे तो शनि के उच्च विचार और गुण व्यक्ति की कलात्मक रुचि से मिल जाते हैं; और यदि सूर्य का पर्वत बुध की ओर झुका मिले तो कलात्मकता व्यक्ति के व्यापारिक अथवा वैज्ञानिक स्वभाव को प्रभावित करती है।

अध्याय 16

राष्ट्रों के हाथ

यह एक जाना-माना तथ्य है कि विभिन्न प्रकार के शरीर और चेहरे भिन्न-भिन्न देशों की विशिष्ट पहचान हैं। एक बहुश्रुत कथन का मैं यहां उल्लेख करना चाहूंगा, "ओस की बूंद के गिर्द जो नियम हैं, विश्व को वही आकार देता है।" इसलिए यदि कुछ विशिष्ट नियम विभिन्न जातियों में विभिन्न प्रकारों का निर्माण करते हैं, तो वही नियम विभिन्न आकारों के हाथ और शरीर भी उत्पन्न करते हैं जो विभिन्न विशेषताओं के उदाहरण सिद्ध होते हैं। विवाह आदि के द्वारा जातियों का पारस्परिक मेल-जोल निश्चित और असंदिग्ध रूप से विभिन्न प्रकारों की शुद्धता में परिवर्तन लाता है, किन्तु साथ ही यह भी पल-भर के लिए नहीं भूलना चाहिए कि इससे स्वतन्त्र सत्ता पूरी तरह समाप्त कभी नहीं होती।

अविकसित हाथ

सभ्य राष्ट्रों में यदि अविकसित हाथ कभी मिल भी जाए तो पूरी तरह शुद्ध रूप से कभी नहीं मिलता। इस प्रकार का हाथ अत्यन्त आदिम जातियों में मिलेगा जो अत्यन्त ठंडे इलाकों में रहती हैं, जैसे, उदाहरण के लिए एस्कीमो लोगों में या आइसलैंड, लैपलैंड और रूस के उत्तरी भाग और साइबेरिया आदि में।

ऐसे लोग भावनाविहीन तथा जड़ होते हैं, यहां तक कि इनके शरीर के स्नायुकेन्द्र भी पूरी तरह विकसित नहीं होते, इसलिए इन लोगों को दूसरों की तरह दर्द का भी वैसा अनुभव नहीं होता। अपनी वृत्तियों में वे पशु और इच्छाओं में क्रूर अधिक होते हैं। वे अकांक्षाविहीन होते हैं और मानसिकता केवल इतनी होती है कि क्रूर पशुओं से वे अलग पहचाने जा सकें। अविकसित कोटि का हाथ अपने थोड़े-अधिक सुधरे रूप में सुदूर दक्षिण और सभ्य राष्ट्रों में मिल जाता है।

वर्गाकार हाथ और इसके प्रतिनिधित्व वाले राष्ट्र

सामान्यतः कहा जाए तो वर्गाकार हाथ स्वीडिश, डेनिश, जर्मन, डच, अंगरेज और स्काटलैंड वासियों में मिलता है। जिन प्रमुख लक्षणों का यह हाथ द्योतक है वे हैं पद्धति युक्त कार्य के प्रति प्रेम, तर्क, संगीत, प्रशासन व कानून का सम्मान, और रीति-रिवाजों, प्रथाओं की अनुरूपता। यह ऐसे स्वभाव को दर्शाता है जो प्रदर्शनप्रिय न हो और कमोबेश भावनाहीन हो; ऐसा व्यक्ति पक्के हठ के साथ जीवन में पिष्टपेषणं करता चलता है और लक्ष्य की एकाग्रता नहीं खोता, वह पक्के मकान बनाने वाला, रेलवे लाइन बिछाने वाला होता है, मन्दिर बनाता है; योगी के मठ के आगे घुटने टेकता है और जीवन के व्यावहारिक पक्ष को श्रद्धांजलि अर्पित करता है।

दार्शनिक हाथ

अनिवार्य रूप से ऐसा हाथ पूर्वी देशों का है। यूरोपीय देशों में हम लोग इस प्रकार के हाथ वालों या इसके कुछ संशोधित रूपों के हाथ वालों के ऋणी हैं जिन्होंने बुद्धवाद के आधुनिक नियमों, ब्रह्मवाद और इस दिशा में कार्यरत सिद्धान्तों और विचारों को हम तक पहुंचाया। अनिवार्य रूप से दार्शनिक हाथ रहस्यवादी का या धर्म के निष्ठावान् अनुयायी का होता है। ऐसे हाथ वाले व्यक्ति उस धर्म की रक्षा के लिए जिसके वे अनुयायी हैं किसी भी प्रकार के कठोर व्रत, नियम या निषेध को सहन करते हैं, दुनिया भले ऐसे लोगों को पागल कहे; यह दुनिया ही थी जिसने ईसा को सूली पर चढ़ाया, अपने महानतम धर्मगुरुओं की खिल्ली उड़ाई, उन्हें दंडित-प्रताड़ित किया। इसलिए दुनिया की राय से कचरे की तराजू तो डोलेगी विचार का सन्तुलन अप्रभावित ही रहेगा।

शंकु हाथ

ठीक-ठीक कहा जाए तो इस प्रकार का हाथ दक्षिणी यूरोप की विशेषता है, किन्तु जातियों के मेल-जोल से यह दुनिया भर में दूर-दूर तक पहुंच गया है। अधिकतर यह यूनानी, इटलीवासी, स्पेनवासी, फ्रांसीसी और आयरिश लोगों में मिलता है। यह जिन अलग पहचानी जाने वाली विशेषताओं का द्योतक है, शुद्ध रूप से भावसंवेदन युक्त प्रकृति की हैं, और विचार व कार्य में भावावेग, कलात्मक अनुभूति, प्रभावग्राह्यता और आवेशप्रियता उनकी पहचान हैं। इस प्रकार को 'भावावेश का हाथ' कहा ही गया है। ऐसे हाथ वर्गाकार अथवा चपटे आकार की भांति पैसा बनाने वालों के नहीं हैं। वे व्यापार की व्यावहारिक सूझबूझ की कमी को

दर्शाते हैं, किन्तु प्रकृति ने उन्हें काव्यात्मक, कल्पनाशील और सुकोमल भावावेग देकर इस कमी को पूरा किया है।

चमचाकार अथवा चपटा हाथ

राष्ट्रीय प्रकारों की सभी विविध श्रेणियां, जो कभी-न-कभी अमेरिका तक पहुंचीं, उस विशाल महाद्वीप में सभी जातियों का जो मिश्रण मिलता है, उन सबको देखते इस प्रकार के हाथ ने बहुत हद तक अन्य सभी प्रकारों को ग्रसा है। इस हाथ ने और परिणामतः उन गुणों ने, जिनका यह प्रतिनिधित्व करता है, मेरे विचार में उस महान् देश के इतिहास में अत्यन्त महत्त्वपूर्ण भूमिका निभायी है। जैसाकि मैं व्यापकताशब्द के हर अर्थ में उदार और व्यापक होने का दावा करता हूं, इसलिए मैं कह सकता हूं कि व्यक्ति के हाथ का अध्ययन करने की ही भांति राष्ट्रों के हाथों को पढ़ने में भी मेरी दृष्टि पूर्वाग्रहमुक्त रहती है। जैसाकि मैंने पहले कहा, चपटा हाथ ऊर्जा, मौलिकता और उद्विग्नता का हाथ है। यह खोजकर्ता और आविष्कारक का हाथ है और ये शब्द विज्ञान, कला या मशीनों के अविष्कारों पर भी लागू किये जा सकते हैं। चपटे हाथ कभी परम्परावादी नहीं होते, उनमें कानून के लिए कोई श्रद्धाभाव नहीं होता, अधिकार और सत्ता के प्रति तो और भी कम सम्मान होता है। वे खोजकर्ता होते हैं, वर्गाकार हाथ द्वारा प्रदर्शित परिश्रम से किये गए ठोस कार्य के कारण कम, अपने विचारों की त्वरा के कारण अधिक। वे दूसरों के विचारों का उपयोग कर सकते हैं, किन्तु उनका प्रयत्न रहता है कि उनमें और सुधार लायें, वे खतरा उठाना, उसे तौलना और अनुमान लगाना पसन्द करते हैं; उनकी प्रतिभा बहुमुखी होती है, उनका प्रमुख अवगुण है परिवर्तनशीलता—वे तात्कालिक इच्छा के अनुसार एक चीज से बदलकर दूसरी पर जा कूदते हैं, वे अपने सनकीपन में पूरी तरह कट्टर होते हैं और पेचीदगियों में तल्लीन रहते हैं; किन्तु इन सब दोषों के बावजूद विश्व को नये विचारों, आविष्कारों, खोजों, ज्ञान-विज्ञान, धर्म या भौतिकतावाद में नयेपन के लिए इन कई विशेषताओं और कई प्रतिभाओं वाले व्यक्तियों की ओर ही देखना पड़ता है, जो निःसंदेह आने वाले वर्षों में मानवता के निर्माण की प्रक्रिया में अपनी देन देते चले जाएंगे।

मनोवैज्ञानिक हाथ

यह विशिष्ट प्रकार किसी एक देश विशेष अथवा समुदाय तक सीमित नहीं है। यह कभी तो सर्वाधिक व्यावहारिकों में मिलेगा और कभी अत्यधिक उत्साहियों में। तथापि अपने-आप में वह हाथ न व्यावहारिक है, न उत्साही, हो सकता है, यह सभी प्रकारों से मिलकर बना हो और उस धरातल पर जा पहुंचता हो जहां हो सकता है, पांच के स्थान पर सात ज्ञानेन्द्रियां हों। इतना निश्चित है कि ऐसे हाथ वाले इस धरती के तो नहीं ही होते, धरती के भी नहीं, फिर भी आकाश के भी नहीं—क्योंकि वे मानवीय होते हैं, वे किसी समुदाय विशेष का निर्माण नहीं करते बल्कि सभी में मिलते हैं और सबके होते हैं। यह कहा जा सकता है कि जिस तरह इन लोगों के सुन्दर हाथ इस विश्व के कठिन कामों के लिए नहीं बने, उसी तरह इनके विचार जीवन के भौतिकवादी पदार्थों के अनुकूल नहीं सिद्ध होते। इनका स्थान मानवता को वह प्रदान करने में है जो और कुछ नहीं स्वयं मानवता का प्रतिबिम्ब है। इस तरह हमें छाया में तत्त्व और इन लोगों द्वारा की गई कल्पनाओं में उस बुद्धिमत्ता के दर्शन हो सकते हैं जो सभी चीजों का औचित्य और उपयोगिता निर्धारित करती है।

दूसरा खण्ड

अध्याय 1

हस्तपरीक्षण के संबंध में कुछ विचार

इससे पूर्व कि मैं हस्तरेखा शास्त्र के अधिक सूक्ष्म विवरणों की व्याख्या आरम्भ करूं, मेरी इच्छा है कि मैं इस शास्त्र के गम्भीर अध्येता और सरसरी तौर पर पढ़ने वाले पाठकों से कुछ शब्द कहूं जिससे कि वे इस शास्त्र में पर्याप्त दिचलस्पी ले सकें और इस पुस्तक का भी अध्ययन कर सकें।

सर्वप्रथम, हस्तरेखा शास्त्र से सम्बन्धित सभी मामलों में इस पुस्तक को एक भरोसेमंद एवं सर्वांगीण पथदर्शक बनाने की अपनी तीव्र इच्छा के कारण मैं इस बात के लिए विवश हुआ हूं कि इस शास्त्र के विवरणों को उभारकर पाठक के सामने लाऊं और कुछ विषयों पर विस्तार से बात करूं, भले ही वे शुष्क और उबाऊ जान पड़ते हों। किसी अध्येता को उसका उत्साह आरम्भ होते ही यह बात खल भी सकती है, किन्तु मेरा विचार है कि आगे चलकर उसे इसके लाभ भी दृष्टिगोचर होने लगेंगे क्यों कि मैंने सभी विवरणों को जितना संभव हुआ चित्रवत् बनाने की चेष्टा की है। मैंने अपने को किसी एक विचार-परम्परा द्वारा विकसित सिद्धांतों तक सीमित नहीं रखा है; मैं कह सकता हूं कि इस पुस्तक में जो कुछ भी जानकारी भरी है, उसे मैंने विश्व की चारों दिशाओं से संकलित किया है और इस जानकारी को उन्हें प्रस्तुत करते हुए जो सीखने की इच्छा रखते हैं, मुझे इस बात का ज्ञान है कि मैं जो भी बात कहूं, उसे सही अवश्य सिद्ध करता चलूं। तथापि, जो एक बात मैं अध्येता से कहने की तीव्र इच्छा रखता हूं, वह है धैर्य और एकाग्र अध्ययन की अवश्यकता। जिस प्रकार दो स्वभाव एक-से नहीं मिलते, उसी तरह दो हाथ एक जैसे नहीं होते। हाथ

को पढ़ सकने योग्य होने का अर्थ है निसर्ग की पुस्तक को पढ़ने के योग्य हो जाना- और, दूसरा कोई अध्ययन इतना श्रमसाध्य नहीं, इससे बढ़कर आकर्षक भी नहीं और ऐसा भी नहीं जो अपने पर लगाये समय व श्रम को अधिक दिलचस्प बनाकर लौटा सके।

इस शास्त्र से न्याय करने के लिए, आमतौर पर इस विषय पर लिखने वालों की तरह न तो मैं यह भ्रम पैदा कर सकता न करूंगा कि यह विज्ञान कोई सरल चीज है और हाथों का अमुक-अमुक चित्र या नक्शा देखकर चलने लगूं या 'हाथ को पढ़ने' के योग्य हो जाने के लिए किन्हीं निर्धारित नियमों को पथप्रदर्शक मानने लगे और अध्येता को अपना मस्तिष्क इसमें लगाने का अवकाश ही न छोड़ू। इसके विपरीत, मैं दर्शाऊंगा कि हर रेखा बिना किसी अपवाद के जिस प्रकार के हाथ पर है, उसके अनुसार भिन्न अर्थ देती है; उदाहरणतया वर्गाकार हाथ पर एक ढलवां मस्तिष्क रेखा का अर्थ वैसी ही ढलवां मस्तिष्क रेखा के शंकु हाथ या दार्शनिक हाथ या इसी प्रकार अन्य किसी हाथ पर होने वाले अर्थ से पूरी तरह भिन्न होता है। मैंने इस पुस्तक की रचना इस उद्देश्य से की है कि यह पाठक के लिए न केवल मनोरंजक हो वल्कि अध्येता के लिए उपयोगी भी हो। मेरा यह प्रयास रहा है कि मैं हर बिन्दु को जहां तक सम्भव हो स्पष्ट और संक्षिप्त रखूं। किन्तु पाठक को यह बिल्कुल नहीं भूलना चाहिए कि इस प्रकार के उलझे हुए कठिन विषय में हर बिन्दु की स्पष्ट व्याख्या करने के मार्ग में कितनी अधिक अड़चनें होती हैं।

दूसरी बात जो ध्यान रखने की है वह है अक्सर मिलने वाली अलग-अलग राय, और इस भिन्नता को अक्सर हस्तरेखा शास्त्र के विरुद्ध तर्क के रूप में प्रयोग भी किया जाता है। हमें यह अवश्य याद रखना चाहिए कि यदि किसी विषय में हम सत्य तक पहुंचने की आशा रखते हैं तो विभिन्न मस्तिष्कों की एकाग्रता, अलग-अलग राय में से निकलने वाली सहमति आदि आवश्यक है। इस तथ्य का इससे बढ़कर और प्रमाण नहीं हो सकता कि धर्म के क्षेत्र में और यहां तक कि विज्ञान में भी न कभी मतैक्य रहा है, न रहेगा। मत-वैभिन्न्य अध्येताओं के किस समुदाय में उससे अधिक है, जितना, उदाहरण के लिए कहें तो चिकित्साशास्त्रियों में है। इसलिए मैं एक प्रतिष्ठित चिकित्सक के शब्द अवश्य उद्धृत करूंगा, जो उसने अपने शिष्यों से कहे थे, और वे ये हैं कि विद्या की किसी भी शाखा के अध्ययन में हमें उस ज्ञान को अवश्य ग्रहण करना चाहिए, जिसे सही मानने का हमारे पास सबसे अधिक कारण हो, और इस प्रकार आधार बनाते हुए हम उस व्यक्ति की अपेक्षा कहीं अधिक ज्ञान

संकलित कर लेते हैं जो क्षण-क्षण के लिए विभिन्न ज्ञानवानों का अनुगमन करता चलता है और एक निरन्तर घुमक्कड की तरह मानवीय कल्पना की रेत पर यहां से वहां भटकता रहता है। हस्तरेखा शास्त्र में विशेष रूप से मेरा कहना कि आप कोई एक ऐसी पुस्तक चुन लें जिसके बारे में आपके पास यह भरोसा करने के लिए पर्याप्त कारण हैं कि वह सत्य के काफी निकट है और अपनी बुद्धि, अपनी तर्कसंगति के बल पर उसी के अनुसार चलते हुए आपके सफल होने की उन लोगों की अपेक्षा अधिक सम्भावना है जो हर नयी कल्पना के अनुसार अपनी जमीन बदलते चलते हैं और आखिर में विश्वासहीन, आशाविहीन और सबसे खराब यह कि ज्ञानहीन होकर रह जाते हैं।

मेरे कथनों और दूसरे लेखकों की स्थापनाओं में मुख्य अन्तर इस तथ्य में मिलेगा कि मैं विभिन्न रेखाओं को भिन्न-भिन्न शीर्षकों के अन्तर्गत रखता हूं और हर विशेष बिन्दु पर विचार करता हूं।

यह विशेषता अध्येता के लिए न केवल अधिक सरल और कम गूढ़ सिद्ध होगी बल्कि तर्कसंगति के भी अधिक अनुरूप दिखायी देगी। उदाहरणार्थ, मैं जीवनरेखा को उस सबसे सम्बद्ध मानता हूं जो जीवन से सम्बन्धित है, जैसे, वे प्रभाव जो इसे नियन्त्रित करते हैं, इसकी शक्ति के विषय में इसकी श्रेणी, जीवन की स्वाभाविक अवधि और देश व वातावरण में महत्त्वपूर्ण परिवर्तन आदि। मैं मस्तिष्करेखा को उस सबसे सम्बद्ध कहता हूं जो मानसिकता से सम्बन्धित है, उसे प्रभावित करता है। इसी तरह अन्य रेखाओं को लेकर भी, जैसाकि आप आगे देखेंगे। मैंने इस योजना को सबसे अधिक सही पाया है, साथ ही सबसे सरल भी, और यह उन ज्ञानगुरुओं के भी अनुरूप है जिनके विचारों का सम्मान करने का हमारे पास हर उचित कारण है।

तिथियों के सम्बन्ध में मैं आमतौर पर प्रचलित नियम से पूरी तरह भिन्न हूं और एक ऐसे सिद्धान्त का पोषक हूं जिसे 'कम से कम दिलचस्प और युक्तियुक्त है'— कहा और माना गया, और जिसमें प्रकृति के उपदेशों के अनुरूप जीवन को सात-सात के अंशों में विभक्त किया जाता है। मैं इसे उस समय दर्शाऊंगा जब हम इस पुस्तक के समय और तिथियों से संबंधित भाग पर पहुंचेंगे।

अध्याय 2

हाथ की रेखाएं

हाथ पर सात प्रमुख और सात ही गौण रेखाएं होती हैं। (रेखाकृति 13)। प्रमुख रेखाएं इस प्रकार हैं :

जीवन रेखा—जो शुक्र के पर्वत के गिर्द होती है।

मस्तिष्क रेखा—जो हाथ के बीच से आर-पार जाती है।

हृदय रेखा—जो मस्तिष्क रेखा के समानान्तर और उंगलियों के आधार पर होती है।

शुक्र मेखला—जो हृदय रेखा के ऊपर और सामान्यतः शनि और सूर्य पर्वतों के ईर्द-गिर्द होती है।

स्वास्थ्य रेखा—जो बुध के पर्वत से नीचे को चलती है।

सूर्य रेखा—जो सामायन्तः मंगल के क्षेत्र से ऊपर को उठती है और हाथ पर चलती हुई सूर्य पर्वत पर जा रुकती है।

भाग्य रेखा, जो हथेली के मध्य में रहती है, कलाई से शनि के पर्वत तक।

हाथ की सात गौण रेखाएं निम्नलिखित हैं :

मंगल रेखा, जो मंगल पर्वत पर उठती है और जीवन रेखा के अन्दर-अन्दर रहती है (रेखाकृति 13)।

वासना रेखा, जो स्वास्थ्य रेखा के समानांतर रहती है (रेखाकृति 13)।

अन्तर्ज्ञान रेखा, जो बुध से चन्द्र तक अर्धवृत्त के रूप में फैली रहती है (रेखाकृति 12)।

विवाह रेखा, जो कि बुध के पर्वत पर लेटी रेखा है (रेखाकृति 13) और कलाई पर स्थित तीन मणिबन्ध (रेखाकृति 13)।

सात मुख्य रेखाओं के अन्य नाम भी हैं, जो इस प्रकार हैं :

जीवन रेखा को 'जीवनी' भी कहते हैं। (Vital)

मस्तिष्क रेखा अर्थात् 'प्रकृत' अथवा 'मस्तिष्कीय' (Cerebral)
हृदय रेखा, अर्थात् 'भोज्य'। (Mensal)
भाग्य रेखा अर्थात 'नियति रेखा' या 'शनिफ्द्म। (Saturnian)
सूर्य रेखा अर्थात् 'प्रखर रेखा' अथवा 'सौर'। (Apollo)
स्वास्थ्य रेखा अर्थात् 'याकृत' अथवा 'यकृत् रेखा' (Hepatica)

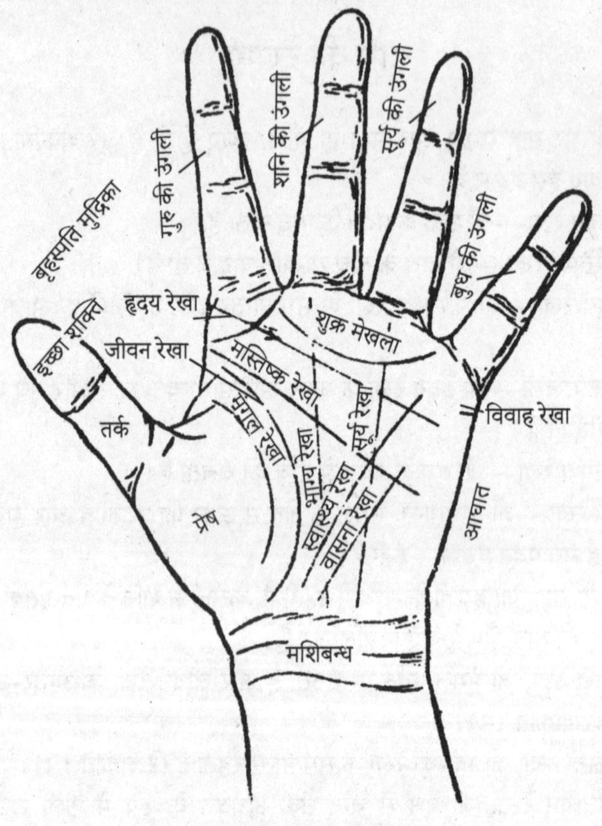

हाथ का मानचित्र
रेखाकृति 13

पूरी हथेली मस्तिष्क रेखा द्वारा दो भागों अथवा गोलार्धों में विभक्त हो जाती है।

ऊपरी गोलार्ध—जिसमें उंगलियां और गुरु, शनि, सूर्य, बुध और मंगल के

पर्वत होते हैं—मानस का प्रतिनिधित्व करता है, और निचला गोलार्ध—जिसमें हथेली का आधार होता है—भौतिकता का प्रतिनिधित्व करता है। इस प्रकार यह स्पष्ट है कि पर्थप्रदर्शन के लिए इस स्पष्ट बिन्दु के बल पर अध्येता जांच के अधीन आने वाले व्यक्ति के चरित्न के बारे में तुरन्त एक अन्तर्दृष्टि पा सकता है। अब तक इस प्रकार के विभागीकरण को अनदेखा ही किया जाता रहा है, किन्तु अपने ठीक सिद्ध होने में इसमें भूल की गुंजाइश लगभग नहीं है, उदाहरण के लिए जब व्यक्ति का रुझान अपराध की ओर हो तो मस्तिष्क रेखा रेखाकृति 14 में दिखायी स्थिति के अनुसार असामान्य दशा में उठती है, जोकि इस कथन के सत्य का जीवन से प्राप्त हजारों में से एक उदाहरण मात्न है।

अध्याय 3

हस्तरेखाओं के सम्बन्ध में

हस्तरेखाओं के बारे में नियम तो ये हैं कि मूलतः वे पूरी तरह साफ और स्पष्ट हों, न ज्यादा चौड़ी न फीकी पीली रंगत वाली हों, वे बीच में कहीं टूटी न हों और द्वीपों अथवा किसी भी प्रकार की अनियमितता से पूर्णतः मुक्त हों।

रंग में बहुत फीकी पीली रेखाएं सबसे पहले यह बताती हैं कि व्यक्ति में अच्छे स्वास्थ्य की कमी है, और दूसरी बात कि उसमें ऊर्जा और निर्णय क्षमता की भी कमी है।

लाल रंग की रेखाएं एक विश्वास-भरे, आशावान् स्वभाव की सूचक हैं और सक्रिय, मजबूत चरित्र को दर्शाती हैं।

पीले रंग की हस्तरेखाएं पित्तप्रधान धातु और यकृत् रोगों की ओर संकेत करती हैं और एक अपने तक सीमित, संकुचित, गर्वीली प्रकृति की द्योतक हैं।

गहरे रंग की लगभग काली रेखाएं अकेले, गम्भीर स्वभाव की द्योतक होती हैं और घमंडी और अपने तक सिमटे स्वभाव की सूचक हैं, आमतौर पर ऐसे व्यक्ति की जो बहुत प्रतिरोधी और क्षमाहीन होता है।

हस्तरेखाएं प्रकट हो सकती हैं, लुप्त हो सकती हैं या धुंधली पड़ सकती हैं, हाथ का अध्ययन करते हुए यह बात सदैव ध्यान में रखनी चाहिए। अतएव, एक हस्तरेखा विशारद का कार्यक्षेत्र यह है कि वह व्यक्ति की प्रकृति में जो दुष्प्रवृत्तियां हैं उन्हें बताकर आने वाले संकट के प्रति उसे सावधान करे। यह पूर्णतः उस व्यक्ति की अपनी इच्छा पर निर्भर करता है कि वह उन दुष्प्रवृत्तियों पर नियत्रण करता है या नहीं, और यह देखकर कि पहले कभी प्रकृति ने किस तरह बुराई को दूर किया था, हस्तरेखाविशारद यह भी बता सकता है कि भविष्य में कभी बुराई नियन्त्रण में आयेगी या नहीं। हाथ को पढ़ते हुए किसी एक बुरे चिह्न को निर्णायक रूप में स्वीकार नहीं कर लेना चाहिए। यदि वह बुराई कुछ महत्त्व रखती है तो लगभग हर प्रमुख

रेखा उसके प्रभाव को दर्शाएगी और अन्तिम निर्णय करने के पूर्व दोनों हथेलियों को अवश्य देखा जाना चाहिए। एक अकेला चिह्न अपने-आप में केवल प्रवृत्ति का सूचक है, किन्तु जब अन्य हस्तरेखाएं भी उसी चित्र को दोहरा रही होती हैं तो वह संकट अवश्यम्भावी है। इस प्रश्न के उत्तर में कि क्या हथेली पर दर्शाए गए संकट या तबाही को व्यक्ति दूर कर सकता या उससे बच सकता है, मेरा कहना यह है कि मेरा विश्वास तो यह है कि वह निश्चय ऐसा कर सकता है, किन्तु साथ ही उतने ही निश्चय के साथ मैं यह भी कहूंगा कि शायद ही कभी कोई ऐसा कर पाया हो। मैं अपने

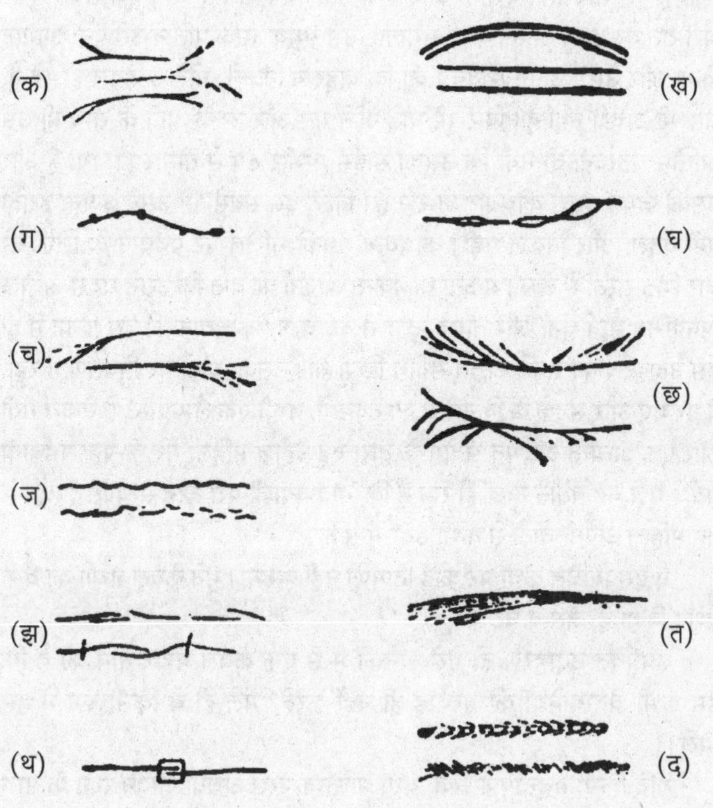

रेखा-निर्मितियां
रेखाकृति 14

अनुभव में ऐसे सैकड़ों उदाहरण जानता हूं जिन्हें सही-सही चेतावनी दी गयी किन्तु उन्होंने उस पर तब तक ध्यान नहीं दिया जब तक बहुत देर न हो गयी। इसका एक अत्यन्त अद्भुत उदाहरण जो मुझे याद आता है, मेरे जीवन के आरम्भ में घोड़ा-बग्घी के दिनों में सामने आया था। यह लन्दन के समाज की एक जानी-मानी महिला का मामला था। मैंने उसे आगाह किया था कि उसके जीवन में जानवरों के कारण एक ऐसी दुर्घटना होगी जो उसे शेष जीवन के लिए अपंग बना देगी, और होगी भी आयु के उस बिन्दु पर पहुंचकर जहां वह तब प्रवेश कर चुकी थी। उसने यह वचन दिया कि वह पूरी सावधानी बरतेगी और चली गयी। एक सप्ताह बाद एक सघन धुंध-भरी रात को उसने अपनी बग्घी मंगवाई, उस समय उसके पति ने उसे पुनः आगाह किया और उससे अनुनय-विनय की कि बाहर न निकले, घोड़े अड़ियल हो रहे हैं, रात भी अच्छी नहीं है। फिर भी घोड़े जोते गये और उनके आने के साथ ही उसे अन्तिम चेतावनी दी गयी कि उसका साईस गम्भीर रूप से बीमार हो गया है और उसकी जगह दूसरा कोचवान ले रहा है। किन्तु इस सबसे भी उसने अपना इरादा नहीं बदला और निकल पड़ी। कोचवान उसकी मंजिल पर पहुंचाने के लिए उसे चार भिन्न रास्तों से ले जा सकता था, किन्तु आश्चर्य की बात कि उसने सबसे अधिक अनपेक्षित मार्ग चुना और बाण्ड स्ट्रीट से बढ़ चला। कोचवान की इस क्रिया में ही इस उदाहरण का सबसे अद्भुत संयोग छिपा था। उसका घोड़ों पर नियत्रण न रहा, वे डर गए और सड़क के किनारे से जा टकराये, बग्घी एक लैम्पपोस्ट से टकरा गयी और एक अत्यन्त अदभुत संयोग के द्वारा वह बेहोश महिला मेरे ही यहां पहुंचायी गयी। मुझे यह बताते दुःख हो रहा है कि भविष्यवाणी पूरी तरह सत्य सिद्ध हुई—वह महिला अपनी चोटों से कभी उबर न सकी।

मैं इस विचित्र कथा पर कोई टिप्पणी नहीं करूंगा। मैंने केवल तथ्यों का वैसा वर्णन किया है, जैसे वे घटे थे।

उपर्युक्त उदाहरण तो ऐसे अनेकों में से एक केवल यह दर्शाने को है कि हम कभी चेतावनियों की परवाह ही नहीं करते, भले ही वे किसी रूप में हमें मिलें।

यदि किसी महत्त्वपूर्ण रेखा, यथा मस्तिष्क रेखा अथवा जीवन रेखा के साथ सह-रेखा कही जाने वाली रेखा (रेखाकृति 16 अ-अ) भी मिले, उदाहरणतया एक महीन रेखा उसके साथ-साथ चलती हुई दिखे, फलतः मुख्य रेखा का कहीं से टूटना इस चिह्न से पूरा हो जाता है और संकट या तो टल जाता है या कम हो

जाता है। ऐसा किसी अन्य रेखा की अपेक्षा अधिकतर जीवन-रेखा के साथ देखा जाता है।

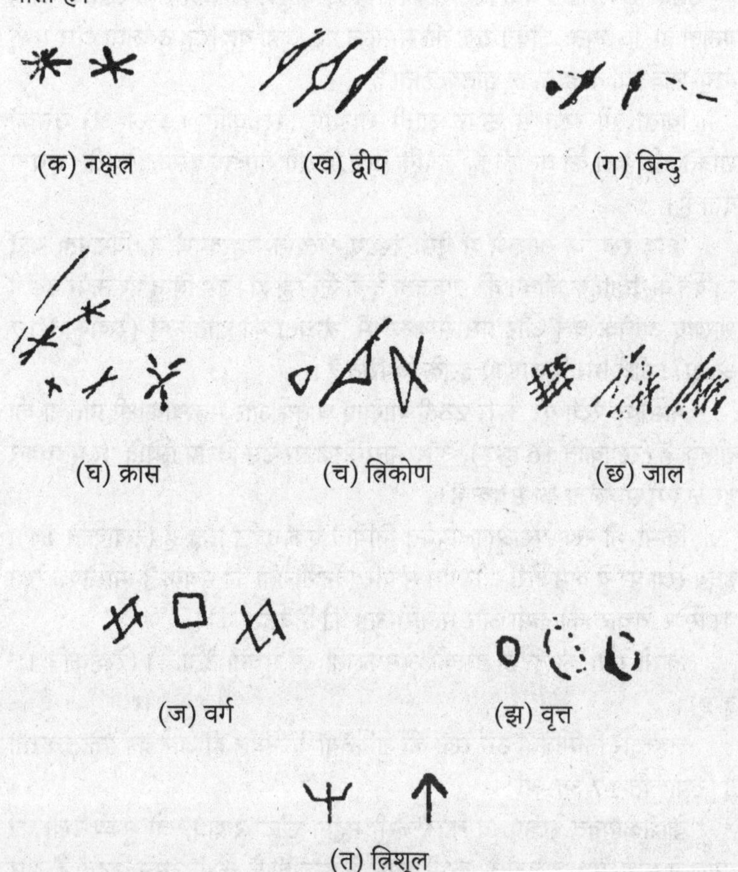

(क) नक्षत्र (ख) द्वीप (ग) बिन्दु

(घ) क्रास (च) त्रिकोण (छ) जाल

(ज) वर्ग (झ) वृत्त

(त) त्रिशूल

हथेली पर मिलने वाले चिह्न

रेखाकृति 15

यदि कोई रेखा अपनी समाप्ति पर दुशाखी हो जाती है; एक जीवन 'रेखा को छोड़कर (रेखाकृति 16), तो उससे उस रेखा को अधिक बल मिलता है, उदाहरणार्थ मस्तिष्क रेखा पर दुशाखा मानसिकता को बढ़ाती है, किन्तु कमोबेश दित्वपूर्ण स्वभाव को भी जन्म देती है।

और जब कोई रेखा गुच्छे के रूप में समाप्त होती है (रेखाकृति 16 आ-आ) तो यह उसकी दुर्बलता अथवा विनाश का चिह्न है, चाहे गुच्छा किसी भी रेखा का भाग बनाता हो, विशेषतः जीवन रेखा की समाप्ति पर, जहां यह चिह्न दुर्बलता और सभी स्नायु-शक्तियों के ह्रास का द्योतक होता है।

किसी भी रेखा से ऊपर आती शाखाएं (रेखाकृति 14 अ-अ) उसकी शक्ति और बल को बढ़ाती हैं, जबकि नीचे गिरती शाखाएं इसके विपरीत सूचना देती हैं।

हृदय रेखा के आरम्भ में ऐसी रेखाएं अत्यन्त महत्त्वपूर्ण हैं, विशेषतः यदि व्यक्ति के वैवाहिक जीवन की सफलता देखी जा रही हो। उस बिन्दु पर ऊपर उठती शाखाएं अधिक बल और प्रेम सम्बन्धों में स्निग्धता की द्योतक हैं (रेखाकृति 17 अ-अ)। नीचे गिरती शाखाएं इसके विपरीत हैं।

मस्तिष्क रेखा पर ऊपर उठती शाखाएं चातुर्य और महत्त्वाकांक्षी प्रतिभा की द्योतक हैं (रेखाकृति 16 इ-इ), और भाग्य रेखा पर उस विशेष स्थिति पर पहुंचकर हर क्षेत्र में सफलता की सूचक हैं।

किसी भी रेखा पर श्रृंखलायुक्त निर्मिति एक दुर्बल चिह्न है (रेखाकृति 14), हृदय रेखा पर ये कमजोरी और प्रेम में परिवर्तनशीलता की सूचक हैं, मस्तिष्क रेखा पर स्थिर विचारों की कमी और मानसिकता की निर्बलता की।

किसी रेखा का टूटना इसकी असफलता की सूचना देता है। (रेखाकृति 17 इ-इ)।

लहरदार निर्मितियां उस रेखा की शक्तियों के निर्बल हो जाने का संकेत करती हैं (रेखाकृति 17 आ-आ)।

केशिकायुक्त रेखाएं, वे बाल जैसी महीन छोटी रेखाएं, जो मुख्य रेखा की बगल में साथ-साथ चलती हैं, कभी उसमें मिल जाती हैं, कभी उससे छूटती हैं और श्रृंखलायुक्त निर्माण की तरह ही दुर्बलता की सूचक हैं (रेखाकृति 14 ज)।

यदि सारे हाथ पर छोटी रेखाओं की बहुसंख्या हो या उनका जाल बिछा ही और वे निरुद्देश्य-सी हर दिशा को लपकती दिखाई दें तो उससे पता चलता है कि व्यक्ति मानसिक चिन्ता वाला है, अत्यधिक व्यग्र स्वभाव का है और उसकी प्रकृति उद्विग्न है।

जैसे बूंद-बूंद से तालाब भरता है, वैसे ही ये छोटी-छोटी बातें इस शास्त्र को महान् बनाती हैं। इसलिए मैं इनके सूक्ष्म निरीक्षण का परामर्श देता हूं।

अध्याय 4

दायां और बायां हाथ

दायें और बायें हाथ में जो अन्तर है, वह भी एक महत्त्वपूर्ण विचारणीय विषय है। बहुत कम हाथों को देखने वाला बहुत सरसरी तौर पर देखकर भी उस अन्तर को जान लेता है जो नियमानुसार उसी व्यक्ति के दायें और बायें हाथों की रेखाओं की आकृति और स्थिति में नजर आता है।

अध्येता द्वारा निरीक्षण किये जाने योग्य यह एक अत्यन्त महत्त्वपूर्ण बिन्दु है। मेरा नियम व्यवहार में दोनों हाथों के निरीक्षण का है, किन्तु मैं दायें हाथ द्वारा दी गयी जानकारी पर बायें के मुकाबले अधिक निर्भर करता हूं। इस विषय पर एक बहुश्रुत पुरानी कहावत है, 'बायें हाथ के साथ हम जनमते हैं, दायें का निर्माण करते हैं।' अनुगमन करने के लिए यह सिद्धान्त सही है, बायां हाथ प्रकृत चरित्र का सूचक है, जबकि दायां प्रशिक्षण, अनुभव और व्यक्ति के जीवन को प्रभावित करने वाले वातावरण आदि को प्रदर्शित करता है। बायें हाथ को केवल इसलिए जांचने का पुराना नियम कि वह हृदय के अधिक निकट होता है अनेक अन्धविश्वासों के कारण था और उसी से मध्य युग में इस विज्ञान को अपमानित होना पड़ा। उस युग में हृदय सबसे अधिक महत्त्व का अंग समझा जाता था, इसीलिए यह मध्ययुगीन अन्धविश्वास पनपा। तथापि, यदि हम इस शास्त्र को तर्कसंगत और वैज्ञानिक दृष्टि से परखें तो हम पायेंगे कि पीढ़ीं-दर-पीढ़ी दायें हाथ को अधिक प्रयोग में लाये जाने से यह बायें की तुलना में विकास की अधिक पूर्ण स्थिति में आता है—स्नायुओं और पेशियों दोनों ही क्षेत्रों में। दायां हाथ ही प्रायः मस्तिष्क के विचारों को कार्य रूप में परिणत करने में अधिक प्रयोग होता है क्योंकि यह मस्तिष्क का सर्वाधिक सक्रिय सेवक है। इसलिए, जैसाकि दर्शाया जा चुका है, यदि मनुष्य-शरीर विकास की धीर-मन्थर प्रक्रिया में से गुजरता है तो हर होने वाला परिवर्तन उस पर अपना प्रभाव छोड़ता है और हर प्रभाव पूरे शरीर की व्यवस्था पर अपने चिह्न अंकित करता चलता

है। इस तरह निष्कर्ष यह है कि अधिक उपयुक्त और तर्कसंगत यही होगा कि हम उस घड़ी तक हो रहे परिवर्तनों के लिए, और जिन पर भविष्य का विकास भी निर्भर करता है, दायें हाथ का ही परीक्षण करें।

इसलिए, मेरा परामर्श यह है कि दोनों हाथों को अगल-बगल रखें, उनका निरीक्षण करें और देखें कि प्रकृति क्या रही है, क्या है, फिर एक या दूसरे परिवर्तन के लिए अपने निरीक्षण में से कारण ढूंढ़ें और फिर आने वाली स्थिति की भविष्यवाणी के लिए दायें हाथ की रेखाओं में होने वाले परिवर्तनों और विकासों पर निर्भर करें।

यह एक दिलचस्प तथ्य है कि बायें हाथ का प्रयोग करने वालों के बायें हाथ में रेखाएं पूरी तरह स्पष्ट होती हैं और इसी तरह दायें हाथ को लेकर होता है। कुछ लोग पूरी तरह इस सीमा तक बदल जाते हैं कि दोनों हाथों की रेखाएं शायद ही एक जैसी रहती हों, दूसरी ओर कुछ इतना कम बदलते हैं कि दोनों हाथों की रेखाओं का अन्तर कठिनाई से नजर आता है। सामान्य नियम यह है कि जब दोनों हाथों की रेखाओं में स्पष्ट अन्तर दिखाई दे तो इसका अर्थ है कि व्यक्ति का जीवन अधिक दिलचस्प और घटनापूर्ण रहा है जबकि जिसके दोनों हाथ लगभग एक-से हों, उसके जीवन में ऐसा नहीं होता। इस प्रकार सावधानी से निरीक्षण करके एक व्यक्ति के अतीत के दिलचस्प विवरण और उसके कार्य व विचारों में परिवर्तन आदि प्रकाश में लाये जा सकते हैं।

अध्याय 5

जीवन रेखा

हम केवल इतना जानते हैं कि जीवन अस्तित्व है, एक प्रतीक्षा स्थल, सागर किनारे एक आश्रय स्थल, अपरिमित दूरियों के बीच एक थोड़ी-सी जगह, और जीवन जो आगे है उसकी एक झलक, एक दृश्यावलोकन-भर है। —**कीरो**

जैसाकि मैंने पहले कहा था, जिस तरह चेहरे पर नाक, आंख आदि के लिए एक जानी-पहचानी स्वाभाविक जगह निश्चित है, उसी तरह हाथ पर जीवन रेखा, मस्तिष्क रेखा और हाथ पर रहने वाले हर चिह्न के लिए भी एक जानी-पहचानी स्वाभाविक जगह निश्चित की गई है। इस प्रकार जब हस्त रेखाओं का मार्ग असामान्य दिशा में अग्रसर होता है तो यह स्वाभाविक है कि असामान्य चारित्रिक विशेषताओं की अपेक्षा की जाए। और यदि यह स्वभाव के बारे में सही है तो स्वास्थ्य के बारे में क्यों नहीं? जो लोग इस विषय को गम्भीरता से नहीं लेते वे रोग अथवा मृत्यु की भविष्यवाणी करने की अपनी क्षमता के कारण हस्तरेखा विशारद को जो शक्ति दी गई है, उस पर आपत्ति उठाते हैं। किन्तु थोड़ा विचार करने पर पता चलता है कि इस शास्त्र के सावधानी से किये गए अध्ययन के बल पर आयी क्षमता से बढ़कर युक्तिसंगत और कुछ नहीं है। यह स्वीकार किया जा चुका है कि हर व्यक्ति के शरीर में एक ऐसा कीटाणु या प्रवृत्ति प्रवहमान रहती है जो एक दिन घातक सिद्ध होती है। तब इस बात से इनकार करने की परिकल्पना किस की हो सकती है कि यह कीटाणु अपनी उपस्थिति से स्नायु द्रव्य को प्रभावित करता है, जिसके फलस्वरूप स्नायु प्रभावित होते हैं और उनसे हाथ प्रभावित होते हैं? फिर, शरीर में सर्वज्ञ, सर्वशक्तिमान आत्मा या जीवन तत्त्व की सत्ता के विषय पर न जाते हुए भी अगर हम निष्क्रिय व सक्रिय मस्तिष्क के अव्याख्यायित रहस्यों को स्वीकार करें—जैसाकि करते भी हैं तो हमें यह भी स्वीकार करना होगा कि शरीर में रोग का थोड़ा भी जीवाणु या दुर्बलता का बिन्दु अपनी सभी अवस्थाओं, विकास अथवा

आक्रमण में मस्तिष्क को ज्ञात होता है और इसलिए हाथ और मस्तिष्क के बीच पहले जैसा दर्शाया गया, जो स्नायु-सम्पर्क है, उसके माध्यम से मस्तिष्क द्वारा हाथ पर अंकित कर दिया जाता है। इसलिए एक या दूसरी रेखा अथवा चिह्न के विकास अथवा परिवर्तन या अविकास को लक्ष्य करके हस्तरेखा विशारद यह बताने में सक्षम है कि किसी निश्चित समय पर कोई निश्चित रोग व्यक्ति की बीमारी का कारण बनेगा और उसका ऐसा-ऐसा परिणाम रहेगा। इन तर्कों को ध्यान में रखकर हम उस रेखा के निरीक्षण की दिशा में बढ़ेंगे, जिसे जीवन रेखा का नाम दिया गया है।

जीवन रेखा (रेखाकृति 13) वह रेखा है जो गुरु के पर्वत के नीचे से उठकर हथेली पर नीचे को बढ़ती है और शुक्र के पर्वत के गिर्द घूम जाती है। इस रेखा पर समय, बीमारी, मृत्यु आदि अंकित होते हैं और दूसरी महत्त्वपूर्ण रेखाओं द्वारा प्रभावित घटनाओं का सत्यापन भी होता है।

जीवन रेखा लम्बी, संकरी और गहरी होनी चाहिए और उस पर कोई अनियमितता, उसका कहीं टूटना, या किसी प्रकार के गुणनचिह्न, क्रास आदि नहीं होने चाहिए। यदि जीवन रेखा इस प्रकार की बनी हो तो दीर्घायु, अच्छे स्वास्थ्य और बल-स्फूर्ति आदि की सूचक होती है।

जब जीवन रेखा श्रृंखला जैसे छोटे टुकड़ों से जुड़ी (रेखाकृति 14 अ) अथवा उनसे बनी होती है तो यह बुरे स्वास्थ्य का निश्चित लक्षण है, विशेषतः यदि ऐसा एक मृदुल हाथ पर हो। जब रेखा अपनी समता और प्रवाह पुनः पा लेती है तो स्वास्थ्य भी पुनः लौट आता है।

जब यह रेखा बायें हाथ पर टूटी हुई और दायें में जुड़ी हुई हो तो इससे किसी भयंकर रोग का खतरा रहता है; किन्तु यदि दोनों हाथों में टूटी हुई हो तो प्रायः मृत्यु की सूचक होती है। ऐसा उस समय पक्की तौर पर निश्चित हो जाता है जब एक शाखा शुक्र पर्वत पर वापिस मुड़ती दिखाई दे (रेखाकृति 17 इ-इ)।

जब यह रेखा गुरु पर्वत के आधार से आरम्भ होती है न कि हथेली के एक ओर से तो इसका अर्थ है कि आरम्भ से ही व्यक्ति का जीवन आकांक्षा से परिपूर्ण रहा है।

जब यह रेखा गुरु के नीचे अपने आश्रय से ही श्रृंखलायुक्त होती है तो अर्थ होता है कि जीवनारम्भ में स्वास्थ्य खराब रहा है।

जब जीवन रेखा मस्तिष्क रेखा के बहुत निकट होती है तो जीवन तर्क और बुद्धिमत्ता से परिचालित होता है किन्तु व्यक्ति स्वयं को प्रभावित करने वाली हर वस्तु

के प्रति अत्यधिक संवेदनशील होता है और कमोबेश अपने लिए कार्य के चयन में भी सावधान होता है (रेखाकृति 16 ई-ई)।

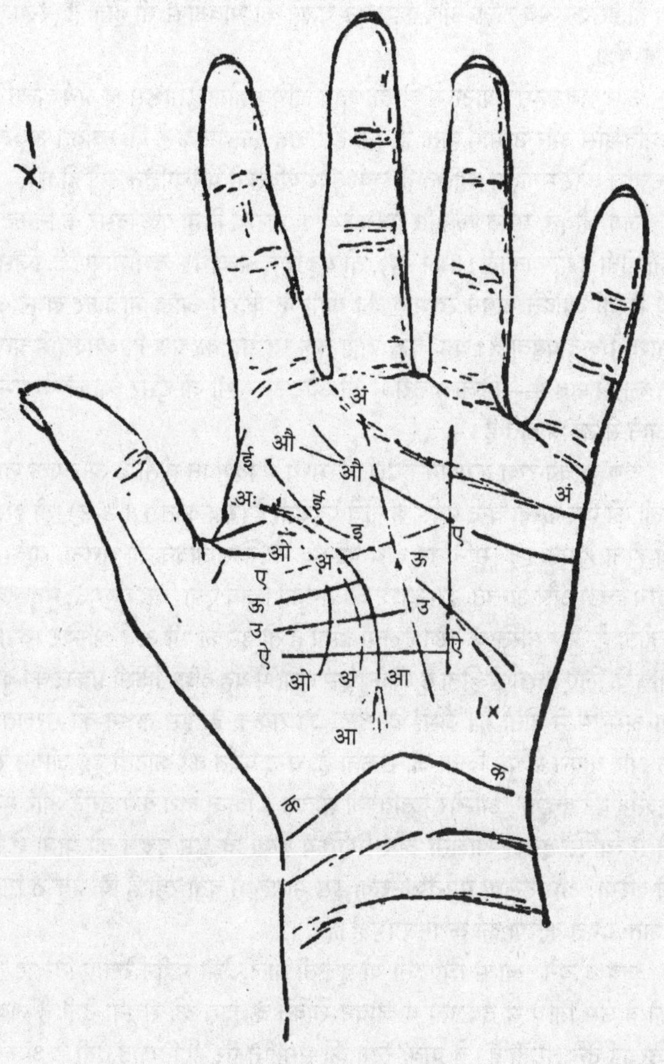

मुख्य हस्त रेखाओं में परिवर्तन
रेखाकृति 16

जब जीवन रेखा और मस्तिष्क रेखा के बीच मध्यम दूरी होती है तो व्यक्ति अपनी योजनाओं और विचारों को कार्य रूप में लाने को अधिक स्वतन्त्र होता है। साथ ही इसका अर्थ ऊर्जा और काम बढ़ चलने की भावना से भी होता है (रेखाकृति 17 ई-ई)।

और जब इनसे रेखाओं में अन्तर बहुत अधिक होता है तो इसका अर्थ अत्यधिक आत्मविश्वास और उत्साह होता है, यह इस बात का द्योतक है कि व्यक्ति अक्खड़, जल्दबाज और मनोवेग चालित है, तर्क और युक्ति से परिचालित नहीं होता।

जब जीवन, मस्तिष्क और हृदय रेखाएं आरम्भ में ही एक-दूसरे के निकट या मिली होती हैं (रेखाकृति 18 अ-अ), तो यह चिह्न अत्यधिक दुर्भाग्यपूर्ण है, जिसका अर्थ है कि व्यक्ति अपने स्वभाव की कमी के कारण आंख मींचकर खतरे और विनाश में कूद पड़ता है। यह चिह्न, जहां तक स्वभाव का प्रश्न है, व्यक्ति में प्रत्यक्ष ज्ञान का अभाव है—निजी खतरों में भी और उनमें भी जो दूसरे व्यक्ति के सम्पर्क में आने से उत्पन्न होते हैं।

जब जीवन रेखा लगभग हथेली के मध्य में विभक्त होती है और एक शाखा हथेली को पार करके चन्द्र पर्वत के नीचे पहुंचती है (रेखाकृति 18 उ-उ), तो इसका अर्थ होता है एक दृढ़, सुनिर्मित हाथ पर एक अस्थिर जीवन की सूचना, यात्रा की अदम्य इच्छा और अन्ततः इस इच्छा की सन्तुष्टि। जब ऐसा चिह्न गुदगुदे, मृदुल हाथ पर होता है और मस्तिष्क रेखा ढलुवां होती है तो इसका भी अर्थ अस्थिर स्वभाव, रोमांच के लिए इच्छा से होता है, किन्तु इस दशा में यह इच्छा किसी प्रकार की बुराई तथा असंयम में होती है। जैसा कि देखा जा सकता है, इस कथन को सरलता से तर्क और युक्ति से पुष्ट किया जा सकता है, चन्द्र पर्वत को काटती हुई जीवन रेखा परिवर्तन की इच्छुक, अस्थिर पद्धति की द्योतक है किन्तु हाथ के गुदगुदे और मृदुल होने से व्यक्ति इतना आलसी और निष्क्रिय होगा कि इस इच्छा को यात्रा से पूरा नहीं करेगा, और ढलुवां मस्तिष्क रेखा इस मामले में बता रही है कि प्रकृति निर्बल है, अतः उक्त कारण का कथन स्पष्ट है।

जब जीवन रेखा से चिपटती या झूलती बाल जैसी महीन रेखाएं दिखाई देती हैं तो वे उस तिथि से दुर्बलता व जीवन शक्ति के ह्रास की सूचना देती हैं जब से वे दिखाई देने लगती हैं। वे प्रायः रेखा की समाप्ति पर ही दिखाई देती हैं और इस प्रकार जीवन का बिखरना और जीवनी शक्ति का समाधान दर्शाती हैं (रेखाकृति 16 अ-अ)।

जीवन रेखा से ऊपर उठती सभी रेखाएं बढ़ी शक्ति, लाभ और सफलताओं का द्योतक हैं।

यदि ऐसी कोई रेखा गुरु के पर्वत की ओर उठती है या उसमें जा मिलती है (रेखाकृति 18 इ.इ) तो उसका अर्थ उस तिथि से हैसियत में बढ़ोतरी या आगे बढ़ने से होता है, जिस तिथि से वह जीवन रेखा से ऊपर उठती है। इस प्रकार का चिह्न सत्ता के अर्थ में सफल आकांक्षा से अधिक सम्बन्धित है, न कि अन्य किसी चीज से। इसके विपरीत यदि रेखा शनि की ओर उठती है और भाग्य रेखा के साथ-साथ चल निकलती है तो अर्थ होता है सम्पत्ति में, भौतिक वस्तुओं में समृद्धि, किन्तु यह समृद्धि आती है व्यक्ति की अपनी ऊर्जा और दृढ़ निश्चय में से (रेखाकृति 18 ई-ई)।

यदि यह रेखा जीवन रेखा से अलग होकर सूर्य पर्वत की ओर ऊपर जाती है तो इसका अर्थ हाथ की श्रेणी के अनुसार श्रेष्ठता होता है।

यदि यह जीवन रेखा से अलग होकर बुध की ओर बढ़ती है तो यह व्यवसाय अथवा विज्ञान के क्षेत्र में पुनः हाथ की श्रेणी के अनुसार बड़ी सफलता की सूचक है, जब हाथ वर्गाकार, चमचाकार अथवा शंकु के आकार का हो। उदाहरणतया ऐसी रेखा वर्गाकार हाथ पर व्यवसाय अथवा विज्ञान में सफलता की सूचक होगी, चपटे हाथ पर आविष्कार व नयी खोज़ के क्षेत्र में और शंकु हाथ पर धन के मामलों में ऐसी प्रकृति के भावावेश के कार्यों पर निर्भर सफलताओं की भविष्यवाणी करेगी, यथा सट्टे या उद्योग में।

जब नवीन रेखा अपनी समाप्ति पर विभक्त हो जाती है और रखाओं में पर्याप्त अन्तर नजर आता है तो इसका अर्थ है कि व्यक्ति के जीवन का अन्त उसके जन्म-स्थान में न होकर किसी दूसरे देश में होगा, या कम से कम जन्म स्थान से मृत्यु स्थान में कोई बड़ा परिवर्तन अवश्य होगा। (रेखाकृति 19 अ-अ)

जीवन रेखा पर द्वीप का अर्थ है रोग या जब तक वह मौजूद है तो स्वास्थ्य में ह्रास (रेखाकृति 19 आ), किन्तु जीवन रेखा के आरम्भ में ही एक स्पष्ट द्वीप इस बात का द्योतक है कि व्यक्ति के जन्म से कोई रहस्य जुड़ा हुआ है।

जब जीवन रेखा एक वर्ग से होकर गुजरती है (रेखाकृति 19 इ) तो वह मृत्यु से बचाव की सूचक है, जब वर्ग से होकर द्वीप के गिर्द से निकलती है तो अस्वास्थ्य से बचाव की, जब वर्ग से गुजरती जीवन रेखा अचानक टूटती हो तो आकस्मिक मृत्यु से बचाव की, और जब एक छोटी रेखा मंगल क्षेत्र से उठकर जीवन रेखा को

काटती है (रेखाकृति 19 ई) तो दुर्घटना से बचाव की सूचक है।

जब भी जीवन रेखा पर वर्ग दिखाई दे तो वह सदा सुरक्षा का चिह्न होता है।

मैं उस बड़ी सहरेखा (रेखाकृति 13) के बारे में बाद में चर्चा करूंगा जो जीवन रेखा के भीतर और उसके समानान्तर दिखाई देती है, जिसे अन्यथा मंगल रेखा कहते हैं। इस सहरेखा, मंगल रेखा को, जो मंगल पर्वत के ऊपर उठती है, उन रेखाओं से मिलाकर नहीं देखना चाहिए जो स्वयं जीवन रेखा से उठती है और न उनके साथ जो बुद्ध पर्वत के ऊपर उठती दीखती है। ध्यान में रखने का सबसे सरल नियम यह है कि सभी सम, सुनिर्मित रेखाएं जो जीवन रेखा के अनुकूल होती हैं (रेखाकृति 17 ऊ-ऊ) जीवन पर अनुकल प्रभावों की द्योतक होती हैं और वे रेखाएं जो विपरीत दिशा में उठती हैं और जीवन रेखा को काटती हैं, विरोध व दूसरों के दखल के कारण चिन्ताओं और रुकावटों की द्योतक होती हैं (रेखाकृति 17 ए-ए)। इसलिए इस अध्ययन में यह बात महत्त्वपूर्ण है कि ये रेखाएं कहां रुकती हैं और कैसे समाप्त होती हैं।

जब वे केवल जीवन रेखा को काटती हैं (रेखाकृति 17 ए-ए) तो वे सामान्यतः घरेलू जीवन में रिश्तेदारों के दखल की सूचक होती हैं।

जब वे जीवन रेखा को पार करके भाग्य रेखा पर आक्रमण करती हैं (रेखाकृति 16 उ-उ) तो वे ऐसे व्यक्तियों की सूचक होती हैं जो व्यवसाय या भौतिक हितों में हमारा विरोध करेंगे, और जहां वे भाग्य रेखा को काटती हैं, वह मिलन स्थल तिथि बताता है।

जब वे मस्तिष्क रेखा पर पहुंचती हैं (रेखाकृति 16 ऊ-ऊ) तो वे ऐसे व्यक्तियों की सूचक हैं जो हमारे विचारों को प्रभावित करेंगे और हमारी विचारधारा में हस्तक्षेप करेंगे।

जब वे हृदय रेखा पर पहुंचकर उसे काटती हैं (रेखाकृति 16 ए-ए) तो वे हमारे निकटतम स्नेह सम्बन्धों में हस्तक्षेप का घोतक हैं, और यहां ऐसे हस्तक्षेप की तिथि वहां है जहां वह रेखा जीवन रेखा को काटती है, न कि वहां जहां वह हृदय रेखा को छूती है।

जब वे सूर्य रेखा को काटकर तोड़ती हैं (रेखाकृति 16 ऐ-ऐ) तो इस बात की सूचक हैं कि दूसरे लोग हस्तक्षेप करेंगे और जीवन में हमारी स्थिति को बिगाड़ेंगे, और यह बुराई इस मेल के बिन्दु पर किसी बदनामी अथवा अपकीर्ति के कारण होगी।

जब रेखा हथेली को पार करके विवाह रेखा को स्पर्श करती है (रेखाकृति 17 ऐ-ऐ) तो अर्थ होता है तलाक और यह घटना उस व्यक्ति के जीवन में होती है जिसके हाथ में ऐसी रेखा प्रकट होती है।

जब इस पार जाने वाली रेखा पर स्वयं द्वीप का चिह्न होता है या उससे मिलता-जुलता कोई चिह्न होता है तो यह इस बात का सूचक है कि जो व्यक्ति ऐसा संकेत पैदा करेगा, उसके जीवन में स्वयं कोई अपकीर्ति है या उसके अपने जीवन से जुड़ी कोई ऐसी गड़बड़ी है (रेखाकृति 17 ओ)।

इसके विपरीत जब रश्मि रेखाएं समानान्तर चलती हैं मानो उनका संबंध जीवन रेखा से हो, तो वे हमारे जीवन के सबसे महत्त्वपूर्ण प्रभावों की द्योतक होती हैं। (रेखाकृति 17 अ-अ)।

मैं इस व्यवस्था की ओर विशेष ध्यान आकर्षित करना चाहूंगा, क्योंकि यह हिन्दुओं में प्रचलित है और स्मरणातीत समय से चली आ रही है। निम्नलिखित विचार बिन्दु धर्मानुशासन और हिन्दुओं द्वारा स्वयं उनके व्यावहारिक उपयोग का निकट निरीक्षण करके प्राप्त किए गए हैं और उनमें से किसी को भी पूर्वोद्धत प्राचीन शास्त्रों के पन्नों से ज्यों का त्यों अनूदित नहीं कर दिया गया है। जब विवरणों की अति सूक्ष्मता अपेक्षित हो तो इस व्यवस्था की अद्भुत सम्यकता इसे विशेष रूप से मूल्यवान बना देती है।

मैं केवल मुख्य बातों का उल्लेख करूंगा क्योंकि यह विषय पूर्णतः अन्तहीन है।

सर्वप्रथम, यदि रश्मि रेखा मंगल के पर्वत पर ऊपर उठती है (रेखाकृति 18 उ-उ)और नीचे आकर किसी भी रूप में जीवन रेखा को स्पर्श करती या उस पर आक्रमण करती है तो किसी स्त्री के हाथ में यह उसके आरम्भिक जीवन में किसी प्रतिकूल सिद्ध होने वाले स्नेह सम्बन्ध की सूचक होती है जो उसके लिए पर्याप्त संकट और परेशानी पैदा करने वाला होगा।

तथापि, यदि यही रेखा केवल कुछ शाखाएं या राशियां ही जीवन रेखा तक पहुंचा रही होती हैं (रेखाकृति 18 ऊ-ऊ) तो उसका अर्थ भी ऐसा ही प्रभाव होता है किन्तु वह उसे समय-समय पर परेशान करता रहता है। पुनः स्त्री के हाथ में ऐसी रेखा उसे प्रभावित करने वाले पुरुष की प्रकृति पर भी प्रकाश डालता है कि वह अति उत्साही, उन्मादी और पाशविक वृत्ति वाला होगा।

और यदि रश्मि रेखा जीवन रेखा की बगल में उठान ले और उसके साथ-साथ बढ़ चले (रेखाकृति 17 ऊ-ऊ) तो यह स्त्री के हाथ में दर्शाती है कि उसके जीवन

में आने वाला पुरुष मृदुल प्रकृति का है और वह महिला उस व्यक्ति को पूरी तरह प्रभवित करेगी।

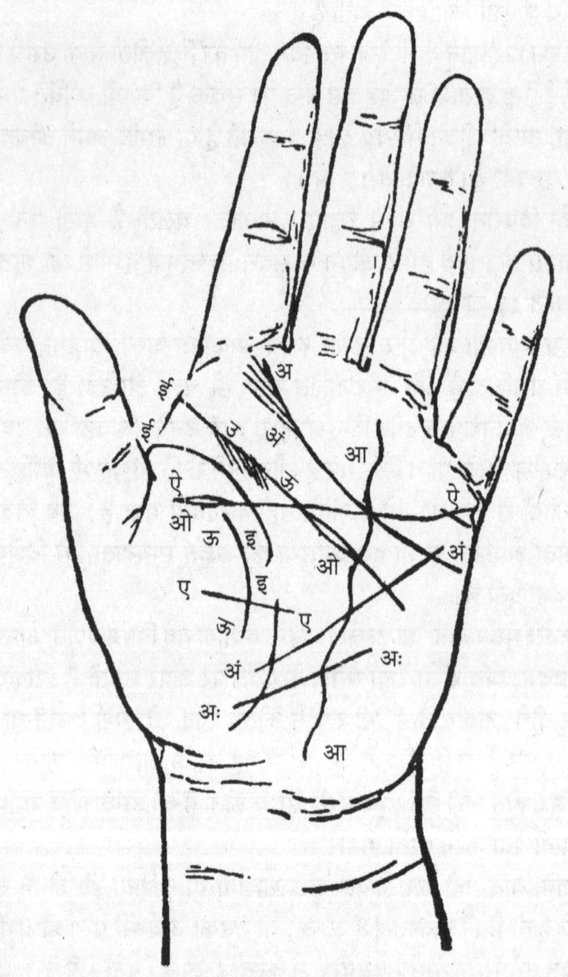

प्रमुख रेखाओं में परिवर्धन
रेखाकृति 17

यदि रश्मि रेखा किसी बिन्दु विशेष पर से उठती हुई जीवन रेखा के साथ चलती हुई शुक्र पर्वत पर मुड़ जाती है और इस तरह जीवन रेखा से दूर हटती है तो यह इस

बात की सूचक है कि उस स्त्री से सम्बन्धित पुरुष धीरे-धीरे उसके प्रति सहानुभूति गंवाता जाएगा और अन्ततः उसके जीवन से पूरी तरह निकल जाएगा। (रेखाकृति 16 ओ-ओ)।

यदि रश्मि रेखा किसी द्वीप में जा मिलती है या अपने में एक बन जाती है तो यह बताती हैं कि इस स्त्री के जीवन पर पड़े प्रभाव क्रमशः कलंक में परिवर्तित होंगे और कुछ ऐसा घटित होगा जो उसके लिए अपकीर्तिकारक हो।

जब कोई रूपरेखा जीवन रेखा की बगल में धुंधली पड़कर समाप्त हो जाती है और बाद में पुनर्जीवित हो जाती है तो यह बताती है कि वह प्रभावशाली व्यक्ति उस बिन्दु विशेष पर अपना प्रभाव समेट लेगा, किन्तु बाद में पुनः आरम्भ करेगा।

जब प्रभाव प्रदर्शित करने वाली रेखा पूरी तरह समाप्त हो जाती है तो उस स्थिति में साथी का पूरी तरह अलग हो जाना—सामान्यतः मृत्यु हो जाना—परिणाम होता है।

जब इन सह-रेखाओं में से कोई किसी गुणन चिह्न रेखा (क्रास) से मिलकर हाथ में फैलती है तो यह इस बात की पूर्वसूचना देती है कि व्यक्ति के जीवन को प्रभावित करने वाला स्नेह सम्बन्ध किसी अन्य के कारण घृणा में बदल जाएगा और उस बिन्दु पर हानि पहुंचाएगा, जहां यह जीवन रेखा, भाग्य रेखा, मस्तिष्क रेखा अथवा हृदय रेखा को स्पर्श करता है (रेखाकृति 19 उ-उ)।

रश्मि रेखाएं जीवन रेखा से जितनी अधिक दूर स्थित रहती हैं, ऐसे प्रभाव हमारे जीवन से उतने ही दूर होते हैं। किन्तु जैसा कि पहले बताया गया है, इन रेखाओं और गुणनरेखाओं पर पूरा ग्रन्थ नहीं लिखा जा सकता है, क्योंकि ये रेखाएं हिन्दुओं में हस्तरेखा शास्त्र से सम्बन्धित हर व्यवस्था का मूलाधार हैं।

अतः यह मान लेना युक्तियुक्त होगा कि केवल इसी एक व्यवस्था से कोई अध्येता इन रेखाओं का जीवन रेखा से सम्बन्ध लिखकर विवाह आदि की भविष्यवाणी कर सकता है। हम इस विषय पर पुनः उस समय विचार करेंगे जब विवाह के प्रश्न की चर्चा होगी।

इस विषय का एक अन्य दिलचस्प पहलू इन प्रभाव रेखाओं की संख्या पर विचार करना भी है (यह याद रखते हुए कि इनमें से केवल वे महत्त्वपूर्ण हैं जो जीवन रेखा के निकट हैं।) अधिक रेखाएं उस प्रकृति की द्योतक हैं जो स्नेह सम्बन्धों पर निर्भर रहती हैं। ऐसे लोगों को अपने स्वभाव में भावातुर कहा जाता है, वे कई

सम्बन्ध रखे हुए हो सकते हैं, किन्तु उनकी दृष्टि में प्रेम सबको मुक्ति दिला देता है। दूसरी ओर, शुक्र का भरा-पूरा स्पष्ट पर्वत इस बात का सूचक है कि व्यक्ति उन लोगों से कम प्रभावित होता है, जिससे वह सम्बन्धित है।

जब जीवन रेखा हथेली में दूर तक फैलकर शुद्ध पर्वत को पर्याप्त स्थान छोड़ती है तो यह अपने-आप में अच्छी शारीरिक क्षमता और दीर्घायु की सूचक है।

इसके उलट जब यह शुक्र पर्वत के बहुत निकट स्थित होती है तो स्वास्थ्य अधिक मजबूत नहीं होता और न शरीर सुगठित होता है। जीवन रेखा जितनी छोटी होगी, जीवन उतना कम होगा।

जीवन रेखा सदैव मृत्यु की ठीक-ठीक आयु नहीं बताती और मैं इस बात से सहमत हूं। यह रेखा व्यक्ति के जीवन की सहज प्रकृत दीर्घता की द्योतक-भर है, आकस्मिक प्रभावों की बात छोड़ दें। अन्य रेखाओं द्वारा प्रदर्शित विनाशकारी दुर्घटनाएं अन्यथा सुदीर्घ जीवन को कम कर सकती हैं। उदाहरणतया, किसी बिन्दु विशेष पर जाकर मस्तिष्क रेखा का टूटना मृत्यु की उतनी निश्चित भविष्यवाणी करेगा, जितना जीवन रेखा का टूटना, जैसा कि अध्याय 7 में स्पष्ट किया गया है। फिर, सबसे अधिक महत्त्वपूर्ण यह है कि जीवन रेखा के सम्बन्ध में स्वास्थ्य रेखा की ढलान और स्थिति एक ऐसा विचार बिन्दु है, जिस पर अब तक उतना ध्यान नहीं दिया गया है, जितना आवश्यक है। अब हम स्वास्थ्य रेखा पर विचार करेंगे इन रेखाओं के पारस्परिक सम्बन्ध पर विस्तार से चर्चा करेंगे। तथापि, यहां मैं इतना अवश्य कहूंगा कि जब इस रेखा की उतनी ही शक्ति दृष्टिगोचर होती है जितनी जीवन रेखा की तो वह बिन्दु जहां ये दोनों मिलती हैं, मृत्यू की सूचना देता है, भले ही यह बिन्दु जीवन रेखा की समाप्ति के बरसों-बरस पहले पड़ता हो। इस प्रकार की मृत्यु स्वास्थ्य रेखा द्वारा प्रदर्शित किसी रोग के कारण होगी, और इस शास्त्र के अनेक उपयोगों में से एक का क्षेत्र यह भी है कि हम व्यक्ति के शरीर में इस समय विद्यमान रोगाणु का, जोकि उसका परमशत्रु है,पता लगायें और व्यक्ति को उसकी चेतावनी भी दें।

यहां मैंने द्वीपों, वर्गों आदि के बारे में जो जानकारी दी हैं, उसके अतिरिक्त मैं पाठकों का ध्यान तीसरे अध्याय की ओर भी खींचना चाहूंगा, जिसमें उनके बारे में अधिक विस्तार से प्रकाश डाला गया है। जहां तक समय और घटनाओं की गणना का प्रश्न है, इन विषयों के लिए एक विशेष अध्याय अलग से लिखा जाएगा।

अध्याय 6

मंगल रेखा

मंगल रेखा (रेखाकृति 13) को अन्यथा भीतरी जीवनी अथवा भीतरी जीवन रेखा कहा जाता है। यह मंगल के पर्वत से उठती है और जीवन रेखा की बगल में नीचे को प्रसार पाती है, किन्तु सह-रेखाएं कहलाने वाली धुंधली रेखाओं से हर तरह से भिन्न है, जिनके बारे में मैंने पहले चर्चा की थी।

मंगल रेखा की सामान्य विशेषता यह है कि यह सभी वर्गाकार और चौड़े हाथों में स्वास्थ्य के आधिक्य की सूचक होती है, इस प्रकार के व्यक्ति को यह युद्धप्रिय प्रकृति प्रदान करती है, बल्कि कहा जाए कि जुझारू स्वभाव और शक्तिशाली स्वास्थ्य की दाता है। यह जीवन रेखा के निकट होने से यह भी बताती है कि व्यक्ति अनेक झगड़ों में उलझेगा और अनेक तरह से पर्याप्त नाराजगी पैदा करेगा और इस सबमें उसकी युद्धप्रिय और जुझारू विशेषताएं बराबर सक्रिय रहेंगी। एक सैनिक के हाथ में यह रेखा सदैव एक अत्युत्तम चिह्न ही है।

जब इस रेखा से फूटकर कोई शाखा चन्द्र पर्वत पर पहुंचती है (रेखाकृति 20 आ-आ) तो यह बताती है कि शक्तिपूर्ण प्रकृति और उससे मिलने वाले रोमांच के कारण उसके द्वारा हर प्रकार के अत्यधिक औद्धत्य की प्रकृति भी है।

एक अन्य प्रकार की मंगल रेखा लम्बे संकरे हाथ पर मिलती है, और ऐसे मामले में यह प्रायः एक अत्यन्त नाजुक, सुकुमार किस्म की जीवन रेखा की बगल में होती है। ऐसे हाथ पर इसकी विशेषताएं यह हैं कि यह जीवन रेखा को सम्बल देती है, उसके टूटने के बावजूद इन खतरों से निकाल ले जाती है और प्रकृति को बल प्रदान करती है।

यदि जीवन रेखा टूटी हो और ऐसी मंगल रेखा उसकी बगल में हो तो टूटने के बिन्दु पर मृत्यु की निकटता सूचित होती है, किन्तु इस चिह्न के कारण अर्थात् मंगल रेखा से मिलने वाले अपार बल के कारण व्यक्ति बच निकलता है।

अध्याय 7

मस्तिष्क रेखा

ज्ञान शक्ति है, इसलिए हम ज्ञानवान् हों और अपनी बुद्धि का सदुद्देश्यों के लिए उपयोग करें, और अन्त में हम थकी आंखें लिये आयें और प्रकृति ने जितना दिया उससे अधिक उसे लौटायें। —**कीरो**

मस्तिष्क रेखा (रेखाकृति 13) मुख्य रूप से व्यक्ति की मानसिकता के साथ सम्बद्ध है—उसकी मानसिक शक्ति अथवा दुर्बलता, स्वभाव उसकी प्रतिभा के सम्बन्ध में, और प्रतिभा का अपना गुण और दिशा आदि के साथ।

इस रेखा के सम्बन्ध में यह बात अत्यधिक महत्त्व की है कि अलग प्रकार के हाथों की विशिष्टताओं को अवश्य ध्यान में रखा जाए; यथा उदाहरण के लिए एक मनोवैज्ञानिक अथवा शंकु हाथ पर ढलुवां मस्तिष्क रेखा का महत्त्व वर्गाकार हाथ पर मिलने वाली ढलुवां मस्तिष्क रेखा से आधा भी नहीं है। तथापि, हम पहले सामान्य गुणों पर बात करेंगे और परिवर्धक आदि पर बाद में ध्यान देंगे।

मस्तिष्क रेखा तीन विभिन्न बिन्दुओं से उठान ले सकती है—गुरु के पर्वत के केन्द्र से, जीवन रेखा के आरम्भ से, अथवा जीवन रेखा के भीतर मंगल पर्वत से।

गुरु के उठने पर (रेखाकृति 20 इ-इ) तथापि जीवन रेखा को स्पर्श करती हुई यह रेखा एक लम्बी मस्तिष्क रेखा दिखाई दे रही है तो यह सबसे अधिक शक्तिशाली रेखा है। इस प्रकार के व्यक्ति में प्रतिभा, ऊर्जा, लक्ष्य के प्रति साहस, दृढ़ता और युक्ति से संगत अनन्त आकांक्षा होती है। ऐसा व्यक्ति दूसरों को नियन्त्रित करता है, किन्तु नियन्त्रित करता मालूम नहीं पड़ता, वह अपने अत्यधिक दुःसाहसी अभियान में भी सावधानी रखता है; वह लोगों अथवा अन्य मामलों में अपनी व्यवस्था पर गर्व करता है और नियमों के मामलों में दृढ़ किन्तु शक्ति के उपयोग में न्यायोचित होता है।

इसका एक परिवर्तित रूप भी मिलता है, किन्तु वह भी लगभग उतना ही सुदृढ़ है। यह रेखा भी गुरु से ही उठती है किन्तु जीवन रेखा से थोड़ी अलग होती है। इस प्रकार की रेखा भी पहले प्रकार की रेखा के गुणों से युक्त होती है, किन्तु उसमें कुछ कम नियन्त्रण और कूटनीति रहती है। ऐसा व्यक्ति निर्णय लेने में थोड़ा जल्दबाज और अपने कार्य में शीघ्रता करने वाला होता है। ऐसे व्यक्ति को महानतम अवसर संकट के समय लोगों का नेतृत्व करने में मिलता है। और जब दोनों रेखाओं में अन्तर पर्याप्त रहता है तो व्यक्ति अक्खड़, घमंडी और आंख मींचकर खतरे में कूदने वाला होता है।

जीवन रेखा के आरम्भ से शुरू होने वाली (रेखाकृति 16 ई-ई) और शुरू में उससे जुड़ी मस्तिष्क रेखा एक अत्यन्त संवेदनशील और अधीरकातर स्वभाव की द्योतक होती है, यह सावधानी का अतिरेक दर्शाती है; यहां तक कि ऐसे चिह्न वाले चतुर व्यक्ति भी अपने पर कसकर अंकुश रखने वाले होते हैं।

जीवन रेखा के भीतर मंगल पर्वत से उठने वाली मस्तिष्क रेखा (रेखाकृति 19 ऊ-ऊ) इतना अधिक अनुकूल चिह्न नहीं है क्योंकि यह जीवन रेखा के भीतर एक चरम है तो उससे अधिक अन्तर वाली मस्तिष्क रेखा उसके बाहर दूसरा चरम है। यह आतुर, चिन्ताशील स्वभाव की, विचार में अस्थिर, कार्य में चंचल प्रकृति की द्योतक है; समुद्र की परिवर्तनगामी रेत भी ऐसे व्यक्ति के विचारों की तुलना में अधिक स्थिर है; और मंगल से संयोग ऐसे व्यक्ति की प्रकृति को एक अस्वीकार्य गुण प्रदान करता है वह यह कि वह अपने पड़ोसियों से सदा झगड़ता रहेगा, वह अत्यधिक संवेदनशील भी होगा, अधीर और कमोबेश चिड़चिड़ा।

मस्तिष्क रेखा द्वारा सांकेतिक सामान्य गुण ये हैं :

जब यह रेखा सीधी, स्पष्ट, समान होती है तो यह व्यावहारिक सामान्य ज्ञान और कल्पनाशील पदार्थों की तुलना में भौतिक पदार्थों के प्रति लगाव की द्योतक होती है।

जब यह प्रथमार्ध में सीधी और उसके बाद थोड़ी ढलुवां होती है तो यह दर्शाती है कि शुद्ध कल्पनाशीलता और शुद्ध व्यावहारिक के बीच सन्तुलन है, ऐसा व्यक्ति समबुद्धि, कार्य में सामान्य जागरूकता वाला और कल्पनाप्रधान कार्यों को भी सूझबूझ से निकालने वाला होगा।

जब पूरी रेखा में थोड़ा ढलुवांपन होता है तो कल्पनाशील कार्य के प्रति झुकाव रहता है और इस कल्पनाशीलता का गुण इस बात का सूचक होता है—हाथ की

कोटि के अनुसार—कि या तो संगीत में या चित्रकला, या फिर तकनीकी आविष्कार में वह प्रदर्शित होगी। जब ढलुवांपन अधिक होगा तो रोमांस, आदर्शवाद कल्पनाप्रधान कार्य और खानाबदोथों-सा व्यवहार संकेतित होगा। जब यह रेखा ढलुवां हो और चन्द्र पर्वत पर दुशाखी होकर समाप्त होती हो तो यह कल्पनाप्रधान साहित्यिक प्रतिभा का आश्वासन होती है।

यदि यह रेखा अत्यधिक लम्बी और सीधी हो और सीधे ही हथेली के सिरे (आघात-स्थल) तक पहुंच जाए तो यह सामान्यतः यह बताती है कि व्यक्ति में आम लोगों से अधिक मानसिक शक्ति है किन्तु वह इस शक्ति के उपयोगों में स्वार्थी बना रहेगा।

जब मस्तिष्क रेखा सीधे हाथ को पार करके मंगल पर थोड़ा ऊपर को वक्र होती हो (रेखाकृति 19 ए-ए) तो व्यक्ति को व्यवसाय में असामान्य सफलता मिलती है। ऐसे व्यक्ति में धन के मूल्य की अत्यधिक पहचान होगी—उसके हाथ में तेजी से धन एकत्र होगा। इस प्रकार का चिह्न बताता है कि व्यक्ति काम लेना जानता है, वह ऐसा फराओ है जो अपने कारीगरों को माल दिये बिना उनसे सामान बना डालने की अपेक्षा रखता है।

यदि यह रेखा छोटी हो और कठिनाई से हथेली के बीच तक पहुंचती हो तो यह ऐसी प्रकृति की सूचक होती है जो पूरी तरह भौतिकवादी है। ऐसे व्यक्तियों में कल्पनाशील क्षमताओं का पूर्ण अभाव होता है, यद्यपि वह व्यावहारिक चीजों में कठिनाई अनुभव नहीं करता।

यदि यह असामान्य रूप से छोटी हो तो यह किसी मानसिक रोगों से मृत्यु की पूर्व सूचना देती है।

यदि शनि के पर्वत के नीचे टूटकर यह रेखा दो हिस्सों में बंट जाए तो यह किसी घातक कारण से जल्दी ही आकस्मिक मृत्यु की सूचना देती है।

यदि यह श्रृंखला जैसे छोटे-छोटे टुकड़ों से मिलकर बनी हो तो विचारों में अस्थिरता और अनिर्णय की द्योतक है।

जब यह छोटे-छोटे द्वीपों और बाल जैसे रेशों से भरा हो तो यह सिर को मिलने वाली घोर पीड़ा और किसी मस्तिष्क-सम्बन्धी रोग के खतरे की सूचक होती है।

यदि मस्तिष्क रेखा हथेली पर उतनी ऊपर है कि हृदय रेखा और इसके बीच बहुत कम अन्तर है तो अर्थ है कि मस्तिष्क हृदय पर पूरी तरह शासन

करेगा या रेखा के सर्वाधिक बलवती होने के अनुसार इसके विपरीत भी हो सकता है।

यदि यह रेखा अपनी समाप्ति पर मुड़ जाती है और हाथ पर अपने मार्ग पर नीचे चलती हुई किसी पर्वत विशेष पर अपनी कोई रेखा या शाखा पहुंचाती दीखती है तो उस पर्वत के गुण भी ग्रहण कर लेती है:

चन्द्र पर्वत की ओर मुड़ने पर कल्पना, रहस्यवाद और आध्यात्मिकता के लिए रुझान।

बुध की ओर का अर्थ है वाणिज्य अथवा विज्ञान।

सूर्य की ओर अर्थात् बदनामी की अभिलाषा।

शनि की ओर अर्थात् संगीत, धर्म और विचार की गहराई।

गुरु की ओर एक शाखा अर्थात् गर्व और सत्ता की आकांक्षा।

यदि मस्तिष्क रेखा से कोई शाखा ऊपर उठकर हृदय रेखा से मिल जाती है तो यह किसी गहरे लगाव या स्नेह सम्बन्ध की पूर्व सूचना देती है, और उस घड़ी व्यक्ति किसी औचित्य, युक्ति अथवा खतरे की कोई चिन्ता नहीं करता।

दो मस्तिष्क रेखाएं प्रायः नहीं मिलती, किन्तु यदि ऐसा देखने को मिले तो यह बुद्धि, बल और मानसिकता का निश्चित संकेत है। ऐसे लोगों में निश्चित रूप से दोहरी प्रकृति होती है—एक ओर संवेदनशील और मृदुल, दूसरी ओर आत्मविश्वास-भरी, भावनाहीन और क्रूर। उनमें अत्यधिक प्रखरता, भाषा पर पूरा अधिकार, मानवीय प्रकृति से खिलवाड़ कर सकने की विशेष क्षमता और प्रायः प्रबल इच्छाशक्ति व दृढ़ निश्चय होता है।

यदि दोनों हाथों में मस्तिष्क रेखा टूटकर दो टुकड़ों में बंटी होती है तो यह भविष्यवाणी करती है कि या तो कोई घातक दुर्घटना होगी या सिर को कोई भारी चोट पहुंचेगी।

रेखा पर द्वीप (रेखाकृति 17 औ) दुर्बलता का चिह्न है। जब यह चिह्न पूरी तरह स्पष्ट हो और रेखा आगे विकसित नहीं होती हो तो व्यक्ति उस रोग से कभी उबर नहीं सकता।

यदि मस्तिष्क रेखा से गुरु के पर्वत पर कोई शाखा पहुंच रही हो या उस पर्वत के नक्षत्र से वह मिल रही हो तो यह हर काम में अपार सफलता का सूचक है।

यदि मस्तिष्क रेखा से निकलकर अनेक बाल जैसी महीन रेखाएं ऊपर को हृदय रेखा से मिलकर गुच्छा बनाती हों तो स्नेह सम्बन्ध प्रेम का नहीं गहन

आकर्षण का विषय होंगे।

यदि मस्तिष्क रेखा एक वर्ग में जा मिले या उसमें से गुजरती हो तो यह इस बात का सूचक है कि व्यक्ति अपनी प्रत्युत्पन्नमति और साहस से किसी दुर्घटना अथवा हिंसापूर्ण घटना से बच निकलेगा।

जब मस्तिष्क रेखा और जीवन रेखा के बीच रिक्त स्थान होता है तो इसकी चौड़ाई कम होने पर यह लाभप्रद है; यदि यह दूरी मध्यम दर्जे की हो तो अद्भुत ऊर्जा और आत्मविश्वास की सूचक है, साथ ही कार्य की तत्परता और विचार की क्षिप्रता बतलाती है (रेखाकृति. 21 ऊ-ऊ)। वकीलों, अभिनेताओं, उपदेशकों आदि के लिए यह एक उपयोगी चिह्न है, किन्तु ऐसे चिह्न वाले लोग यदि अपने निर्णयों पर स्वयं निष्क्रिय ही रहें तो अच्छे रहेंगे, क्योंकि वे बहुत जल्दबाज, आत्मविश्वास-भरे और अधीर होते हैं। जब इन दो रेखाओं के बीच की दूरी बहुत अधिक होती है तो यह अक्खड़ता, निश्चिन्तता, अत्यधिक अविनय और आत्मविश्वास की सूचक होती है।

जब इसके विपरीत, मस्तिष्क रेखा जीवन रेखा से कसकर मिली होती है और हाथ पर काफी नीचे रहती है तो आत्मविश्वास का घोर अभाव होता है। ऐसे व्यक्ति अत्यधिक संवेदनशीलता के कारण हानि उठाते हैं और थोड़ी-सी भी बात उन्हें गहरे में जख्मी करके दुःख पहुंचाया करती है।

अध्याय 8

सात प्रकार के प्रकाश में मस्तिष्क रेखा

इस अत्यन्त महत्त्वपूर्ण विषय के सम्बन्ध में जिन सामान्य नियमों का पालन किया जाना चाहिए, वे निम्नलिखित हैं :

मस्तिष्क रेखा आमतौर पर उसी तरह की होती है, जिस प्रकार के हाथ पर वह स्थित है—अर्थात् व्यावहारिक हाथ में व्यावहारिक, कलात्मक हाथ में कल्पनापूर्ण तथा इसी तरह अन्य हाथों में। इसलिए इसका अर्थ यह हुआ कि इस रेखा के अनुरूप जो लक्षण दिखाई दे रहे हैं, वे उतने महत्त्वपूर्ण नहीं जितने कि उस प्रकृति के विपरीत जो चिह्न नजर आ रहे हैं, महत्त्वपूर्ण हैं।

इसलिए यह मान लेना अधिक तर्कसंगत होगा कि ये विशिष्टताएं मस्तिष्क की प्रकृत विशेषताओं के परे और उनके आगे होने वाले विकास से सम्बन्ध रखती हैं। इस भिन्नता को इस सिद्धान्त के द्वारा आंका जा सकता है कि मस्तिष्क की विभिन्न प्रवृत्तियां विकास और प्रगति की धीमी प्रक्रिया में से निकलकर अपनी गतिशीलता के बिन्दु को प्राप्त होती हैं और इस प्रक्रिया को स्वयं जीवन के विकास की प्रक्रिया के समान कहा जा सकता है। इसका अर्थ यह हुआ कि बीस वर्ष की आयु में किसी ऐसे विकास का आरम्भ हो जो तीस वर्ष तक पहुंचकर पूरे जीवन को ही बदल डाले, किन्तु चूंकि वह परिवर्तन मस्तिष्क में कहीं पहले ही शुरू हो चुका है, इसलिए वह स्नायुओं को और उनके आगे हाथ को प्रभावित करेगा ही। इस प्रकार परिवर्तन की कोई प्रवृत्ति, जो विचार या क्रिया में आने वाली हो, उसके वास्तव में घट जाने के वर्षों पूर्व अपने को प्रकट कर देती है।

अविकसित हाथ या इसके हमारे देश में प्राप्य निकटतम प्रकार से आरम्भ करें तो कहा जाएगा कि इस प्रकार के हाथ पर मस्तिष्क रेखा छोटी होगी, सीधी और वजनी। परिणामतः इसका किसी असामान्य सीमा तक कोई विकास ऐसे व्यक्ति की किसी असामान्य विशेषता को प्रकट करेगा, उदाहरणार्थ, इस प्रकार

की नीचे चन्द्र पर्वत की ओर गिरती मस्तिष्क रेखा कल्पनाशील किन्तु अन्धविश्वासी प्रवृत्ति बतलाती है जो कि अविकसित हाथ की क्रूर, पाशविक प्रकृति के प्रभावों से पूर्णतः भिन्न है। इसका कारण है अज्ञात के प्रति भय का भाव, एक अन्धविश्वास जनित आतंक जो प्रायः मानवों की निम्न श्रेणियों विशेषतः वहशी कबीलों में देखा जाना है।

वर्गाकार हाथ से मस्तिष्क रेखा का सम्बन्ध

जैसा कि मैं कह चुका हूं वर्गाकार हाथ एक उपयोगी और व्यावहारिक हाथ है। (भाग 1, अध्याय 3) इसका सम्बन्ध तर्क, विधि, युक्ति, विज्ञान और इन चीजों से सम्बन्धित हर बात से है।

ऐसे प्रकार पर मस्तिष्क रेखा सीधी और लम्बी होती है जो हाथ की अपनी विशेषताओं के अनुरूप ही है। इसका अर्थ यह हुआ कि इसकी प्रकृति के ठीक विपरीत यदि मस्तिष्क रेखा थोड़ी भी ढलुवां नजर आती है तो शंकु अथवा मनोवैज्ञानिक हाथ पर इसी रेखा के अधिक ढलुवां होने के बावजूद कहीं बढ़कर कल्पनाशील क्षमताओं के विकास की सूचक होती है, किन्तु कार्य की श्रेणी में जो अन्तर होगा वह मूलतः स्वभाव का अन्तर होगा। ढलुवां मस्तिष्क रेखा वाला वर्गाकार हाथ कल्पनाशील कार्य के लिए भी व्यावहारिक आधार लेकर कार्यारम्भ करेगा, जबकि दूसरे हाथ पूरी तरह प्रेरणास्फूर्त और कल्पनाशील रहेंगे। लेखकों, चित्रकारों, संगीतकारों आदि के हाथों में यह अन्तर बहुत स्पष्ट नजर आता है।

चपटे हाथ से मस्तिष्क रेखा का सम्बन्ध

चमचाकार अथवा चपटा हाथ (भाग 1, अध्याय 4) कार्य, आविष्कार, स्वाधीनता और मौलिकता का हाथ है। इस हाथ पर मस्तिष्क रेखा की स्वाभाविक स्थिति, उसका लम्बा, स्पष्ट और थोड़ा ढलुवां होना है। अतः जब इस हाथ पर यह ढलुवांपन अधिक हो तो परिणाम यह होता है कि ये सभी गुण द्विगुणित और बलशाली हो जाते हैं, किन्तु जब रेखा इस प्रकार के विपरीत सीधी लेटी होती है तो व्यक्ति के व्यावहारिक विचार दूसरे गुणों पर इतना अंकुश रखेंगे कि कल्पनाशीलता से उत्प्रेरित योजनाएं कार्यान्वित होने का अवकाश ही नहीं पा सकेंगी; और जहां तक स्वभाव का सम्बन्ध है, व्यक्ति की प्रकृति बेचैन, चिड़चिड़ी और असन्तुष्ट रहेगी।

दार्शनिक हाथ से मस्तिष्क रेखा का सम्बन्ध

दार्शनिक हाथ (भाग 1, अध्याय 5) विचारवान, बुद्धिमत्ता की खोज के लिए उत्सुक, साथ ही कल्पनाशील और रोजाना जीवन में विचारों के क्रियान्वयन में कुछ सनकी होता है। इस प्रकार के हाथ पर मस्तिष्क रेखा की स्वाभाविक स्थिति है कि वह लम्बी, जीवन रेखा से निकट से जुड़ी, हाथ पर नीचे को स्थित और ढलुवां हो। अस्वाभाविक प्रकार अथवा सीधी मस्तिष्क रेखा वाला और दार्शनिक हाथ वाला व्यक्ति, जिस पर यह रेखा सीधी और ऊंची स्थित हो, समीक्षा के गुणों वाला, विश्लेषण कर्ता और दोष दर्शक होगा, वह बुद्धिमत्ता और ज्ञान की खोज में रहेगा, विशेषतः अपने साथी मनुष्यों का अध्ययन करेगा, केवल इसलिए कि उनके दोषों और असफलताओं का विश्लेषण कर सके, उनके सनकीपन, कल्पनाओं और चारित्रिक दुर्बलताओं को बेपर्दा कर सके, वह रहस्यवाद की सीमा पर खड़ा होगा ताकि असत्य को मुंह चिढ़ा सके, सत्य और वास्तविकता पर हंस सके, वह किसी से डरेगा नहीं, न तो आध्यात्मिक वस्तुओं से, न भौतिकवादी पदार्थों से; वह अपनी मर्जी से कल्पनाशील अथवा व्यावहारिक होगा; एक ऐसा प्रतिभावान् होगा जो प्रतिभा को श्रेय नहीं लेने देगा, एक ऐसा दार्शनिक जो दर्शन से हथियार डलवा देगा—कार्लाइल का हाथ ऐसा ही हाथ था।

शंकु हाथ से मस्तिष्क रेखा का सम्बन्ध

शंकु आकार का हाथ (भाग 1, अध्याय 6) उन लोगों का है जो कलात्मक, भावात्मक प्रकृति के होते हैं, जो विचार की सन्तति है, संवेगों के प्रेमी हैं।

इस प्रकार के हाथ पर मस्तिष्क रेखा की स्वाभाविक स्थिति वह है जिसमें यह धीरे-धीरे नीचे को ढलकर चन्द्र पर्वत की ओर जाती है और सामान्यतः इस पर्वत के केन्द्र की ओर बढ़ती है। यह इसका सबसे बड़ा गुण है जो सौन्दर्य के इन पुजारियों को खानाबदोशी की स्वतन्त्रता प्रदान करता है; यही वह स्थिति है जिसमें हम वर्गाकार प्रकार के व्यावहारिक गुणों के विपरीत संवेदना, रोमांस, आदर्श आदि के प्रति सर्वाधिक झुकाव पाते हैं। ये लोग निःसन्देह सूर्य के ऐश्वर्यवान् पुत्र हैं, इनमें कलात्मक वस्तुओं के लिए प्रशंसा का तत्पर भाव रहता है किन्तु ये प्रायः अपने कलात्मक विचारों को अभिव्यक्त करने की क्षमता से विहीन होते हैं। कुल मिलाकर, जब मस्तिष्क रेखा पूरी तरह सीधी होती है और उसका समन्वय ऐसी प्रकृति से होता

है तो आश्चर्यजनक परिणाम सामने आते हैं। ऐसे हाथ वाला व्यक्ति अपने कलात्मक विचारों और प्रतिभा का हर सम्भव उपयोग करेगा, किन्तु व्यावहारिकता की दिशा में, वह अन्तर्ज्ञान से यह समझ रखेगा कि लोगों को क्या पसन्द है, वह कला की अपेक्षा उस कला से आने वाले धन में अधिक रुचि रखेगा, वह सुविधा और सरलता के प्रति अपने सहज लगाव को अपनी सामान्य ज्ञान की शक्ति और संकल्प के द्वारा जीत लेगा, जबकि ढलुवां मस्तिष्क रेखा वाला व्यक्ति एक ही चित्र बना पायेगा, यह दस बना लेगा—और उससे भी बढ़कर उन्हें बेच भी लेगा। क्यों? क्योंकि उसे अपनी व्यावहारिक व्यापार बुद्धि से यह ज्ञान होगा कि जनसाधारण को क्या चाहिए, और जैसी मांग होगी, तदनुसार पूर्ति वह कर दिखायेगा।

मनोवैज्ञानिक हाथ से मस्तिष्क रेखा का सम्बन्ध

इस कोटि के हाथ पर मस्तिष्क रेखा की स्वाभाविक स्थिति इस प्रकार के अनुरूप काल्पनिकता और स्वप्निलता के सभी गुणों को प्रदान करने वाली अत्यन्त ढलुवां मस्तिष्क रेखा होना है। ऐसे हाथ पर पूरी तरह सीधी मस्तिष्क रेखा का होना एक अत्यन्त दुर्लभ दृश्य है, किन्तु यदि कभी देखने को मिल भी जाए तो प्रायः वह दायें हाथ पर होगी और बायें हाथ पर फिर भी बहुत ढलुवां ही बनी रहेगी। इस प्रकार की निर्मिति यह दर्शाती है कि परिस्थितियों के दबाव से पूरी प्रकृति ही परिवर्तित हो गई है और व्यक्ति अब कुछ व्यावहारिक बन गया है। इस प्रकार का व्यक्ति सीधी मस्तिष्क रेखा के बावजूद अधिक भौतिकतावादी या वणिग्वृत्ति वाला नहीं हो सकता, किन्तु जहां तक कला-सम्बन्धी मामलों का प्रश्न है, उसके लिए पर्याप्त अवसर है क्योंकि उसे अपनी प्रतिभा के उपयोग के काफी मौके मिलेंगे, तथापि कला में भी उसे पर्याप्त व्यवहार कौशल की आवश्यकता होगी और उसे अपनी प्रतिभा को व्यावहारिक उपयोग में लाने के लिए भरपूर प्रेरणा की जरूरत पड़ेगी।

इन उदाहरणों से अध्येता यह जान सकता है कि अन्य परिवर्तन-परिवर्धनों को हाथ के प्रकार के अनुरूप कैसे समझना है। मस्तिष्क रेखा के परिवर्तन-परिवर्धन हाथ के किसी अन्य चिह्न की तुलना में कहीं अधिक महत्त्व के हैं।

अध्याय 9

मस्तिष्क रेखा द्वारा प्रदर्शित पागलपन

वास्तव में पागलपन से बढ़कर कोई प्रवृति ऐसी नहीं जिसे हाथ दर्शाता हो, भले ही वह विरासत में मिली हो या परिस्थितियों की देन हो। इस शीर्षक के अन्तर्गत जितनी किस्मों को लाया जा सकता है उन्हें इस पुस्तक में नहीं समाया जा सकता, किन्तु मैं उनमें से अधिक सामान्य को दर्शाने का प्रयास करूंगा।

यह अवश्य ध्यान में रखना चाहिए कि स्वाभाविकता से जो कुछ भी परे है, वही अस्वाभाविक है। इसलिए जब मस्तिष्क रेखा चन्द्रपर्वत पर अस्वाभाविक ढंग से लीन होती दिखाई देती है तो अर्थ है कि व्यक्ति की कल्पना अस्वाभाविक और अप्राकृतिक है। यह बात शंकु अथवा मनोवैज्ञानिक हाथ की तुलना में अविकसित, वर्गाकार, चपटे अथवा दार्शनिक हाथ को लेकर अधिक महत्त्व की है। जब मस्तिष्क रेखा चाहे बच्चे का ही हाथ क्यों न हो, उस पर भी इस अप्राकृतिक बिन्दु पर पहुंचती है तो वह बच्चा स्पष्ट रूप से विचारों का सन्तुलन लिये स्त्री या पुरुष के रूप में विकसित 'भले हो जाए, किन्तु यह तय है कि जैसे ही मानसिक दबाव या तनाव आयेगा, उसका परिणाम पागलपन ही होगा क्योंकि मस्तिष्क अपना संतुलन गंवा देगा।

मस्तिष्क रेखा का ऐसा ही विकास यदि असामान्य रूप से उठे शनि पर्वत के साथ हो (चित्र 15) तो उसका अर्थ होगा आरम्भ से ही एक अस्वस्थ कल्पना वाली प्रकृति। ऐसा व्यक्ति उदास, पगलाता-सा, अकेला सोता है और वह वृद्धि अकारण भी प्रायः बढ़ती चली जाती है और व्यक्ति एक दिन पूरी तरह अपना मानसिक सन्तुलन खो बैठता है।

एक ढलुवां मस्तिष्क रेखा के सहज संकुचित द्वीप से अस्थायी पागलपन प्रदर्शित होता है किन्तु यह चिह्न अधिकतर किसी मस्तिष्क-सम्बन्धी रोग अथवा मस्तिष्क ज्वर के फलस्वरूप आये अस्थायी पागलनपन का ही द्योतक होता है।

किसी जन्मजात मूर्ख का हाथ अपने अत्यन्त छोटे और कुरूप अंगूठे तथा चौड़ी रेखाओं से बनी, द्वीपों की एक श्रृंखलावत् कड़ी से भरी मस्तिष्क रेखा द्वारा स्पष्ट पहचाना जा सकता है।

मैंने इन सब पर तीसरे भाग के चौथे अक्ष्याय में और प्रकाश डाला है और हाथ पर प्रदर्शित पागलपन के विभिन्न चरणों को दर्शाया है।

मस्तिष्क रेखा और हत्या करने की प्रवृत्ति

हत्या का हत्या-मात्र, यथा किसी ने भावज्वार में किसी को मार डाला अथवा आत्मरक्षा में हत्या हो गई तो हाथ पर वह केवल एक बीती घटना के सिवा अन्य रूप में प्रकट नहीं होती, वह भी तब यदि उस घटना ने एक अत्यन्त संवेदनशील व्यक्ति को कहीं गहरे तक प्रभावित किया हो। किन्तु यदि अपराध की प्रवृतियां व्यक्ति में हों तो उसके स्वभाव में वे किस आयु में सक्रिय होंगी अथवा कार्य रूप में परिणत होने के बिन्दु पर पहुंचेंगी, यह सब अवश्य हाथ पर मिलेगा, यही मैं आगे दिखाने जा रहा हूं।

यह मैं पहले ही स्पष्ट कर चुका हूं कि जब मस्तिष्क रेखा किसी एक दिशा में असामान्य होती है तो असामान्य विशेषताएं-प्रवृत्तियां उसका परिणाम होती हैं, यथा, पागलपन, विकृति, अत्यधिक विषाद जो कुछ परिस्थितियों में आत्महत्या तक ले जा सकती हैं। ये वे असामान्य प्रवृतियां हैं जो नीचे को गिरती मस्तिष्क रेखा से पता चलती हैं। अब हम उन प्रवृत्तियों पर ध्यान देंगे जो ऊपर की उठती मस्तिष्क रेखा द्वारा प्रदर्शित होती हैं।

आपको याद होगा, पहले मैं लिख आया हूं कि मस्तिष्क रेखा हथेली को दो गोलार्थों में विभक्त करती है—एक मानसिकता का, दूसरा पदार्थ का। और जब यह हाथ पर ऊंची उठती है तो पदार्थ की सक्रियता को अधिक अवकाश होता है और व्यक्ति अपनी इच्छाओं में अधिक क्रूर और पाशविक होता है। यह सत्य उन लोगों के हाथों से अनेक बार सिद्ध हो चुका है जो अपराधपूर्ण जीवन जीते रहे हैं, विशेषतः यदि उनमें हत्या की प्रवृत्तियां भी थीं (चित्र 16)।

ऐस मामलों में मस्तिष्क रेखा हाथ पर अपना उचित स्थान छोड़कर ऊपर को उठती है और हृदय रेखा पर अधिकार कर लेती है, और कभी-कभी तो इसकी बगंल से निकलकर आगे बढ़ जाती है। ऐसे लोग एक हत्या करते हैं या बीस, प्रश्न यह नहीं है; बात यह है कि उनमें अपराध की असामान्य प्रवृत्तियां हैं, वे अपने उद्देश्य की सिद्धि के लिए किसी रोक-टोक को नहीं मानते और थोड़े लोभ अथवा उकसाहट पर

अवश्य अपनी इन विचित्र और भयंकर प्रवृत्तियों को तुष्ट करके ही दम लेते हैं। इस विषय के सम्बन्ध में एक अद्भुत बात यह है कि वही रेखा बरसों पहले यह भी बता देती है कि ये प्रवृत्तियां उस व्यक्ति के विनाश का कारण कब बनेंगी।

यदि मस्तिष्क और हृदय की रेखाएं शनि के नीचे मिलती हैं, तो ऐसा उस व्यक्ति के पच्चीस वर्ष का होने के पूर्व हो जाएगा, यदि शनि और सूर्य के बीच मिलती हैं तो पैंतीस के पूर्व, यदि सूर्य पर्वत के नीचे तो पैतालीस के पूर्व तथा इसी प्रकार और आगे। हाथ के अध्ययन में सर्वाधिक दिलचस्प विषय यही है और सदा सत्य भी सिद्ध हुआ है कि कहीं एक बार को मस्तिष्क रेखा अपनी स्वाभाविक स्थिति से ऊपर या नीचे को हो गई तो वह व्यक्ति की प्रकृति और चरित्र में छिपी इन विभिन्न प्रवृत्तियों को छिपाकर नहीं रख पाती। इस तरह यह देखा जा सकता है कि यह शास्त्र बच्चों और युवाओं के प्रशिक्षण के लिए अत्यन्त उपयोगी सिद्ध हो सकता है, क्योंकि मस्तिष्क रेखा शुरू में ही व्यक्ति के अच्छे या बुरे के प्रति मानसिक झुकाव को प्रदर्शित कर देती है। इसमें सन्देह नहीं कि प्रकृति किसी-न-किसी तरह वर्षों पूर्व यह संकेत कर देती है कि जो बीज हम निरन्तर बोये चले जा रहे हैं, उनसे क्या फसल काटेंगे; इसलिए हमें तथ्यों की आंखों में आंखें डालकर उन्हें देखना उचित होगा, भले ही वे हमारे या हमारे अपने बच्चों के विरुद्ध कुछ कह रहे हों। मानवता में उस किसान के लिए कोई दया नहीं जो पश्चात्ताप की गठरी बांधता हुआ आंसू बहाता और कहता रह जाता है कि मुझे नहीं पता था मैं क्या बीज बो रहा हूं।

(विशेष—मैं मंगल पर लाल गुणन चिह्न या शनि पर काले धब्बे जैसे चिह्नों पर हत्या का संकेत देने वाले चिह्नों के रूप में न तो ध्यान देता हूं, न उन्हें इस रूप में प्रयोग करता हूं। मेरा विचार है कि ऐसी बातें इस अध्ययन के अधिक रूढ़िग्रस्त या अन्धविश्वासी रूप की देन हैं और उस काले युग की अवशेष हैं जो कभी हस्तरेखा विज्ञान को पूरी तरह अपना घोषित करता था।)

अध्याय 10

हृदय रेखा

मेरे हृदय, शान्त रहो। तब शान्ति की इच्छा मत करो जब सावधानी तुम्हें सबसे अधिक अनुकूल सिद्ध होगी। न प्रेम मांगो, न आनन्द, न विश्राम। किन्तु प्रेम के हेतु सन्तोष अवश्य पाओ, चाहे स्थिति कुछ भी हो, क्योंकि हो सकता है प्रेम तुम्हें प्रेम की गोद में ले आये।

—**कीरो**

स्वाभाविक है कि हाथ के अध्ययन में हृदय रेखा एक महत्त्वपूर्ण रेखा है। प्रेम अथवा स्त्री-पुरुष का प्राकृतिक कारणों से पारस्परिक आकर्षण जीवन के नाटक में एक महत्त्वपूर्ण भूमिका निभाता है, प्रकृति में भी ऐसा ही है, इसलिए हाथ पर भी यही बात है। हृदय रेखा, अन्यथा भोज्य रेखा कही जाने वाली रेखा (रेखा कृति 13) वह रेखा है जो हाथ पर ऊपरी भाग पर आरपार जाती है और गुरु, शनि, सूर्य तथा बुध के पर्वतों के आधार पर स्थित रहती है।

हृदय रेखा गहरी, स्पष्ट और अच्छी रंगत वाली होनी चाहिए। यह तीन महत्त्वपूर्ण स्थितियों से ऊपर उठ सकती है जो निम्नलिखित हैं—गुरु (बृहस्पति) के पर्वत के मध्य से, तर्जनी और मध्यमा के बीच से अथवा शनि पर्वत के केन्द्र से।

जब यह रेखा गुरु के केन्द्र से (रेखाकृति 20 ई-ई) उठती है तो यह प्रेम की सर्वोच्च कोटि प्रदान करती है—हृदय के आदर्श के प्रति गर्व और पूजा भाव। ऐसी हृदय रेखा वाला व्यक्ति अपने प्रेम-सम्बन्धों में दृढ़, स्थिर और भरोसेमन्द होता है, साथ ही वह इस आकांक्षा से युक्त भी होता है कि उसकी पसन्द की स्त्री महान्, भद्र और विख्यात हो—वह अपनी स्थिति से नीचे कभी विवाह नहीं करेगा और शनि से आने वाली हृदय रेखा वाले की तुलना में कहीं कम प्रेम सम्बन्धों वाला होगा।

इसके बाद हम उस रेखा पर विचार करेंगे जो गुरु के पर्वत से ही उठती है

(रेखाकृति 20 उ-उ)। यह इस कोटि की सभी निर्धारित विशेषताओं के आधिक्य की द्योतक है, यह अपनी गर्व भावना के प्रवाह में बह गये मनुष्य को आंख मींचकर प्रेमोत्साहित रहने का भाव देती है, यहां तक कि यह उस व्यक्ति में कोई दोष, कोई कमी देखता ही नहीं जिसके प्रति उसमें पूरे समर्पण के साथ अराधना भाव होता है। ये बेचारे प्रेम के संसार में हमेशा दुःख पाते हैं। जब उनकी आदर्श मूर्ति भग्न होती है, जैसाकि मूर्तियों के साथ होता ही है, तो उनकी गौरव भावना को ऐसा आघात पहुंचता है कि वे शायद ही कभी उससे उबर पाते हों, किन्तु यह ध्यातव्य है कि यह आघात इस सत्य को नहीं पहुंचता कि जिस मूर्ति की वे आराधना करते रहे, वही कमजोर निकली, बल्कि उनकी अपनी गौरव भावना को पहुंचता है। बेचारे पुजारी! जाने कब ये समझेंगे कि स्त्री पवित्र तो हो सकती है, किन्तु पूर्ण नहीं, क्योंकि वह भी मानवी है और मानव होने के नाते उसकी अधिक सार्थकता है, न कि उसके देवी हो जाने में उसकी सार्थकता रहेगी। तब उन्हें इतना ऊंचा क्यों बैठा दिया जाए कि उनके गिरने की सम्भावनाएं बन जाएं? उनका स्थान तो हमारी बगल में है, वे मानवता की सहचारिणी हैं, हमारे अपने सभी दोषों की समभागिनी हैं।

तर्जनी और मध्यमा के बीच से उठने वाली हृदय रेखा प्रेम के विषय में प्रकृति को अधिक शान्ति और गहराई प्रदान करती है। (रेखाकृति 20 अ-अ)। ऐसे व्यक्ति गुरु से मिलने वाले आदर्श और शनि से प्राप्त भावावेश के बीच कहीं स्थिर रहते हैं। अपने भावावेश में वे कहीं अधिक शान्त और स्थिरचित्त होते हैं।

शनि से उठने वाली हृदय रेखा वाले व्यक्ति के प्रेम में काम-संवेग अधिक होता है और वह अपने आवेगों की तुष्टि में कमोबेश स्वार्थी भी होता है। घरेलू जीवन में वह उतना मुखर अथवा प्रदर्शनप्रिय नहीं होता जितना गुरु से आने वाली रेखा वाला व्यक्ति। इसकी अधिकता उसी कोटि की रेखा में होगी जो शनि पर्वत पर काफी ऊंची उठी दिखाई देगी, यहां तक कि कभी-कभी तो शनि की उंगली से ही निकलती होगी। ऐसा व्यक्ति अन्य किसी भी कोटि के मनुष्यों से अधिक कामुक और भावावेगमय होता है। आम तौर पर यह माना जाता है कि अधिक कामुक व्यक्ति स्वार्थी होते हैं—ऐसी रेखा के मामले में तो वे और भी अधिक स्वार्थी निकलते हैं।

यदि हृदय रेखा अपने-आप में आधिक्य लिये हो, अर्थात् हाथ के एक सिरे से दूसरे तक पसरी हो तो परिणाम प्रेम की अधिकता होता है और ईर्ष्या की

अत्यधिक प्रकृति रहती है; यह प्रकृति उस स्थिति में और भी बढ़ जाती है जब हृदय रेखा उतनी लम्बी हो कि हथेली के बाहर से शुरू होकर तर्जनी के आधार तक जा पहुंचे।

यदि हृदय रेखा की ओर जाती हुई छोटी-छोटी रेखाओं की बहुतायत उस पर भीड़ लगा दे तो इसका अर्थ परिवर्तनशीलता, प्रेम लीला, काम सम्बन्धों की अनेकता आदि होता है और कोई स्थायी प्रेम सम्बन्ध नहीं होता (रेखाकृति 20)।

शनि से आने वाली हृदय रेखा जो श्रृंखलित और चौड़ी हो, व्यक्ति की विपरीत लिंग के प्रति अथाह घृणा की द्योतक होती है।

जब हृदय रेखा उजली-लाल हो तो अत्यधिक कामोद्वेग की घोतक होती है।

जब पीली और चौड़ी होती है तो व्यक्ति उदासीन और कामादि से उकताया हुआ होता है।

यदि यह रेखा हाथ पर नीचे को हो और इस तरह मस्तिष्क रेखा के निकट हो तो मस्तिष्क के मामलों में हृदय का सदा हस्तक्षेप रहता है।

और जब यह हाथ पर ऊपर को होती है और मस्तिष्क रेखा इसके इतना निकट आती है कि दोनों में अन्तर बहुत कम रह जाता है तो स्थिति इसके विपरीत होती है और मस्तिष्क प्रेम सम्बन्धों पर पूरा अंकुश रखता है, यहां तक कि प्रकृति कठोर, निष्ठुर, ईर्ष्यालु और अनुदार हो जाती है।

हृदय रेखा का टूटना प्रेम में निराशा का द्योतक है—यदि शनि के नीचे हो तो भाग्य के कारण, सूर्य के नीचे हो तो गर्वीलेपन से, और यदि बुध के नीचे हो तो मूर्खता और कामाचार के कारण।

यदि हृदय रेखा गुरु के पर्वत पर छोटी-सी दुशाखा से आरम्भ हो (रेखाकृति 16 औ-औ) तो यह सच्ची, ईमानदार प्रकृति और प्रेम में उत्साह का निश्चित चिह्न है।

एक प्रमुख बात यह ध्यान में रखने की है कि क्या हृदय रेखा हाथ पर ऊंचाई से शुरू होती है या नीचे को शुरू होती है? इनमें से पहली स्थिति सर्वश्रेष्ठ है, क्योंकि वह प्रसन्न-सन्तुष्ट प्रकृति का निदर्शन कराती है।

वह रेखा जो इतनी नीची हो कि मस्तिष्क रेखा की ओर झूल जाए, जीवन के आरम्भिक दिनों में प्रेम में असन्तोष का निश्चित चिह्न है।

जब हृदय रेखा दुशाखी हो जाती है और एक शाखा गुरु पर जा टिकती है और दूसरी तर्जनी व मध्यमा के बीच तो यह सन्तुष्ट, शान्त प्रकृति, सौभाग्य और प्रेम में

प्रसन्नता की द्योतक है, लेकिन जब दुशाखा इतनी चौड़ी हो कि एक शाखा गुरु पर और दूसरी शनि पर जा टिके तो यह एक अत्यन्त अनिर्णयकर स्वभाव की सूचक है और बताती है कि व्यक्ति प्रेम सम्बन्धों में अपने परिवर्तनशील व्यवहार के कारण वैवाहिक

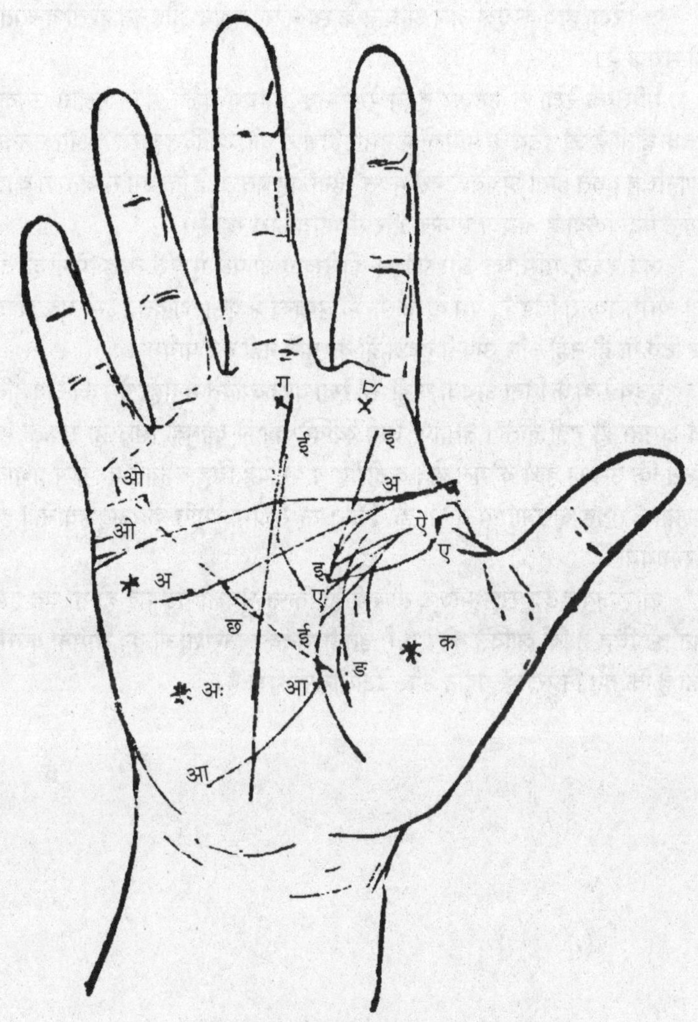

प्रमुख रेखायों में परिवर्तन-परिवर्धन
रेखाकृति 18

जीवन को सुखी बनाने में रुचि लेने वाला नहीं है।

जब यह रेखा महीन हो और शाखारहित हो तो यह हृदय की निष्ठरता और प्रेम के अभाव की सूचक होती है।

जब रेखा हाथ के एक ओर आघात के स्थान पर महीन और नग्न हो तो वन्ध्यता की सूचक है।

मस्तिष्क रेखा से उठकर हृदय रेखा तक पहुंचने वाली सूक्ष्म रेखाएं उनकी सूचक होती हैं जो हृदय के मामलों में हमारे विचारों को प्रभावित करते हैं और उनका गुणनचिह्न युक्त होना अथवा उनसे मुक्त रहना यह बताता है कि प्रेम सम्बन्ध ने कोई संकट पैदा किया है अथवा सफल और सौभाग्यकारी रहा है।

जब हृदय, मस्तिष्क और जीवन की रेखाएं आपस में पूरी तरह मिली हों तो यह अमंगलकारी चिह्न है, प्रेम के किसी भी सम्बन्ध में ऐसा व्यक्ति किसी एक चीज पर टिकेगा ही नहीं और अपनी इच्छाओं की पूर्ति नहीं कर पायेगा।

हृदय रेखा के बिना अथवा थोड़ी-सी रेखा वाले व्यक्ति में गहरे प्रेम की अनुभूति की क्षमता ही नहीं होती। तथापि, ऐसा व्यक्ति काफी कामुक सिद्ध हो सकता है, बशर्ते कि उसका हाथ कोमल हो। कठोर हाथ पर यह चिह्न व्यक्ति पर कम प्रभाव डालता है। वह वासनाप्रिय न भी हो, किन्तु गहरी प्रेमानुभूति को अनुभव नहीं ही कर पायेगा।

और जब हृदय रेखा मौजूद तो रही हो किन्तु धुंधली पड़ गई हो तो यह इस बात का चिह्न है कि व्यक्ति को प्रेम में इतनी भयंकर निराशाओं का सामना करना पड़ा है कि वह निष्ठुर, हृदयहीन और उदासीन हो गया है।

अध्याय 11

भाग्य रेखा

भाग्य क्या है? एक ऐसा पूर्ण नियम जो सब चीजों का निर्माण अच्छाई के लिए करता है ताकि इस तरह मनुष्य उचित कार्य में करने पर न्यायोचित पुरस्कार पा सकें। उन्हें चिन्ता न हो, उन्हें सांसारिक मुकुट भले न मिले, किन्तु सत्य की अनुकूलता प्राप्त हो, उच्चता, महानता प्राप्त हो। जैसे अंश का पूर्णांश से सम्बन्ध है, अन्त में सभी वैसे हों, सबकी सफलता में सबका समभाग हो, क्योंकि पूर्णचेता विश्वत्मा के लिए दुर्बल चिड़िया का भी समान महत्त्व है। भाग्य यही है। —**कीरो**

भाग्य रेखा (रेखाकृति 13), अन्यथा नियति रेखा के नाम से जानी जाने वाली या शनि रेखा कहलाने वाली वह रेखा है जो हथेली के केन्द्र में सीधी ऊपर को चलती है।

इस रेखा पर विचार करते हुए हाथ किस प्रकार का है, यह तथ्य बहुत महत्त्वपूर्ण भूमिका निभाता है। उदाहरण के लिए बहुत अधिक सफल हाथों पर भी भाग्य रेखा उस स्थिति में बहुत धुंधली होती है यदि हाथ अविकसित, वर्गाकार अथवा चपटा है जबकि दार्शनिक, शंकु अथवा मनोवैज्ञानिक हाथों में ऐसा नहीं है। ये सीधी रेखाएं इन बाद के हाथों के लिए अधिक हैं; और इसीलिए उन पर अधिक महत्त्व की नहीं हैं, फलतः यदि एक स्पष्ट सबसे शक्तिशाली भाग्य रेखा एक शंकु आकार के हाथ पर दिखाई दे, जैसाकि वह सामान्यतः दिखाई देगी, तो याद रखना चाहिए कि उसका महत्त्व उसका आधा भी नहीं है जितना कि सांसारिक सफलता को देखते उस स्थिति में होता कि ऐसी ही रेखा वर्गाकार हाथ पर होती। मुझे यह कहते खेद है कि दूसरे लेखकों ने प्रायः इस तथ्य को अनदेखा ही कर दिया है, जबकि इस शास्त्र में इसका अपना ही महत्त्व है। इस तथ्य का स्पष्ट उल्लेख किये बिना हाथ का

मानचित्र आंक देना एकदम व्यर्थ है। दिग्भ्रमित अध्येता इस लम्बी रेखा को महान् सम्पत्ति और सफलता दर्शाने वाले चिह्न के रूप में अंकित समझता है और सहज है कि मान बैठता है, वर्गाकार हाथ पर छोटी भाग्य रेखा का विशेष अर्थ नहीं है और शंकु अथवा मनोवैज्ञानिक हाथ पर लम्बी भाग्य रेखा का अर्थ है सफलता, प्रसिद्धि, वैभव; जबकि वास्तविकता यह है कि यहां इसका महत्त्व वर्गाकार हाथ की छोटी भाग्य रेखा का चौथाई भी नहीं है। मैं इस बात पर विशेष बल देना चाहता हूं क्योंकि बहुत-से अध्येता हस्तरेखा शास्त्र को केवल इसलिए निराशा में उठाकर पटक देते हैं कि उन्हें शुरू में ही इस विषय को ठीक से समझा नहीं दिया गया है।

एक विचित्र और रहस्यमय तथा ध्यान में रखने योग्य यह है कि जिन दार्शनिक, शंकु अथवा मनोवैज्ञानिक हाथों पर भाग्य रेखाएं गहन रूप से सुस्पष्ट होती हैं, वे कमोबेश भाग्य में विश्वास करने वाले होते हैं, जबकि अविकसित या वर्गाकार हाथ वाले शायद ही कभी भाग्य में विश्वास करने वाले होते हों।

इसके पहले कि अध्येता और आगे बढ़ें, मैं चाहूंगा कि वे सदा के लिए भाग्य के इस सिद्धान्त का निबटारा कर लें, चाहे उसके पक्ष में, और चाहें तो उसके विरोध में।

ठीक-ठीक समझा जाए तो वास्तव में भाग्य रेखा का सम्बन्ध हमारे सभी भौतिकवादी, सांसारिक मामलों से है, हमारी सफलताओं, असफलताओं और उन लोगों से, जो हमारे भविष्य को प्रभावित करेंगे, वे प्रभाव चाहे लाभकारी हों या न हों, हमारे मार्ग में आने वाली रुकावटों और अवरोधों से और हमारे भविष्य का जो अन्तिम परिणाम होता है, उससे।

भाग्य रेखा जीवन रेखा, कलाई, चन्द्र पर्वत, मस्तिष्क रेखा, यहां तक कि हृदय रेखा से भी आरम्भ हो सकती है।

यदि भाग्य रेखा जीवन रेखा से ऊपर आती है और उस बिन्दु से ही शक्तिशाली है तो सफलता और वैभव व्यक्तिगत योग्यता से अर्जित होगी, किन्तु यदि भाग्य रेखा नीचे को कलाई के पास अंकित है और वहीं बंधी है, अर्थात् जीवन रेखा की बगल में है, तो यह बताती है कि व्यक्ति का आरम्भिक जीवन अभिभावकों और रिश्तेदारों की इच्छाओं पर बलिदान होगा (रेखाकृति 20 ए-ए)।

जब भाग्य रेखा कलाई से उठती है और हाथ पर सीधे अपने ध्येय—शनि पर्वत पर जा पहुंचती है तो यह अत्यधिक सौभाग्य और सफलता का चिह्न है।

जब चन्द्र पर्वत से उठती है तो भाग्य और सफलता कमोबेश दूसरे लोगों की

कल्पना और मन की मौज पर निर्भर करते हैं। ऐसा अवसर उन लोगों के मामले में होता है जो जनसाधारण के चहेते होते हैं।

यदि भाग्य रेखा सीधी है और चन्द्र पर्वत से निकलकर एक शाखा इससे मिल रही है तो इसका अर्थ भी लगभग यही है—यह बताती है कि किसी अन्य व्यक्ति का सक्षम प्रभाव अपनी कल्पना या मन की मौज से व्यक्ति को अपना भविष्य बनाने में सहायक होगा। एक स्त्री के हाथ में यदि चन्द्र पर्वत की यह रश्मि रेखा आगे तक बढ़कर भाग्य रेखा के साथ चलती है तो इसका अर्थ है कि उस स्त्री का विवाह धनी परिवार में होगा या उसका साथ देने वाला, सहायता करने वाला कोई प्रभाव उसे प्राप्त होगा (रेखाकृति 20 ऐ-ऐ)।

यदि भाग्य रेखा अपने मार्ग पर चलती हुई शनि पर्वत की ओर जाते हुए किसी अन्य पर्वत की ओर शाखा भेजती है तो यह इस बात का सूचक है कि उस पर्वत विशेष के गुण जीवन पर अपना प्रमुख प्रभाव रखेंगे।

यदि भाग्य रेखा स्वयं शनि पर्वत के स्थान पर किसी अन्य पर्वत की ओर अथवा हाथ के किसी अन्य भाग की ओर जाती है तो वह उस क्षेत्र विशेष में बड़ी सफलता की भविष्यवाणी करती है जो उस पर्वत के गुणों के अनुसार होगी।

यदि भाग्य रेखा ऊपर को जाती हुई गुरु के पर्वत के केन्द्र पर पहुंचती है तो व्यक्ति के जीवन में असामान्य सम्मान और सजा का आगमन होगा। इसका सम्बन्ध चरित्र से भी है। ऐसे लोगों का जन्म ही अपने साथियों की तुलना में अपनी व्यापक ऊर्जा, आकांक्षा और संकल्प के द्वारा पर्याप्त ऊंचा उठने के लिए होता है।

यदि किसी बिन्दु पर भाग्य रेखा से निकल कर उस दिशा में अर्थात् गुरु की दिशा में कोई शाखा लपकती है तो यह जीवन की उस विशेष अवस्था में सामान्य से अधिक सफलता दर्शाती है।

यदि भाग्य रेखा अपने पर्वत को पार करके गुरु पर पहुंचकर समाप्त होती है तो अन्ततः सफलता इतनी बड़ी होगी कि ऐसे व्यक्ति की आकांक्षा को तृप्त करने में कहीं अधिक योगदान देगी।

जब भाग्य रेखा हथेली को पार कर जाती है और शनि की उंगली में प्रवेश कर जाती है तो यह अच्छा लक्षण नहीं है क्योंकि हर चीज सीमा से अधिक होगी। उदाहरणतया यदि ऐसा व्यक्ति एक नेता है तो उसके अनुयायी एक दिन उसकी इच्छा और शक्ति की सीमा से बाहर चले जाएंगे और अधिक संभावना यह होगी कि रुख बदलकर अपने ही नेता के प्रति आक्रामक हो उठेंगे।

यदि भाग्य रेखा को हृदय रेखा अचानक रोकती हो तो सफलता को प्रेम सम्बन्ध नष्ट कर डालेंगे, और जब यह रेखा भाग्य रेखा से मिल जाती है और दोनों एक साथ गुरु की ओर उठती हैं तो व्यक्ति अपनी उच्चतम-आकांक्षाओं को प्रेम-सम्बन्धों के कारण तृप्त करेगा (रेखाकृति 19 ऐ-ऐ)।

जब भाग्य रेखा को मस्तिष्क रेखा रोक रही हो तो यह इस बात की भविष्यवाणी है कि सफलता को कोई मूर्खता अथवा मस्तिष्क की कोई भूल खटाई में डाल देगी।

यदि भाग्य रेखा काफी देर बाद तक भी मंगल के क्षेत्र में उठती दिखाई न दे तो यह पर्याप्त कठिन, संकटपूर्ण और मुसीबतों-भरे जीवर की द्योतक है, किन्तु यदि यह हाथ पर ठीक-ठाक बढ़ती दिखाई दे तो सभी कठिनाइयों पर नियन्त्रण हो जाएगा और एक बार जीवन का पूर्वार्ध निकल जाएगा तो शेष जीवन सरलता से चलेगा। ऐसी सफलताएं स्वयं व्यक्ति को शक्ति, धैर्य और संकल्प के कारण प्राप्त होंगी।

यदि भाग्य रेखा मस्तिष्क रेखा से उठे और हो भी सुस्पष्ट तो सफलता जीवन में देर से मिलती है, सो भी कठिन संघर्ष के बाद और व्यक्ति की अपनी प्रतिभा के कारण।

जब यह रेखा जीवन में काफी देर से हृदय रेखा से उठती है तो कठिन संघर्ष के बाद अन्ततः सफलता प्राप्त होती है।

'जब भाग्य रेखा की एक शाखा चन्द्र के आधार से और दूसरी शाखा शुक्र से उठती है तो व्यक्ति की नियति एक ओर कल्पनाप्रवणता और दूसरी ओर प्रेमभावना के बीच डोलती है (रेखाकृति 21 क-क)।

जब यह रेखा टूटी हुई और अनियमित हो तो भविष्य अनिश्चित रहता है, सफलता-असफलता के उतार-चढ़ाव क्रमशः प्रकाश या अन्धकार से परिपूर्ण रहते हैं।

जब रेखा बीच से टूटती हो तो यह दुर्भाग्य व हानि का सुनिश्चित चिह्न है, किन्तु यह पहला टुकड़ा समाप्त होने के पहले ही दूसरा टुकड़ा आरम्भ हो जाता हो तो यह जीवन में आमूलचूल परिवर्तन का द्योतक है, और यदि यह चिह्न सुनिर्धारित भी हो तो इसका अर्थ होता है कि यह परिवर्तन व्यक्ति की हैसियत और सफलता के मामले में उसकी अपनी इच्छाओं के अधिक अनुरूप होगा (रेखाकृति 22-अ-अ)।

भाग्य रेखा का दोहरा होना या उसकी एक सहरेखा होना एक बहुत अच्छा चिह्न है। इसका अर्थ है कि व्यक्ति दो स्पष्ट व्यवसाय अपनायेगा। इसका महत्त्व तब अधिक बढ़ जाता है जब दोनों दो भिन्न पर्वतों पर पहुंच रही हों।

भाग्य रेखा पर वर्ग का होना व्यक्ति को धन, व्यवसाय या सम्पत्ति के विषय में हानि से सुरक्षित रखता है। मंगल के क्षेत्र में रेखा को स्पर्श करता वर्ग (रेखाकृति 21 आ) यदि जीवन रेखा के आगे भाग्य रेखा की ओर हो तो घरेलू जीवन में दुर्घटना के खतरे का द्योतक है और यदि चन्द्र पर्वत के आगे भाग्य रेखा की ओर हो तो यात्रा में दुर्घटना के खतरे का सूचक है।

गुणनचिह्न संकट का द्योतक है और इस पर भी वर्ग का ही नियम लागू होता है, किन्तु भाग्य रेखा में द्वीप का होना दुर्भाग्य, हानि और संकटों का सूचक है (रेखाकृति 21 ई)। कभी-कभी यह चन्द्र से आती प्रभाव रेखा से बनता है और इस स्थिति में इस प्रभाव के कारण हानि और दुर्भाग्य की सूचना देता है, भले वह विवाह के मामले में हो या अन्य किसी मामले में, और यह प्रभाव उस तिथि से जीवन को प्रभावित करता है (रेखाकृति 21 ग)।

ऐसे व्यक्ति जिनके हाथ पर भाग्य रेखा का कोई नामो-निशान ही नहीं होता, प्रायः बहुत सफल होते हैं, किन्तु अधिकतर वे निरर्थक-सा जीवन ही जीते हैं। ऐसे लोग खाते-पीते हैं, किन्तु मुझे नहीं लगता कि हम सचमुच उन्हें खुश कह सकते हैं, क्योंकि वे गहराई से महसूस ही नहीं करते और खुशी को महसूस करने के लिए यह जरूरी है कि कष्ट का भी अनुभव होता हो। हमारे जीवन को पूर्णता तो धूप और छाया से, मुस्कान और अश्रुओं से ही मिलती है।

अध्याय 12

सूर्य रेखा

कुछ ऐसे हैं जो सम्पत्ति में ऐश्वर्यवान् हैं, कुछ युद्ध में, कुछ शान्ति में, और कुछ स्वास्थ्य में सफलता की सीढ़ियां चढ़कर कुछ और अपने जीवन में कम होता देखते हैं। मनुष्य सब कुछ कैसे पा सकता है? सूर्य अपनी गोद में दूसरे क्षुद्र सितारों को भस्म करता है और कहीं खुद भी व्यय हो जाता है। दूसरे कुछ ऐसे भी हैं जो हिन्दू मूर्तियों की लालसा करते हैं और अपनी सन्तानों को सुवर्णजटित वाहनों तले रौंद डालते हैं।

सूर्य रेखा का अध्ययन भी (रेखाकृति 13), जिसे अन्यथा सौर रेखा, मध्य रेखा अथवा सफलता की रेखा कहा जाता है, भाग्य रेखा की तरह-हाथ के प्रकार को ध्यान में रखकर ही किया जाना चाहिए, उदाहरण के लिए यह रेखा दार्शनिक, शंकु अथवा मनोवैज्ञानिक प्रकार के हाथ पर अधिक गहराई से अंकित होगी और फिर भी उतना अर्थ नहीं होगा जितना वैसी ही सूर्य रेखा के वर्गाकार अथवा चपटे हाथ पर होने पर होगा। यह नियम जिस तरह भाग्य रेखा के सन्दर्भ में लागू होता है, उसी तरह इस रेखा पर भी लागू होता है।

मैं अपनी पुस्तकों में इसे सूर्य रेखा कहना ही उचित समझता हूं क्योंकि यह नाम अधिक अर्थ अभिव्यक्त करता है और अधिक स्पष्टता से समझा जा सकता है। यह रेखा एक अच्छी भाग्य रेखा से मिलने वाली सफलता को बढ़ाती है और हाथ की अन्य रेखाओं द्वारा निर्धारित व्यक्ति के व्यवसाय व कार्य के अनुरूप होने पर उसे जीवन में विशिष्टता और प्रसिद्धि प्रदान करती है। अन्यथा यह रेखा केवल उस स्वभाव से सम्बन्धित होती है जो कलात्मकता में गहरी रुचि रखता है, किन्तु यदि शेष हाथ उस गुण का षोषण नहीं कर रहा होता तो व्यक्ति में कला के प्रति समीक्षक दृष्टि तो होगी, किन्तु उस सम्बन्ध में अभिव्यक्ति की क्षमता नहीं होगी।

सूर्य रेखा जीवन रेखा, चन्द्र पर्वत, मंगल के क्षेत्र, मस्तिष्क रेखा अथवा हस्त

रेखा आदि कहीं से भी आरम्भ हो सकती है।

जीवन रेखा से आरम्भ होने की दशा में जब शेष हाथ भी कलात्मक हो तो यह इस बात की सूचक है कि जीवन सौन्दर्योपासना को समर्पित

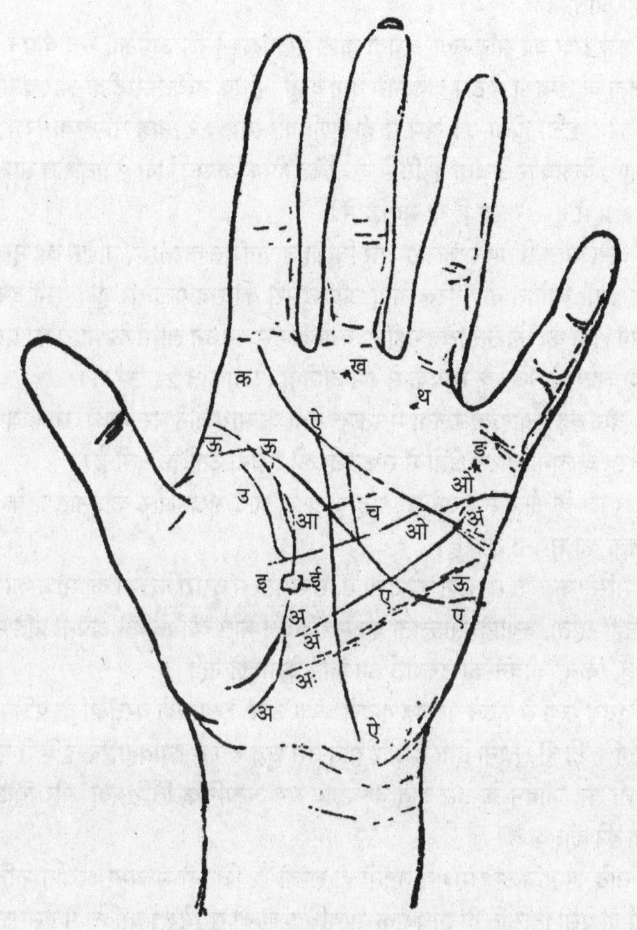

प्रमुख हस्तरेखाओं में परिवर्तन-परिवर्धन
रेखाकृति 19

रहेगा। अन्य रेखाओं के अच्छा होने पर यह कलात्मक लक्ष्यों में सफलता का निश्चित चिह्न है।

भाग्य रेखा से आरम्भ होने की दशा में यह उस रेखा द्वारा निश्चित सफलता में वृद्धि का पक्का सबूत बनती है और जिस तिथि से यह चिह्नित होती है, उस दिन से अधिक विशिष्टता दिलाती है—उस समय से लेकर स्थिति में अत्यधिक सुधार आना शुरू हो जाता है।

इस रेखा को सौर रेखा अथवा कला रेखा कहने की अपेक्षा, मेधावीपन और सफलता के सम्बन्ध में इसे वही नाम देना कहीं अधिक उचित, सटीक और कम भ्रम पैदा करने वाला होगा जो नाम से ही गुणों को स्पष्ट करे। यह मस्तिष्क रेखा और स्वयं हाथ के प्रकार अथवा कोटि से निर्धारित होगा कि सूर्य रेखा से प्रदर्शित सफलता किस क्षेत्र में है—कला में या समृद्धि में।

चन्द्र पर्वत से यह सफलता और विशिष्टता निश्चित करती है, यद्यिप वह मुख्यतः निर्भर होगी व्यक्ति की परिकल्पना और दूसरों की सहायता पर ही। ऐसी दशा में यह सफलता का निश्चित चिह्न नहीं है, क्योंकि इस पर उन लोगों के भाग्य का पर्याप्त प्रभाव पड़ता है, जिनके सम्पर्क में हम आते हैं (रेखाकृति 21 उ-उ)।

और यह रेखा एक ढलुवां मस्तिष्क रेखा के साथ होने पर काव्य, साहित्य और पूरी तरह कल्पनाधारित क्षेत्रों में सफलता की सूचना अधिक देती है।

मंगल के क्षेत्र में उठने पर यह दुःख के बाद सुख और कठिनाइयों के बाद सफलता की सूचना देती है।

मस्तिष्क रेखा से उठने की दशा में, सफलता में दूसरों के मन की मौज का कोई हाथ नहीं रहता, क्योंकि सफलता का सूत्र केवल मात्र व्यक्ति की अपनी प्रतिभा ही होता है, किन्तु जीवन का उत्तरार्द्ध आ जाने के पहले नहीं।

हृदय रेखा से उठने पर यह केवल कला और कलात्मक वस्तुओं के प्रति गहरी अभिरुचि की ही सूचना देती है और यदि उसे शुद्ध रूप से व्यावहारिक दृष्टि से परखा जाए तो यह जीवन के उस बाद के पड़ाव पर अत्यधिक विशिष्टता और विश्व पर प्रभाव की द्योतक है।

यदि अनामिका लगभग उतनी ही लम्बी है, जितनी मध्यमा अर्थात् शनि की उंगली तो ऐसी निर्मिति के साथ एक अत्यधिक लम्बी सूर्य रेखा व्यक्ति में ऐसा रुझान पैदा करती है कि वह हर चीज में दांव लगाये—प्रतिभा में, धन-समृद्धि में और यहां तक कि जीवन के संयोगों में भी।

इस रेखा की प्रमुख विशेषता यह है कि पर्याप्त सुस्पष्ट होने पर यह संवेदनशील होने का भारी रुझान पैदा करती है, किन्तु जब यह एक असामान्य रूप से सीधी

मस्तिष्क रेखा के साथ होती है तो यह धन प्राप्त करने, सामाजिक प्रतिष्ठा और सत्ता अर्जित करने के प्रति प्रेम की द्योतक हो जाती है।

सूर्य के पर्वत पर कई रेखाओं का होना कलात्मक प्रकृति का सूचक है, किन्तु सफलता में विचारों की विविधता भी आड़े आयेगी। ऐसे लोगों में ख्याति या अच्छा नाम कमाने के लिए पर्याप्त धीरज कभी भी नहीं होता (रेखाकृति 21)

शायद इस रेखा पर नक्षत्र का होना इस पर मिलने वाला एक अत्युत्तम चिह्न है। अत्यधिक और स्थायी सफलता इस दशा में लगभग सुनिश्चित है।

सूर्य रेखा पर वर्ग के होने का अर्थ है कि व्यक्ति की हैसियत और ख्याति को लेकर शत्रुओं के जो आक्रमण होंगे, उनसे सुरक्षा (रेखाकृति 21 ए-ए)।

इस रेखा पर द्वीप के होने का अर्थ है कि उतने समय के लिए हैसियत और ख्याति का ह्रास होगा, जब तक द्वीप मौजूद रहेगा और प्रायः ऐसा किसी बदनामी के माध्यम से होगा (रेखाकृति 21 ऐ-ऐ)।

गहरी हथेली वाले खोखले हाथ में सूर्य रेखा की कोई शक्ति ही नहीं होती।

जो हाथ वैसे तो प्रतिभावान् और कलात्मक हो किन्तु सूर्य रेखा पूरी तरह गायब हो तो यह इस बात का द्योतक है कि ऐसे लोग कठिन परिश्रम तो कर सकते हैं, लेकिन तब भी उनके लिए विश्व में मान्यता प्राप्त कर लेना कठिन होगा। ऐसे व्यक्ति सम्मान-सुयश के कितने भी पात्र क्यों न हों, उन्हें शायद ही कभी पा सकें। शायद उनके मकबरों पर वे फूल चढ़ेंगे जो उन्हें मस्तिष्क की शोभा बनने चाहिए थे।

अध्याय 13

स्वास्थ्य रेखा अथवा यकृत् रेखा

कुछ फूल इसलिए मसले जाते हैं कि वे अधिक सुगन्ध बिखरा सकें, और कुछ केवल भागते पांवों के तले रौंदे जाते हैं। कुछ ऐसे हैं जो कुछ समय के लिए सज्जा का साधन बनते हैं और फिर एक तरफ डाल दिये जाते हैं। कुछ मृतकों पर चढ़ते हैं तो कुछ दुलहिन की सज्जा बनते हैं। पर इसी तरह जीवन में मैंने ऐसे उदासी-भरे मुखमंडल भी देखे हैं जो रौंदे गये फूल की ही तरह हैं। ओ फूल! अपनी गरिमामय मधुरता तो बिखराओ!

—**कीरो**

हस्तरेखा विशारदों में इस मुद्दे पर काफी बहस हुई है कि जिस बिन्दु से स्वास्थ्य रेखा आरम्भ होती है, यह कौन-सा है। मेरा सिद्धान्त यह है, जिसे मैंने बच्चों और युवाओं के हाथों पर इस रेखा के विकास का निरीक्षण करके सिद्ध भी किया है कि यह बुध के पर्वत से या उसके आधार से आरम्भ होती है और जैसे-जैसे यह हाथ पर नीचे को बढ़ती है और जीवन रेखा से मिल जाती है, वैसे-वैसे यह बीमारी या रोगाणु से बारे में बताती चलती है, जो उस रेखा के जीवन रेखा के सम्पर्क में आने की घड़ी में अपने चरम पर पहुंचता है। मैं इस विषय की ओर विशेष रूप से ध्यान आकर्षित करना चाहता हूं, साथ ही इस बात की ओर भी कि जीवन रेखा की लम्बाई केवल प्रकृत रूप से जीवन की अवधि की सूचक है, और यदि यकृत् रेखा भी जीवन रेखा की ही तरह सुस्पष्ट रूप से अंकित है तो इन दोनों रेखाओं का मिलन बिन्दु ही मृत्यु का बिन्दु होगा। साथ ही, जीवन रेखा कितनी भी लम्बी क्यों न दिखाई दे, स्वास्थ्य रेखा का कोई भी असामान्य विकास ही व्यक्ति की मृत्यु का कारण होता है।

यकृत् रेखा (रेखाकृति 13) हाथ पर सीधे नीचे को जानी चाहिए यह जितनी सीधी होगी, उतना ही बेहतर है।

इस रेखा का न होना अत्युत्तम लक्षण है। स्वास्थ्य रेखा की अनुपस्थिति एक अत्यन्त मजबूत, स्वस्थ शरीर की द्योतक है। हाथ पर किसी भी रूप में इसकी उपस्थिति बताती है कि नाजुक बिन्दु कौन-से हैं जिनसे बचना जरूरी है।

जब यह रेखा हाथ को पार करके किसी बिन्दु पर जीवन रेखा को छूती है तो पता चलता है कि कोई नाज़ुक तत्त्व सक्रिय है जो शरीर और स्वास्थ्य को बिगाड़ रहा है रेखाकृति 17 अं-अं)।

जब यह रेखा बुध के पर्वत पर हृदय रेखा से आरम्भ होती है और जीवन रेखा से मिलती है या उसे पार कर जाती है तो यह हृदय के किसी रोग और दुर्बलता को लक्षित करती है। यदि यह रंग में बहुत पीली, फीकी और चौड़ी हो तो अर्थ है कि हृदय की क्रिया क्षीण है और रक्तसंचालन भी अच्छा नहीं है।

यदि यह लाल रंग की हो, विशेषतः हृदय रेखा से अलग होते समय, और नाखून छोटे और सपाट हों तो रोग सक्रिय हृदय-रोग होगा।

जब छोटे-छोटे धब्बों के रूप में और अत्यधिक लाल हो तो यह शरीर में ज्वर-प्रवणता की द्योतक होती है।

जब यह तुड़ी-मुड़ी और अनियमित हो तो पित्त-प्रकृति और यकृत्-सम्बन्धी दोषों की सूचना देती है।

जब यह छोटे-छोटे सीधे टकड़ों से बनती है (रेखाकृति 19 ओ-ओ) तो अर्थ है दुर्बल पाचन।

जब यह रेखा छोटे द्वीपों से युक्त हो और नाखून लम्बे, बादाम जैसे हों (रेखाकृति 20 ओ-ओ) तो खतरा फेफड़ों और छाती को है।

जब यही चिह्न वैसे ही चौड़े नाखूनों के साथ हो तो गले के रोग होते हैं। (नाखून, भाग 1, अध्याय 13 देखिए।)

जब यह गहरे रूप में अंकित हो और हृदय व मस्तिष्क रेखाओं से मिल रही हो किन्तु कहीं अन्यत्र दिखाई न दे रही हो तो यह मस्तिष्क ज्वर का खतरा सूचित करती है।

एक सीधी यकृत् रेखा जो हाथ पर लेटी रहती है भले ही बहुत अच्छे स्वभाव की सूचक न हो, किन्तु यह एक अच्छा चिह्न है क्योंकि इससे उस रेखा की तुलना में अच्छा स्वास्थ्य प्राप्त होता है जो हाथ को पार कर जाती है।

इस प्रकार यह स्पष्ट है कि यद्यपि अध्येता यकृत् रेखा द्वारा सूचित जानकारी पर बहुत कुछ निर्भर कर सकता है, तथापि उसे विभिन्न रोगों के लिए और उन रोगों की पुष्टि के लिए हाथ के दूसरे हिस्से पर नजर दौड़ानी चाहिए, यथा उदाहरण के लिए, प्रकृत रूप से गिरे हुए स्वास्थ्य के लिए श्रृंखलायुक्त जीवन रेखा, मस्तिष्क-सम्बन्धी रोगों के लिए मस्तिष्क रेखा और नाखून आदि को देखना चाहिए, और नखूनों को तो सदा यकृत् रेखा के सन्दर्भ में ही देखना चाहिए।

अध्याय 14

वासना रेखा और अन्तर्ज्ञान रेखा

वासना रेखा, जिसे अन्यथा स्वास्थ्य की सह रेखा भी कहते हैं (रेखाकृति 13) प्रायः मिलती ही नहीं और आम तौर पर यकृत् रेखा का सम्भ्रम पैदा करती है। इसे हाथ को पार करके कलाई तक होना चाहिए। ऐसी स्थिति में यह कामवासना को सक्रियता और शक्ति प्रदान करती है, किन्तु यदि हाथ को पार करके शुक्र पर्वत पर जाये तो कामातिरेक के कारण जीवन की सामान्य अवधि को कम करती है (रेखाकृति 17 अ:-अः)।

अन्तर्ज्ञान रेखा

अन्तर्ज्ञान रेखा (रेखाकृति 12) अधिकतर हाथ के सात प्रकारों में से किसी अन्य की अपेक्षा दार्शनिक, शंकु अथवा मनोवैज्ञानिक हाथों पर ही मिलती है। हाथ पर इसकी स्थिति लगभग एक अर्धवृत्त की-सी है जो बुध के पर्वत के सामने से चन्द्र पर्वत तक होती है। कभी-कभी यह यकृत् रेखा के साथ-साथ चलती है या उसे पार कर जाती है किन्तु यकृत् रेखा के अंकित होने के बावजूद साफ और स्पष्ट दिखाई देती है। यह शुद्ध रूप से एक प्रभाव ग्राही प्रकृति की द्योतक है, ऐसे व्यक्ति को जो अपने इर्द-गिर्द और प्रभावों के प्रति अत्यन्त संवेदनशील है, जिसमें दूसरों के प्रति पूर्वाभास की अन्तर्ज्ञानयुक्त संवेदना होती है, और जो ऐसे विशद स्वप्न और चेतावनियों को जानता है कि जिन्हें विज्ञान सिवा बहु-प्रयुक्त शब्द 'संयोग' के कभी जानने की क्षमता नहीं रख पाया। यह रेखा किसी अन्य प्रकार के हाथ की तुलना में मनोवैज्ञानिक हाथों पर ही अधिक मिलती है।

अध्याय 15

शुक्र मेखला, शनि मुद्रिका और मणिबन्ध रेखाएं

शुक्र मेखला (रेखाकृति 13) वह टूटा हुआ या साबुत अर्धवृत्त है जो तर्जनी और मध्यमा के बीच से शुरू होकर अनामिका और कनिष्ठा के बीच जाकर समाप्त होता है।

यहां यह बताना आवश्यक है कि मैंने इस चिह्न को एक चौड़े, मोटे हाथ को छोड़कर अन्यत्र कहीं कामुकता का द्योतक होते नहीं पाया है, जैसा कि अक्सर कहा जाता है। इसका वास्तविक साम्राज्य प्रायः शंकु आकार वाले या मनोवैज्ञानिक प्रकार के हाथों पर है। थोड़ा निरीक्षण यह स्पष्ट करता है कि यह चिह्न नियम बांधकर अत्यधिक संवेदनशील, बौद्धिक प्रकृति से जुड़ा है, किन्तु ऐसी प्रकृति से जो अपने मन की मौज में परिवर्तनशील हो, आसानी से क्रुद्ध हो जाए, जिसका स्वभाव जल्दी शंकालु हो उठने वाला हो और जब यह साबुत हो तो यह निश्चित ही हिस्टीरिया और उदासी की अत्यन्त दुःखद प्रकृति पैदा करती है।

जिन लोगों के हाथ पर यह चिह्न होता है वे ऐसे किसी भी विषय को लेकर उत्साह के चरम बिन्दु पर पहुंचने की क्षमता रखते हैं जो उनकी कल्पना को ग्रस ले, लेकिन वे शायद ही कभी एक-से मूड में पुनः आते हों, एक घड़ी तो उत्साह की ऊंची उड़ानों में होंगे, और दूसरी ही घड़ी घोर दुःख और निराशा में डूबे होंगे।

जब यह मेखला हाथ के बगल में जा पहुंचती है और इस तरह विवाह रेखा को स्पर्श करती है (रेखाकृति 16 अं-अं), तो विवाह की खुशियां स्वभाव की अजीबोगरीब प्रवृत्तियों की बलि चढ़ जाती हैं। ऐसे लोग विचित्र रूप से आग्रही होते हैं और उनके साथ रहना कठिन होता है। यदि यह मेखला पुरुष के हाथ में हो तो वह अपनी पत्नी में इतने सद्गुणों के होने का आग्रह करेगा, जितने आकाश में तारे हैं।

शनि मुद्रिका

शनि मुद्रिका (रेखाकृति 12) एक ऐसा चिह्न है जो बहुत कम देखने को मिलता

है और इसका हाथ पर होना अच्छा लक्षण नहीं है। मैंने उन लोगों को बहुत ध्यान से देखा है जिनके हाथों पर शनि मुद्रिका थी, और आज तक तो मैंने उन्हें ऐसा नहीं पाया कि किसी भी अर्थ में उन्हें सफल कहा जा सके। यह इतने अजीब ढंग से भाग्य के पर्वत को काटती हुई जाती है कि ऐसे लोग कभी ऐसा कोई कारण ही नहीं पाते कि जिसके लिए वे कार्य करें अथवा उसकी इच्छा करें। उनके स्वभाव में बहुत कुछ कर दिखाने की भावना हो सकती है, बल्कि उनका स्वभाव हर तरह से परिपूर्ण भी हो सकता है, जैसा कि मैंने देखा भी है कि ये लोग बड़े-बड़े विचारों और योजनाओं से भरे रहते हैं, किन्तु लक्ष्य की विस्तरता के अभाव में आधे रास्ते ही सब छोड़-छाड़ बैठते हैं। (चित्र 15 भी देखें।)

तीन मणिबन्ध-रेखाएं

मैं नहीं समझता कि मणिबन्ध (रेखाकृति 13) हस्तरेखाओं के अध्ययन में या स्वयं हाथ के अध्ययन में ही अधिक महत्त्व के हों। तथापि इन्हें लेकर एक विचित्र और विशिष्ट बात ऐसी है जिसे मैंने पर्याप्त सत्य सिद्ध होते पाया है। मुझे अपने आरम्भिक जीवन में यह सिखाया गया था कि सदैव मुख्य रूप से पहले मणिबन्ध की स्थिति को निरखना चाहिए जो कि हथेली के सबसे निकट है; और जब भी मैंने इसे कलाई पर बहुत ऊपर पाया है, विशेषतः जब यह एक चाप के आकार में उठा है (रेखाकृति 16 क-क) तो मैंने परामर्श लेने वाले को हमेशा शरीर के आन्तरिक अंगों की दुर्बलता के बारे में चेतावनी दी है, उदाहरण के लिए सन्तानोत्पत्ति के बारे में। अपने मागे के जीवन में जब मैंने इस शास्त्र को अधिक व्यावहारिक धरातल पर लेना शुरू किया तो पाया कि जिसे मैं पहले एक अन्धविश्वास ही समझता था, उसमें सत्य की पर्याप्त मात्रा थी। बाद के वर्षों में एक के बाद दूसरी ऐसी स्थितियों को देखकर, अस्पतालों में जाकर और मुझसे परामर्श लेने वालों ने अपनी बीमारियों के बारे में जो बताया, उसे सुनकर मुझे यह विश्वास हुआ कि इस तथ्य को अवश्य लिख रखना चाहिए, और उसी के परिणामस्वरूप मैं इसका यहां ज्यों का त्यों उल्लेख कर रहा हूं ताकि इसका जो मूल्य है उसे जाना जा सके।

मणिबन्ध रेखाओं से जुड़ा एक अन्य महत्त्व की बात यह है कि यदि ये ठीक से और स्पष्ट रूप से अंकित हैं तो इसका अर्थ पुष्ट और सबल स्वास्थ्य व शरीर होता है और यह एक दिलचस्प बात है कि फिर यही तथ्य उस सत्य से भी सम्बन्धित है, जिसकी ओर मैंने अभी ध्यान दिलाया है।

अध्याय 16

विवाह रेखा

मन्त्र भी पढ़ दिये गए और विवाह की संस्था भी स्थापित कर दी गई तो क्या, क्योंकि उस दम्पती को विवाहित कैसे कहा जाए, जब तक कि पारस्परिक प्रेम ने दिल से दिल को जोड़ा ही नहीं। इससे तो उन दोनों जिन्दगियों को अलग-अलग रखना ही जी बेहतर था।
—**कीरो**

हस्तरेखा शास्त्र पर जो अनेक पुस्तकें लिखी गई हैं, उनके बारे में यह कहते हुए मुझे खेद है कि लगभग उन सभी में उपरिकथित इस महत्त्वपूर्ण ब प्रकृत रूप से दिलचस्प तथ्य पर ध्यान नहीं दिया गया है। इसलिए मेरा प्रयास रहेगा कि इस शास्त्र के इस पक्ष पर मैं जितने सम्भव हैं, उतने विवरण यहां प्रस्तुत करूं।

जिस रेखा या जिन रेखाओं को हाथ पर वे कैसे अंकित हैं उनके अनुसार विवाह रेखा कहा जाता है, बुध के पर्वत पर वह चिह्न हैं जो रेखाकृति 13 में प्रदर्शित हैं। सबसे पहले यह कहा जाना और स्पष्ट रूप से कहा जाना उचित है कि हाथ किसी संस्कार के तथ्य को, सामाजिक या धार्मिक संस्कार के निर्वाह मात्र को मान्यता नहीं देता, यह केवल हमारे जीवन पर विभिन्न लोगों के प्रभावों को अंकित करता है, वे प्रभाव किस प्रकार के हैं, उनका क्या असर हुआ और इन प्रभावों से सम्बन्धित सभी बातों को लक्षित करता है। अब चूंकि विवाह किसी व्यक्ति के जीवन में एक अत्यन्त महत्त्वपूर्ण घटना है, इसलिए नतीजा यह निकलता है कि यदि, घटनाओं की हाथ देखकर भविष्यवाणी की जा सकती है तो हाथ पर विवाह भी अवश्य अंकित होगा, यहां तक कि वर्षों पहले से; और मैंने हमेशा पाया है कि सभी महत्त्वपूर्ण प्रभावों के बारे में यही सत्य है; और इसीलिए यह भी स्वाभाविक है कि दिल के मामले, सम्पर्क आदि सभी उस घटना से छांटकर अलग कर दिये जा सकते हैं जिसे विवाह कहते हैं, सिवा एक उस मामले में जबकि सम्पर्क भी उतना ही महत्त्वपूर्ण हो, उसका भी

प्रभाव जीवन पर उतना ही सबल हो जितना कि विवाह का। इस प्रश्न का उत्तर कि व्यक्ति के जीवन में विवाह करने या विवाह न करने, जैसी भी स्थिति हो उसके लिए अलग से समय निर्धारित करके कैसे रखा जा सकता है, हमें घेरे रखने वाले अन्य रहस्यों की तरफ देखकर ही दिया जा सकता है। इस प्रश्न का उत्तर कोई शायद तब दे सके जब वह यह बता सके कि यदि एक प्राकृतिक चुम्बक को एक कमरे में ला रखा जाए तो उसमें यहां रखी लोहे की हर वस्तु को चुम्बक में बदल डालने की शक्ति कैसे होती है, और वह शक्ति है क्या, और दोनों में मूल सम्बन्ध है क्या; लेकिन जब तक प्रकृति के सभी गूढ़ रहस्यों और शक्तियों को हम जान नहीं लेते, तब तक इन विचित्र अनियमितताओं को स्वीकार कर लेने के सिवा हम कुछ और नहीं कर सकते और इसमें यह भी क्षमता नहीं कि इसके अतिरिक्त हम अविश्वास की पुकार का कोई उत्तर दे सकें या शंकालुओं की 'क्यों की तोतारटन्त को चुप करवा सकें। इस सम्बन्ध में केवल एक सिद्धान्त जो मैं समझ पाया हूं कि जिस तरह न्यूयार्क में टेलीग्राफ की खूंटी पर उंगली का दबाव पड़ता है तो लन्दन में भी समानान्तर हरकत हो जाती है, इसी तरह अनजाने में सब व्यक्ति एक-दूसरे से उन वायवी तरंगों के माध्यम से सम्पर्क में रहते हैं जो विद्युत् से भी कहीं अधिक सूक्ष्म हैं।

इस विषय के इस पहलू का अध्ययन करते हुए मैं अध्येता को यह अवश्य बताना चाहता हूं कि विवाह रेखा कहे जाने वाले चिह्नों का सन्तुलन हाथ के अन्य भागों पर अंकित चिह्नों से अवश्य होना चाहिए; जैसा कि मैंने भाग्य रेखा की बगल में अंकित प्रभावों को लेकर दर्शाया है (भाग 2, अध्याय 11) अथवा जीवन रेखा की बगल में अंकित प्रभाव रेखाओं (भाग 2, अध्याय 5) को लेकर प्रदर्शित किया है।

अब हम बुध के पर्वत पर अंकित विवाह रेखाओं से सम्बन्धित इन चिह्नों पर आगे बात करेंगे।

विवाह की रेखा या विवाह रेखाएं हाथ की बगल में भी अंकित हो सकती हैं या केवल बुध पर्वत के सामने भी।

केवल लम्बी रेखाओं का विवाह से सम्बन्ध है (रेखाकृति 18 ए), जबकि छोटी रेखाएं गहरे प्रेम अथवा विवाह के इरादे से सम्बन्धित हैं (रेखाकृति 18 ऐ)। जीवन अथवा भाग्य रेखा पर यदि विवाह अंकित है तो उससे इसकी पुष्टि ही होती और हमें जीवन, हैसियत आदि में हुए परिवर्तनों की सूचना भी मिलती है। बुध के पर्वत पर विवाह-रेखा की स्थिति से विवाह के समय व्यक्ति की आयु क्या रही होगी, इसका

भी काफी सही अनुमान लगाया जा सकता है।

जब यह महत्त्वपूर्ण रेखा हृदय रेखा के निकट स्थित होती है तो विवाह

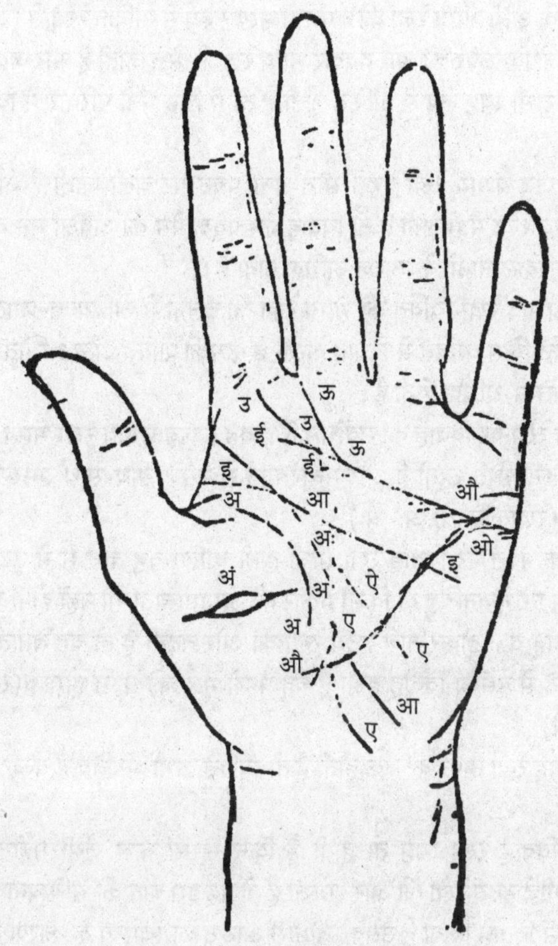

मुख्य रेखाओं में परिवर्तन-परिवर्धन
रेखाकृति 20

जरा जल्दी होता है, चौदह से इक्कीस वर्ष के बीच; पर्वत के केन्द्र के निकट होती है तो इक्कीस और अट्ठाईस वर्ष के बीच होता है। पर्वत के तीन चौथाई ऊपर होती है तो अट्ठाईस और पैंतीस के बीच, तथा उसी प्रकार और आगे। किन्तु अधिक

सही जानकारी भाग्य रेखा अथवा जीवन रेखा से ही मिलती है जो कि लगभग इस परिवर्तन अथवा प्रभाव की सही तिथि तक बता देती हैं!

चन्द्र के आगे भाग्य रेखा की बगल में सुस्पष्ट रूप से अंकित रेखा से (रेखाकृति 20 ऐ-ऐ) जो कि ऊपर की ओर बढ़कर भाग्य रेखा से मिल जाती है और जब विवाह रेखा बुध पर भी स्पष्ट रूप से अंकित होती है तो मे चिह्न धनी परिवार में विवाह के सूचक हैं।

और जब प्रभाव रेखा पहले सीधे चन्द्र पर्वत पर चली जाती है और फिर बढ़कर भाग्य रेखा में मिलती है तो विवाह वास्तविक प्रेम की अपेक्षा मन की मौज से उपजी परिकल्पनाओं के कारण अधिक होता है।

जब प्रभाव रेखा व्यक्ति की भाग्य रेखा की तुलना में अधिक बलशाली होती है तब व्यक्ति जिस व्यक्ति से विवाह करता है, उसकी शक्ति और अस्मिता उसकी अपनी शक्ति से अधिक होती है।

भाग्य रेखा पर विवाह का सर्वोत्तम चिह्न वह है जब प्रभाव रेखा भाग्य रेखा के एकदम निकट स्थित रहती है और मन्थर गति से उसके साथ-साथ समरूप होकर चलती है। (रेखाकृति 20 अः-अः)

बुध के पर्वत पर विवाह रेखा सीधी होनी चाहिए वह बीच में से टूटनी नहीं चाहिए, उस पर गुणनचिह्न या किसी प्रकार की असामान्यता भी नहीं होनी चाहिए।

जब यह वक्र होकर नीचे हृदय रेखा की ओर बढ़ती है तो यह बताती है कि जिस व्यक्ति से इसका विवाह हुआ है वह पहले मृत्यु को प्राप्त होगा। (रेखाकृति 20 औ-औ)

जब यह रेखा ऊपर को वक्र होती है तो व्यक्ति कभी भी विवाह बन्धन में नहीं बंधता।

जब विवाह रेखा स्पष्ट तो होती है किन्तु इससे बाल जैसी महीन रेखाएं निकलकर नीचे हृदय रेखा की ओर झुकती हैं तो यह इस बात की भविष्यवाणी होती है कि जिससे विवाह किया है उसको बीमारी और दुर्बल स्वास्थ्य के कारण मुसीबतें झेलनी पड़ेंगी।

जब इस रेखा के वक्र होने के स्थल पर एक छोटा गुपनचिह्न होता है और यह नीचे को झूलती है तो जिससे विवाह हुआ है; वह दुर्घटना में अथवा आकस्मिक मृत्यु को प्राप्त होगा, किन्तु जब वक्रता क्रमशः और लम्बी होकर आती है तो मृत्यु बीमारी के कारण धीरे-धीरे होती है।

जब रेखा के केन्द्र में अथवा किसी भी भाग पर द्वीप नजर आता है तो यह विवाहित जीवन में किसी बड़े संकट का सूचक है, और द्वीप जब तक रहता है, दोनों अलग-अलग हो जाते हैं।

जब रेखा समाप्ति पर नीचे झूलती हुई दुशाखो हो जाती है जो हाथ के केन्द्र की ओर ढलुवां होती हैं तो यह तलाक अथवा न्यायिक रूप से अलग होने का द्योतक चिह्न है (रेखाकृति 19 औ-औ)। यह और भी निश्चित उस स्थिति में होता है जब एक महीन रेखा उससे निकलकर पार जाती है (रेखाकृति 19 अं-अं)।

जब यह रेखा द्वीपों और नीचे झूलती रेखाओं से भरी होती है तो विवाह करने वाले को चेता देना चाहिए कि वह विवाह न करे। यह चिह्न अत्यधिक दुःखों का द्योतक है।

जब यह रेखा छोटे द्वीपों से भरी और दुशाखी होती है तो यह भी विवाह में कष्टों का द्योतक चिह्न है।

जब रेखा टूटकर दो टुकड़ों में हो जाए तो यह विवाहित जीवन के अचानक टूट जाने की सूचक है।

जब विवाह रेखा की शाखा सूर्य पर्वत पर जाती है और सूर्य रेखा में मिल जाती है तो इससे पता चलता है कि ऐसे चिह्न वाला व्यक्ति किसी विशिष्ट व्यक्ति और सामान्यतः किसी रूप में अत्यधिक प्रसिद्ध व्यक्ति से विवाह करेगा।

और जब उसके विपरीत यह रेखा नीचे को जाकर सूर्य रेखा को काटती है तो जिस व्यक्ति के हाथ में ऐसी रेखा है, वह विवाह के कारण अपनी हैसियत गंवा देता है (रेखाकृति 21 ओ-ओ)।

जब पर्वत के शिखर से नीचे को आती एक गहरी रेखा विवाह रेखा को काटती है तो ऐसी दशा में विवाह का घोर प्रतिवाद होता है और भारी अड़चन पैदा होती है (रेखाकृति 18 ओ)।

जब विवाह रेखा को लगभग स्पर्श करती एक महीन रेखा उसके समानान्तर चलती है तो यह विवाहोपरान्त किसी गहरे लगाव की सूचक है और यह लगाव उस व्यक्ति के जीवन में होता है जिसके हाथ में ऐसा चिह्न प्रकट होता है।

हस्तरेखा शास्त्र के इस ग्रन्थ में इस बात की गहराई में जाना मेरे अधिकार क्षेत्र में नहीं है कि विवाह के नियम क्या हैं अथवा आज के स्त्री या पुरुष किन विवाह सम्बन्धों में बंधते हैं। इस शास्त्र का अध्ययन करते हुए स्त्री-पुरुषों ने जो कुछ मुझसे कहा है, वह लगभग, अविश्वसनीय है। वे प्रायः कहते नजर आते हैं, "आपने इतना

पढ़ा है कि आप लगभग सभी कुछ जानते होंगे", और इस तरह वे अपने हृदय में छिपे बड़े-से-बड़े रहस्य को उद्घाटित कर जाते हैं। जिस तरह पश्चात्ताप करवाने वाले पादरी के होंठ बंद रहते हैं, इसी तरह हस्तरेखा विशारद का मुंह भी सिला हुआ है, किन्तु यदि वह बोलने लगे तो यह अवश्य बता सकता है कि प्रसन्न चेहरे भी अधिकांशतः दुख-भरे हृदयों को छिपाने वाले मुखौटों से सजे हैं और आधे से अधिक तथाकथित सत्य नकाबों में छिपे झूठ हैं, साथ निभाने के आधे वचन तो मजाक-भर हैं और दुःख है कि सबसे बड़ा मजाक तो अधिकतर स्वयं तथाकथित विवाह का संस्कार ही है। प्रोटेस्टैंट चर्च तो अपने अनुयायियों को उस स्थिति में अलग हो जाने की अनुमति देता है यदि विवाह अनुकूल न सिद्ध हो, फिर भी विवाह संस्कार के समय अन्तिम शब्द दूल्हा-दुल्हिन के कानों में उड़ेले जाते हैं, "जिन्हें प्रभु ने एक किया है, उन्हें कोई व्यक्ति अलग न करे।" उसी तरह का तर्करहित कैथोलिक चर्च भी है जो अभागे दम्पती को तलाक की अनुमति नहीं देता और पुनः विवाह करवा देता है, बस सिवा उस विशेष स्थिति के जब पोप दोनों की तरफ से बिचौलिया बनता है, और दूसरी तरफ न्यायालय हैं जो राज्य के खजाने में तलाक के मामलों की कमाई भर देते हैं जो कमाई दरअसल राज्य के नागरिकों का खून-पसीना ही होती है। इस तरह का जबानी जमा-खर्च आखिर कब तक दिलों के सम्राटों को गद्दी से उतारता रहेगा और उन्हें बर्बाद करता रहेगा? रूढ़ियों की वह गुलामी आखिर कब तक अधिक सही प्रकृति को अपमानित अवमानित करती रहेगी और स्त्री-पुरुषों को बोझ ढोते गुलाम बनाये रहेगी? स्त्री-पुरुषों को कब तक इसी तरह अपना अस्तित्व बनाये रखना और साथ रहते चले जाना होगा क्योंकि उनके पास अपनी आजादी खरीदने के लिए पर्याप्त धन नहीं है पर वे तलाक की उस क्रूर कोठरी के अंधेरों से डरते हैं? जो पुरुष कभी सत्पुरुष थे, जो स्त्रियां कभी सत्य की सम्राज्ञी और मान-सम्मान का प्रतिरूप थीं—उन्हें हम कब-कब देख पाते हैं, अब तो पति पत्नी से घृणा कर रहा है, पत्नी पति से डरने लगी है और इस सबसे बढ़कर, सब कुछ देखते-जानते भी दीर्घा में बैठे दर्शकों की तरह इन बालकों के चेहरे पीले हैं, कब्र में दबे विश्वास का भूत वहां पुनः जन्म ले लेता है और ये दम्पती अन्तिम दृश्य को निभाने के लिए आंकड़े में और निकट आते चले जा रहे हैं, मन में भय अधिक है, प्रेम बिलकुल भी नहीं है, अपने मां-बाप की शर्म का लबादा अपने कपड़ों के भीतर चमड़ी से चिपकाकर पहने हुए हैं और दुनिया में घूम-घूमकर दिखावा कर रहे हैं, छल रहे हैं, जैसे मां ने छला; गम की शराब पी रहे हैं, जैसे पिता ने पी और इसी तरह दुनिया चले जा रहे है।

हमेशा-हमेशा के लिए स्त्री-पुरुषों को प्रकृति को अधिक और काल्पनिक कथा को कम पढ़ देखना चाहिए; उन्हें उससे बेहतर एक-दूसरे को पढ़ समझ लेना चाहिए जिस तरह वे खुशामद की कला या सजने-संवरने की कला में पारंगत होते हैं। वे विवाह भी करें, किन्तु यदि उनसे भूल होती है तो उन्हें उन भूलों को सुधारने का अवसर भी मिलना चाहिए; वे संतान भी उत्पन्न करें लेकिन उन्हें सन्तान के प्रति उत्तरदायित्व निभाना भी आना चाहिए; भलाई का पाठ लाभ के लिए नहीं, भलाई की खातिर उन्हें पढ़ाना चाहिए, सम्मान का सम्मान के लिए, सत्य का पाठ सत्य के लिए पढ़ाना चाहिए। तथा अन्त में, उन्हें गर्व भी प्राप्त हो, किन्तु गर्व अपने पर नहीं, क्योंकि वे भी सेवक मात्र हैं, बल्कि गर्व जीवन के उस भाग में जहां वे सेवा कर रहे हैं ताकि वे भी कायदे से मनुष्यता के पुत्र और जगत् की कन्या कहला सकें; वे भी विश्व के सहायक बनकर जी सकें। और वे भी ऐसे बनें—तब तक के लिए जब तक अन्त निकट आता है, जब तक कार्य पूर्ण हो पाता है, जब तक दुनिया समाप्त होने तक चलती है, जब तक नियति का तानाबाना इसी तरह बुनता चला जा रहा है।

अध्याय 17

सन्तान

> कितनी ही सन्तान जन्म लेती हैं, कुछ मां-बाप की कम उम्र मे, कुछ बहुत उम्र बीत जाने पर, कुछ मां के आंसुओं की गाथा हैं, कुछ-कुछ नशे में धुत पिता की देखभाल में हैं। कितना कठिन है उस भार को ढोना, उस वजनी सलीब को उठाये ले जाना, लड़खड़ाते हुए, ठोकरें खाते हुए चलना और आखिर में पाना कि जीवन कुछ और नहीं मृत्यु है, मृत्यु भी कुछ खो जाने जैसा ही है, क्योंकि हमारी आंखें अच्छाई की ओर से मुंदी हुई हैं।
>
> **—कीरो**

एक व्यक्ति की कितनी सन्तान हैं या होंगी, यह ठीक-ठीक बताना एक अद्भुत कार्य अवश्य जान पड़ता है, किन्तु प्रमुख रेखाओं द्वारा मिलने वाली जानकारी की तुलना में कुछ भी अद्भुत नहीं है। ऐसा कर पाने के लिए हस्तरेखा शास्त्र का अधिक सावधानी से अध्ययन किया जाना जरूरी है, जैसा कि आम तौर पर होता नहीं।

इस विषय में पूरी तरह सही होने का जो श्रेय मुझे मिलता रहा है, उसे देखते इस पुस्तक को लिखते हुए भी मुझसे यह अनुरोध बहुत अधिक किया गया है कि मैं इस विषय पर जितने हो सकें, उतने विवरण यहां दूं। यह जानते हुए भी कि इस तरह के विषय को साफ-साफ समझाने के मार्ग में क्या कठिनाइयां हैं, मेरा प्रयास रहेगा कि मैं उस विषय को जितना सम्भव है, उतना स्पष्ट करके समझा सकूं।

सबसे पहले तो इस ओर संकेत कर सकने वाले हाथ के सभी भागों की पूरी जानकारी हासिल कर लेना आवश्यक है। उदाहरण के लिए जिस व्यक्ति के हाथ में शुक्र का पर्वत बिल्कुल भी ठीक ढंग से विकसित नहीं हुआ है, उसके यहां कभी भी सन्तान होने की सम्भावना नहीं है, जबकि उसकी तुलना में पूरे-भरे शुक्र पर्वत वाले व्यक्ति के मामले में ऐसा नहीं है।

सन्तान से सम्बन्धित रेखाएं विवाह रेखा की समाप्ति पर ऊपर को सीधी जाने वाली महीन रेखाएं हैं। कभी-कभी ये इतनी महीन होती हैं कि उन्हें साफ-साफ पहचान पाने के लिए सूक्ष्मदर्शी यंत्र की आवश्यकता होती है, लेकिन ऐसी स्थिति में यह देखने को मिलेगा कि हाथ की सभी रेखाएं पर्याप्त धुंधली हैं। इन रेखाओं की स्थिति, वे पर्वत के कौन-से भाग को छू रही हैं, देखने में वे कैसी हैं तथा इसी तरह की अन्य बातों से यह ठीक-ठीक बताया जा सकता है कि व्यक्ति के जीवन में प्रदर्शित कोटि के बच्चे महत्त्वपूर्ण भूमिका निभायेंगे, या इसके विपरीत होगा, वे कमजोर होंगे या स्वस्थ, वे लड़का होंगे या लड़की।

इन रेखाओं से सम्बन्धित प्रमुख बातें निम्नलिखित हैं:

जब वे पूरी तरह स्पष्ट अंकित होती हैं तो स्वस्थ, बलशाली सन्तान की द्योतक होती हैं, और जब ये रेखाएं धुंधली और लहरदार होती हैं तो स्थिति इसके विपरीत है।

जब इन रेखाओं का आरम्भिक भाग एक द्वीप लगता है तो बच्चा आरम्भिक जीवन में काफी बीमार रहता है, और जब आगे रेखा पूरी तरह स्पष्ट होती है तो बच्चे का स्वास्थ्य क्रमशः अच्छा होता जाता है।

जब रेखा द्वीप में समाप्त होती है तो परिणाम उसकी मृत्यु होता है।

जब एक रेखा दूसरी रेखाओं से अधिक लम्बी और श्रेष्ठ होती है तो मां-बाप के लिए एक बच्चा दूसरे बच्चों की अपेक्षा अधिक महत्त्व रखता है।

बच्चों की संख्या की गणना विवाह रेखा के बाहर से हथेली में अन्दर की तरफ को की जाती है।

पुरुष के हाथ में भी ये रेखाएं प्रायः उतनी ही स्पष्ट होती हैं, जितनी स्त्री के हाथ में, लेकिन इस स्थति में पुरुष बच्चों पर अपेक्षाकृत अधिक स्नेह रखने वाला होता है और उसकी प्रकृति भी अत्यधिक स्नेहपूर्ण होती है। नियम तो यह है कि स्त्री के हाथ में ये चिन्ह अधिक स्पष्ट होकर अंकित होते हैं। इन तथ्यों के बल पर मेरा विचार है कि अध्येता इन सूक्ष्म बिन्दुओं को भी जान-पढ़ सकता है, जिनका मैं यहां उल्लेख नहीं कर पा रहा।

अध्याय 18

नक्षत्र

नक्षत्र हाथ पर जहां कहीं भी प्रकट होता है, यह एक अत्यन्त महत्त्वभरा चिह्न है। मेरा यह कहना कतई नहीं है कि आमतौर पर खतरे का सूचक है और ऐसा संकेत है जिससे बच निकलने का कोई उपाय नहीं है, बल्कि इसके उलट मेरा विश्वास है कि एक या दो अपवादों को छोड़कर यह एक सौभाग्यपूर्ण लक्षण है और ऐसा है जो स्वाभाविक रूप से इस बात पर निर्भर करता है कि वह हाथ के किस भाग से या कौन-सी रेखा से सम्बन्धित है।

जब नक्षत्र शुक्र के पर्वत पर लक्षित होता है तो इसकी स्थिति के अनुसार इसके दो स्पष्ट अर्थ निकलते हैं।

जब यह पर्वत के शिखर पर होता है और हथेली पर सामने ही होता है तो यह अत्यधिक सम्मान, शक्ति और हैसियत का सूचक होता है और व्यक्ति की आकांक्षा पूर्ण होती है, अन्ततः उसे सफलता और विजय प्राप्त होती है (रेखाकृति 19 क)।

यदि नक्षत्र के साथ सबल भाग्य, मस्तिष्क और सूर्य रेखाएं हों तो मानवीय सफलता की सीढ़ी की ऐसी कोई पैडी नहीं, जिस पर वह व्यक्ति नहीं चढ़ेगा। ऐसा चिह्न प्रायः अत्यधिक स्त्री या पुरुष के हाथ में होता है और सम्भवतः शक्ति और हैसियत के क्षेत्र में इसका मुकाबला कर पाने वाला शायद ही कोई दूसरा चिह्न हो।

गुरु के पर्वत पर नक्षत्र की दूसरी स्थिति यह है : जब यह लगभग पर्वत से हटकर, उसके आधार में बहुत नीचे तर्जनी के मूल को काटता हुआ या हाथ के पीछे को बगल में कहीं टिका हुआ स्थित होता है—इस दशा में भी यह एक अत्यधिक महत्त्वाकांक्षी व्यक्ति का सूचक है, लेकिन एक अन्तर है, वह यह कि व्यक्ति बहुत जाने-माने लोगों के सम्पर्क में आयेगा, किन्तु यदि शेष हाथ भी अपेक्षाकृत अधिक उत्तम नहीं है तो यह चिह्न स्वयं उस व्यक्ति की विशिष्ट हैसियत और सत्ता के प्रति आश्वस्त नहीं करता।

शनि के पर्वत पर नक्षत्र

शनि के पर्वत के केन्द्र में नक्षत्र का होना किसी भयंकर दुर्घटना का सूचक है। (रेखाकृति 19 ख) इससे भी विशिष्टता अवश्य मिलती है, लेकिन यह विशिष्टता भयभीत करने वाली होती है। इस चिह्न को हत्या के चिन्ह के रूप में मानने के पुराने विचार के समकक्ष रहना निश्चित रूप से गलत है। वास्तव में इसका अर्थ है कि व्यक्ति भयानक रूप से नियति पर आधारित जीवन जियेगा, एक ऐसे व्यक्ति का जीवन जो हर तरह से नियति की सन्तान ही कहा जाएगा, एक ऐसा व्यक्ति जो जीवन के नाटक में किसी भयावह भूमिका को निभाने के लिए चुना गया है—वह 'जूडा' भी हो सकता है, मसीहा भी, किन्तु उसका सारा कार्य, जीवन, भविष्य सब किसी अतिनाटकीय और भयपूर्ण समापन पर पहुंचता है, किसी अतुलनीय विशिष्टता, किसी ऐसी स्थिति को जो मृत्यु की गरिमा से युक्त हो प्राप्त होता है—उस क्षण वह सम्राट् भले हो किन्तु उसके सिर पर सर्वनाश का ताज होता है।

शनि पर नक्षत्र की दूसरी स्थिति पर्वत से लगभग हटकर है, या तो उसकी बगल में या उंगलियों में काटती हुई। गुरु पर नक्षत्र की तरह इसका अर्थ है कि व्यक्ति ऐसे लोगों में से किसी के सम्पर्क में आयेगा जो इतिहास निर्माता कहलाते हैं, लेकिन इस स्थिति में होगा यह कि किसी ऐसे के सम्पर्क में आयेगा जो किसी प्रकार की भयावह नियति के अधीन विशिष्टता को प्राप्त हुआ होगा।

सूर्य के पर्वत पर नक्षत्र

सूर्य पर्वत पर नक्षत्र (रेखाकृति 19 घ) से व्यक्ति को धन-दौलत और अच्छी हैसियत की प्राप्ति होती है किन्तु नियम यह है कि प्रसन्नता नहीं मिलती। दौलत बहुत देर से मिली होती है जिसकी कीमत शायद स्वास्थ्य आदि के रूप में और शायद मानसिक शान्ति के भी रूप में काफी ऊंचे दामों पर चुकाई जा चुकी होती है। तथापि सत्य यह है कि यह नक्षत्र समृद्धि देता तो है किन्तु सन्तोष और खुशी कभी नहीं दे पाता। इस स्थिति में जब यह पर्वत की बगल में होता है तो दूसरों की तरह इस बात का घोतक तक होता है कि व्यक्ति सांसारिक पदार्थों के रूप में स्वयं तो समृद्ध नहीं होगा किन्तु धनी और समृद्ध लोगों के सम्पर्क में अवश्य आयेगा।

और जब यह सूर्य रेखा से मिलता या उसके द्वारा निर्मित नक्षत्र होता है तो यह अत्यधिक ख्याति और बड़प्पन का बोध कराता है जिसका माध्यम होता है

प्रतिभा और कला का क्षेत्र। यह हाथ पर बहुत अधिक ऊंची जगह नहीं होना चाहिए, रेखा के मध्य के थोड़ा ऊपर इसकी आदर्श स्थिति है, जैसा कि मदाम सारा बर्नहार्ट के विषय में देखा जा सकता है, चित्र 10 में जिनके हाथ की छाप दर्शायी गयी है।

बुध के पर्वत पर नक्षत्र

बुध पर्वत के केन्द्र में नक्षत्र (रेखाकृति 19 च) इस बात का द्योतक है कि व्यक्ति विज्ञान, व्यापार आदि में प्रतिभा सम्पन्न है या हाथ के प्रकार के अनुरूप पहले उदाहरणों की तरह वक्तृता की क्षमता में, और पर्वत की बगल में होने पर यह इन क्षेत्रों में विशिष्टता प्राप्त व्यक्तियों का सान्निध्य दर्शाता है।

मंगल के पर्वत पर नक्षत्र

बुध के नीचे मंगल पर्वत पर नक्षत्र (रेखाकृति 18 औ) का अर्थ है कि धैर्य, समर्पण और उत्सर्ग के द्वारा महानतम सम्मान की प्राप्ति होगी।

हाथ के दुसरी ओर, गुरु के नीचे मंगल पर्वत पर होने का अर्थ है कि वैवाहिक जीवन के द्वारा अत्यधिक विशिष्टता और उच्च स्थिति की की प्राप्ति होगी, या फिर ऐसा सांकेतिक युद्ध या झगड़ा मचेगा कि जिसमें व्यक्ति उलझा ही रहेगा।

चन्द्र के पर्वत पर नक्षत्र

चन्द्र पर्वत पर नक्षत्र (रेखाकृति 18 अं) मेरी व्यवस्था के अनुसार पर्वत के गुणों के कारण अत्यधिक प्रसिद्धि का सूचक है, अर्थात् कल्पनाशक्ति के कारण। दूसरे हस्तरेखा शास्त्रियों की तरह मैं नहीं मानता कि यह डूब जाने का लक्षण है। हां, इस चिह्न का एक और भी अर्थ है जिसने शायद इस विचार को जन्म दिया हो, और वह यह है कि जब मस्तिष्क रेखा नक्षत्र के रूप में समाप्त होती है और चन्द्र पर्वत पर समाप्त होती है तो स्वप्निल काल्पनिक शक्तियां मस्तिष्क रेखा के सन्तुलन को नष्ट कर डालती हैं और परिणाम पागलपन होता है। क्योंकि यह चिह्न अधिकतर आत्महत्या करने वालों के हाथों में मिलता है, तो लगता है इसी से ऐसे विचार का जन्म हुआ होगा, लेकिन लोग यह भूल जाते हैं कि डूबकर मरना अब आत्महत्या का प्रचलित तरीका नहीं रहा। उनके युग में तो गैस का चूल्हा या नींद की गोलियों का अधिक मात्रा में सेवन अधिक प्रचलित है।

शुक्र के पर्वत पर नक्षत्र

शुक्र पर्वत के सबसे ऊंचे स्थल के केन्द्र में (रेखाकृति 18 अः) नक्षत्र पुनः सफलता और अनुकूलता का चिह्न है, लेकिन यहां बारी है प्रेम और आवेगों की। पुरुष के हाथ में ऐसे चिह्न का अर्थ है प्रेम के सभी सम्बन्धों में अतुलनीय सफलता और स्त्री के हाथ में भी अर्थ यही है। उनकी विजय के आनन्द को किसी प्रकार का विरोध या ईर्ष्याभाव बर्बाद नहीं करेगा।

पर्वत की बगल में नक्षत्र का होना व्यक्ति के प्रेम-सम्बन्धों का उन लोगों से होना बताता है जो प्रेम के अखाड़े के सफल खिलाड़ी हैं।

उंगलियों पर नक्षत्र

उंगलियों की पहली पोर या नोकों पर नक्षत्र होने का अर्थ है कि जिस क्षेत्र का भी स्पर्श किया जाएगा, जिस क्षेत्र में प्रयत्न किया जाएगा, उसी में सौभाग्य लक्षित होगा, और अंगूठे की पहली पोर पर इसके होने का अर्थ है कि सफलता व्यक्ति की इच्छाशक्ति के बल पर प्राप्त होगी।

नक्षत्र उन इने-गिने चिह्नों में है जिसे अवश्य ध्यान से देखना चाहिए क्योंकि यह अत्यधिक महत्त्वपूर्ण है।

इन पूर्व कथित विचारों के अनुरूप यह बात अवश्य ध्यान में रखनी चाहिए कि यह कम मिलने वाला महत्त्वपूर्ण चिह्न—नक्षत्र—हाथ के सामान्य गुणों के ही प्रकाश में देखा जाना चाहिए। उदाहरण के लिए यह बात युक्तिसंगत है कि अविकसित मस्तिष्क रेखा वाले हाथ पर नक्षत्र का न तो कोई अर्थ है, न शक्ति। निस्सन्देह इस शास्त्र के हर अन्य भाग की तरह इस विषय में भी यह ध्यान रहे कि संकेत कितने भी स्पष्ट क्यों न हो, अध्येता का अपनी बुद्धि का प्रयोग करना, स्वयं निर्णय करना आदि ऐसी बातें हैं जिन्हें अनदेखा करना असम्भव है।

अध्याय 19

गुणनचिह्न (क्रास)

गुणनचिह्न नक्षत्र का विपरीत चिह्न है और अनुकूल चिह्न के रूप में कभी दिखाई नहीं देता। यह संकट, निराशा, खतरे आदि का और कभी-कभी जीवन में स्थिति के परिवर्तन का द्योतक है जोकि किसी मुसीबत द्वारा ही आया होता है। तथापि केवल एक स्थिति ऐसी है जिसमें इसका होना एक अच्छी निशानी मानी जा सकती है और वह है इसका गुरु के पर्वत पर होना (रेखाकृति 18 क)। इस स्थिति में इसका अर्थ है कि जीवन में कम-से-कम एक गहरा प्रेम तो अवश्य होगा। ऐसा विशेषतः उस समय अवश्य होता है जब भाग्य रेखा चन्द्र पर्वत से ऊपर उठती है। उस पर इस गुणनचिह्न के होने का एक विशेष गुण यह है कि यह लगभग उस समय की ओर भी इंगित करता है जब ऐसा प्रेम सम्बन्ध व्यक्ति को प्रभावित करेगा। जब यह जीवन रेखा के आरम्भ के निकट और हाथ की बगल में होता है तो ऐसा जीवन में शुरू के दिनों में ही होगा, पर्वत के शिखर पर हो तो मध्य जीवन में होगा, और नीचे आधार पर हो तो जीवन के बाद के दिनों में होगा।

शनि के पर्वत पर (रेखाकृति 18 ख) जब यह क्रास भाग्य रेखा को स्पर्श कर रहा होता है तो यह दुर्घटना में खतरनाक ढंग से मृत्यु का बोध कराता है, किन्तु जब पर्वत के केन्द्र में अकेला होता है तो यह जीवन की बुरी, विनाशकारी वृत्तियों की वृद्धि करता है।

सूर्य के पर्वत पर यह चिन्ह ख्याति, कला और समृद्धि की तलाश करने वाले के जीवन में घोर निराशा का द्योतक है।

बुध के पर्वत पर गुणनचिह्न के होने का नियम है कि यह बेईमान और दुहरी चाल चलने वाले चरित्र का पता देता है।

बुध के नीचे मंगल पर्वत पर यह शत्रुओं द्वारा किये जाने वाले खतरनाक विरोध का भान कराता है, और गुरु के नीचे मंगल पर्वत पर इसके होने का अर्थ है शक्ति,

हिंसा और यहां तक कि लड़ाई-झगड़े में मृत्यु।

चन्द्र पर्वत पर मस्तिष्क रेखा से नीचे गुणनचिन्ह का अर्थ है कल्पना का मारक प्रभाव। ऐसे चिन्ह वाला व्यक्ति स्वयं अपने को भी छलता है (रेखाकृति 16 अः)।

जब यह चिन्ह शुक्र के पर्वत पर गहन रूप से अंकित हो तो प्रेम-क्षेत्र में कठिन परीक्षा या मारक प्रभाव का द्योतक है, किन्तु जब यह बहुत छोटा हो और जीवन रेखा के निकट अंकित हो तो यह निकट के सम्बन्धियों से झगड़े और उनकी पैदा की मुसीबतों का द्योतक है।

भाग्य रेखा की बगल में गुणनचिन्ह, जो हस्त रेखा और जीवन रेखा के बीच मंगल के क्षेत्र पर स्थित होता है, व्यक्ति के व्यवसाय के क्षेत्र में सम्बन्धियों के विरोध को बतलाता है और नियति में परिवर्तन इसका अर्थ होता है, किन्तु हाथ के दूसरी ओर चन्द्र के बाद इसकी स्थिति यात्रा में निराशा से सम्बन्धित होती है।

जब यह ऊपर की ओर हो और मस्तिष्क रेखा को स्पर्श करता हो तो इसका अर्थ सिर की किसी चोट या दुर्घटना से होता है।

सूर्य रेखा की बगल में यह हैसियत के मामले में निराशा का प्रदर्शन करता है।

जब यह भाग्य रेखा में जा मिलता हो तो अर्थ है धन के मामले में निराशा और हृदय रेखा के ऊपर इसकी स्थिति का अर्थ है किसी प्रिय सम्बन्धी की मृत्यु।

अध्याय 20

वर्गाकार चिह्न

वर्ग (रेखाकृति 15) हाथ के अपेक्षाकृत कम महत्त्व के चिन्हों में अत्यधिक दिलचस्प है। इसे आम तौर पर 'रेखा का चिन्ह' कहा जाता है क्योंकि यह दर्शाता है कि इस स्थलविशेष पर व्यक्ति जो कोई खतरा मंडरा रहा हो, उससे सुरक्षित होगा।

जब एक सुविकसित वर्ग में से होकर मध्य रेखा निकल रही हो तो यह व्यक्ति के भौतिक जीवन में आने वाले गम्भीरतम संकट की द्योतक होती है, जिसका सम्बन्ध आर्थिक दुर्घटना या हानि से है, लेकिन यदि भाग्य रेखा वर्ग से पार होकर सीधी बढ़ती हो तो सभी खतरे टल जाते हैं। यदि यह रेखा वर्ग के भीतर टूट भी रही हो, तब भी यह किसी गम्भीर हानि से सुरक्षा का ही चिन्ह है।

जब वर्ग रेखा के बाहर हो और केवल इसे छू रहा हो और सीधे शनि के पर्वत के नीचे हो तो यह दुर्घटना से रक्षा का सूचक है।

जब मस्तिष्क रेखा एक सुनिमित वर्ग में से निकलती है तो यह स्वयं मस्तिष्क की शक्ति और सुरक्षा का चिन्ह है और साथ ही उस क्षणविशेष पर किसी कार्य से संबंधित भयंकर तनाव अथवा चिन्ता का भी द्योतक है।

जब वर्ग मस्तिष्क रेखा के ऊपर उठ रहा हो और शनि के नीचे हो तो यह सिर की किसी खतरे से रक्षा की भविष्यवाणी करता है।

जब हृदय रेखा किसी वर्ग में से गुजरती है तो यह प्रेम के कारण किसी भारी संकट का सूचक चिन्ह है। जब शनि के नीचे हो तो व्यक्ति के प्रेम विषय को किसी खतरे का चिन्ह है। (रेखाकृति 21 औ)

जब जीवन रेखा वर्ग में से गुजरती है तो यह इस बात का सूचक है कि भले ही रेखा उस बिन्दु पर टूटती हो, किन्तु व्यक्ति की मृत्यु से रक्षा होगी। (रेखाकृति 21 अं)

जीवन रेखा के भीतरी और शुक्र के पर्वत पर वर्ग का अर्थ है काम-संवेगों के

कारण आने वाले संकट से रक्षा।' (रेखाकृति 21 अः)। जब वर्ग शुक्र के पर्वत के केन्द्र में स्थित होता है तो इसका अर्थ है कि व्यक्ति कामसंवेगों के कारण हर तरह के खतरे में पड़ेगा किन्तु हमेशा बच निकलेगा।

और जब वर्ग जीवन रेखा के बाहर हो और मंगल क्षेत्र से आकर उसे

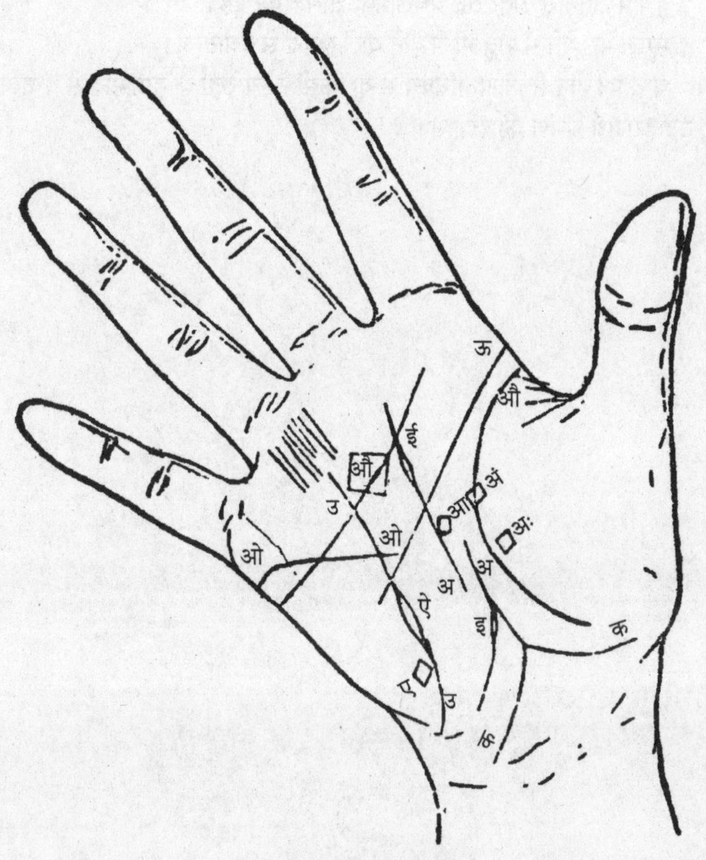

प्रमुख रेखाओं में परिवर्तन
रेखाकृति 21

छु रहा हो तो इस स्थान पर वर्ग का अर्थ या तो कारावास या शेष जगत् से अलग-अलग रहना होता है।

अब वर्ग किसी भी पर्वत पर होता है तो उस पर्वत के गुणों के कारण होने वाले

किसी भी अतिरेक से रक्षा का द्योतक होता है।

गुरु पर होने से यह व्यक्ति की आकांक्षा से उसे रक्षा प्रदान करता है।

शनि पर होने से जीवन को जो खतरा हो उससे बचाता है।

सूर्य पर होने से प्रसिद्धि की इच्छा से बचाता है।

बुध पर होने से उद्विग्नता, चंचलता वृत्ति से बचाता है।

मंगल पर होने से शत्रुओं से होने वाले खतरों से बचाता है।

चन्द्र पर होने से कल्पनाधिक्य से या किसी अन्य रेखा के दुष्प्रभाव से बचाता है, उदाहरणार्थ भ्रमण की रेखा से।

अध्याय 21

द्वीप, वृत्त और बिन्दु

द्वीप

द्वीप अधिक सौभाग्यशाली चिह्न नहीं है, किन्तु इसका सम्बन्ध जिस रेखा या हाथ के जिस भाग पर यह हो उसी हिस्से से होता है। यह जानना दिलचस्प तथ्य है कि यह अधिकांशतः विरासत में मिली बुराइयों से सम्बन्धित होता है, उदाहरण के लिए यदि हृदय रेखा पर सुविकसित द्वीप हो तो विरासत में मिले हृदय रोग का द्योतक होता है।

जब यह मस्तिष्क रेखा के केन्द्र में एक स्पष्ट चिह्न के रूप में हो तो यह मानसिकता से सम्बद्ध किसी पैतृक दुर्बलता का लक्षण है।

जब जीवन रेखा पर हो तो उस बिन्दुविशेष पर किसी दुर्बलता या रोग का द्योतक है।

जब भाग्य रेखा पर हो तो सांसारिक मामलों में किसी भारी हानि का द्योतक है।

जब सूर्य रेखा पर हो तो यह प्रसिद्धि और हैसियत की हानि की भविष्यवाणी करता है जो आमतौर पर किसी बदनामी के कारण होती है। (रेखाकृति 21 ऐ)

जब स्वास्थ्य रेखा पर हो तो यह किसी गम्भीर रोग के प्रति आगाह करता है।

कोई रेखा या तो द्वीप में मिल रही हो या द्वीप बनाती हो तो यह हाथ के जिस भाग में है उसके सम्बन्ध में एक बुरा लक्षण है।

शुक्र के पर्वत पर एक सहायक रेखा अगर एक द्वीप में मिल रही हो तो यह जीवन को प्रभावित करने वाले स्त्री या पुरुष के लिए काम संवेगों के कारण बदनामी या मुसीबत की भविष्यवाणी करने वाला लक्षण है। (रेखा-कृति 18 घ)

एक द्वीप बनाती रेखा जो शुक्र पर्वत से आती हुई हाथ को पार करके बिवाह

रेखा तक जा रही हो, इस बात की भविष्यवाणी करती है कि उस विशेष बिन्दु पर कोई दुष्प्रभाव जीवन पर पड़ेगा जो विवाह को बदनाम करेगा (रेखाकृति 18 छ)। यदि इसी प्रकार की कोई रेखा हृदय रेखा की ओर आती हो तो कोई दुष्प्रभाव प्रेम-सम्बन्धों को बदनामी और संकट में डालेगा। और जब मस्तिष्क रेखा की ओर जाती हो तो कोई प्रभाव व्यक्ति की प्रतिभा और नीयत को किसी बदनाम कार्य की दिशा में प्रेरित करेगा। और जब वह भाग्य रेखा से मिले और उसे वहीं रोक ले तो कोई दुष्प्रभाव व्यक्ति की सफलता में उस तिथि में बाधा डालेगा जब दोनों रेखाएं मिल रही हों।

किसी भी पर्वत पर पाया जाने वाला द्वीप उसके गुणों को हानि पहुंचाता है।

गुरु के पर्वत यह आत्माभिमान और आकांक्षा को दुर्बल करता है।

शनि पर व्यक्ति को दुर्भाग्य का शिकार बनाता है।

सूर्य के पर्वत पर कला के लिए प्रतिभा को दुर्बल करता है।

बुध पर व्यक्ति को इतना परिवर्तनशील बनाता है कि उसे सफलता न मिल सके, विशेषतः व्यवसाय या विज्ञान से जुड़े किसी क्षेत्र में।

मंगल पर द्वीप का अर्थ है भावना की दुर्बलता और कायरता।

चन्द्र पर अर्थ है कल्पना की क्षमता को अमल में ला सकने में कमजोरी।

शुक्र पर यह व्यक्ति को कल्पना के खेल और काम संवेग से आसानी से प्रभावित और परिचालित होने वाला बताता है। (रेखाकृति 20 अं)

वृत्त

यदि वृत्त सूर्य के पर्वत पर हो तो शुभ लक्षण है। यही केवल एक स्थिति है कि जिसमें यह सौभाग्य का सूचक है। किसी अन्य पर्वत पर वृत्त व्यक्ति की सफलता के विपरीत लक्षण हैं।

चन्द्र के पर्वत पर वृत्त होने से डूबकर मृत्यु होने का भय होता है।

जब यह किसी महत्त्वपूर्ण रेखा को छू रहा हो तो यह इस बात का सूचक है कि उस विशेष स्थल पर व्यक्ति अपने को दुर्भाग्य से बचाने में सक्षम नहीं होगा—दूसरे शब्दों में, जैसा कि नियत है, वह गोल चक्कर में धूमता चला जाएगा और उस दुष्चक्र को भंग करके मुक्त होने के योग्य नहीं होगा।

बिन्दु

बिन्दु प्रायः अस्थायी रुग्णता का द्योतक है।

एक चमकीला लाल बिन्दु यदि मस्तिष्क रेखा पर हो तो किसी आघात या गिरने के कारण चोट या घायल होने का चिह्न है।

एक काला अथवा नीला बिन्दु स्नायविक रोग का चिह्न है।

स्वास्थ्य रेखा पर चमकीला लाल बिन्दु प्रायः बुखार होने की सूचना देता है। और जीवन रेखा पर होने से यह किसी ऐसी बीमारी का द्योतक है जो ज्वर प्रकृति की हो।

अध्याय 22

जाल, त्रिकोण, रहस्य-क्रास, बृहस्पति मुद्रिका

जाल (रेखाकृति 15) अक्सर दिखाई दे जाता है और आमतौर पर हाथ के पर्वतों पर होता है। यह उस पर्वतविशेष की सफलताओं के मार्ग में बाधाओं का सूचक होता है और विशेष रूप से इसका अर्थ यह होता है कि ये बाधाएं हाथ के उस भाग के अनुसार जिस पर जाल है, व्यक्ति की अपनी प्रवृत्तियों के कारण आती हैं।

गुरु के पर्वत पर यह गर्व, घमंड और छा जाने वाली वृत्ति का सूचक है।

शनि के पर्वत पर यह दुर्भाग्य की भविष्यवाणी करता है। प्रवृत्ति बहुत उदास-एकान्त प्रियतायुक्त और विकृत होती है।

सूर्य के पर्वत पर यह घमंड, मूर्खता और विख्यात होने की इच्छा प्रकट करता है।

बुध के पर्वत पर यह अस्थिर और कुछ सिद्धान्त-विहीन व्यक्ति का सूचक है।

चन्द्र के पर्वत पर इसका अर्थ है बेचैनी, असन्तोष और क्लान्ति।

शुक्र के पर्वत पर कामसंवेगों में बेलगामी बतलाता है।

त्रिकोण

त्रिकोण (रेखाकृति 15) एक विचित्र चिह्न है और प्रायः स्पष्ट और स्वच्छ रूप में अंकित होता है जो रेखाओं के संयोग से एक-दूसरे को काटने के कारण नहीं बना होता।

जब यह शुक्र के पर्वत पर सुविकसित रूप में होता है तो यह लोगों का प्रशासन चलाने में सामान्य से अधिक सफलता, उन्हें संभालने और यहां तक कि रोजमर्रा के कार्यों में सुव्यवस्था लाने आदि का द्योतक होता है।

शनि के पर्वत पर यह रहस्यवादी कार्यों के प्रति अभिरुचि और प्रतिभा प्रदान करता है, गुह्य की तह तक जाने, मानवीय चुम्बकीयता का अध्ययन करने आदि की ओर झुकाव देता है।

सूर्य के पर्वत पर जाल का अर्थ है कला का व्यावहारिक उपयोग और सफलता ख्याति की दिशा में शान्त प्रयत्न। सफलता ऐसे लोगों को कभी भ्रष्ट नहीं करती।

बुध के पर्वत पर यह इसकी अस्थिर वृत्तियों पर अंकुश लगाता है और व्यवसाय व आर्थिक मामलों में सफलता का संकेत करता है।

मंगल के पर्वत पर यह युद्धकला में वैज्ञानिकता, संकट के समय महान् प्रशान्ति और खतरों में तुरतबुद्धि प्रदान करता है।

चन्द्र के पर्वत पर त्रिकोण का अर्थ है कल्पना प्रेरित विचारों में वैज्ञानिक पद्धति ले आने की क्षमता।

शुक्र के पर्वत पर प्रेम में शान्ति और नपा-तुला व्यवहार, अपने ऊपर नियन्त्रण रखने की शक्ति प्राप्त होती है।

तिपाई या त्रिशूल (रेखाकृति 15) जिस पर्वत पर भी हो, उसकी अद्भुत सफलता का द्योतक है।

रहस्य-क्रास

यह विचित्र चिह्न आमतौर पर चतुष्कोण का केन्द्रस्थल अपने लिए चुनता है (रेखाकृति 19 छ) किन्तु यह या तो उसके ऊपरी या बिल्कुल निचले भाग पर हो सकता है। यह भाग्य रेखा और मस्तिष्क रेखा से हृदय रेखा की ओर किसी रेखा के मिलने से भी बना हो सकता है और किसी मुख्य रेखा से किसी तरह सम्बन्धित न होकर एक सुस्पष्ट चिह्न के रूप में भी मौजूद हो सकता है।

यह रहस्यवाद, गुह्यवाद और अन्धविश्वास का द्योतक होता है।

ये तीनों गुण एक-दूसरे से बिल्कुल भिन्न हैं, यद्यपि आम तौर पर एकदूसरे का भ्रम पैदा करता है, इसलिए रहस्य-क्रास की स्थिति हाथ पर किस जगह है, यह अत्यधिक महत्त्वपूर्ण है।

जब यह हाथ पर बहुत ऊपर गुरु की ओर हो तो यह व्यक्ति के अपने जीवन को लेकर रहस्यवाद में विश्वास प्रदान करता है, लेकिन उसमें जितना अपने-आप से सम्बन्ध है, उसके आगे और अध्ययन की इच्छा नहीं होती। ऐसे लोग चाहते हैं कि उनका भविष्य बताया जाए, लेकिन जिज्ञासा से कारण अधिक कि वे जान सकें कि

उनकी महत्त्वाकांक्षाएं किस रूप में सामने आयेंगी, न कि उस गहन रुचि के कारण जो इस शास्त्र के अध्ययन के हेतु आवश्यक होती है।

जब 'रहस्य-क्रास' मस्तिष्क रेखा की अपेक्षा हृदय रेखा के अधिक निकट स्थित होता है तो यह अन्धविश्वासी प्रकृति प्रदान करता है और यह बात तब और भी अधिक होती है जब यह मस्तिष्क रेखा के केन्द्र पर अंकित होता है और वह रेखा तेजी से नीचे को वक्र हो रही होती है। यह अवश्य ध्यान में रखना चाहिए कि मस्तिष्क रेखा की लम्बाई का उससे बहुत गहरा सम्बन्ध है। छोटी मस्तिष्क रेखा के साथ इस क्रास का होना लम्बी रेखा के मुकाबले व्यक्ति को हजार गुना अधिक अन्धविश्वासी बनाता है। लम्बी रेखा गुह्यवाद की ओर अधिक ले जाती है, विशेषतः तब जब कि 'रहस्य-क्रास' मस्तिष्क रेखा पर एक स्वतन्त्र चिह्न के रूप में अंकित हो।

जब यह क्रास भाग्य रेखा को छूता है या उससे निर्मित होता है तो रहस्यवाद पूरे भविष्य को प्रभावित करता है।

बृहस्पति मुद्रिका

बृहस्पति मुद्रिका (रेखाकृति 12) भी एक ऐसा चिह्न है जो गुह्यवाद के प्रति प्रेम का द्योतक है, लेकिन जिस तरह 'रहस्य क्रास' रहस्य के प्रति केवल लगाव दर्शाता है, उसकी अपेक्षा यह मुद्रिका एक अधिकारी व कुशल विद्वान् की शक्ति बतलाने वाला चिह्न है।

अध्याय 23

रेखाओं से भरा हाथ : हथेली की रंगत

जब पूरा हाथ महीन रेखाओं की बहुतायत से भरा हो मानो इसकी सतह पर कोई जाल फैला हो तो इससे पता चलता है कि व्यक्ति की प्रकृति अत्यधिक कातर और संवेदनशील है, लेकिन प्रकृति ऐसी कि छोटे-छोटे विचारों और संकटों को लेकर लगातार क्षुब्ध और चिन्तित रहे, जबकि उन बातों का दूसरों के लिए कुछ भी महत्त्व नहीं होता।

यह बात विशेष रूप से तब और भी सही है जब हथेली कोमल हो—ऐसे लोग बीमारी या मुसीबत आने पर हर तरह की बात सोच जाते हैं; किन्तु यदि हाथ कठोर और दृढ़ है तो यह स्फूर्ति से भरे उत्साही चरित्र का घोतक है, किन्तु ऐसे लोग दूसरों के मामले में कहीं अधिक सफल होते हैं, न कि स्वयं अपने मामले में।

सपाट हाथ

ऐसे सपाट हाथ जिन पर बहुत ही कम रेखाएं हों उन लोगों में होते हैं जो अपने स्वभाव में, बल्कि शारीरिक निर्माण में भी बहुत शान्त किस्म के होते हैं। वे शायद ही कभी चिन्ता में डूबते हों, गुस्सा तो उन्हें बहुत ही कम आता है, और जब आता है तो उन्हें कारण पता होता है कि वे क्यों क्रुद्ध हैं। उसमें पुनः हथेली के कोमल अथवा कठोर होने से परिवर्तन होता है। जब हथेली दृढ़ हो तो कोमल के मुकाबले यह नियन्त्रण और शान्ति का अधिक बड़ा चिह्न है। कोमल होने की दशा में बात नियन्त्रण की उतनी नहीं है, जितनी उदासीनता की है—व्यक्ति किसी मामले में इतनी दिलचस्पी ही नहीं लेगा कि गुस्से की नौबत आये—उसके लिए ऐसा करने में बहुत मेहनत पड़ जाएगी।

त्वचा

यदि हथेली की त्वचा स्वाभाविक रूप से बहुत अच्छी और हल्की हो तो व्यक्ति मोटी त्वचा वाले की तुलना में अधिक समय तक युवावस्था का उत्साह और प्रकृति अपनाये रहेगा। यद्यपि इस बात पर व्यक्ति के कार्य का बहुत प्रभाव पड़ता है, लेकिन मैं उस दशा में यह बात कह रहा हूं कि जब व्यक्ति ने कम परिश्रम या शारीरिक श्रम किया हो, तथापि जहां मामला शारीरिक श्रम का भी हो,

वहां भी त्वचा पर उकेरी ऊंची-नीची मेंड का निरीक्षण किया जा सकता है। यह सिद्ध हो चुका है कि इस सम्बन्ध में भी कभी दो हथेलियां एक जैसी नहीं मिलतीं, परिणामतः कार्य त्वक् को मोटा भले ही कर दे, उसकी निजी विशेषता वही बनी रहती है।

हथेली की रंगत

हथेली की रंगत का बाहरी हाथ के रंग की तुलना में कहीं अधिक महत्त्व है। पहली नजर में तो यह विचित्र बात लग सकती है, किन्तु थोड़ी गहराई से देखने पर इस बात का सत्य प्रमाणित हो जाएगा।

हथेली स्नायुओं और स्नायु द्रव के तुरत नियन्त्रण व क्रिया के अधीन है। वैज्ञानिकों के अनुसार हाथ में शरीर के किसी अन्य भाग की तुलना में अधिक स्नायु हैं, और उसके भी आगे हाथ के भी किसी अन्य हिस्से के मुकाबले हथेली में अधिक स्नायु होते हैं। जहां तक स्नायु-द्रव का सम्बन्ध है, एबरक्रोम्बी ने 1838 में लन्दन में प्रकाशित हुए अपने ग्रन्थ में लिखा है, "ज्ञानेद्रियों से मस्तिष्क तक प्रभावों के सम्प्रेषण का श्रेय स्नायविक द्रव्यों की क्रियाओं को दिया गया है, जो और कुछ नहीं विद्युत् अथवा वैद्युतिकता से मिलता-जुलता एक अत्यन्त सूक्ष्म सार पदार्थ है।" इससे प्रमाणित होता है कि यह सूक्ष्म सार पदार्थ अवश्य शरीर के किसी अन्य भाग की तुलना में हथेली को ही अधिक प्रभावित करता है। इसलिए हर तरह से इसका महत्त्वपूर्ण कारण है कि हाथ के पिछले भाग के मुकाबले हथेली की रंगत अधिक महत्त्व क्यों रखती है।

यह देखा जा सकता है कि लगभग हर हथेली की अपनी स्पष्ट और अलग रंगत होती है जिसका श्रेणी विभाजन इस प्रकार किया जा सकता है:

जब हथेली पीली या लगभग सफेद रंग की हो तो व्यक्ति अपने को छोड़ किसी अन्य बात में कोई दिलचस्पी नहीं लेता, दूसरे शब्दों में वह स्वार्थी, अहंकारी और सहानुभूतिविहीन होता है।

जब हथेली पीली रंगत की हो तो व्यक्ति विकृत, उदास और अधपगला-सा होगा।

जब हथेली का रंग नाज़ुक-सा गुलाबी हो तो प्रकृत्ति सुकोमल, आशावान् और उत्फुल्ल होती है, और जब काफी लाल हो तो स्वास्थ्य सुदृढ़ होता है और मनोबल मजबूत, व्यक्ति भावावेगपूर्ण और त्वरित स्वभावी होता है।

अध्याय 24

बृहत् त्रिकोण और चतुष्कोण

जिसे बृहत् त्रिकोण अथवा मंगल त्रिकोण कहा जाता है उसका निर्माण जीवन, मस्तिष्क और स्वास्थ्य रेखा से मिलकर होता है। (रेखाकृति 22)

जैसाकि अधिकतर होता है, जब स्वास्थ्य रेखा पूरी तरह गायब हो, तो इसकी पूर्ति त्रिकोण का आधार बनाने वाली एक काल्पनिक रेखा से करनी चाहिए या फिर (जैसाकि प्रायः देखा जाता है) आधार सूर्य रेखा बनाती है (रेखाकृति 22 अ-अ)। यह बाद में उल्लिखित चिह्न शक्ति और सफलता का महानतम सूचक है, यद्यपि व्यक्ति उतना उदारचेता और उदार हृदम नहीं होगा जितना कि तब जब त्रिकोण का आधार स्वाथ्य-रेखा से बनता हो।

इस त्रिकोण का आकार व स्थिति को उन्हीं के आधार पर निर्धारित करना चाहिए, यद्यपि इसके ऊपरी, मध्य और निम्न तीन त्रिकोण हैं, जिन बातों की चर्चा बाद में की जाएगी।

जब त्रिकोण का निर्माण भली प्रकार मस्तिष्क, जीवन और स्वास्थ्य रेखा से होता है तो इसे पर्याप्त चौड़ा होना चाहिए ताकि मंगल का पूर्ण क्षेत्र इसके दायरे में आ जाए। इस स्थिति में यह विचारों का खुलापन दर्शाता है और उदारता व उन्मुक्त दृष्टि का सूचक होता है। ऐसा व्यक्ति किसी एक के लिए नहीं बल्कि पूर्ण की भलाई के लिए अपने को बलिदान करने को तैयार रहता है।

इसके विपरीत जब इसका निर्माण लहरदार, अस्थिर छोटी रेखाओं से होता हो तो इससे वृत्ति की भीरुता, संकुचिता और कायरता का पता चलता है। ऐसा व्यक्ति हमेशा बहुसंख्या के साथ चलता है, भले ही वह अपने सिद्धान्तों के विरुद्ध जा रहा हो।

और जब इस त्रिकोण की एक अन्य निर्मिति में इसका आधार सूर्य रेखा बनाती है तो व्यक्ति के विचार संकुचित होते हैं, किन्तु साथ ही उसकी व्यक्ति-विशिष्टता अत्यधिक होती है और इरादा भी बहुत पक्का होता है। ऐसा चिह्न अपने द्वारा प्रकट

किये जाने वाले गुणों के कारण अपने-आप में सांसारिक सफलताओं का बीज लिए होता है।

ऊपरी कोण

बृहत् त्रिकोण का ऊपरी कोण मस्तिष्क और जीवन रेखाओं से मिलकर बनता है (रेखाकृति 22 अ)। यह कोण स्पष्ट, ठीक से नुकीला और सम होना चाहिए। ऐसा होने पर यह विचार और बुद्धि की परिष्कृति और दूसरों के प्रति विनम्रता का द्योतक होता है।

जब यह अत्यधिक कुंठित हो तो इससे मन्द और काम-से-काम रखने वाली बुद्धि का ज्ञान होता है जिसमें अनुभूति और विनम्रता बहुत कम हो और कला या कलात्मक वस्तुओं या व्यक्तियों के प्रति प्रशंसा और जानकारी का भाव न के बराबर हो।

जब यह अत्यन्त चौड़ा और कंठित हो तो इससे बहत कुन्द और जल्दबाज प्रकृति का पता चलता है, वह व्यक्ति लगातार दूसरों को कुपित करता चला जाने वाला होगा। इससे अधीरता और अध्ययन को क्रियान्वित करने की अक्षमता का भी पता चलता है।

मध्य कोण

मध्य कोण मस्तिष्क और स्वास्थ्य रेखा के मेल से बनता है (रेखाकृति 22 इ)। यदि यह कोण स्पष्ट और सुविकसित हो तो यह त्वरित बुद्धि, जीवन्तता और अच्छे स्वास्थ्य का द्योतक होता है।

जब बहुत तीखा होता है तो यह कष्टकर रूप से व्यग्र प्रकृति और बुरे स्वास्थ्य का द्योतक होता है।

और जब अत्यधिक कुंठित होता है तो बुद्धि की मन्दता और काम करने के चलताऊ-से ढंग का परिचायक होता है।

निम्न कोण

निम्न कोण (रेखाकृति 22 ई) जब बहुत तीखा और स्वास्थ्य रेखा से निर्मित हो तो दुर्बलता, जीवन्तता की कमी आदि का द्योतक है, और जब कुंठित हो तो दृढ़ प्रकृति का परिचायक है।

जब सूर्य रेखा से बना हो और बहुत तीखा हो तो यह स्वतन्त्र व्यक्तित्त्व प्रदान

करता है, किन्तु दृष्टिकोण बहुत संकुचित होता है। जब कुंठित होता है तो उदारचेता और उदारहृदय बनाता है।

चतुष्कोण

जैसाकि नाम से ही स्पष्ट है, चतुष्कोण मस्तिष्क और हृदय रेखाओं के बीच की चतुष्कोणीय आयताकार जगह है। (रेखाकृति 22)।

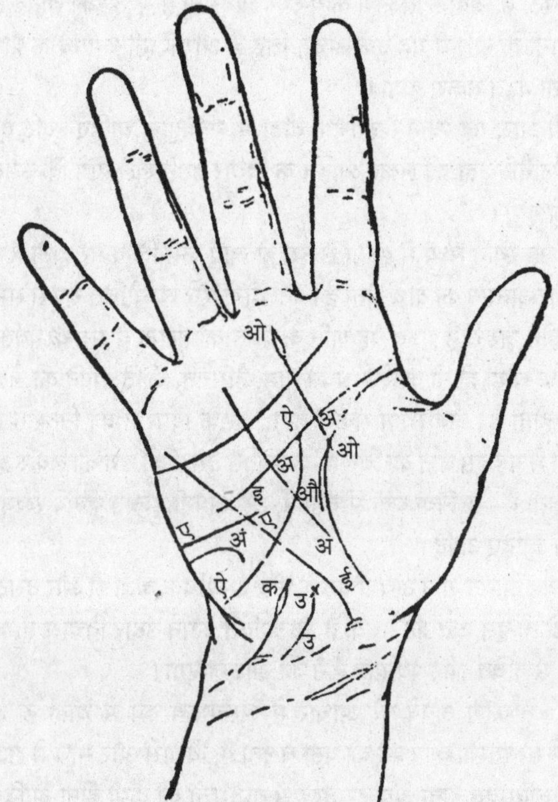

प्रमुख रेखाओं में परिवर्तन
रेखाकृति 22

इसे आकार में सम, दोनों सिरों पर चौड़ा और केन्द्र में संकुचित नहीं होना चाहिए। इसका आन्तरिक भाग समतल और साफ हो जिसे बहुत-सी रेखाएं भर न रही हों,

चाहे हृदय रेखा से आकर या मस्तिष्क रेखा से आकर। जब यह इस रूप में अंकित होता है तो यह बुद्धि की समता, मानसिक क्षमता और मित्रता व प्रेम में वफादारी का सूचक होता है।

अपने-आप में यह स्थान अपने साथियों के प्रति व्यक्ति के रवैये को दर्शाता है। जब यह चतुष्कोण अत्यधिक संकरा हो तो विचारों की संकुचिति, सोचने का छोटापन, कट्टरपंथीपन—धर्म और नैतिकता के क्षेत्र में अधिक—आदि का निदर्शन करता है, जबकि त्रिकोण कार्य और व्यवसाय में सुरक्षा का द्योतक होता है। धार्मिक लोगों के हाथ में यह एक अद्भुत चिह्न है और किसी धर्मान्ध के हाथ में यह स्थान हमेशा बहुत संकरा होगा।

दूसरी ओर, यह स्थान अत्यधिक चौड़ा भी नहीं होना चाहिए। यदि ऐसा होगा तो धर्म और नैतिकता को लेकर व्यक्ति के विचार इतने खुले होंगे कि उसके अपने हित में नहीं होंगे।

जब यह स्थान मध्य में इतना संकरा हो जाए जैसे कि कमर होती है तो इससे पूर्वाग्रह और अन्याय का बोध होता है। पुनः दोनों सिरे न्यायोचित रूप से समान और सन्तुलित होने जरूरी हैं। जब यह शनि के पर्वत की तुलना में सूर्य के पर्वत के नीचे कहीं अधिक चौड़ा हो तो व्यक्ति अपने नाम, हैसियत, कीर्ति आदि को लेकर बहुत लापरवाह होता है। जब स्थान संकरा हो तो इसके विपरीत का निदर्शन होता है। ऐसी स्थिति में यह इस बात का चिह्न है कि व्यक्ति दूसरों की राय को लेकर अत्यधिक चिन्तित रहता है—दुनिया क्या सोचती है, उसे अपनी इज्जत बनाये रखने के लिए क्या करना चाहिए आदि।

जब यह आयत शनि अथवा गुरु के नीचे अत्यधिक चौडी हो और दूसरे सिरे पर संकुचित हो तो इस बात की सूचक है कि व्यक्ति अपने उदार विचारों से, मानसिक खुलेपन से संकुचित और पूर्वाग्रही होने की ओर जाएगा।

जब चतुष्कोण अपने पूरे आधार में असामान्य रूप से चौड़ा हो तो इससे मस्तिष्क में सुव्यवस्था की कमी का पता चलता है, विचारों और सोच में लापरवाही, प्रकृति का रूढ़िमुक्त होना और हर तरह से बुद्धिमत्ता की कमी होना आदि का ज्ञान होता है।

जव चतुष्कोण समतल और छोटी-छोटी रेखाओं से मुक्त होता है तो उससे शान्त स्वभाव का पता चलता है।

जब यह छोटी रेखाओं और गुणनचिह्नों से भरा पड़ा हो तो प्रकृति बहुत उद्विग्न

और चिड़चिड़ी होती है।

चतुष्कोण के किसी भी भाग में नक्षत्र का होना एक बहुत अच्छा चिह्न है, विशेषतः यह यदि किसी अनुकल पर्वत के नीचे हो।

गुरु के नीचे यह गौरव और सत्ता दिलाता है।

शनि के नीचे होने पर सांसारिक मामलों में सफलता प्रदान करता है।

सूर्य के नीचे हो तो ख्याति की प्राप्ति में सफलता और कलाओं के माध्यमों से हैसियत दिलाता है और सूर्य और बुध के बीच होने पर विज्ञान और शोध के क्षेत्र में सफलता।

अध्याय 25

यात्राएं, समुद्रयात्राएं और दुर्घटनाएं

यात्रा और समुद्रयात्रा की भविष्यवाणी करने के दो स्पष्ट तरीके हैं। एक तो चन्द्र के पर्वत पर गहरी रेखाओं को देखकर और दूसरा उन महीन रेखाओं को देखकर जो जीवन रेखा से निकलती हैं लेकिन उसके साथ-साथ चलती जाती हैं (रेखाचित्र 22 औ)। यह संकेत उसी की भांति है जो हथेली में जीवन रेखा के बंटने से मिलता है : यदि एक शाखा शुक्र के गिर्द जाती है, और दूसरी चन्द्र पर्वत के आधार की ओर बढ़ती है तो यह इस बात की भविष्यवाणी है कि व्यक्ति अपने घर-गांव से हटकर कोई बड़ा स्थान-परिवर्तन करेगा। इससे यह परिणाम निकलता है कि जीवन रेखा के परिवर्तनों से जिन यात्राओं का पता चलता है, वे चन्द्र के ऊपर की रेखाओं से मिले संकेतों से कहीं अधिक महत्त्वपूर्ण हैं, क्योंकि ये केवल व्यक्ति की सामान्य यात्राओं और परिवर्तनों की सूचक होती हैं। कभी-कभी यह भी देखने को मिलता है कि दीर्घ रेखाएं पहले मणिबन्ध से निकलती हैं (रेखाकृति 22) और चन्द्र पर्वत तक ऊपर को जाती हैं। ये भी चन्द्र पर्वत पर अंकित यात्रा रेखाओं की तरह हैं, लेकिन उनकी तुलना में अधिक महत्त्वपूर्ण हैं। जब भाग्य रेखा उसी बिन्दु पर अत्यधिक और लाभकारी परिवर्तन दर्शाती है तो ये रेखाएं समृद्धिशाली और सौभाग्यशाली सिद्ध होती हैं। लेकिन जब भाग्य रेखा उसी बिन्दु पर कोई विशेष लाभ अर्जित करती नहीं दीखती तो व्यक्ति की स्थिति में कोई परिवर्तन नहीं होता और सांसारिक मामलों में इससे उसे कोई लाभ भी बड़ी हद तक प्राप्त होता नहीं दीखता।

जब इस तरह की यात्रा रेखा एक गुणनचिह्न के साथ समाप्त होती है तो यह यात्रा के निराशा में समाप्त होने की सूचना देती है। (रेखाकृति 22 उ-उ)।

जब यात्रा-रखा वर्ग के रूप में समाप्त होती है तो इससे यात्रा में खतरे का पता चलता है, किन्तु व्यक्ति सुरक्षित रहता है।

जब रेखा एक द्वीप के साथ समाप्त होती है, वह कितनी ही छोटी क्यों न हो, यात्रा का परिणाम हानिकारक निकलता है (रेखाकृति 22 अ)।

पहले मणिबन्ध से उठकर चन्द्र के पर्वत पर आने वाली रेखाएं सर्वाधिक लाभकर हैं :

जब रेखा हाथ को पार करके गुरु पर्वत में प्रवेश करती है तो यात्रा से ऊंची हैसियत और पर्याप्त शक्ति हासिल होती है, और यात्रा बहत लम्बी भी हो ती है।

जब भाग्य रेखा शनि के पर्वत की ओर जाती है तो किसी प्रकार की दुर्घटना पूरी यात्रा पर छायी रहती है।

जब यह सूर्य के पर्वत की ओर जाती है तो यह सर्वाधिक अनुकूल सिद्ध होती है जिससे समृद्धि और ख्याति प्राप्त होती है।

जब यह बुध के पर्वत की ओर जाती है तो अनपेक्षित और आकस्मिक धन दिलाती है।

जब चन्द्र पर्वत के ऊपर की लेटी रेखाएं पर्वत को पार करके भाग्यरेखा पर पहुंचती हैं तो यात्राएं अधिक लम्बी होती हैं और उनके मुकाबले अधिक महत्त्वपूर्ण भी जिनका पता उसी पर्वत की छोटी, भारी रेखाओं से चलता है, यद्यपि हो सकता है कि उनका सम्बन्ध स्थान परिवर्तन से न हो। (रखाकृति 22 ए-ए)

जब ये भाग्य रेखा से मिल जाती हैं और उसी के साथ ऊपर को उठती हैं तो ये ऐसी यात्राओं का द्योतक होती हैं जिनसे व्यक्ति को पर्याप्त लाभ प्राप्त होगा।

जब इन लेटी रेखाओं में से किसी का भी समापन नीचे झूलकार या कलाई की ओर नीचे को वक्र होकर होता है तो मात्र दुर्भाग्यपूर्ण होती हैं (रेखाकृति 22 अं)। जब ये ऊपर की ओर उठती हैं, कितनी ही छोटी क्यों न हों, यात्रा सफल होती है। जब इनमें से कोई रेखा दूसरी को काटती है तो ऐसी यात्रा पुनः होती है और किसी महत्त्वपूर्ण कारण से होती है।

ऐसी किसी रेखा पर वर्ग खतरे का चिह्न है, लेकिन दुर्भाग्य या दुर्घटना से सुरक्षा रहती है।

यदि यात्रा रेखा मस्तिष्क रेखा में जा मिलती है और इससे एक बिन्दू बनता है या द्वीप बनता है या रेखा टूट जाती है तो इससे सिर को लगने वाली चोट या यात्रा से किसी अन्य संकट की भविष्यवाणी होती है (रेखा कृति 22 ऐ-ऐ)।

दुर्घटना

मैंने दुर्घटनाओं के बारे में यात्रा की चर्चा करते हुए यात्रा रेखा को लेकर पर्याप्त संकेत कर दिये हैं, किन्तु दुर्घटनाएं जीवन-रेखा और मस्तिष्क रेखा पर अन्य किसी स्थल की अपेक्षा अधिक स्पष्ट रूप से अंकित होती हैं।

पहली बात तो यह है कि जीवन रेखा पर अंकित दुर्घटना मृत्यु का तात्कालिक खतरा बतलाती है, जो इस प्रकार हैं—

जब शनि के एक द्वीप से एक रेखा नीचे को गिरती है और जीवन रेखा से मिलती है तो घातक नहीं तो गम्भीर रूप से संकट का निदर्शन होता है (रेखाकृति 22 ओ-ओ)।

जब ऐसी रेखा एक छोटे गुणनचिह्न के रूप में समाप्त होती है, भले ही जीवन रेखा पर या उससे अलग तो इसका अर्थ होता है कि व्यक्ति किसी गम्भीर दुर्घटना से बाल-बाल बचेगा।

जब यही चिह्न नीचे की ओर अंकित होता है—शनि के पर्वत के आधार पर तो दुर्घटना किसी अन्य कारण की अपेक्षा पशुओं के कारण अधिक होती है।

शनि से जीवन रेखा की ओर जाती सीधी रेखा किसी प्रकार के खतरे की सूचक है किन्तु वह उतना गम्भीर नहीं होगा जितना कि दोषयुक्त रेखा से जो शनि पर जाती हो या उसके नीचे हो।

मस्तिष्क रेखा पर भी बिल्कुल यही नियम लागू होते हैं अन्तर केवल इतना ही है कि खतरा सीधे स्वयं सिर को ही होगा किन्तु यदि दुर्घटना रेखा मस्तिष्क रेखा को काटती या उसमें अवरोध पैदा नहीं करती तो खतरा मृत्यु की ओर संकेत नहीं करता, ज़बकि जीवन रेखा पर अंकित होने की दशा में ऐसा ही है। इसका अभिप्राय है, सत्य यही है कि व्यक्ति के पास आने वाले संकटों को पहले ही देख लेने का समय है, और ऐसा चिह्न मस्तिष्क को लगने वाले आधात और भय का संकेत है, लेकिन जब तक रेखा प्रभावित या टूटी न हो तो कोई गम्भीर परिणाम नहीं होगा।

अध्याय 26

समय-सात की पद्धति

अपनी पुस्तकों में मैं समय और तिथियों के बारे में एक पद्धति का उपयोग करता हूं, जिसका मैंने अन्यत्र उल्लेख नहीं देखा है। यह ऐसी पद्धति है जिसे मैंने निरपवाद रूप से सत्य पाया है, इसलिए मैं अध्येताओं से स्वयं इस पर ध्यान देने की सिफारिश करूंगा। यह सात की पद्धति है और मैं इसका पोषण जीवन के सभी रहस्यमय कलापों में प्रकृति द्वारा पढ़ायी पद्धति के रूप में करता हूं।

पहली बात यह है कि हम सात को चिकित्सा और विज्ञान के दृष्टिकोण से गणना का एक अत्यन्त महत्त्वपूर्ण बिन्दु पाते हैं। हम देखते हैं कि सारी व्यवस्था हर सात वर्ष के बाद पूर्णरूपेण परिवर्तित हो जाती है, गर्भावस्था से पूर्व की सात स्थितियां हैं, मस्तिष्क भी 'मानवीय मस्तिष्क का अद्वितीय स्वरूप' पाने के पूर्व सात रूपों में से गुजरता है, तथा इसी प्रकार अन्यत्र भी। फिर, हम यह भी देखते हैं कि हर युग में सात की संख्या ने विश्व इतिहास में सर्वाधिक महत्त्वपूर्ण भूमिका निभायी है। उदाहरण के लिए, मानव की सात जातियां, संसार के सात आश्चर्य, सात नक्षत्रों के सात देवताओं की सात वेदियां, सप्ताह के सात दिन, सात रंग, सात खनिज, सात ज्ञानेन्द्रियों की परिकल्पना, शरीर के तीन भाग जिसमें से हरेक में सात विभाग हैं और विश्व के सात प्रभाग। बाइबिल में भी सात सबसे महत्त्वपूर्ण संख्या है, किन्तु और आगे विवरण देना सतही हो जाएगा। इस विषय से अधिक सम्बन्ध रखने वाला बिन्दु यही है कि पूरी व्यवस्था में हर सात वर्ष में आमूलचूल परिवर्तन हो जाता है। मेरा अपना निरीक्षण इस तथ्य का षोषण करता है (मात्र अध्येताओं द्वारा स्वयं ध्यान दिये जाने हेतु) कि क्रमवार आने वाले सात शरीर की क्रियाओं में आने वाले परिवर्तनों के लगभग समान हैं। उदाहरण के लिए जो बालक सात वर्ष की आयु में नाजुक है, पूरी सम्भावना है कि इक्कीस वर्ष की आयु में भी नाजुक हो, जबकि सात वर्ष पर स्वस्थ और मजबूत बालक इक्कीस का होने तक वैसा ही स्वस्थ-मजबूत दिखाई देगा, इन

बीच के वर्षों में वह कितना बीमार या परेशान रहा है, उससे फर्क नहीं पड़ता। स्वास्थ्य आदि के सम्बन्ध में भविष्य कथन के लिए यह एक दिलचस्प बिन्दु है, जिसे मैंने

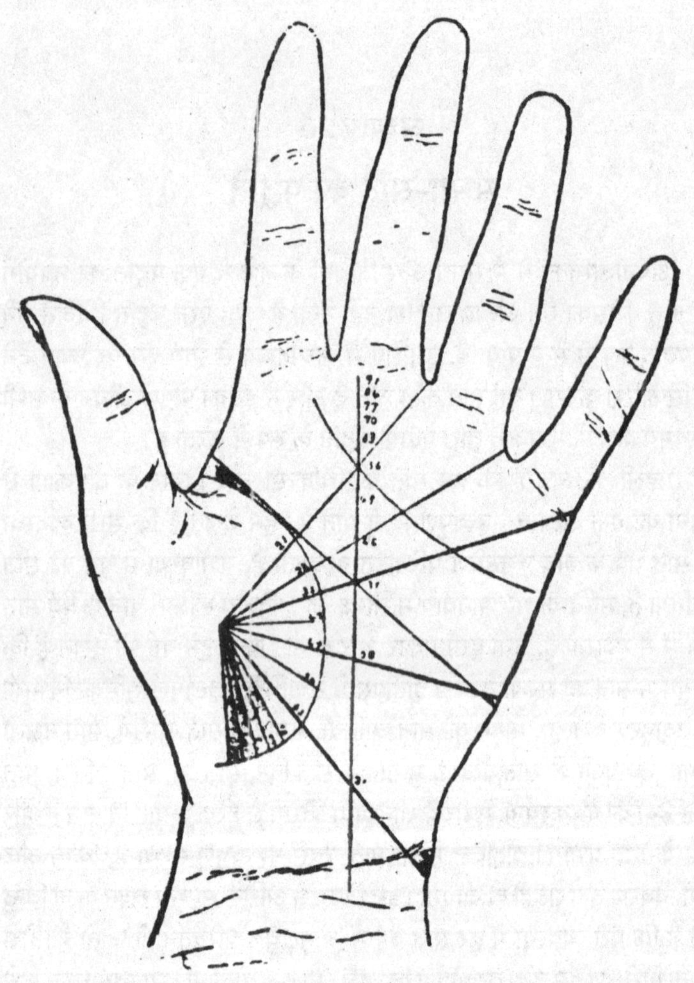

समय-सात की पद्धति
रेखाकृति 23

न केवल दिलचस्प बल्कि सही और भरोसेमन्द भी पाया है! हाय की हरा रेखा ऐसे विभागों में बांटी जा सकती है जो कमोबेश सही-सही तिथि बता सकते हैं। यद्यपि

तिथियों को जानने के लिए सबसे महत्त्वपूर्ण और सबसे अधिक देखी जाने वाली रेखाएं जीवन रेखा और भान्य रेखा हैं। रेखाकृति 23 में यह देखा जा सकता है कि मैंने भाग्य रेखा को तीन बड़े विभागों में बांटा है, जो क्रमशः इक्कीस, पैंतीस और उनचास को दर्शाते हैं, और यदि अध्येता इसे ध्यान में रखे तो मानवीय हाथ पर वह स्वयं आसानी से उन विभागों का अंकन कर लेगा। तथापि एक बात मैं पूरा जोर देकर कहे बिना नहीं रह सकता कि छोटी-से-छोटी गणना करने के पूर्व या ऐसी कोशिश भी करने के पूर्व अध्येता को हाथ की श्रेणी या प्रकार को अच्छी तरह देख लेना चाहिए। यह तर्कसंगत है कि वर्गाकार या चमचाकार हथेली और मनोवैज्ञानिक प्रकार की हथेली जो तिथियां बतायेंगी उनमें निश्चित रूप से अत्यधिक अन्तर देखने को मिलेगा। यदि अध्येता इस बात को ध्यान में रखेगा तो वह हथेली की लम्बाई के अनुसार अपने पैमाने को घटा या बढ़ा लेगा। जैसाकि दर्शाया गया है, उसके अनुसार रेखाओं को मानसिक रूप से विभक्त कर लेना सबसे सीधी और सही योजना है, जिस पर कोई भी अध्येता अमल कर सकता है।

तिथियों की गणना में जब जीवन रेखा और भाग्य रेखा को एक साथ प्रयोग किया जा सकता है जो यह देखने को मिलेगा कि वे एक-दूसरे की पुष्टि करती हैं और घटनाओं को एकदम सही-सही बता देती है। इसलिए थोड़े अभ्यास के बाद यह तिथि बता देना कठिन नहीं है कि कब कोई बीमारी हुई थी या घटना घटी थी, या कब अमुक-अमुक बात होगी। अभ्यास किसी भी क्षेत्र में पूर्णता की ओर ले जाता है, इसलिए किसी अध्येता को निरुत्साहित होने की आवश्यकता नहीं है, अगर शुरू में ही वह रेखाओं को विभागों और उपविभागों में बांटने में कुछ कठिनाइयों का अनुभव करने लगता है।

तीसरा खण्ड

अध्याय 1

आत्महत्या के सम्बन्ध में कुछ विचार

अब मैं कुछ ऐसे उद्धरणीय प्रकारों की चर्चा करूंगा जो रेखाओं, चिह्नों और निर्मितियों के समूह में अध्येता को यह समझाने में सहायक होंगे कि ये सब अलग व्यक्तिगत चरित्र कैसे दर्शाते हैं। ऐसा शायद ही कभी होता हो कोई एक स्पष्ट चिन्ह या विशिष्टता किसी एक प्रकृति को नष्ट था धुंधला कर देने की सामर्थ्य रखता हो। एक बुरा या खतरनाक चिन्ह प्रकृति के मामले में केवल इतना बताता है कि कोई विशिष्ट प्रकृति एक या दूसरी दिशा में ले जाने वाली है। एक घड़ी बनाने में कितनी तरह के चक्रों की आवश्यकता पड़ती है। इसी तरह किसी को अपराधी या सन्त बनाने के लिए कई तरह की विशिष्टताओं की आवश्यकता पड़ती है। इस बात का अत्यन्त स्पष्ट उदाहरण वह प्रकार है जो आत्महत्या की प्रवृत्ति की ओर संकेत करता है किन्तु और आगे बढ़ने के पूर्व मैं आत्महत्या के विषय में ही कुछ-एक बातें कहना चाहूंगा। मैं किसी भी नगर में रहूं, वहीं मेरी दिलचसी का केन्द्र एक ऐसी संस्था होती है जिसे मृत्यु का मन्दिर—अस्पतालों में शव रखने का स्थान—कहा जा सकता है। क्यों न कहा जाए? यदि कोई किसी भी अर्थ में जीवन का अध्ययन करता है तो उसे इसका अध्ययन उस 'अनजाने देश की सीमाओं तक करना चाहिए, जहां से कोई यात्री लौटकर नहीं आया'। अर्धबर्बर और अर्धमानवीय विचार—जो आत्महत्या जैसे कृत्य ने अपने को घोषित करके जाति से स्वयं को बाहर कर लिया है—इस दुनिया में ही नहीं, अगली दुनिया में भी उनकी पूरी तरह आलोचना क्यों की जानी चाहिए? यहां तक कि आज के जागरूक युग में भी मैंने पादरियों को कब्र

के सिरहाने जाने से इनकार करते देखा है। कुछ देशों में मैंने आधी रात को मुर्दों को कब्र खोदकर निकाले जाते और फिर उन्हें समुद्र की रेत में गाड़े जाते देखा है। इससे भी भयंकर यह कि मृत शरीरों को किसी चट्टान से समुद्र में फेंके जाते देखा है। शवों के प्रति इस व्यवहार के विरुद्ध मैं आवाज नहीं उठा रहा हूं, मृतक को कुछ भी अनुभव नहीं होता, शव तो मिट्टी है—किन्तु मैं जो कह रहा हूं उसका कारण जीवित मनुष्यों की क्रूरता है।

आत्महत्या के इस पहलू पर मुझे पर्याप्त जोर डालकर अपनी बात कहनी जरूर चाहिए, भले ही अपने विचारों के कारण मेरी तीव्र आलोचना हो—क्योंकि जीवन का विश्लेषण करने के यत्न का लाभ ही क्या है, यदि कोई अपनी बात खुलकर और बिना अवरोध के न कह सके? मैं जानता हूं कि यह बात कहने के लिए मेरी आलोचना की जाएगी कि मैंने ऐसा नहीं देखा है कि आत्महत्या करने वाले आमतौर पर कमजोर मन के लोग होते हैं। इसके विपरीत, मैंने केवल इतना देखा है कि वे एक अलग मानसिक श्रेणी के लोग होते हैं और उनसे भिन्न होते हैं जो दुःख और दुर्भाग्य के बावजूद जीवन के किनारों से झूलते रहना पसन्द करते हैं। सही क्या है और गलत क्या है, इनको लेकर कोई संकुचित रेखाएं खींच लेना मूर्खतापूर्ण है, यह जानकर तो और भी कि हम जीवन पर नियन्त्रण करने वाले नियमों से अनजान हैं, हमेशा अनजान रहे हैं। जो नियम बच्चे के जन्म से लेकर व्यक्ति के निजी विकास तक लागू होते रहते हैं, जो एक व्यक्ति को ठीक जंचता है, हो सकता है, दूसरे के लिए वह पूरी तरह गलत हो, और ऐसा हमारे व्यवहार का निर्धारण करने वाले हमारे मानसिक दृष्टिकोण के कारण होता है। एक बहुपरिचित रोग है, मानसिक रोग, जिससे ज्ञानेन्द्रियां कुछ इस तरह प्रभावित होती हैं कि उस कमरे में कागज पर पेंसिल की आवाज रोगी को किसी रथ की घरघराहट जैसी लगती है और माचिस की तीली का जलना बिजली की चमक से भी ज्यादा चकमक कर देने वाला महसूस होता है। ठीक इसी प्रकार मानव-मन इच्छा, दुःख, चिन्ता आदि के दबाव में 'क्रूर विधि के धनुष-बाण' को लेकर कहीं अधिक संवेदनशील बन गया हो सकता है। तब ऐसे लोगों पर हम न्याय-व्यवस्था कैसे दे सकते हैं या इनकी आलोचना कैसे कर सकते हैं, जबकि सीधी-सी बात है कि ना तो हमने उनकी आंखों से कुछ देखा, न उनके कानों से कुछ सुना और न उनकी मानसिक स्थिति से कुछ समझा?

मैं न्यायालयों में आये दिन प्रयोग होने वाली इस उक्ति का भी पूरा समर्थन नहीं कर सकता कि अमुक ने 'मानसिक सन्तुलन बिगड़ने के कारण आत्महत्या

कर ली', जो ऐसे सभी लोगों के सन्दर्भ में बोली जाती है, भले ही उनमें मानसिक असन्तुलन या पागलपन का कोई प्रमाण मिलता हो या न मिलता हो। यह विचार कि यदि किसी ने आत्महत्या की है तो निश्चित रूप से वह पागल ही होगा, पहली नजर में ही मूर्खतापूर्ण है, क्योंकि यह बार-बार सिद्ध हो चुका है कि किसी व्यक्ति ने अपने विशेष मामले में ही इस निष्कर्ष पर पहुंचने के पूर्व कि मृत्यु की खोज ही उसके जीवन में महानतम वस्तु होगी, अच्छे-से-अच्छे तर्क और युक्ति को इस प्रश्न के हर पहलू को सन्तुलित करने के लिए भली भांति तोल लिया था। मैं आत्महत्या के कुछ ऐसे मामलों को भी जानता हूं जिनमें यथासम्भव अधिक साहस, तीव्रतम सहनशक्ति और महानतम इच्छाशक्ति की आवश्यकता थी तभी वे रहस्य के उस शक्तिशाली दूत (मृत्यु) का सामना कर सके जिसके लिए सारी उम्र उन्हें यही पढ़ाया गया था कि उससे बचें और डरें। मैंने खामोश शहीदी के कुछ ऐसे महान् कार्य भी देखे हैं जो उन लोगों ने किये जिन्हें बाद में ईसाई धर्म के अनुसार अन्तिम संस्कार का अधिकार भी शायद ही मिल पाया हो। मैं ऐसे एक-दो नहीं अनेक लोगों को जानता हूं जिन्होंने दुरारोग्य बीमारी के शिकार होने के कारण अपनी सहज मृत्यु के कुछ महीने पहले जीवन का अन्त कर लिया—क्यों? इसलिए नहीं कि बे भयंकर कष्ट में थे, बल्कि इसलिए कि वे अपने बच्चों की परेशानी का कारण बने हुए थे, उन पर ऐसे व्यय का बोझ डाले हुए थे जिन्हें वे उठा नहीं सकते थे। तब भी मुझसे कहा जाता है कि ऐसे व्यक्तियों के लिए शान्ति के साम्राज्य में कोई जगह नहीं है—न जीते जी, न मरने पर, जो शान्ति कब्र की खामोशी के परे है। ऐसे में मैं पूछता हूं कि क्या उसे मनुष्य कहा जाए, या राक्षस या शैतान जो दूसरे मनुष्यों को परमेश्वर के अधिकार क्षेत्र में आने वाली इच्छा या न्याय-व्यवस्था सुनाने का अधिकार लिये बैठा है? उस सर्वशक्तिमान और अज्ञात का प्रवक्ता बनकर बोलने को अपना चुनाव करने का अधिकार मर्त्यलोक के किस मनुष्य को है? इस बर्बर व्यवस्था ने आत्मा को सदा मिलने वाले कष्ट का नामलेवा होकर न जाने कितनी आत्महत्याओं की आज्ञा दे डाली होगी। न जाने कितनी माताओं ने इस तरह की प्रतीक निष्ठा को ऐसी ही विनाशकारी महाशक्ति के पहियों के नीचे तोड़ डाला होगा? जाने कितनी बहनें रात के अंधेरे में रोयी-सुबकी होंगी? जाने कितने भाई स्वर्गलोक की ओर अवमानना-भरी नजरों से देख चुके होंगे कि ऐसी चीज भी होती है?

इसलिए हे प्रभु! तुम जो कि जीवन और मृत्यु की आत्मा हो, जो है, जो होगा उसकी जीवनी हो, हमें तुम्हारा नाम भी नहीं पता, तुम्हारा अस्तित्व, तुम्हारी रचना

या वह अन्तिम लक्ष्य नहीं पता जिसके लिए तुमने मनुष्य की रचना की और अपने लक्ष्य को पूरा किये जाने की प्रक्रिया के लिए मनुष्य को बनाया। चूंकि हम कुछ नहीं हैं, इसलिए हम सबको क्षमा करो, चूंकि हम कुछ मांगते भी नहीं, इसलिए हमें वही प्रदान करो, जिसकी हमें आवश्यकता है, और चूंकि हम कुछ भी हो नहीं सकते, इसलिए तुम्ही हमारे लिए सर्वांग सम्पूर्ण, जीवन, मृत्यु, शाश्वत आत्मा आदि सब हो जाओ।

अध्याय 2

हाथ की विशिष्टताएं और आत्महत्या की प्रवृत्ति का निदर्शन

ऐसा हाथ आम तौर पर लम्बा होता है, जिस पर मस्तिष्क रेखा ढलुवां होती है, और चन्द्र का पर्वत विकसित होता है, विशेषतः आधार पर। मस्तिष्क रेखा भी जीवन रेखा से पूरी तरह जुड़ी होती है और इस तरह व्यक्ति की अत्यन्त संवेदनशील प्रकृति को और बढ़ा देती है। सहज स्वाभाविक है कि ऐसी स्थिति में व्यक्ति न तो विकृतिपूर्ण होगा, न आत्महत्या की प्रवृत्ति प्रदर्शित करेगा; किन्तु उसकी प्रवृत्ति उतनी अधिक संवेदनशील और कल्पनाप्रवण है कि कोई संकट, दुःख या बदनामी का कारण हजार गुना अधिक गहन होकर सामने आता है, और ऐसे व्यक्ति की आत्मोत्सर्ग की भावना को स्वयं को हानि पहुंचाने या मारने से एक विचित्र सन्तुष्टि प्राप्त होती है, जैसाकि चित्र 15 में दर्शाया गया है।

सुविकसित शनि पर्वत के सम्बन्ध में भी इसी प्रकार के संकेत मिलते हैं। वे भी अत्यन्त संवेदनशील और रोग-विकृत प्रवृत्ति बतलाते हैं—ऐसे व्यक्ति की सूचना देते हैं जो दृढ़निश्चय के साथ इस निष्कर्ष पर पहुंचेगा कि किन्हीं परिस्थितियों में भी जीवन जीने योग्य नहीं है—इसलिए थोड़ी भी उकसाहट, जो किसी निराशा या संकट के कारण हो; उसे चुपचाप और सब छोड़-छाड़कर उस अन्तिम पड़ाव की ओर बढ़ जाने को प्रेरित कर देती हैं जिसके बारे में वह बहुत दिनों से कल्पना करता, सोचता आ रहा था।

बहुत अधिक ढलुवां मस्तिष्क रेखा (चित्र 15) जब किसी नुकीले या शंकु आकार के हाथ पर हो तो इसी तरह के परिणाम की द्योतक होती है, किन्तु किसी अकस्मात् आये आवेश के कारण जोकि ऐसे हाथ की प्रकृत विशेषता है। ऐसे व्यक्ति के लिए कोई आघात या संकट आवेश दिलाने को पर्याप्त है क्योंकि स्वभाव शीघ्र उत्तेजित होने वाला है, और इसके पूर्व कि कुछ सोचने का अवसर हो, घटना तो घंट भी चुकती है।

इस उत्तेजित विशेषता का विपरीत उस स्थिति में नजर आता है जब व्यक्ति मस्तिष्क रेखा के असामान्य रूप से ढलुवां न होने पर भी आत्महत्या कर लेता है। ऐसे व्यक्ति के हाथ में निश्चय ही रेखा जीवन रेखा से निकट से जुड़ी होती है। गुरु का पर्वत दबा हुआ होता है और शनि पूरी तरह विकसित होता है। ऐसा व्यक्ति जीवन की निराशा को असामान्य सघनता के साथ अनुभव करता है, साथ ही उसका मस्तिष्क उदासी और अकेलापन लिए हुए होता है, तथापि वह जीवन और मृत्यु के प्रश्न का हर पहलू तोल लेने में पर्याप्त तर्कसंगत भी होता है, और यदि वह इस निष्कर्ष पर पहुंच गया है कि जहां तक उसका अपना प्रश्न है, खेल समाप्त है, युद्ध खत्म हो चुका है तो वह अपने दृष्किकोण के अनुरूप सर्वाधिक तर्कसंगत और विवेकपूर्ण ढंग से दुर्भाग्य को समाप्त करने चल पड़ेगा। ऐसे निष्कर्ष पर पहुंचने के पहले इस प्रकार का व्यक्ति क्या-क्या भुगत लेता है, इसका अनुमान लगा पाना अत्यन्त दुष्कर है। हम सब अपने हितों के शोषण और धन्धों में कुछ इस तरह लिप्त हैं कि धीरज के साथ संकट के गुजरने वाले पीले, थके चेहरे को हम शायद ही कभी देखते हों, रात-रात जगी आंखों का खालीपन, भूख से कुम्हला गये गाल शायद ही कभी नजर आते हों जो पल-भर के लिए हमारी बगल में ही कहीं आ खड़े हुए थे अब हमेशा के लिए गायब हो गये हैं।

अध्याय 3

हत्या की समस्याएं

हत्या को वहुत-सी विभिन्न श्रेणियों में रखा जा सकता है। हाथ को देखकर जो मुख्य रूप से जाना जा सकता है, वह है अपराध की ओर असामान्य वृत्ति। स्वयं अपराध की श्रेणी का निर्धारण हाथ के प्रकार से होता है जिसके अनुसार व्यक्ति के रुझान और झुकाव जाने जाते हैं। मैं समझता हूं कि कुछ लोगों में हत्या करने के लिए सहज-प्रकृत वृत्ति होती है, इस पर सन्देह नहीं किया जा सकता। कुछ पैदाइशी अपराधी भी होते हैं, जैसे जन्मजात सन्त होते हैं। अपराधी प्रवृत्तियां विकसित होती हैं या नहीं, यह वातावरण और परिस्थितियों के अनुसार इच्छाशक्ति के विकास पर निर्भर करता है। बच्चों द्वारा प्रर्शित विनाशकारी वृत्तियां उनमें ज्ञान की कमी नहीं दर्शातीं, बल्कि यह दर्शाती हैं कि उनमें विनाश करने की भीतरी शक्ति है, और यह निदर्शन इसके पहले ही हो जाता है कि वे वृत्तियां परिणाम के डर, इच्छाशक्ति या वातावरण आदि के द्वारा प्रकृति पर पड़ने वाले प्रभावों में दब सकें। इस दुनिया में जन्म लेने वाले लोगों में से कुछ में ऐसी सम्भावनाएं दूसरों की अपेक्षा कुछ अधिक होती हैं; उनके वातावरण का थोड़ा भी दोष बाद में उनमें पनप गये अपराधी के लिए उत्तरदायी होता है। मैं फिर कहूंगा कि मैं ऐसा नहीं मानता जो अपराधी किसी भावावेग अथवा लोभ के आगे समर्पण करता है, वह दुर्बल मानसिकता का व्यक्ति है। इसके विपरीत अपराध को केवल व्यक्ति के सम्बन्ध में जोड़कर ही देखा जा सकता है। एक के लिए जो लोभ है, वह दूसरे के लिए लोभ नहीं है। मेरा कहना यह नहीं है कि ऐसा होने के कारण अपराध के लिए दण्ड की व्यवस्था न हो, इसके उलट अपराध से तो समुदाय की रक्षा हेतु निबटना ही चाहिए, लेकिन मेरा कहना यह है कि अपराध के लिए दंड व्यक्ति के अनुसार दिया जाना चाहिए, न कि अपराध के अनुसार।

इससे निष्कर्ष यह निकलता है कि अपराध का अध्ययन करते हुए स्वयं को

जहां तक सम्भव हो अपराधी की स्थिति में रखकर देखना चाहिए। (यह जानना आश्चर्यजनक है कि एक ही चित्र को देखते हुए अलग-अलग कोणों से उसमें कितनी विभिन्न अभिव्यक्तियां नजर आ जाती हैं।)

जहां तक हाथ का सम्बन्ध है, इस पर हत्या को तीन स्पष्ट श्रेणियों में विभाजित किया जा सकता है :

1. कोई व्यक्ति हत्या की सहज प्रेरणा से हत्यारा बना हो, भावादेश, क्रोध या प्रतिशोध की भावना से, जैसा कि उसकी बर्बर निमिति दर्मिती है।

2. कोई व्यक्ति लाभ प्राप्ति के लालच में हत्यारा बना हो। ऐसी प्रकृति जो अपनी लोलुप प्रकृति की तुष्टि के लिए किसी भी सीमा को नहीं मानेगी।

3. पूर्णतः हृदयहीन स्वभाव जो दूसरों के दुःखों पर ही जीवित है, ऐसी प्रकृति जो अपने शिकार के साथ भी मित्रतापूर्ण सम्बन्ध बनाकर रह सकती है—जो थोड़ी-सी प्राप्ति के लिए मौत का सौदा करने वाली प्रकृति है, शिकार बने व्यक्ति के द्वारा जीवन जीने की जो तड़प दर्शायी जाती है, उसका जिस पर कोई प्रभाव नहीं पड़ता, ऐसा व्यक्ति जो इसमें निहित खतरे को अच्छी तरह जानता है, किन्तु उस खतरे में उसे आनन्द की प्राप्ति होती है, और नैतिक जागरूकता के नितान्त अभाव में जिसे इस हत्या से मिलने वाले लाभ की अपेक्षा, स्वयं हत्या में ही अधिक आनन्द प्राप्त होता है।

पहली श्रेणी अतिसामान्य है। कोई स्त्री या पुरुष केवल परिस्थितियों के कारण हत्यारे बन जाते हैं। ऐसा व्यक्ति पूरी तरह से भलामानुस, सहृदय व्यक्ति होता है, किन्तु कोई चीज पाशविक प्रकृति के अन्धे क्रोध को उकसा देती है और जब घटना घट चुकती है, वह व्यक्ति प्रायः पश्चात्ताप के कारण पूरी तरह टूट और बिखर जाता है।

ऐसे मामलों में हाथ अनियन्त्रित स्वभाव और बर्बर भावावेग के अतिरिक्त अन्य कोई बुरा चिह्न नहीं दर्शाता। वास्तव में यह अविकसित प्रकार का या उसके निकट का किसी प्रकार का हाथ होता है। मस्तिष्क रेखा छोटी, मोटी, लाल होती है, नाखून छोटे और लाल और हाथ भारी और कड़ा। सबसे अधिक अलग विशिष्टता अंगूठा होगा। अंगूठा हाथ में काफी नीचे स्थित होगा, देखने में छोटा, दूसरी पोर में मोटा होगा और पहली पोर, जिसे 'मुग्दर-अंगूठा' कहें, वैसी होगी (रेखाकृति 8)। ऐसा अंगूठा बहुत छोटा, चौड़ा और वर्गाकार-चपटा होता है, इस तरह के लोगों में वह निरपवाद रूप से मिलता है। ऐसे मामलों में यदि शुक्र का

पर्वत भी असामान्य रूप से बड़ा हो तो विनाशकारी तत्त्व काम संवेग होंगे। जब असामान्य रूप से विकसित न हो तो सबसे बड़ा अवगुण अनियन्त्रित स्वभाव और क्रोध का होगा।

दूसरी श्रेणी में इनमें से कुछ भी असामान्य नहीं होगा। सबसे अलग दीखने वाली विशिष्टता मस्तिष्क रेखा होगी जो गहन रूप से अंकित होगी, किन्तु निश्चित रूप से ऊपर को विकसित होती होगी (चित्र 16), यह कुछ असामान्य स्थिति में होगी, बुध की ओर ऊंची उठती हुई अथवा उस स्थिति में पहुंचने में बहुत पहले ही दायें हाथ पर अपना स्थान छोड़ चुकी होगी। ज्यों-ज्यों प्रकृतियां सबल होती जाती हैं, यह हृदयरेखा में प्रवेश कर लेती है, उस पर अधिकार जमा लेती है और व्यक्ति की सभी उदार भावनाओं व दयार्द्र विचारों को पूरी तरह ढक लेती है। (पृ० 138 पर दूसरे भाग के अध्याय 6 में मस्तिष्क रेखा विषयक पहले की टिप्पणियां भी देखें।) हाथ प्रायः सख्त होगा, अंगूठा असामान्य रूप से मोटा नहीं होगा, लेकिन लम्बा, सख्त और अन्दर को सिकुड़ा होगा। यह पूरी निर्मिति लोलुपता की प्रवृत्तियां प्रदान करने वाली है, अन्तरात्मा का नितान्त अभाव लेकर व्यक्ति लाभ के पीछे दौड़ता है।

मानवीय प्रकृति के अध्येता के लिए तीसरी श्रेणी सबसे दिलचस्प है, यद्यपि यह सबसे अधिक भयावह हो सकती है।

ऐसा हाथ अपराध के सम्बन्ध में सबसे सूक्ष्म प्रकृति का है। स्वयं हाथ को लेकर कुछ भी असामान्य न्याय नहीं किया जा सकता। सभी विशेषताओं का पूर्ण निरीक्षण करने के बाहरी प्रकृति में जो कपटपूर्ण पक्ष है, उसका उद्घाटन किया जा सकेगा। प्रमुख विशेषताएं होंगी—बहुत पतला कठोर हाथ, लम्बा, उंगलियां प्रायः थोड़ा भीतर की ओर वक्र, अंगूठा भी लम्बा जिसके दोनों पोर सुविकसित होंगे, जिससे दोनों गुण व्यक्ति को मिलेंगे—योजना बनाने की क्षमता भी और उसे कार्यरूप देने के लिए आवश्यक इच्छाशक्ति की दृढ़ता भी। अंगूठा शायद ही कभी बाहर को झुकाव लिए या मुड़ा हुआ मिले। यद्यपि ऐसा सबसे पहली श्रेणी के हाथों में कभी-कभी देखने को मिल जाता है।

मस्तिष्क रेखा अपनी उचित स्थिति पर भी हो सकती है और उससे अलग भी। हां, यह हाथ को पार करती हुई सामान्य से कुछ ऊपर स्थित होगी, लेकिन बहुत लम्बी और बारीक होगी जो कपटपूर्ण सहज भावनाओं का घोतक चिह्न है। हाथ पर शुक्र का पर्वत या तो बहुत दबा हुआ था ऊपर उठा हुआ होगा। जब दबा हुआ

होगा तो व्यक्ति केवल अपराध करने के लिए अपराध करेगा, जब उठा हुआ होगा तो पाशविक वासनाओं की दृष्टि के लिए ही अपराध किया जाएगा।

ऐसे हाथ अपराध जगत् के कुशल कलाकारों के होते हैं। ऐसे लोगों के लिए हत्या और कुछ नहीं, एक कौशलपूर्ण कला है, जिसे पूरा करने के लिए वे एक-एक विवरण का सूक्ष्म अध्ययन करेंगे। वे अपने शिकार की हत्या शायद ही कभी हिंसापूर्ण ढंग से करेंगे—उनकी दृष्टि में ऐसा करना अश्लील कार्य होगा—वे जिस साधन को अपनायेंगे, विष उनमें प्रमुख होगा, लेकिन उसे इतनी कुशलता से प्रयोग करेंगे कि अन्तिम रूप से यही कहा जाएगा—'मृत्यु स्वाभाविक कारणों से हुई।'

अध्याय 4

पागलपन की विभिन्न अवस्थाएं

यह अक्सर कहा जाता है कि एक विशेष बिन्दु पर सभी मनुष्य पागल होते हैं। जब यह पागलपन सनकीपन का आधा रास्ता पार कर जाता है तो व्यक्ति को 'पागल' की उपाधि से बाकायदा विभूषित कर दिया जाता है। जिस प्रकार पागलपन के कई रूप हैं, उसी प्रकार हाथ देखकर भी अनेक संकेत प्राप्त किये जा सकते हैं। जिन विभिन्न प्रकारों पर हम यहां विचार करेंगे, वे निम्नलिखित हैं :

1. विषादग्रस्तता और धार्मिक उन्माद, दृष्टिभ्रम आदि।
2. पागलपन का विकास।
3. सहज रूप से पागल व्यक्ति।

विषादग्रस्तता और धर्मान्धता

पहली स्थिति में मस्तिष्क रेखा कुछ चौड़े हाथ पर तीव्र चाप बनाती हुई चन्द्र के पर्वत पर नीचे को उतरती है, अधिकतर आधार की ओर जो व्यक्ति की असामान्य रूप से कल्पनाप्रधान प्रकृति की द्योतक है। इसके अतिरिक्त, शुक्र का पर्वत सुविकसित नहीं होता, इस प्रकार व्यक्ति की दिलचस्पी सभी मानवीय और प्रकृत चीजों में कम कर देता है, और अन्ततः शनि का पर्वत आधिकारिक स्थिति में होता है।

नियम यह है कि ऐसा हाथ धर्मोन्मादी व्यक्ति का होता है। ऐसा व्यक्ति जीवन के आरम्भिक दिनों से ही सबल दृष्टिभ्रमों को लेकर चलता है जो उसकी अद्भुत कल्पनाशक्ति की देन होते हैं, और उसकी कल्पनाशक्ति यदि उचित मार्ग पर डाल दी जाए तो शायद अपने अतिरेक का उपयोग कर दिखाये और इस प्रकार शान्त रहे, किन्तु यदि उसके विपरीत हो तो आत्मपोषण करती चलती है और इस प्रकार बढ़ती जाती है। आरम्भ में तो यह प्रवृत्ति कभी-कभार रुक-रुककर लक्षित होती है, फिर

इसकी अवधि लम्बी-से-लम्बी होती जाती है और अन्ततः इसके सन्तुलन के क्षण बहुत कम और बहुत अन्तर देकर आने शुरू हो जाते हैं यह धर्मोन्मादी का विकृत अथवा विषादग्रस्त प्रकार है।

पागलपन का विकास

इस प्रकार का पागलपन आमतौर पर दो विशिष्ट प्रकारों के साथ संयुक्त रूप में मिलता है—चमचाकार और दार्शनिक प्रकारों के हाथों के साथ।

पहले प्रकार में अत्यधिक चपटे और चमचाकार हाथ पर एक बहुत ढलुवां मस्तिक रेखा विद्यमान रहती है। अपने आरम्भ में यह बहुत वीरतापूर्ण मौलिकता के साथ दीखती है जो स्वयं को हर सम्भव दिशा में प्रकट करती है। यह एक साथ बहुत से कार्यों का प्रयत्न करके स्वयं अपनी शक्ति क्षीण कर देती है जिसका कारण इसके मौलिक और आविष्कारक विचारों का वैविध्य होता है। मैं फिर दोहरा रहा हू कि ऐसा व्यक्ति यदि जीवन में किसी अच्छी स्थिति में पहुंच सके जहां वह अपने विचारों का उपयोग कर सके तो सब ठीक रहेगा और हो सकता है कि वह विश्व को कोई ऐसी नयी खोज या आविष्कार भी प्रदान कर दे जिससे सारी मानवता का कल्याण हो। लेकिन किसी ऐसे व्यवसाय से जो उस व्यक्ति के स्वभाव के एकदम प्रतिकूल है, उसे कुचल डालने की कोशिश कर देखिये, आप तुरन्त ही उसके पूर्ण विचार प्रवाह को किसी अद्भुत आविष्कार की ओर मोड़ देंगे जिसे वह गुप्त रूप से कार्यान्वित करने में लग जाएगा, जिसकी सफलता के वह स्वप्न देखना शुरू कर देगा और सोचेगा कि उसकी सफलता उसे उस दासता से मुक्त करायेगी जिसमें वह जकड़ा हुआ है। गुप्त रूप से काम करने को विवश हो जाना ही एक ऐसा तथ्य है, एकान्तवास और विचारों की संकुलता, सघनता के कारण उसकी स्वाभाविक शक्ति का दुर्बल होना, जिस भावावेश में वह कार्य कर रहा है, ये सब ऐसी बातें हैं जो उसके लिए वह प्रयोगशाला सिद्ध होंगी, जिसमें से अन्त में जब वह निकलेगा तो पागल के रूप में होगा।

दूसरा प्रकार दार्शनिक प्रकार है। यह भी चन्द्र पर्वत पर मस्तिष्क रेखा के एक आकस्मिक चाप से प्रदर्शित होता है और एक गहनरूप से दार्शनिक निर्मिति से पुष्ट होता है। इस स्थिति में सनकी और अन्ततः पागल व्यक्ति मनुष्यता की मुक्ति के मार्ग में अद्भुत होने की ओर रुझान दिखाता है। वह आरम्भ से अन्त तक उद्देश्य ठीक ही लिये होता है, किन्तु वह जो भी बिन्दु, सिद्धान्त, विचार या पद्धति अपनाता है, उसके मामले में पूरा कट्टर होता है। ऐसे व्यक्ति को सनकीपन के बीच रास्ते का चिह्न

लांघकर पागल हो जाने के लिए केवल कुछ प्रतिकूल परिस्थितियां, असफलताएं, और जनसाधारण की उपेक्षा-भर चाहिए।

अगर उसकी कमजोरी धर्म का विषय है तो वह विषादग्रस्तता वाली कमजोरी नहीं है, बल्कि इसके उलट वही केवल एक ऐसा व्यक्ति है जो स्वर्ग के साम्राज्य का रहस्य जानता है, और सब तो भटके हुए हैं। ऐसा नहीं कि जब वह वहां पहुंचे तो अकेला ही पहुंचना चाहता है—बल्कि उसे असामान्य अथवा अपवाद स्वरूप बनाने में दूसरों के प्रति उसकी गहन चिन्ता ही है। इस उद्देश्य के लिए वह दिन-रात कार्य करता है, वह अपने को जीवन का आनन्द उठाने से काट लेता है, भोजन तक में लिप्त नहीं होता क्योंकि उसे अपनी इच्छा पूरी करने की अति उत्कट शीघ्रता है, उसका मस्तिष्क अधिक-से-अधिक सन्तुलन गंवाता जाता है और व्यक्ति पहले से अधिक पागल होता चला जाता है।

स्वभावतया पागल

मस्तिष्क का ठीक से निर्माण न होना इस प्रकार के लिए उत्तरदायी है। इसे हाथ का अध्ययन करके दो स्पष्ट श्रेणियों में रखा जा सकता है—एक तो घोर मूढ़ की श्रेणी और दूसरी खतरनाक पागल की श्रेणी।

पहली श्रेणी में हम प्रायः एक गौड़ी, ढलवां मस्तिष्क रेखा देखते हैं जो पूरी तरह से द्वीपों और छोटी महीन रेखाओं से बनी होती है। ऐसी रेखा से तो किसी भी तरह के तर्क और बुद्धिमत्ता की आशा ही नहीं की जा सकती और यह इस बात की द्योतक है कि व्यक्ति अविकसित मस्तिष्क लेकर दुनिया में आया है—चाहे परिणाम में या फिर गुणवत्ता में—जो उसके शरीर का उचित नियन्त्रण करता, और इसका परिणाम होता है—घोर मुढ़ता।

इस प्रकार के दूसरे विभाजन में मस्तिष्क रेखा एक निरन्तर रेखा होने के स्थान पर हर दिशा को लपकती छोटी लहरदार शाखाओं से बनी होती है। उनमें से अधिकांश जीवन रेखा के भीतर मंगल पर उठती हैं और हाथ की दूसरी ओर दूसरे मंगल तक जाती हैं। इस प्रकार की निर्मिति के माथ नाखून प्रायः छोटे और लाल होते हैं। ऐसा प्रकार किसी अन्य श्रेणी से कहीं अधिक झगड़ालू और खतरनाक पागल का सूचक है। ऐसी स्थिति में यह भी देखा जा सकता है कि अक्सर स्वस्थ क्षण भी आते हैं, लेकिन ये बहुत कम होते हैं और इन दो अन्तिम श्रेणियों को लेकर मैंने कभी सुधार होते नहीं देखा है।

अध्याय 5
कार्यपद्धति

सबसे पहले मैं अध्येता को परामर्श दूंगा कि वह व्यक्ति के ठीक सामने बैठे ताकि प्रकाश ठीक सीधे उसके हाथों पर पड़े। मेरा परामर्श यह भी है कि पास में किसी तीसरे व्यक्ति को खड़े होने देना या बैठने देना उचित नहीं है क्योंकि अनजाने में ही तीसरा व्यक्ति दोनों का—व्यक्ति का भी और हस्तरेखा शास्त्री का ध्यान बंटा सकता है। हाथों को सफलतापूर्वक पढ़ने के लिए कोई विशेष सामान कतई आवश्यक नहीं है। भारत में सूर्योदय के समय को विशेष महत्त्व दिया जाता है, लेकिन इसका कारण केवल यह है कि हाथ-पैरों में सुबह के समय रक्त का संचालन अधिक प्रबल रहता है, जिसके फलस्वरूप रेखाएं अधिक आभायुक्त और स्पष्ट होती हैं। व्यक्ति को सीधे अपने सामने बैठाकर अध्येता दोनों हाथों को एक समय ठीक से निरीक्षण के अधीन लाने की बेहतर स्थिति में होता है। निरीक्षण का कार्य आगे बढाते हुए पहले बहुत सावधानी से यह देखना चाहिए कि हाथ किस प्रकार के हैं, क्या उंगलिया हथेली के अनुरूप हैं या अपने-आप में किसी विशिष्ट श्रेणी में आती हैं। इसके बाद सावधानी से बायां हाथ देखना चाहिए, तब दायें की ओर आना चाहिए—यह देखने के लिए कि उसमें क्या-क्या परिवर्धन और परिवर्तन हुए हैं, और दायें हाथ को अपने निरीक्षण का आधार बना लेना चाहिए।

हर महत्त्वपूर्ण विषय—जैसे रोग, मृत्यु, धनहानि, विवाह आदि पर किसी एक या अन्य घटना के घटने का निष्कर्ष निकालने के पूर्व यह देखना चाहिए कि बायां हाथ क्या कह रहा है।

जिस हाथ का आप निरीक्षण कर रहे हैं, उसे दृढ़ता से अपने हाथों में पकड़ें, रेखा या चिह्न को तब तक दबाते रहें जब तक उनमें रक्त का प्रवाह न आ जाए—इस तरह आप इनके विकास की प्रवृत्तियों को देख सकेंगे।

कुछ कहने के पहले हाथ के हर भाग—पीछे का भाग, सामने का हिस्सा,

नाखून, त्वचा, रंग आदि का ठीक से निरीक्षण करें। अंगूठे का परीक्षण पहला पग होना चाहिए, देखें कि अंगूठा लम्बा है, छोटा है या ठीक से विकसित नहीं हुआ है, इच्छाशक्ति वाली पोर दृढ़ है या लचकीली, यह मजबूत है या निर्बल है। तब अपना ध्यान हथेली पर लगायें। देखें कि क्या हथेली कठोर है, कोमल है या थुलथुली है।

इसके आगे मेरा परामर्श है कि फिर उंगलियों पर ध्यान दें—हथेली से उनका अनुपात क्या है, वे लम्बी हैं या छोटी, मोटी हैं या पतली, कुल मिलाकर उनकी श्रेणी निर्धारित करें, किस प्रकार का वे प्रतिनिधित्व कर रही हैं, यदि वे मिश्रित हैं तो हर अकेली उंगली को अलग-अलग श्रेणी में रखते जाएं। फिर नाखूनों पर ध्यान दें ताकि उनसे मिजाज का पता लगे, स्वभाव, स्वास्थ्य आदि का ज्ञान हो। अन्त में सारे हाथ को सावधानी से परखकर अपना ध्यान पर्वतों पर लायें—देखें कि कौन-सा या कौन-कौन-सा पर्वत अधिक प्रभुता लिये है और उसके बाद रेखाओं पर आयें। कौन-सी रेखा को पहले देखा जाए, इसके लिए कोई निर्धारित नियम नहीं है; अच्छी योजना यह है कि स्वास्थ्य रेखा और जीवन रेखा को एकसाथ लेकर आरम्भ किया जाए, तब मस्तिष्क रेखा की ओर बढ़ना उचित है, फिर भाग्य रेखा, हृदय रेखा आदि-आदि।

जो कुछ कहें ईमानदारी से, सचाई से, तथापि पूरी सावधानी से। आप सीधे से सीधा सत्य कह सकते हैं, किन्तु ऐसा करके अपने परामर्शकार को न तो धक्का पहुंचायें न दुःख। जैसे आप किसी अत्यन्त नाजुक और बेहतरीन मशीन के साथ सावधान रहकर पेश आते हैं, उसी तरह आपके सामने बैठी मानवता की अत्यन्त उलझी इकाई से पेश आना उचित है। सब बातों से बढ़कर आपको सहानुभूति से परिपूर्ण होना आवश्यक है। जिस व्यक्ति का हाथ आप देख रहे हैं हर उस व्यक्ति में यथासम्भव बाहरी दिलचस्पी लें, उसके जीवन में प्रवेश कर जाएं, उसकी भावनाओं में, प्रकृति में गहरे पैठ जाएं। आपकी कुल आकांक्षा कल्याण करने की होनी चाहिए, जो व्यक्ति आपसे राय ले रहा है, उसको कुछ लाभ पहुंचाने की। यदि यह भावना आपके कार्य का मूलाधार बन जाए तो यह कार्य आपको न थकायेगा, न दुःख पहुंचायेगा, बल्कि शक्ति देगा। यदि आप मित्रों से मिलें तो उनके मैत्रीभाव के लिए उनके आभारी हों, यदि शत्रुओं से मिलें तो बहस करने की खातिर बहस में न पड़ें। अपने कार्य के बारे में सबसे पहले, अपने बारे में सबके बाद में सोचें।

इन सब बातों से ऊपर, इस ज्ञान की खोज में कभी धैर्यहीन न हों, कोई भी

भाषा आप एक दिन में नहीं सीख सकते, उसी तरह आपको हस्तरेखा शास्त्र घंटे-भर में ज्ञात हो जाए, ऐसी उम्मीद नहीं करनी चाहिए। यदि आपको यह जितना सोचा था, उससे कठिन लगे तो हताश न हों। ध्यान से इस पर गौर करें—किसी दिल बहलाव की वस्तु के तौर पर नहीं, बल्कि ऐसे कार्य के रूप में जिसके लिए विचार की गहराई, शोध का धैर्य और आप जो प्रतिभा इसे प्रदान कर सकते हैं उस महानतम प्रतिभा की आवश्यकता है। यदि हम इसे ठीक-ठीक पढ़ गये तो हमारे हाथ में जीवन के रहस्यों की कुंजी आ जाएगी। इसमें पैतृक नियम निहित हैं, पूर्वजों के पाप, अतीत का कार्य, कार्य का कारण, जो चीजें हो चुकी उनका सन्तुलन, जो होनी हैं उनकी छाया—सब विद्यमान हैं।

इसलिए हमें इस ज्ञान के उचित उपयोग के प्रति सावधान होना अभीष्ट है। हम कार्य में एकाग्र हों और यदि हमें कार्य की सफलता का मुकुट पहनने को मिले तो विनीत रहें। पहले हम अपना निरीक्षण करें तब दूसरों का परीक्षण करें। यदि हम अपराध देखते हैं तो यह भी देखें कि अपराधी के सामने लोभ क्या था। यदि हम दोष देखते हैं तो यह भी याद रखें कि हम भी पूर्ण नहीं हैं।

हम अवश्य सावधान रहें ताकि कहीं ऐसा न हो कि ज्ञान की खोज में हम जिसे अपने भीतर समझे बैठे हों उसी से घृणा करने लगें—हममें कुछ भी नहीं है, बुद्ध भी सांझा नहीं है, क्योंकि सब कुछ मानवता का उद्देश्य निभाने के लिए है। हम ऐसा न सोचें कि सत्य कहीं है ही नहीं, क्योंकि हम जानते ही नहीं, या ऐसा भी न सोचें कि चूंकि हमने सूर्य का प्रकाश देखा है तो सूर्य के रहस्यों को हमने मुट्ठी में बन्द कर लिया है। हम विनयपूर्ण रहें ताकि ज्ञान हमें ऊंचा उठाये, हम निरन्तर जिज्ञासु रहें ताकि हम प्राप्ति की ओर बढ़ें।

चौथा खण्ड

'विचार चित्र' के यन्त्र और 'मस्तिष्क शक्ति पंजिका'

इस पुस्तक के आरम्भिक पृष्ठों में आप पायेंगे कि मैंने इस धारणा की ओर अनेक बार परोक्ष संकेत किये हैं कि मस्तिष्क एक अज्ञात शक्ति का स्फुरण करता है जो शरीर के माध्यम से केवल अपने विकीरण द्वारा शरीर में और शरीर के ऊपर चिह्नों और परिवर्तनों को ही अंकित नहीं करती अपितु वातावरण की वायव्यता के माध्यम से संसार का हर मनुष्य एकदूसरे से थोड़ा-बहुत सम्पर्क में रहता और प्रभावित होता है। (अध्याय 'वकालत का कारण' में पृ०32, और पृ० 37 देखें।)

वर्षों पूर्व जब मैंने यह विचार व्यक्त किया था तो ऐसा मैंने केवल एबरक्रौसम्बी, हर्डर व अन्य वैज्ञानिकों के लेखों के आधार पर ही नहीं किया था, बल्कि मेरे पास ऐसी शक्ति के विद्यमान होने के ठोस प्रमाण थे जो मेरे मित्र जाने-माने फ्रांसीसी विद्वान श्री ई० सैवरी द'ओदियर्दी द्वारा किये गए प्रयोगों से जुटाये गए थे। इस शक्ति के बारे में लिखने के अनेक वर्ष पूर्व मुझे मालूम था कि मेरे मित्र ने एक उपकरण ईजाद किया है जिसे पेरिस की विज्ञान अकादमी के समक्ष दर्शाया भी जा चुका था जिसमें कोई मजबूत इच्छाशक्ति वाला मनुष्य अपना ध्यान पूरी तरह एकाग्र करके दो से तीन फुट की दूरी से एक सुई को दस अंश के फासले तक हिला सकता था।

यह छोटा यन्त्र अपनी शुरुआत की अवस्था में था, और यद्यपि वैज्ञानिक इसकी प्रशंसा करते नहीं अघाते थे, तथापि ऐसे भी थे जो सोचते थे कि यह यन्त्र इतनी पूर्णता तो कभी पायेगा नहीं कि उसे किसी व्यावहारिक उपयोग में लाया जा सके। किन्तु जिस मनुष्य के मस्तिष्क ने ऐसे यन्त्र के बारे में सोचा और उसे ईजाद

किया इतनी छोटी-सी शुरुआत करके ही आराम से नहीं बैठ सकता था, और न उससे सन्तुष्ट ही रह सकता था। उसने पांच वर्ष तक धीरजपूर्वक कार्य किया और परिश्रम करता रहा, और कई असफलताओं के बाद आखिर उसने सभी बाधाओं पर विजय प्राप्त की। उसने एक ऐसा उपकरण बना डाला जो शुरू के यन्त्र से कहीं बेहतर था और हर मनुष्य को लेकर यह दर्शाया कि मस्तिष्क में विचार की क्रिया क्या है और जो केवल दस अंश तक घूमने के बजाय एक बार में पूरे 360 अंश तक घूम सकता था। उस समय से मेरे मित्र ने अपना सारा ध्यान सुई द्वारा ग्रहण किये निरीक्षणों पर लगा दिया जो उन्हें अलग-अलग भावनाओं और स्वभाव की विभिन्न विशिष्टताओं वाले व्यक्तियों से प्राप्त होते रहे।

सामान्य साधनों से असाध्य माने जाने वाले रोगों की चिकित्सा के लिए उन्होंने अपना जो विद्युत् चिकित्सा अस्पताल बनाया, उसमें उन्हें इस एक यन्त्र पर विभिन्न स्वभावों और रोगों के प्रभावों की जांच करने का पर्याप्त अवसर प्राप्त हुआ। उनके कार्य का परिणाम उन्हें 'मामलों का निरीक्षण करके' इस योग्य बनाने के रूप में हुआ कि वे कुछ नियम मार्गदर्शक के रूप में बना सके जो इस यन्त्र के संकेतों को जानने में सहायक हुए।

फलतः मुझे भी सौभाग्य मिला कि मैं इस उपकरण से सम्बन्धित अनेक प्रयोगों में प्रोफेसर द'ऑदियर्दी की सहायता करूं। अन्ततः हर तरह के चार्ट तैयार करने और लोगों की दशाओं का लेखा-जोखा रखने के लिए उन्होंने इस यन्त्र के उपयोग में अपना साथी बनने को कहा ताकि वे अपने निरीक्षणों का क्षेत्र और दायरा और बढ़ा सकें।

सैकड़ों प्रयोगों से जो नोट्स तैयार हुए उन्हें संभाले मैं उस यन्त्र को बाण्ड स्ट्रीट स्थित अपने कार्यालय में ले गया मेरे पास आने वाले विविध प्रकार के लोगों से सम्बन्धित मामलों में एक दिन में तीस-चालीस से भी अधिक बार उस यन्त्र का उपयोग किया।

प्रोफेसर साहब ने इस बात का प्रमाण, कि इस यन्त्र की सुई मस्तिष्क से विकीरित होने वाली शक्ति से प्रभावित होती थी, उन लोगों के साथ अपने प्रयोगों से दिया जो मस्तिष्क को हानि पहंचाने और उसे मन्द करने वाली ओषधियों के प्रभाव से इस यन्त्र के पास ले जाये जाते थे। यह इस तरह भी प्रमाणित हुआ कि सारा शरीर भले ही पक्षाघात के अधीन हो, जब तक मस्तिष्क सक्रिय है, यन्त्र की सुई पहले ही की तरह कार्य करेगी। उन्होंने यह भी दर्शाया कि जो लोग स्नायु-

पेशी ओषधियों के नशों के अभ्यास्त हो चुके हैं, जो ओषधियां वास्तव में रीढ़ की प्रब्रिक्षेपण क्षमता को कम करती हैं—जैसे, क्लोरल, क्लोरोफार्म, पोटाशियम ब्रोमाइड आदि, वे यन्त्र की ओर देखकर विक्षेप अथवा अनुक्रमण के रूप में सुई में कम प्रतिक्रिया उत्पन्न कर पाये, और इस प्रकार यह सिद्ध हुआ कि बाह्य विकीरण से प्रकट होने वाली मस्तिष्क शक्ति में ऐसी ओषधियों के सेवन से व्याघात उत्पन्न हुआ था, इसीलिए विचार शक्ति द्वारा उत्पन्न विकीरण के अभाव से पता चला कि विचार की उत्पत्ति और उसकी गहनता उन ओषधियों के सेवन और प्रभाव से क्षरित हो गयी थी। केवल नशीली दवाइयों से ही ऐसा प्रभाव उत्पन्न नहीं हुआ, बल्कि किसी भी नशे से यही हुआ; अर्थात् पेय अथवा खाद्य के रूप में स्फुरण देने वाले किसी भी पदार्थ की अधिकता से। इस प्रभाव-ग्राहक उपकरण से इस प्रकार मदिरा सेवन और अधिक नशे का मतिमन्दकारी प्रभाव वैज्ञानिक ढंग से प्रभावित हुआ।

व्यक्ति में विक्षेपक शक्ति में यही कमी जो सुई ने प्रदर्शित की, क्रोध, हिंसा (दौरे के बाद) और ईर्ष्या, स्पृहा, घृणा (दौरे के दौरान) आदि से भी आयी। जब किसी व्यक्ति की परीक्षा उसे नापसन्द या उसकी घृणा के पात्र व्यक्ति की मौजूदगी में की गई तो उपकरण ने स्तर में कमी दर्शायी, जबकि उसके प्रिय या पसन्द के व्यक्ति की मौजूदगी में परीक्षा होने पर सूई ने जो स्तर प्रकट किया, वह पहले से अधिक हो गया।

प्रोफेसर ने यह भी दर्शाया कि किसी मूढ़ में उपकरण की सूई में विक्षेप लाने की कोई क्षमता नहीं थी, जबकि मस्तिष्कशक्ति से सम्पन्न व्यक्ति की दो या बीस फुट की दूरी से फेंकी एक नजर ही उपकरण में गति अथवा विक्षेप लाने को पर्याप्त थी।

यन्त्र के आविष्कर्त्ता और मैंने मिलकर जो अनेक दिलचस्प प्रयोग किये, उनमें से एक का वर्णन एक पत्रिका के लेख 'विश्व का सबसे अद्भुत यन्त्र' में किया गया था। यह कुछ इस तरह था कि एक बार एक सज्जन यन्त्र के सामने खड़े उसकी क्रिया की आलोचना कर रहे थे और उसकी शक्ति को समझने-समझाने की चेष्टा कर रहे थे। लगभग उसी क्षण कुछ अन्य लोग कमरे में प्रविष्ट हुए और सरसरी बातचीत में उनमें से किसी ने दक्षिण अफ्रीकी कम्पनी के शेयर भाव अचानक गिरने की सूचना दी। किसी को यह मालूम नहीं था कि उस यन्त्र को निहारने वाले उन महाशय ने हजारों पौंड मूल्य के शेयर उस कम्पनी से खरीद रखे थे, लेकिन जिस घड़ी शेयर भाव गिरने का तथ्य बताया गया, उन सज्जन के मानसिक और भावजगत् ने उस

यन्त्र की सुई को तेजी से घुमा दिया और उस दिन इस यन्त्र द्वारा रिकार्ड किये तथ्यों में सर्वोच्च अंक प्राप्त किये गए।

एक विचित्र प्रयोग यह था जिससे यह पता लगाया जा सकता था कि दो व्यक्तियों में से अधिक प्रेम किसके मन में है। इस मामले में दोनों व्यक्तियों पर अलग-अलग परीक्षा की गई और यन्त्र ने जो गति दर्शायी, उससे चार्ट तैयार किये गए। उनकी दोबारा परीक्षा करने के पूर्व उन दोनों को आधे घंटे के लिए एकसाथ रखा गया। दोनों में जिसका प्रेम अधिक सबल था, उसने यन्त्र पर अधिक प्रभाव प्रदर्शित किया, जबकि दूसरे की शक्ति में सुई पर प्रभाव के रूप में कुछ कमी आ गयी थी, जो थोड़ी-बहुत दूसरे व्यक्ति की उपस्थिति से उत्पन्न प्रभाव के रूप में प्रदर्शित हुई।

उस यन्त्र की सबसे अद्भुत बात यह थी कि किसी भी प्रकार का शारीरिक सम्पर्क बिल्कुल आवश्यक नहीं था। प्रयोग की नियमित पद्धति में परीक्षा के अधीन आने वाले व्यक्ति को यन्त्र के एक या दो फुट के दायरे में खड़ा-भर होना था, और यदि वातावरण पूरी तरह साफ और शुष्क हो तो अधिक प्रबल इच्छाशक्ति वाला व्यक्ति दस या बीस फुट की दूरी से भी सुई पर प्रभाव डाल सकता था।

यन्त्र चालक किसी प्रकार के चुम्बक काम में नहीं लाता था, न ही सुई से किसी प्रकार का विद्युतीय सम्पर्क था, एक अज्ञात शक्ति को छोड़कर—चाहे उसे योगमाया शक्ति कहा जाए, चाहे चुम्बकीयता, या फिर मस्तिष्क द्वारा शरीर के माध्यम से विकीरत होने वाली कोई और भी सूक्ष्म शक्ति जो वातावरण से होकर यन्त्र तक जा पहुंचती थी। लोगों ने इसकी हर सम्भव तरीके से परीक्षा कर डाली। घोर अविश्वासियों ने यह साबित करने की हरचन्द कोशिश की कि सुई किसी अन्य साधन से चलती थी, किन्तु अन्त में सभी ने यह स्वीकार किया कि सुई की क्रिया परीक्षाधीन व्यक्ति से निःसृत शक्ति के कारण ही थी।

इंगलैंड चर्च के एक प्रमुख पादरी ने इस यन्त्र की अनेकविध परीक्षाओं को देखकर कहा, "इस तरह का यन्त्र न केवल पदार्थ पर मन के प्रभाव का विश्वास दिलायेगा, बल्कि अधिक महत्त्वपूर्ण यह है कि मन के मन पर प्रभाव का भरोसा करायेगा, क्योंकि यदि हमारे विचारों का विकीरण धातु की इस सुई को प्रभावित कर सकता है तो इससे कहीं अधिक क्या हम अपने इर्द-गिर्द के विचारों, सोच और जीवन को प्रभावित नहीं कर सकते?"

निष्कर्ष रूप में यह कहा जा सकता है कि क्या जिस शक्ति ने इस सुई को

घुमाया, वही वह शक्ति नहीं है जो अपनी निरन्तर क्रिया में हमें घेरने वाले स्नायुओं के माध्यम से हाथों पर चिह्न अंकित करती है? हम नहीं जानते, और शायद कभी जान भी न पायें कि यह अदृष्ट शक्ति अतीत के कृत्यों और भविष्य के स्वप्नों का लेखन कैसे कर लेती है। तथापि इस कारा का बन्दी अपने चारों ओर की शिलाओं पर अपना नाम और अपनी गाथा लिखता रहेगा, कोई पढ़े या न पढ़े, स्थिति जो भी हो। तब क्या शरीर की कारा में जकड़ी आत्मा अपने बन्दीगृह की मांस से बनी दीवारों पर अपने व्यतीत अनुभवों, भावी आशाओं और किसी दिन सत्य हो आने वाले कार्यों को न लिखे? क्योंकि यदि आत्मा कहीं है तो एक भाव होने की बदौलत वह सभी चीजों की साक्षी है—बीती खुशियों की, वर्तमान के दुःखों की, भविष्य की भविष्य जो भी हो।

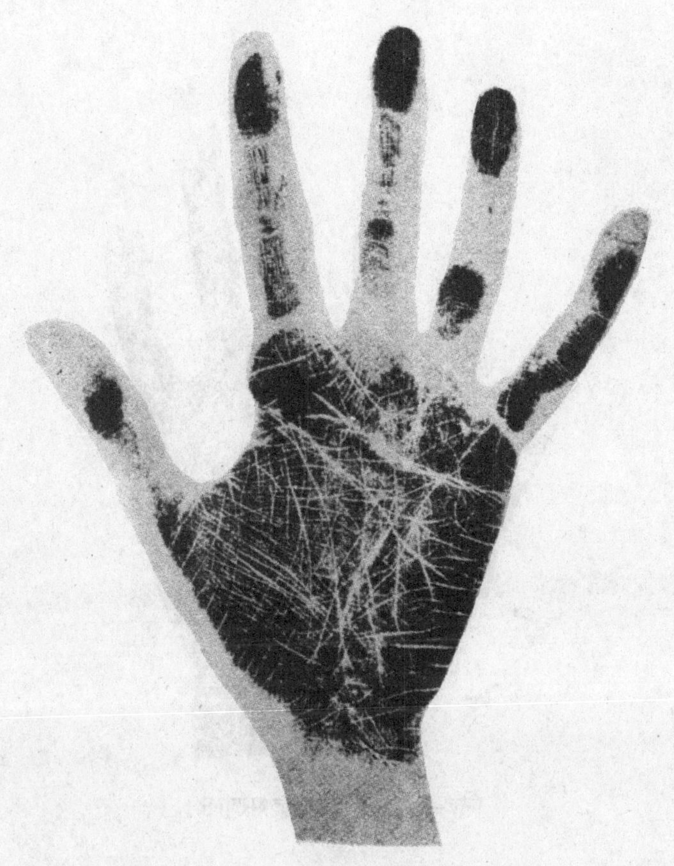

प्लेट—2 हर हाइनेस इन्फेन्टा ईंयूलालिया

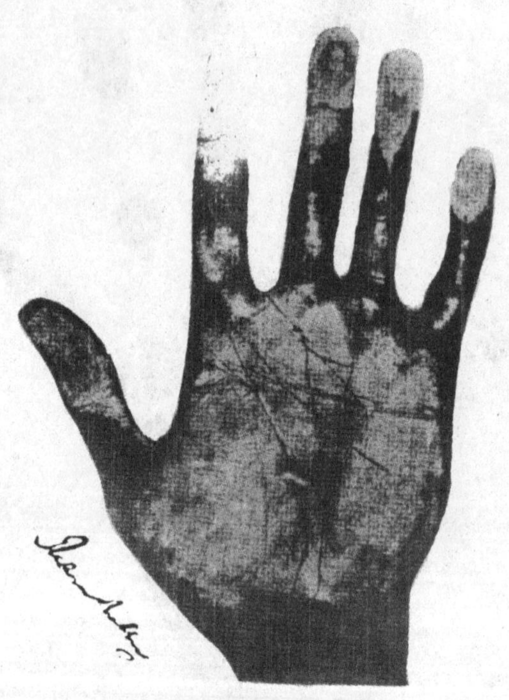

प्लेट—3 जनरल सरबुलर

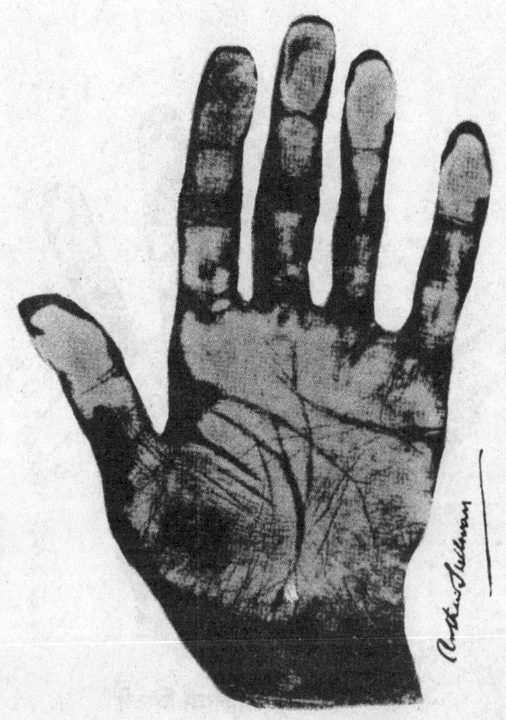

प्लेट—4 सर आर्थर सलीवन

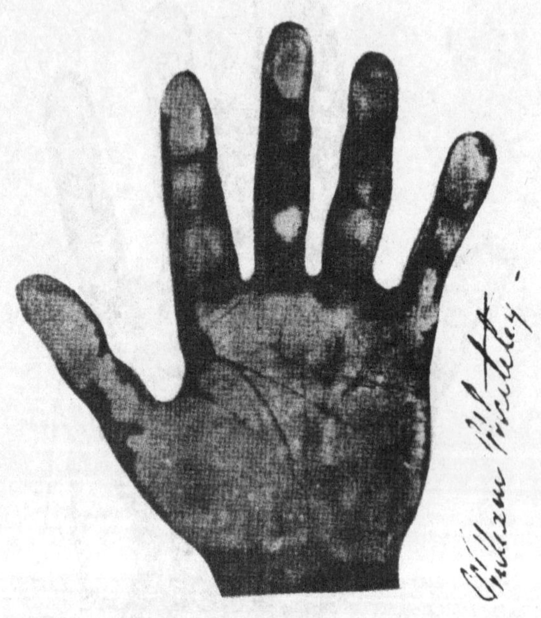

प्लेट—5 विलियम व्हिटले

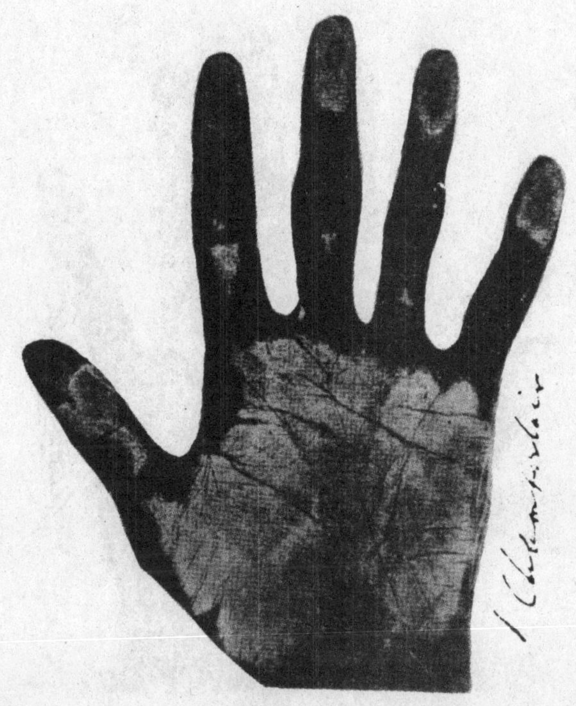

प्लेट—6 जोसेफ चैम्बर लेन, एम. पी.

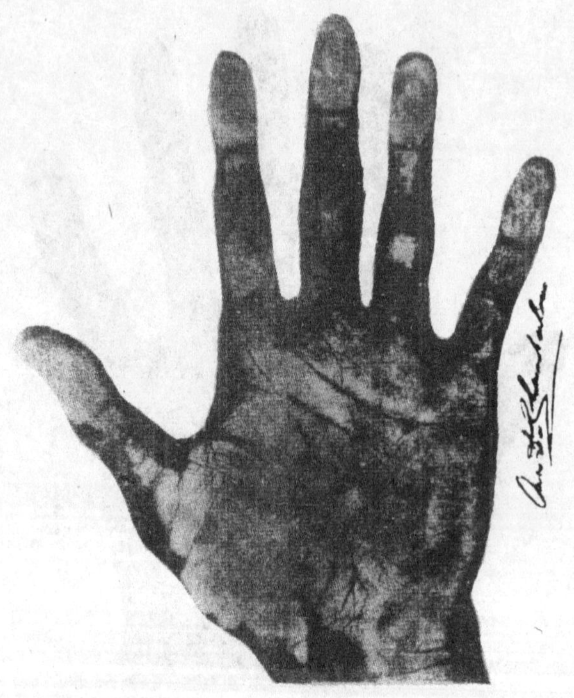

प्लेट—7 सर अस्टिन चैम्बरलेन

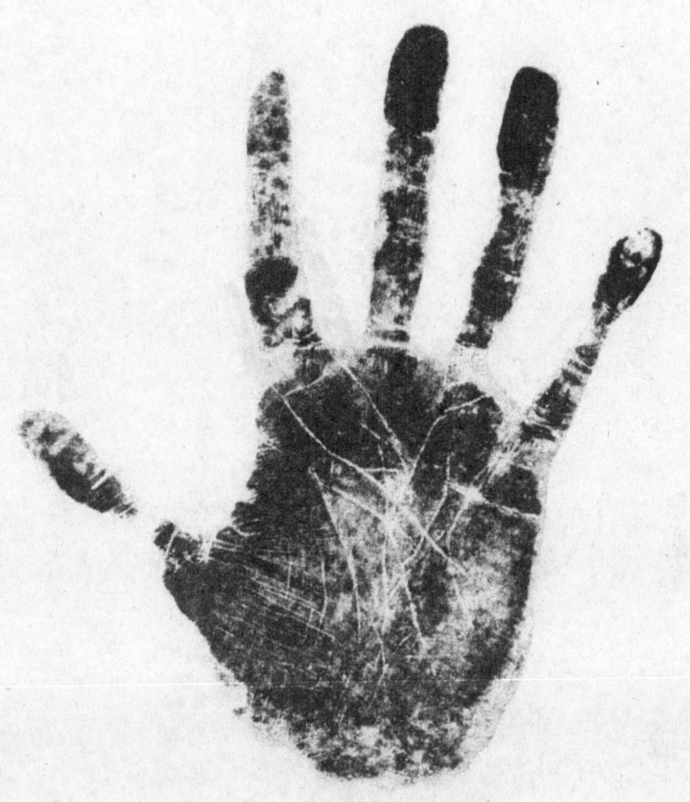

प्लेट—8 कीरो (CHEIRO)

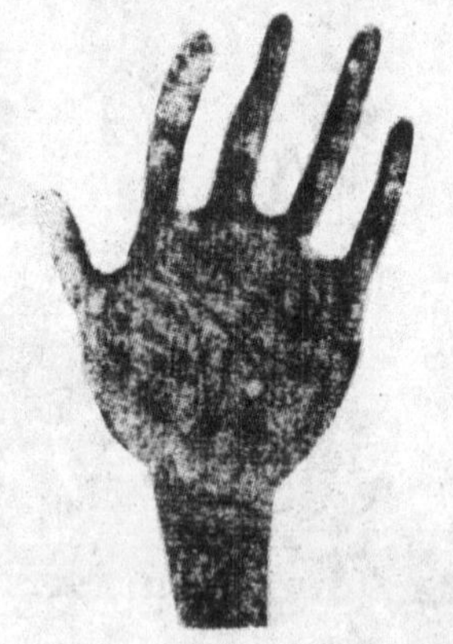

प्लेट—9 शिशु का हाथ

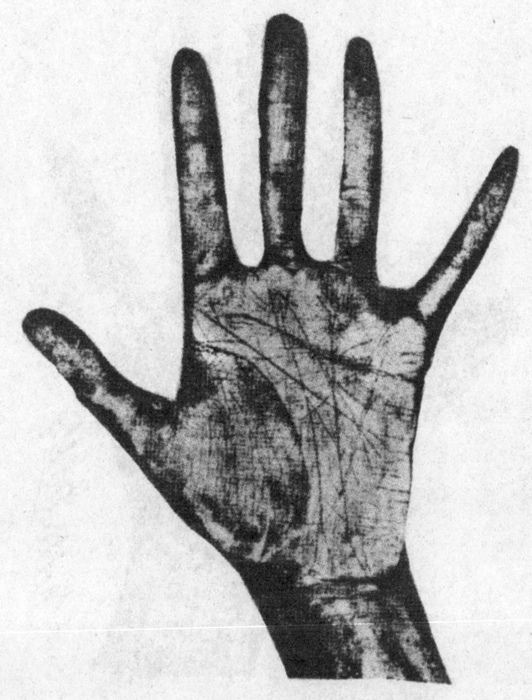

प्लेट—10 मैडम सारा बर्नहार्ट

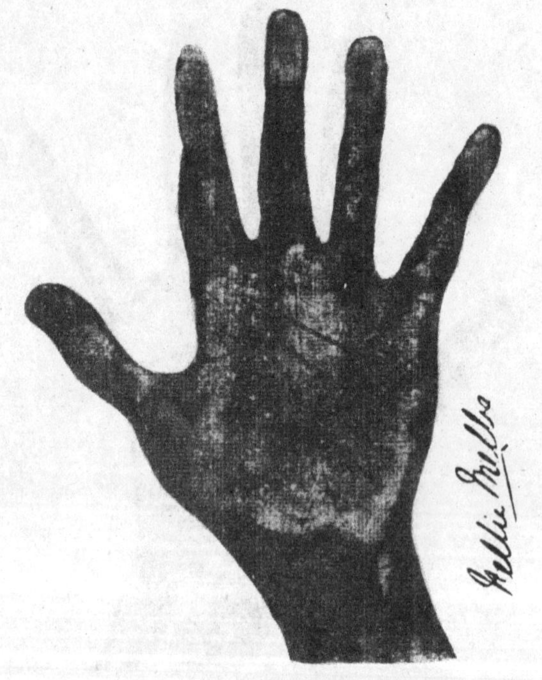

प्लेट—11 डेंम मेल्वा (आस्ट्रेलिया को प्रसिद्ध गायिका)

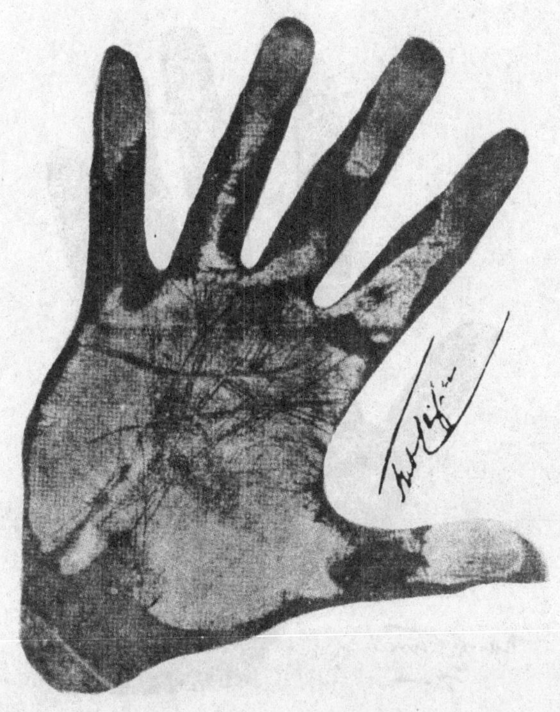

प्लेट—12 लार्ड लिटन

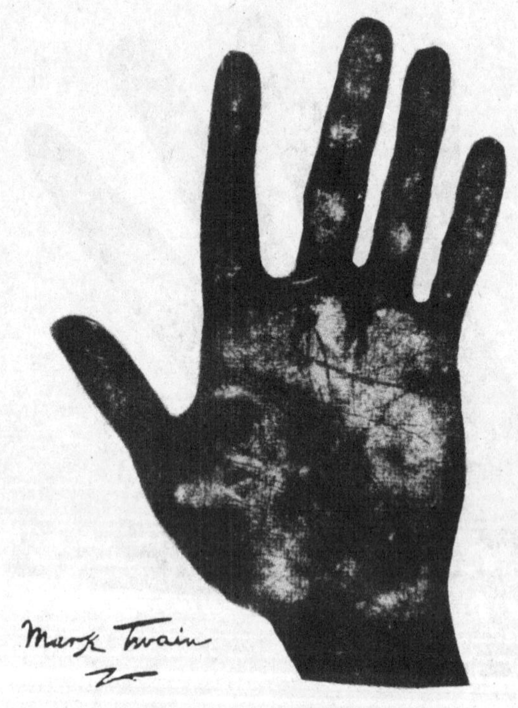

प्लेट—13 लेखक मार्कट्वेन

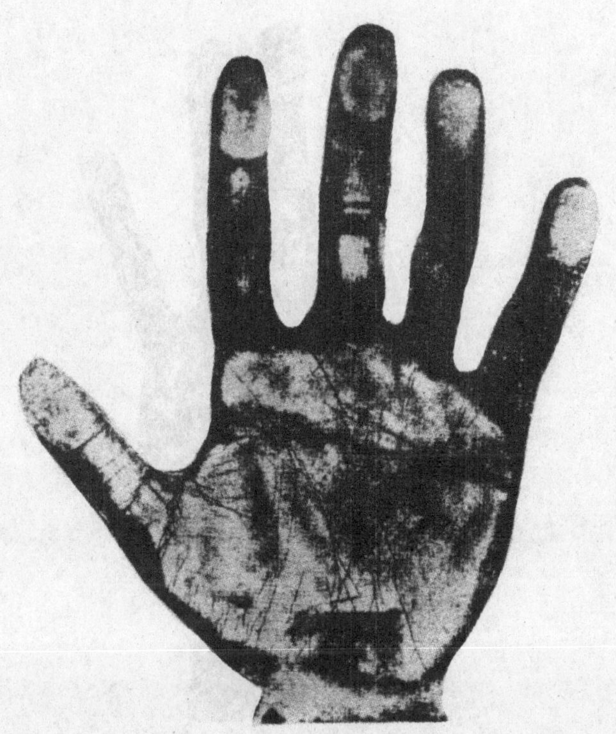

प्लेट—14 दोषी-निर्णित हत्यारा

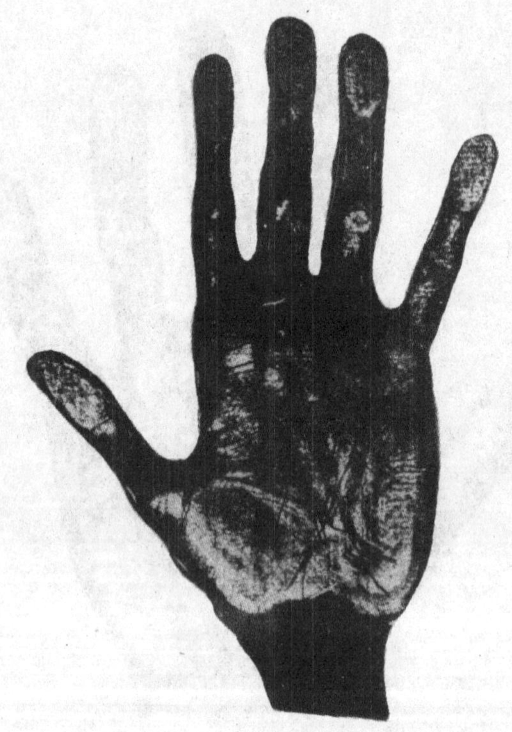

प्लेट—15 आत्म हत्या करने वाली

पांचवां खण्ड

अध्याय 1

कुछ दिलचस्प हाथ

महामहिषी इन्फैंटा यूलैलिया का हाथ

स्पेन की महामहिषी इन्फैंटा यूलैलिया का जो हाथ चित्र 2 में दिखाया गया है वह एक अद्भुत हाथ है, यदि केवल हाथ में अंकित रेखाओं की संख्या की दष्टि से देखें, तब भी। इनमें से अधिकांश तो अपने अर्थ में परस्पर विरोधी हैं, जैसाकि उस महिला का अपना स्वभाव ही था और जो इस रेखाचित्र का विषय है।

इन्फैंटा यूलैलिया एक अत्यन्त चतुर, प्रतिभावान् महिला थी जो लगभग कोई भी कार्य कर सकती थी, किन्तु जिसने कुछ भी अपवाद रूप में भी ठीक से नहीं किया।

स्पेन के भूतपूर्व सम्राट् ऐल्फोन्सो तेरह की चाची यूलैलिया की स्थिति यूरोप के सर्वाधिक महत्त्वपूर्ण दरबार में बहुत ऊंची थी। तथापि उसने अपने को प्राप्त अनेक महान् अवसरों से दर-किनार कर लिया, अपने अनेक दुःसाहसी कार्यों से अपनी हैसियत को अवमानित किया, विवाह को असफल बनाया और अपनी सम्पत्ति का अधिकांश गंवा दिया।

वह अत्यन्त सुन्दर चित्र बनाती थी, लेखिका और संगीतकार के रूप में पर्याप्त प्रतिभाशालिनी थी, बन्दूक चला सकती थी, शिकारी कुत्तों के पीछे घोड़े पर दौड़ सकती थी, जैसा कि बहुत कम महिलाएं कर सकती हैं, फिर उसने व्यावहारिक अर्थों में कोई भी उल्लेखनीय उपलब्धि हासिल नहीं की।

मैंने इस हाथ को सूर्य रेखा के उदाहरण के रूप में प्रस्तुत किया है जोकि आरम्भ में तो सुविकसित रूप से अंकित है, फिर आधी हथेली के बाद पार जा रही है और शनि के पर्वत पर समाप्त हो रही है, जो किसी भी हाथ पर एक अत्यन्त प्रतिकूल चिह्न है, विशेषतः यदि भाग्य रेखा समाप्ति के पहले ही बिखर जाने और अपनी शक्ति गंवा देने को प्रकट हो रही हो।

अध्येता को ध्यान देने हेतु कुछ अन्य बिन्दुओं में से हैं—अपने आरम्भ के साथ ही हृदय रेखा की निम्नगामी वक्रता जो एक सिरे पर है और गुरु के पर्वत के नीचे है, स्वयं हृदय रेखा की सामान्य आकृति, अनियमित और टूटा हुआ शुक्र वलय, अनामिका के आधार पर नीचे को गिरती विवाह रेखाएं। विशिष्ट रूप से अंकित मस्तिष्क रेखा भी देखें जिसके मध्य में एक द्वीप है जिसका एक सिरा नक्षत्र के साथ समाप्त हो रहा है और सो भी मंगल के दूसरे पर्वत पर जो कि मानसिक प्रतिभा का द्योतक चिह्न तो है, किन्तु वह प्रतिभा सिलसिलेवार नहीं है।

इन्फेंटा यूलैलिया का व्यक्तित्व अद्भुत रूप से चुम्बकीय आकर्षण लिये था, वह अतिथि सत्कार में प्रसन्न मुद्रा अपनाये रहती थी, यूरोप की हर भाषा धाराप्रवाह बोल सकती थी, आये लोगों को अपनी ओर आकर्षित कर सकती थी, फिर भी असंख्य शत्रु बनाये हुए थी (मंगल के पर्वत से गुरु के नीचे काटती हुई रेखाएं देखिये।)

इस हाथ का निरीक्षण करते हुए ध्यान में रखने की बात यह है कि ऐसी रेखाओं की संख्या बहुत अधिक है जिनमें विरोधी अथवा अर्थ को समाप्त कर देने की प्रवृत्ति है। इससे यह नियम पुष्ट होता है कि व्यक्ति उस स्थिति में अधिक सफल निकलते हैं जब प्रमुख रेखाएं स्पष्ट और स्वच्छ रूप से अंकित होती हैं और बहुसंख्य छोटे-मोटे चिह्न उन्हें काटते हुए उन्हें निष्क्रिय नहीं कर रहे होते।

जनरल सर रेडवर्स बुलर, विक्टोरिया क्रास, का हाथ

एक ही हाथ पर दो मस्तिष्क रेखाओं की उपस्थिति का अनूठा उदाहरण है जनरल सर रेडवर्स बुलर का हाथ, चित्र 3।

एक तो उस सीधी मस्तिष्क रेखा और हृदय रेखा में है जो हथेली के आर-पार गई है। दूसरी ऊपर गुरु पर है।

जीवन रेखा से आने वाली रेखाएं जो तर्जनी के आधार पर हैं, वे भी दिलचस्पी जगाने वाली हैं।

अपने-आप में हाथ लम्बा है, मानसिक कोटि का है, और अंगूठा साफ और

स्पष्ट अलग दिखाई दे रहा है जो इच्छाशक्ति और संकल्प का साकार रूप है।

चौथी उंगली यानीक निष्ठा इस हाथ का एक मात्र भाग है जो ठीक से विकसित नहीं है, लेकिन सर रेडवर्स बुलर भाषा पर विशेष अधिकार वाले अथवा वाक्कला से सम्पन व्यक्ति भी तो नहीं थे। इसी कारण जब कभी ऐसा क्षण आता कि वाणी एक मूल्यवान निधि सिद्ध होकर अपनी रक्षा कर पाती तो अपने को बचा भी नहीं सकते थे। मैंने कनिष्ठा जिन बातों की सूचक है, उनके बारे में खंड 1 के अध्याय 6 में लिखा भी है।

भाग्य और सूर्य रेखाएं भी उस बिन्दु तक बहुत अच्छी हैं जहां एक रेखा सूर्य रेखा को काटकर शनि की ओर जाती दिखाई दे रही है। यह किसी भी हाथ पर कोई अच्छा लक्षण नहीं है, क्योंकि यह लगभग उस समय जब यह चिह्न सूर्य रेखा को काट रहा है, भाग्य के विपरीत होने का द्योतक है।

जनरल सर रेडवर्स बुलर की अपनी सेनाओं को संगठित करने, उन पर अधिकार जमाये रखने की शक्ति अद्भुत थी और जब भी कभी उन्हें संगठित करने की अपनी प्रतिभा का वे उपयोग करते थे तो गुरु से अपनी मस्तिष्क रेखा द्वारा प्रदत्त उनका अधिकार दिखाई पड़ता था।

उन व्यक्तियों में कुछ परस्पर विरोधी, यहां तक कि दुर्भाग्यपूर्ण भी होता है जिनके हाथ में हथेली को पार करने वाली हृदय और मस्तिष्क रेखाएं सम्मिलित होती हैं। इन लोगों में एक प्रकार का 'एक लीक' वाला मस्तिष्क होता है कि वे दूसरों की बात सुनते ही नहीं न किसी अन्य की राय मानने को तैयार होते हैं, अपनी ही कहते-सुनते हैं। किसी एक विषय पर ध्यान एकाग्र करने की अपनी अत्यधिक शक्ति के कारण वे अत्यन्त महत्त्वपूर्ण सफलता भी प्राप्त कर सकते हैं। किन्तु ऐसा तभी तक है जब तक उनकी सूर्य रेखा पर कोई चिह्न शनि के पर्वत की ओर झुकता या मुड़ता हुआ नहीं दीखता। यदि ऐसा हो तो उनकी योजनाएं अचानक गलत साबित होती हैं और उन्हें आम तौर पर किसी बड़े संकट का सामना करना पड़ जाता है।

मैंने तब सर रेडवर्स बुलर को यह बताया कि उनके आगामी जीवन में एक और अभियान नियत है जो उन्हें निंदा और आलोचना का भागी बनायेगा, तो उन्होंने अविश्वास व्यक्त किया।

ऐसा तब सचमुच घट गया तब बोअर युद्ध के मुख्य सेनानायक के रूप में 'स्पीअन कौप'-दुर्घटना और मौडर नदी की तबाही सामने आयी और युद्ध कार्यालय में उन्हें वापिस बुलाया गया तथा परिनिन्दित किया गया।

सर आर्थर सलिवान का हाथ

सर आर्थर सलिवान ने जो मौलिक और मधुर संगीत रचनाएं 'गिल्बर्ट और सलिवान संगीतिकाओं' के लिए की उनके लिए उन्हें सदा याद रखा जाएगा। चित्र 4 में उनके दायें हाथ का अंकन मस्तिष्क रेखा को जीवन रेखा से अलग होता हुआ, लम्बा और धीरे से चन्द्र पर्वत के मध्य को मुड़ता हुआ दिखा रहा है। मस्तिष्क और जीवन रेखाओं के बीच की जगह उनकी रचनाओं के नाटकीय गुण की सूचक है, जबकि चन्द्र पर्वत में मुड़कर जाती मस्तिष्क रेखा उनकी महान् कल्पना-शक्ति और मौलिकता की सूचना दे रही है।

शुक्र पर्वत के इतना निकट स्थित भाग्य रेखा उनके आरम्भिक जीवन की कठिनाइयों को एकदम ठीक-ठीक दर्शा रही है जब उन्होंने अपने परिवार व सम्बन्धियों की सहायता करने की खातिर अनेक बलिदान किये। दूसरी या भीतरी भाग्य रेखा जो जीवन रेखा के मध्य की ओर को आरम्भ हो रही है और ऊपर उठकर गुरु के पर्वत में जा रही है अपनेआप में सफल आकांक्षा का वचन दे रही है जिसका अनुगमन बाद में मुख्य भाग्य रेखा भी कर रही है और गुरु पर्वत की ही ओर मुड़ रही है।

उनके कार्य को जनता से मिली मान्यता के बावजूद इस हाथ पर सूर्य रेखाएं मुश्किल से ही नजर आ रही हैं, लेकिन यह याद रखने की बात है कि यह महान् संगीतकार स्वभाव से प्रसन्न प्रफुल्ल व्यक्ति नहीं था। उन्हें अपनी ख्याति या महिमा की तो कोई चिन्ता ही नहीं थी, न उनके कार्य से उन्हें कोई बड़ी धनराशि या सांसारिक सम्पत्ति आदि ही प्राप्त हुई।

विलियम ह्वाइटले का हाथ

विलियम ह्वाइटले इंगलैंड के महान् व्यापारियों में से एक थे जिन्हें 'विश्व-पूर्तिकर्त्ता' कहा जाता था क्योंकि उनकी कम्पनी में सुई से लेकर लड़ाई के जहाज तक सब कुछ उपलब्ध था। उनका हाथ चित्र 5 ऐसा हाथ है जो 'व्यापारी हाथ' का बहुत अच्छा उदाहरण है।

यह वर्गाकार प्रकार का हाथ है, जिसकी उंगलियां काफी लम्बी हैं, और बहुत दिमाग वाली मस्तिष्क रेखा है, जो जीवन रेखा से निकट से जुड़ी है। विलियम ह्वाइटले के व्यक्तित्व की 'बनावट' में कुछ भी विवेकहीन या आवेगयुक्त नहीं था, वे अपनी सावधानी के लिए जाने जाते थे, और साथ ही साथ किसी भी आपत्काल के लिए सदैव तैयार रहते थे।

इस हाथ पर सूर्य और भाग्य रेखाएं बहुत अच्छी तरह अंकित हैं। भाग्य रेखा के केन्द्र से उठती हुई एक बहुत विचित्र रेखा है जो गुरु के पर्वत के आधार की ओर जा रही है लेकिन लगता है जिसे मंगल से सूर्य की ओर जारी एक रेखा आरपार काट रही है। ऐसा उस समय हुआ है जब वे उस आयु में पहुंच गए कि उनके कथित अवैध पुत्र ने उनके कार्यालय में गोली मारकर उनकी हत्या कर दी।

जब मैंने उनके हाथ की छाप ली तो उन्हें हिंसापूर्ण मृत्यु के खतरे से आग्रह किया था।

उन्होंने बड़ी शान्ति से पूछा था, "यह खतरा कितनी दूर है?"

मैंने उत्तर दिया था, "अब से लगभग तेरह वर्ष बाद।"

और तेरह वर्ष बाद जब वे अपने पूरी तरह से सफल व्यावसायिक जीवन के शिखर पर थे तो गोली मार कर उनकी हत्या की गई।

राइट ऑनरेबल जोसेफ चैम्बरलेन, संसद् सदस्य, का हाथ और उनके पुत्र का हाथ, जो बाद में सर ऑस्टिन चैम्बरलेन बने।

चित्र 6 और चित्र 7 में सुरक्षित ये दो दायें हाथ हथेलियों द्वारा बतायी जाने वाली पैतृक विरासत के अच्छे उदाहरण हैं। यह देखा जा सकता है कि हाथ का आकार पिता और पुत्र में एक-सा है, जबकि रेखाएं भी बहुत कुछ समान हैं।

लोकसभा के श्री चैम्बरलेन के निजी कक्ष में मैंने ये दोनों छाप ली थीं। श्री चैम्बरलेन मेरी इस भविष्यवाणी में गहरी रुचि ले रहे थे कि उनका पुत्र ऑस्टिन की नियति में उनके जैसा राजनीतिक जीवन ही निबद्ध है, जैसा कि आगे चलकर हुआ भी।

यह सभी को ज्ञात है कि जैसे-जैसे वर्ष बीतते गये, ऑस्टिन चैम्बरलेन भी सरकारी सेवा में एक-एक करके उन्हीं उच्च पदों पर आसीन होते रहे जिन पर उनके पिता रहे थे। उसी आयु में वे भी संसद् में गये और उसी तरह पोस्ट मास्टर जनरल, राजकोष के चांसलर, लोकसभा के अध्यक्ष के पदों पर रहे और अन्ततः युद्धोपरान्त लोकार्नो शान्ति सभा के अध्यक्ष के रूप में अपनी सेवाओं के लिए शाही सम्मान प्राप्त किया।

इससे बढ़कर, उन्हें भी उसी रोग का सामना करना पड़ा, जिससे उनके सम्मान्य पिता ग्रस्त हो चुके थे, सो भी जीवन के उन्हीं चरणों में, यहां तक कि गम्भीर रूप से नर्वस ब्रेकडाउन भी हुआ जिसके कारण लोक जीवन से उन्हें संन्यास लेना पड़ा।

(जीवन रेखा पर आक्रमण करती स्वास्थ्य रेखा देखें), जिससे उनके पिता को तिरसठ और पैंसठ वर्ष की आयु में पक्षाघात हुआ।

स्वयं कीरो का हाथ

चित्र 8 में मैंने 'दोहरी मस्तिष्क रेखा' के नाम से जाने जाते चिह्न के उदाहरण के रूप में स्वयं अपने हाथ की छाप प्रस्तुत की।

इस पुस्तक के पिछले पृष्ठों (अध्याय 7) में कह आया हूं कि 'दोहरी मस्तिष्क रेखा' बहुत ही कम देखने में आती है। जो स्वभाव ये दोनों मस्तिष्क रेखाएं प्रकट करती हैं, वह एक का दूसरी से स्पष्ट विरोधाभास है। उदाहरण के लिए, नीचे वाली रेखा, जो जीवन रेखा से निकट जुड़ी है, अत्यन्त संवेदनशील, कलात्मक और कल्पनाशील मानसिकता की द्योतक है

ऊपर वाली रेखा इसके विपरीत विशेषताओं का निदर्शन करती है। उदाहरणार्थ, गुरु के पर्वत पर उठती हई और लगभग पूरी हथेली पार करके बढ़ती हुई यह रेखा आत्मविश्वास, आकांक्षा, दूसरों पर छा जाने की क्षमता और सधे दिमाग वाली, व्यावहारिक जीवन-दृष्टि की द्योतक है।

एक ही व्यक्ति में इस प्रकार की मानसिक विरोधाभास होने की कोई कल्पना भी नहीं कर सकता, लेकिन मेरे अपने हाथ की छाप इन कथनों का अच्छा उदाहरण है।

मेरे बायें हाथ पर ऊपर वाली मस्तिष्क रेखा का कोई नामोनिशान नहीं है—केवल नीचे वाली रेखा दिखाई देती है, और यह एक विचित्र तथ्य है कि ऊपर वाली मस्तिष्क रेखा मेरे दायें हाथ पर तब दीख पड़ने योग्य हई जब मैं लगभग तीस वर्ष का था।

अपने जीवन के इस काल में परिस्थितियां मुझे विश्व के सम्मुख एक अध्यापक और व्याख्याता के रूप में ले आयीं। इससे मैं इस बात के लिए विवश हुआ कि नीचे वाली मस्तिष्क रेखा से प्रदर्शित अपनी अत्यन्त संवेदनशीलता पर नियन्त्रण के लिए बड़ा प्रयत्न करूं, जिसके परिणामस्वरूप ऊपर वाली रेखा विकसित होनी शुरू हुई और कुछ ही वर्षों में मेरे दायें हाथ पर आधिकारिक रेखा बन गयी।

मैं ऐसा भी कह आया हूं कि जिन मामलों में 'दोहरी मस्तिष्क' रेखा देखने को मिलती है, उनमें ऐसी रेखाओं के हाथ वाले व्यक्ति 'दोहरा जीवन' जीने की प्रवृत्ति रखते हैं, जो एक या किसी दूसरे रूप में सामने आता है।

मेरे खुद के मामले में यह बात अद्भुत रूप से सत्य सिद्ध हुई, क्योंकि तीस वर्ष से अधिक से लोगों का एक वर्ग मेरे उपनाम 'कीरो' से ही जानता है जबकि एक अन्य वर्ग मुझे मेरे वास्तविक नाम से जानता रहा है।

मैं यहां यह भी कहूंगा कि मेरे स्वभाव के अधिक संवेदनशील पक्ष के प्रभाव के कारण मैं अपनी भावनाओं को धार्मिक और भावनापरक दोनों तरह की कविता लिखकर व्यक्त करता रहा हूं, जबकि इसके साथ ही साथ दूसरा पक्ष व्याख्यानकर्ता के रूप में जनता के सामने मंच पर उपस्थित होने में व्यस्त रहा है, पहले युद्ध संवाददाता के तौर पर, बाद में लन्दन और पेरिस में समाचारपत्र के सम्पादक के रूप में।

ये 'दोहरी मस्तिष्क रेखाएं' मेरे दायें हाथ की इस पुस्तक में प्रस्तुत छाप के चित्र में बहुत स्पष्ट देखी जा सकती हैं।

चौबीस घंटे आयु वाले बच्चे का हाथ

इस बच्चे के जन्म के चौबीस घंटे बाद ही मैंने उसके दायें हाथ की 'छाप ली थी। बहुत छोटे बच्चों के हाथों की छाप लेना एक अत्यन्त कठिन कार्य है, क्योंकि त्वचा बहुत कोमल और लचीली होती है, और छोटे बच्चे स्थिर भी नहीं रह सकते।

इस मामले में चित्र 9 को लेकर मैं बहुत सफल रहा, और रेखाएं भी काफी साफ तौर पर दिखाई दे रही हैं। मैंने यह छाप बहत वर्ष पूर्व ली थी, और वह बालक अब तो युवक हो चुका है। वह व्यवसाय के क्षेत्र में बहुत सफल हुआ है। (शायद ऊपर वाली मस्तिष्क रेखा के कारण जो हथेली के पार सीधी चली गयी है।)

मदाम सारा बर्नहार्ट का हाथ

इस छाप (चित्र 10) के बारे में सर्वाधिक महत्त्वपूर्ण बात यह है कि भाग्य और सूर्य रेखाएं जो जीवन में काफी शुरू में आरम्भ हो रही हैं, और लगभग कलाई से ही शुरू हो रही हैं, जीवन के बाद के वर्षों में भी एक दूसरी के समानान्तर ही चलती चली गई हैं।

'सारा महान्' ने अपना नाटकीय जीवन सोलह वर्ष की आयु में आरंभ किया था। अपनी अद्भुत प्रतिभा के बावजूद उसे अनेक कठिनाइयों का सामना करना पड़ा, और यह दौर तब तक चला जब लगभग उसके छब्बीसवें वर्ष में दो भाग्य

रेखाएं उसके हाथ पर साथ-साथ आनी नजर आने लगी हैं। इस तिथि से आगे उसकी ख्याति और नाम दुनिया भर में फैल गया।

मस्तिष्क रेखा पूरी तरह स्पष्ट है, मानो पैमाना रखकर खींची गयी हो, और इसके तथा जीवन रेखा के बीच खुली जगह उसकी नाटकीय क्षमता और मनोवेगपूर्ण प्रकृति की द्योतक है, जिसकी ओर मैंने दूसरे खंड के अध्याय 7 में ध्यान आकर्षित किया था।

यह स्पष्ट देखा जा सकता है कि छोटी रेखाओं की अधिक संख्या है जो जीवन रेखा से ऊपर की दिशा में प्रक्षेपित की गई जैसी लग रही हैं। इन क्षणों में यह उस विशेषता की ओर इंगित कर रही हैं, जिसे 'ऊर्जा का स्फुरण' कहा जा सकता है।

ये उस स्थिति में अच्छा लक्षण नहीं है जब गहन रूप से अंकित स्वास्थ्य रेखा बुध के पर्वत से जीवन रेखा पर आक्रमण कर रही हो। मदाम बर्नहार्ट के मामले में स्वास्थ्य रेखा तो है ही नहीं, वह तो ऐसे लग रही है कि उसके आरम्भिक वर्षों के बाद मानो वह रुक गयी है या धुंधला गई है। जैसा कि सर्वविदित है, इस महान् अभिनेत्री का शारीरिक स्वास्थ्य उसकी मध्य आयु बीत जाने के बाद अत्यन्त मजबूत था, जो उसके जीवन के अन्तिम वर्षों तक इसी प्रकार चला।

मदाम बर्नहार्ट का जन्म पेरिस में 22 अक्तूबर, 1845 को हुआ था और मृत्यु भी पेरिस में ही 26 मार्च, 1923 को अठहत्तर वर्ष की आयु में हुई।

प्रसिद्ध आस्ट्रेलियाई गायिका डेम मेल्बा का दायां हाथ

यह देखा जा सकता है कि मस्तिष्क रेखा (चित्र 11) और जीवन रेखा अलग-अलग हैं और दोनों के बीच रिक्त स्थान है, लगभग सारा बर्नहार्ट के हाथ के ही समान यह गुरु के पर्वत के आधार पर भी उठ रही है जिससे महान् आकांक्षा की विशेषताएं प्राप्त होती हैं।

खंड 2 के अध्याय 5 में, जीवन रेखा का विश्लेषण करते हुए मैंने लिखा था, "जब जीवन रेखा और मस्तिष्क रेखा के बीच मध्यम फासला हो तो व्यक्ति अपनी योजनाओं और विचारों को क्रियान्वित करने के लिए अधिक स्वतन्त्र होता है। इससे ऊर्जा और आगे बढ़ने की भावना का परिचय भी मिलता है।" मस्तिष्क रेखा के बारे में अध्याय 7 में मैंने लिखा था, "जब मस्तिष्क रेखा और जीवन रेखा के बीच रिक्त स्थान देखा जा सकता है तो अधिक चौड़ा न होने की स्थिति में यह लाभकारी है,

जब मध्यम हो तो यह अद्भुत ऊर्जा और आत्मविश्वास का द्योतक है और वकीलों, अभिनेताओं तथा व्याख्याताओं आदि के लिए उपयोगी चिह्न है।"

जनजीवन जीने की अपनी हैसियत में डेम मेल्बा में वे सभी गुण थे जो उसके लिए अनुकूल थे। उसके हाथ में दोनों ही रेखाएं—सूर्य और भाग्य रेखाएं भी तीव्र रूप से अंकित हैं, विशेषतः जैसा कि स्पष्ट है सूर्य रेखा अपने पर्वत के आधार पर त्रिकोण के रूप में बनकर आ रही है।

किसी व्यक्ति की अन्तिम रूप से सफलता का अनुमान लगाने के लिए हमेशा समझदारी इसी में है कि देखा जाए कि भाग्य रेखा और सूर्य रेखा एक-दुसरे के बराबर प्रकट हो रही हैं या नहीं।

लगभग हाथ के मध्य में नजर आने वाली 'दोहरी जीवन रेखा' से डेम मेल्बा को अत्यधिक शक्ति प्राप्त हुई और इसके यात्रा रेखा की ओर बाहर को जाने से जो चन्द्र की ओर गति कर रही है, लगभग निरन्तर लम्बी यात्राओं का निर्णय हुआ जो विश्व के एक कोने से दूमरे तक थीं, जो कि इस अद्भुत महिला के जीवन का बड़ा हिस्सा थीं।

डेम मेल्बा ने न्यूयार्क में मुझसे परामर्श किया था और मेरी विजिटर बुक में लिखा था, "कीरो, आप अद्भुत हैं, इससे अधिक मैं और क्या कहूं?—नेली मेल्बा।"

लार्ड लिटन का हाथ

सर फ्रेडरिक लिटन, जो बाद में लार्ड लिटन बने, उस समय रायल अकादमी के अध्यक्ष चुने ही गये थे, जब उन्होंने मुझे अपने हाथ की छाप दी जो चित्र 12 में प्रदर्शित है।

एक पुरुष के हाथ के रूप में यह लगभग एक पूर्णता लिये उस कोटि का उदाहरण है, जिसे 'शंकु आकार या कलात्मक हाथ कहा जाता है, जिसका वर्णन मैंने खंड 1 के अध्याय 6 में किया है। किन्तु लार्ड लिटन के मामले में उनके हाथ दृढ़ और लचकीले हैं, जो उन्हें आराम और समृद्धि के जीवन के प्रति अपने सहज प्रेम को नियन्त्रण में रखने की इच्छाशक्ति और क्षमता देते थे। इस प्रकार की प्रमुख विशेषता उनका कलात्मक स्वभाव, उनके सुन्दर स्टूडियो और घर में देखा जा सकता था, जहां वे एक अंग्रेज की बजाय एक महल में फारस देश के शहजादे की तरह अधिक रहते नजर आते थे।

कलाई से लेकर अनामिका तक सूर्य रेखा बहुत बढ़िया है। इससे उन्हें अपने

जीवन के आरम्भ से ही महिमा और ख्याति मिली जो आसानी से ही उन्हें प्राप्त हो गई।

लार्ड लिटन अपनी कला के दृष्टिकोण से हाथों का अध्ययन करते थे और अपने सभी चित्रों में उन्होंने उनके आकारों और अभिव्यक्तियों पर पर्याप्त बल दिया है।

मार्क ट्वेन का हाथ

मार्क ट्वेन का दायां हाथ, चित्र 13, उतना स्पष्ट नहीं छपा है, जितना कि स्वागत योग्य होता। यह छाप धूम्रपत्र के माध्यम से ली गई थी, जिस पद्धति को मैंने अपने आरंभिक जीवन में अपनाया था। बाद में मैंने एक अन्य पद्धति को चुना जिसका वर्णन मैं आगे के पृष्ठों में करूंगा।

अमेरिका के इस महान् हास्य लेखक के दायें हाथ की छाप में देखने योग्य सबसे अद्भुत बात यह है कि मस्तिष्क रेखा हथेली के आर-पार लगभग सधी हुई अंकित है। यह विशेषता उन लोगों के हाथों में मिलती है जो हर उस वस्तु के 'दोनों पहलू' देखने की क्षमता विकसित कर लेते हैं जो उनमें अपने लिये दिलचस्पी जगा ले।

यह विशेष हुनर मार्क ट्वेन में बहुत स्पष्ट रूप से था, जो कि उनकी रचनाओं में अत्यन्त मुखर होकर आया है। किसी भी अर्थ में वे 'तत्त्वदर्शी' तो नहीं थे। वे कुछ थे तो कट्टर सन्देहशील व्यक्ति थे, और उन्हें अपने विचारों और दृष्टिकोण का समर्थन करने के लिए निश्चित रूप से तथ्यों की आवश्यकता रहती थी।

जब वे मुझसे मिलने आये तो मुझे नहीं पता था, वे कौन हैं। जब मैं उनके हाथों की छाप ले रहा था तो वे बोले, "अतीत अपना चिह्न छोड़ जाए, यह तो स्वीकार करता हूं, और यह भी कि व्यक्ति का चरित्र अपने छोटे-से-छोटे व्यक्त रंग में भी वर्णन किया जा सके। मैं कुल इतने पर ही विश्वास कर सकता हूं; लेकिन जो बात मेरी समझ में बिल्कुल नहीं आती वह यह है कि भविष्य का पूर्वाभास तक भी कैसे हो सकता है?"

उनके तर्क का उत्तर देने के लिए मैंने पैतृक विरासत का प्रश्न उठाया। मैंने उन्हें एक महिला के बायें और दायें हाथ और उसके पांच बच्चों के हाथों की छाप दिखायीं और तब हम उनमें से एक बच्चे पर आये जिसके दायें हाथ पर अंकित चिह्न काफी कुछ मां के दायें हाथ की रेखाओं से मिलते-जुलते थे।

मैंने कहा, "इस मामले में आप स्वयं ही देख सकते हैं और निगरानी रख

सकते हैं कि इस बच्चे के जोवन के हर भाग में तिथियां तक पूरी तरह मां के जीवन की घटनाओं की भांति दोहरायी जाएंगी, जबकि दोनों की आयु में बीस वर्ष का अन्तराल है।"

मैंने अपनी बात इस प्रकार समाप्त की, "अब देखिये, जिस व्यक्ति को मां के जीवन की घटनाओं की जानकारी हो और वह देखता है, वही चिह्न बच्ची के हाथ पर भी अंकित हुए हैं तो वह उसकी छ: वर्ष की ही आयु में उस बच्ची के भाग्य में जो घटनाएं घटती हैं, उनकी भविष्यवाणी कर सकता है।"

इससे मेरे पास आये मार्क ट्वेन की दिलचस्पी जागी और उन्होंने विभिन्न हाथों की छापों को लेकर टिप्पणियां तैयार कीं। उन्हें यह तथ्य विशेष रूप से बांध गया कि मां और बेटी की अंगूठों की पोरों की त्वचा में अंकित वृत्त तक बहुत कुछ समान थे।

जब वे जाने लगे तो उन्होंने बताया कि वे हैं कौन, और कहा, "इस स्थिति में हास्यजनक बात यह है कि जब मैं यहां आया था तो मुझे लगता था कि मैं अपनी मूर्खता में कुछ पैसे गंवाने जा रहा हूं, लेकिन मुझे एक कहानी के लिए विषय मिल गया है जिसके बारे में मुझे पक्का विश्वास है कि वह बहुत लोकप्रिय होगी।"

कुछ समय बाद उन्होंने 'पद्द' न हेड विल्सन' नामक रचना प्रकाशित की जो अंगूठों के चिह्नों के विषय पर थी और जिसने भारी सफलता प्राप्त की।

जाने के पहले उन्होंने निम्नलिखित पंक्तियां मेरी विजिटर बुक में लिखीं :

"कीरो ने मेरे सामने मेरा चरित्र इतने सटीक ढंग से उद्घाटित किया है कि मैं लज्जित हुआ हूं। मुझे उनके इतना सही होने की स्वीकारोक्ति तो नहीं करनी चाहिए, किन्तु ऐसा करने को मैं विवश अनुभव कर रहा हूं।"—मार्क ट्वेन

हत्या के अभियोगी का हाथ

डा० मेयर के हाथ की छाप मैंने निम्नलिखित शर्तों पर प्राप्त की। मेरी प्रथम न्यूयार्क यात्रा के अवसर पर 'न्यूयार्क वर्ल्ड' नामक पत्र के कुछ प्रतिनिधि मेरे पास आये और कहने लगे कि वे मेरी शक्तियों को परखना चाहते हैं, बशर्ते कि मैं किसी भी व्यक्ति का नाम और स्थिति जाने बिना उसके हाथों की छाप को पढ़कर बताऊं। किसी तरह की न-नुच किये बिना मैंने यह परीक्षा स्वीकार कर ली और तुरन्त हम कार्यरत हो गये।

मैंने लगभग दर्जन-भर इन परीक्षा मामलों के हाथों की छाप देखकर व्यक्तियों के स्वभाव और भविष्य का वर्णन किया। तभी मेरे सम्मुख एक विचित्र-से दीखने वाले हाथों की जोड़ी की छाप ला रखी गयी। तुरन्त इस तथ्य पर मेरा ध्यान गया कि बायें हाथ की रेखाएं तो हर तरह से सामान्य थीं जबकि दायें हाथ की रेखाएं जितनी हो सकती थीं, उतनी असामान्य थीं। मैंने विशेष रूप से यह गौर किया कि मस्तिष्क रेखा बायें हाथ पर बीचों-बीच सीधी और स्पष्ट अंकित थी, जब कि दायें पर उसे देखकर लगता था मानो वह अपने स्थान से हटकर मुड़ गयी थी और अनामिका के आधार पर हृदय रेखा के निकट आ रही थी।

अपने सामने रखी इन छापों को देखकर मैंने निम्नलिखित बात कहकर बात समाप्त की, "इन हाथों को देखकर इसमें सन्देह नहीं कि इस व्यक्ति ने अपना जीवन पूरी तरह सामान्य रूप में आरम्भ किया। यह अपने आरम्भिक जीवन में एक धार्मिक व्यक्ति भी रह चुका हो सकता है।" मैंने सोचा, यह सम्भव था कि उसने अपना जीवन चर्च के रविवार के उपदेशक के रूप में शुरू किया हो और बाद में विज्ञान अथवा ओषधि में उसकी दिलचस्पी हो गई हो।

मैं उसके आगे वर्णन करता चला गया कि कैसे धीरे-धीरे उस व्यक्ति की प्रकृति पूरी तरह इस इच्छा के दबाव में बदलती चली गई कि किसी भी कीमत पर धन अर्जित करना है, यहां तक कि अंततः वह धन के लिए हत्या तक करने को तैयार हो गया।

संवाददाताओं ने मेरी इन टिप्पणियों को जिस प्रकार लिखा, वह इस तरह है, "इस व्यक्ति ने एक अपराध किया है या बीस, प्रश्न यह नहीं है। वह जब अपने चवालीसवें वर्ष में प्रवेश करेगा तो उसे ढूंढ़ निकाला जाएगा, उस पर अभियोग चलेगा और मृत्युदंड मिलेगा। तब यह सिद्ध होगा कि वर्षों से वह अपनी मानसिकता और जिस किसी भी व्यवसाय में वह था, उसका उपयोग अपराध के द्वारा धन प्राप्ति में करता आ रहा है और अपने उद्देश्य की प्राप्ति के लिए वह किसी भी सीमा पर रुका नहीं। अपने चवालीसवें वर्ष में यह व्यक्ति किसी सनसनीखेज मुकदमे में से गुजरेगा, उसे मृत्युदंड दिया जाएगा और, तथापि हाथ यह बताते है कि वह अपनी इस नियति से भी बच निकलेगा और वर्षों तक जीवित रहेगा—किन्तु रहेगा कारावास में।"

जब अगली सुबह 'न्यूयार्क वर्ल्ड' में मेरी भेंटवार्ता प्रकाशित हुई तो उस पत्र ने यह रहस्योद्घाटन किया कि जिन हाथों की छाप का मैंने निरीक्षण किया था, वे

शिकागो के डा० मेयर के थे। उन्हें उसी सप्ताह इस सन्देह पर गिरफ्तार किया गया था कि उन्होंने जिन अमीर लोगों के भारी रकम के बीमे करवाये थे, उन्होंने विष देकर उनकी हत्या की थी।

जैसा कि अपेक्षित ही था, यह मुकदमा काफी सनसनीखेज था लेकिन अच्छे-से-अच्छे वकीलों के प्रयत्नों के बावजूद डा० मेयर को बिजली की कुर्सी के द्वारा प्राणदण्ड दिया गया। इस फैसले के विरुद्ध अपील दायर की गई। इसके बाद तीन सुनवाई हुईं, और तीसरी के बाद उन्हें फिर प्राणदंड दिया गया और उनके बचाव की कोई उम्मीद न रही।

अपनी फांसी के एक सप्ताह पूर्व उन्होंने प्रार्थना की कि मुझे उनसे मिलने की इजाजत दी जाए। मुझे सिंग-सिंग जेल की उनकी कोठरी में ले जाया गया। मैं उस भेंट को आजीवन भूल नहीं सकता।

उस पूरी तरह टूटे व्यक्ति ने हांफते हुए कहा, "कीरो, जो इण्टरव्यू आपने संवाददाताओं को दिया था, उसमें जो आपने मेरे आरम्भिक जीवन के बारे में कहा था; वह सही था। लेकिन आपने यह भी कहा था कि यद्यपि मुझे फांसी की सजा होगी, फिर भी मैं वर्षों तक जीवित रहूंगा, किन्तु रहूंगा जेल में।

"मैं अपनी अपील में से तीसरी और अन्तिम की सुनवाई में भी हार गया हूं—कुछ ही दिनों में मेरे प्राण हर लिये जायेंगे। भगवान के लिए मुझे बतायें कि क्या आप अब भी अपनी बात पर डटे हैं—कि मैं फांसी से बच जाऊंगा?"

यदि मैंने डा० मेयर के हाथ पर चवालीसवें वर्ष के आगे भी जीवन रेखा को स्पष्ट व साफ-साफ अंकित न भी देखा होता, तो भी मुझे भरोसा है कि मैंने उन्हें आशा बंधाने का प्रयत्न किया होता। मेरे लिए तो यह देखना भी यातना थी कि वह बदनसीब व्यक्ति मेरे सामने था, उसके लिजलिजे हाथ मेरे हाथों को छू रहे थे और उसकी खोखली आंखों में भरोसे के एक बोल की भूख थी।

यद्यपि मैंने जो देखा उस पर विश्वास करना कठिन था, तथापि मैंने उनका ध्यान दिलाया कि उनके हाथ में जीवन रेखा कहीं भी टूटने का संकेत तक नहीं कर रही और उन्हें यह भरोसा दिलाकर कि अब भी कोई चमत्कार हो सकता है जिससे वे भयावह फांसी से बच जाएं, मैं वहां से चला आया।

दिन पर दिन बीते और तनाव कम करने की कोई खबर नहीं। मानसिक रूप से मैं भी कारावास के उस बन्दी की ही तरह यातना सह रहा था। सायंकालीन समाचारपत्र भी आ गये, जिनमें अगली सुबह की फांसी के विवरण

पूरी उत्सुकता के साथ छपे थे। मैंने भी एक अखबार खरीदा और एक-एक पंक्ति पढ़ डाली।

आधी रात आयी। अचानक 'विशेष संस्करण' की आवाजें लगाते अखबार बेचने वाले छोकरे गलियों में दौड़-भाग करने लगे। मैंने मुखपृष्ठ पर ही पढ़ा, "मेयर को फांसी नहीं। उच्चतम न्यायालय को दण्ड व्यवस्था में कमी नजर आयी।" चमत्कार हो गया। दंड फांसी से बदलकर अजीवन कारावास कर दिया गया। मेयर पन्द्रह वर्ष जीवित रहे। जब उनका अन्त आया तो वे जेल के अस्पताल में शान्तिपूर्वक मरे।

यदि अध्येता इस हाथ का निरीक्षण करें तो वे पायेंगे कि मस्तिष्क रेखा के जो विवरण मैंने दिये हैं, उस मस्तिष्क रेखा के जो पहले से देखभाल कर की गई हत्या की प्रवृति बतलाती है, उनसे इस हाथ के संकेत बहुत ज्यादा मिलते-जुलते हैं। अध्येताओं को इस ऊपर उठती मस्तिष्क रेखा जो हृदय रेखा के निकट जा रही है और एक सीधी मिली हुई मस्तिष्क व हृदय रेखा के बीच भ्रम नहीं होना चाहिए, जो आगे दी गई छापों में भी देखा जाएगा।

आत्महत्या दर्शाता हाथ

चित्र 15 उस स्त्री का हाथ दिखा रहा है जो आत्महत्या की घोर इच्छा से भरी हुई थी। इस मामले में मस्तिष्क रेखा तेजी से नीचे की ढलवां होती कलाई की ओर चन्द्र पर्वत के नीचे जाती देखी जा सकती है।

इस युवा स्त्री में आत्महत्या की यह वृत्ति अठारह साल की उम्र में पैदा हुई, हालांकि उसका घर-बार अच्छा-भला था। उसने चार विभिन्न अवसरों पर अपनी इहलीला समाप्त करने की चेष्टा की, और अन्ततः अठाईसवें वर्ष में प्रवेश करने पर वह अपने उद्देश्य में सफल हो ही गई। यह देखा जाए कि उसका हाथ लम्बा, संकरा, मनोवैज्ञानिक प्रकार का है जिसकी उंगलियों के जोड़ दार्शनिक प्रकार के हैं जो खंड 1, अध्याय 7 में मेरे द्वारा दिये गए मनोवैज्ञानिक हाथ के मेरे विवरण के मुताबिक हैं।

यह ध्यान देने योग्य दिलचस्प बात है कि इस युवा स्त्री के हाथ में मध्यमा के आधार पर शनिमुद्रिका है जिसमें से एक रेखा निकलकर लगभग अठ्ठाईस वर्ष की आयु में जीवन रेखा को काट रही है और लगभग इसी तिथि में सूर्य रेखा पर एक 'द्वीप' की भी शुरुआत हो रही है।

मस्तिष्क रेखा जब चन्द्र पर्वत के आधार के नीचे ढलवां हो तो आत्महत्या की तीव्र इच्छा का यह अधिक पक्का प्रमाण चिन्ह है, न कि जब मस्तिष्क रेखा नीचे को चन्द्र पर्वत के सामने वक्र हो रही हो। बाद वाले मामले में व्यक्ति का सहज स्वभाव निराशा-भरा होता है जिसे केवल भाग्य के एक अधिक धक्के या निराशा की जरूरत है, जिसे अत्यधिक कल्पनाशील स्वभाव (चन्द्र पर ढलवां मस्तिष्क रेखा) बढ़ा देता है और घातक कृत्य घट जाता है।

अध्याय 2

हाथों की स्पष्ट छाप कैसे लें

हाथ की अच्छी छाप लेने के लिए जो साधन मैंने देखे हैं, उनमें सबसे अच्छी मुद्रणालय की स्याही है, विशेष रूप से उसका वह प्रकार जो संब शहरों में उंगलियों की छाप लेने के लिए पुलिस द्वारा प्रयोग किया जाता है।

पाठक इस प्रकार की स्याही किसी भी उस प्रतिष्ठान से खरीद सकते हैं जो मुद्रणालय सामग्री बेचते हैं।

उसी प्रतिष्ठान से एक छोटा जिलेटीन रोलर भी खरीदें, जो आमतौर पर एक धातु के फ्रेम में जड़ा होता है, जिसका हत्था लकड़ी का होता है।

इसके बाद, कुछ दस्ता सफेद पुते कागज लें जिसका आकार सामान्य टंकन-पत्र का ही हो। मैं खासतौर से पुते या चिकने कागज की सिफारिश कर रहा हूं, क्योंकि बढ़िया छाप ऐसे ग्लेज्ड कागज पर ही आती है। जब आपके पास यह आवश्यक सामग्री जुट जाए तो किसी भी लोहे की दुकान पर जाएं और एक रबर-पोश भी खरीदें जो तकरीबन चौथाई या आधा इंच मोटा हो, जिसे 'नीलिंग मैट' (लचकदार पोश) कहते हैं, वह सबसे बेहतर रहेगा। यह सब लचकदार गद्दा जैसा बनाने के लिए जरूरी है ताकि महीन रेखाएं भी स्पष्ट अंकित हो सकें।

इस रबरपोश के ऊपर सफेद चिकने कागज का एक पन्ना रखें। कांच के एक टुकड़े पर स्याही लगाकर—उस पर जिलेटीन रोलर घुमायें ताकि स्याही रोलर पर अच्छी तरह लग जाए।

जब सब तैयार हो जाए तो रोलर को व्यक्ति के दोनों हाथो पर अच्छी तरह फिरायें, फिर दोनों हाथों को मजबूती से कागज पर दबा दें, हाथों को पलटकर उलटा

रखें, अंगूठे का सामने का हिस्सा धीरे-धीरे कलाई और हथेली के खोखल में दबायें, कागज को उंगलियों से शुरू करके हाथों से उतार लें, हाथों की सभी रेखाओं की स्पष्ट छाप प्राप्त हो जाएगी।

शुरू में आपको उन लोगों के साथ कुछ दिक्कत आ सकती है जिनकी त्वचा खुश्क और अम्लीय है जिसके कारण बहुत बार छाप 'धब्बों' से भरी हो सकती है। उन हाथों को पहले गर्म पानी से धुलवा लें फिर उन्हें पूरी तरह खुश्क कर लें और फिर उन पर थोड़ा टेल्कम पाउडर छिड़क दें। यदि पाउडर न हो तो थोड़ा आटा या चूना भी चल जाएगा।

जब एक बार पुते हुए कागज पर मुद्रणालय स्याही से छाप तैयार हो हो गई, तो वह जल्दी ही सूख जाएगी और व्यावहारिक रूप से तो हर तरह हमेशा के लिए बन जाएगी।

मैं यह अवश्य परामर्श दूंगा कि हाथों पर हस्ताक्षर भी हों और तिथि भी लिखी जाए ताकि वे कभी भी पहचानी जा सके। मैं यह भी सुझाव दूगा कि छाप वाले कागज के पीछे व्यक्ति की जन्मतिथि और जन्मस्थान भी लिख लिया जाए और किसी एक उंगली का रेखाचित्र भी बना लिया जाए, जिस पर नाखून भी दर्शाया गया हो और यह नोट कर लिया जाए कि नाखून का कटाव छोटा है या बड़ा।

कार्यालयों में फाइलें रखने के लिए अक्षर-क्रम से जो पद्धति है, संभालकर रख ली गई छापों को जल्दी ढूंढ़ निकालने में मदद के लिए वह भी उपयोगी सिद्ध हो सकती है।

एक अन्य पद्धति भी है, किन्तु उसमें अधिक साधन व समय चाहिए। छाप को बहुत स्पष्ट बनाने की वह पद्धति है कि कागज को तेल मे तर कर लें (इस स्थिति में कागज का पुता हुआ या चिकना-ग्लेज्ड होना आवश्यक नहीं है) और हाथ पर मुद्रणालय स्याही लगाकर उस पर दबायें और पहले बताये गए तरीके से सब काम पूरा करें।

यह पद्धति उस स्थिति में अधिक उपयोगी है जब हाथ अत्यधिक शुष्क हो और छाप लेना अत्याधिक अम्लीय त्वचा के कारण कठिन सिद्ध हो रहा हो।